Todesfalle Rügen

Jens-Uwe Berndt

TODESFALLE RÜGEN

SCHWINKAS ZWEITER FALL

HINSTORFF

Die Deutsche Nationalbibliothek verzeichnet diese Publikation in der Deutschen Nationalbibliografie; detaillierte bibliografische Daten sind im Internet über http://dnb.de abrufbar.

1. Auflage 2021
Herstellung: Hinstorff Verlag GmbH
Lektorat: Henry Gidom
Titelbild: Till Junker/Adobe Stock
Druck: GGP Media GmbH, Pößneck
Printed in Germany
ISBN 978-3-356-02349-7

Jacko - komm!

Horst nestelte an seinem Gürtel. Er war nervös. Obwohl man in der kleinen Parkanlage unter den Bäumen die Dinge nur undeutlich wahrnehmen konnte, fürchtete er, beobachtet zu werden. Als die Metallschnalle klirrte, hielt er inne und lauschte. Nein, niemand zu hören. Zu sehen auch nicht. Er fingerte den Gürtel auf, zog rasch Hose und Schlüpfer herunter und hockte sich ins Gebüsch. Dabei stöhnte er leise, korrigierte seinen Halt, und bevor er sich Erleichterung verschaffen konnte, hielt er noch einmal die Luft an und horchte mit geschlossenen Augen. Dabei begann er entsetzlich zu schwitzen. Aber er nahm immer noch keine verdächtigen Geräusche wahr, entspannte sich und verrichtete sein Geschäft.

Das Toilettenpapier hatte er neben sich ins Gras gelegt. Die Waden fingen an zu schmerzen. Der Schweiß rann ihm von der Stirn. Und er spürte, wie er verkrampfte. Das passierte ihm fast jedes Mal, was den gesamten Vorgang verlängerte. Dabei wäre es wichtig, dass das hier alles so schnell wie möglich vorüberging.

»Jacko – komm!«, hörte er plötzlich von rechts. Dem folgte ein helles kurzes Kläffen. ›Nein!‹, dachte Horst nur. ›Ich muss fertig werden!‹ »Jacko – komm schon!« Das war jetzt schon ein klein wenig näher.

Horst kniff alles zusammen, griff hastig zum Klopapier, stand dabei auf, versuchte sich zu säubern, musste wieder ein kleines Stück in die Knie gehen, rutschte ab, beschmutzte sich die Finger, schwitzte, schnaufte – und war kurz davor, sich zu übergeben ... Da schauten ihn aus dem putzigen Gesicht eines Dackels zwei Knopfaugen an. Das Tier hielt den Kopf schief und hechelte, denn es war heute wie schon die vergangenen drei Tage höllisch heiß. Der Dackel wackelte mit dem Schwanz – und seine Besitzerin zog hektisch an der Leine.

»Komm schon, Jacko!«, zischelte sie. Die untersetzte Frau war von der Situation peinlich berührt und wollte den Abstand zwischen sich und dem Mann dort im Gebüsch, der seine Hose nicht hochbekam, rasch wieder vergrößern.

Horst schaute auf den Hund, der erneut kurz kläffte. Das war ein hohes, fast ängstliches Bellen – so, als hätte jemand dem Tier auf den Schwanz getreten. Dann blickte Horst die Frau an, die wiederum krampfhaft auf ihren Hund starrte. Horst merkte, wie ihm das Blut zu Kopf stieg, der Schweiß rann in dicken Tropfen vom Gesicht in den Kragen seines Hemdes, aus den Achselhöhlen die Hüften hinab in den Hosenbund, den er endlich mit dem Gürtel umschließen konnte.

Die Frau zog an der Leine, der Dackel fixierte Horst, kläffte und sträubte sich, mitzugehen. Das kleine Tier stand zwischen den beiden Menschen, wollte sein Frauchen beschützen und den Mann verscheuchen.

Horst wiederum wünschte sich nichts sehnlicher, als dass die Spaziergängerin in ihrem viel zu warmen Trainingsanzug den Köter schnappen und verschwinden möge.

Und die Frau wollte nur weg.

»Hau ab!«, fauchte Horst, der merkte, dass es ihm nicht gelungen war, sich vollends zu reinigen, bevor er die Hose hatte hochziehen müssen. Dabei nahm er eine leicht gebeugte Haltung ein. Da er ein wenig breitbeinig dastand, um nicht in den Haufen zwischen seinen Beinen zu treten, machte er den Eindruck, als wollte er sich auf den Dackel stürzen.

Die Frau, von der Pose des Mannes und seinem »Hau ab!« provoziert, ruckte zornig an der Leine, sodass der Hund den Halt verlor und seiner Besitzerin beinahe entgegenrollte. »Hau'n Sie doch ab!«, keifte die unscheinbare Dame, die im Ort ein kleines Haus besaß und in dem Mann ihr gegenüber jetzt Horst Schuster erkannte. »Was verstecken Sie sich auch im Gebüsch?« Natürlich war ihr aufgefallen, dass Schuster hier aus unerfindlichen Gründen wohl nach Erleichterung gesucht hatte. Das konnte sie aber wohl nicht aussprechen.

Horst schwitzte, die Hände zitterten. »Hau ab!«, brüllte er. Dabei ließ er nicht eine Sekunde die Augen von dem Hund. Wenngleich er diesmal die Frau meinte.

»Na, na!«, schulmeisterte sie. »Wenn Sie im Freien hinmachen, müssen Sie damit rechnen, dass jemand vorbeikommt.«

Horst rang nach Luft.

»Oder haben Sie zu Hause kein Klo«, fragte die Spaziergängerin pikiert und zerrte weiter an der Hundeleine, an dessen Ende sich der Dackel mit gespreizten Vorderbeinen weiter sträubte, zu folgen.

Horst legte den Kopf in den Nacken, als wollte er wie ein Wolf den Mond anheulen, brachte aber keinen Laut über die Lippen. Die Muskeln seines Körpers waren zum Zerreißen gespannt – da explodierte er. Mit einem Sprung stürzte er sich auf die Frau, die ungefähr vier Meter von ihm entfernt stand.

Der Dackel zog winselnd den Schwanz ein und wich dem rasenden Zweibeiner aus. Die Angegriffene schrie kurz auf, wurde im selben Moment aber durch einen Faustschlag zu Boden gestreckt. Der Hieb war so heftig, dass die Mittvierzigerin in Ohnmacht fiel. Horst war wie von Sinnen. Schnaufend kauerte er sich mit den Knien auf die Brust der Niedergestreckten und schlug ihr dreimal mit aller Kraft ins Gesicht. Dann umfasste er den Hals der Frau und drückte zu. Horst stöhnte, schniefte, drohte selbst zu ersticken – drückte aber weiter zu. Immer stärker, sodass ihm die Arme erlahmten und die Hände schmerzten. Der Dackel sprang umher und kläffte. Dabei tat er so, als wollte er den Mann anspringen, beließ es aber bei Drohgebärden. Und Horst umklammerte den Hals der Frau wie ein Fischadler seine Beute. Als hätte er einen Krampf, drückte er mit seinen Daumen auf die Gurgel, die längst gebrochen war. Sein Opfer zuckte nicht mehr, der Kopf mit den blutenden Wunden hatte sich leicht blau verfärbt.

Schlagartig fiel alles von ihm ab. Er stand auf, schaute auf die Tote, ließ die Arme baumeln. Er fühlte nichts, dachte nichts. Aber ihm war leicht zumute. In die Realität kehrte er erst in jenem Moment zurück, als er den Dackel wahrnahm, der um ihn herumsprang und kläffte. Horst griff die Leine, zog den Hund brutal zu sich heran und hob ihn wie an einem Galgen in die Höhe. Jacko winselte und zappelte. Dabei schaute ihm der Mann ein paar Sekunden zu, bevor er blitzschnell den Körper des Hundes ergriff, die Leine zweimal um dessen Hals wickelte und mit einem Ruck zuzog, dass das Tier nur zuckte. Dann war auch der vierbeinige Begleiter tot.

Zu Kreuze gekrochen

Kommissar Michael Neumann nahm alle Kraft zusammen und rannte den Hügel hinauf. Seit über 20 Minuten joggte er bereits durch den Rugard in Bergen. Das war mittlerweile an jedem Wochenende sein Fitnessprogramm geworden. Manchmal hing er noch eine Stunde im Kraftraum ran. Zumindest am Sonnabend. Das reichte ihm häufig aber immer noch nicht. Er wollte sich schinden. Das war Ablenkung und Stärkung des Selbstwertgefühls zugleich. Auf der Kuppe der Erhebung angekommen, stoppte er. Seine Waden schmerzten, die Lunge auch. Scheinbar. Er wusste ja, dass das der Rücken und die Muskeln waren, die er seit Wochen übermäßig beanspruchte. Schnaufend stützte er sich mit den Händen auf den Oberschenkeln ab. Der Schweiß rann ihm in Bächen über den ganzen Körper. Eigentlich war es für sein intensives Training viel zu warm. Aber er wollte das so. An die Grenzen gehen. Gedanken ausschalten. Und die Wut bekämpfen.

Ja, Michael Neumann war wütend. Nachdem der Neue ihm den Leiterposten für die Kriminalpolizei in Bergen vor der Nase weggeschnappt hatte, war sein ganzes Streben darauf ausgerichtet gewesen, allen anderen zu zeigen, dass dieser Karsten Schwinka nicht der Richtige für die Insel-Kriminalisten sei. Was hätte da Besseres passieren können, als diese verdammte Mordserie bei den Störtebeker Festspielen. Gleich am Tag seiner Ankunft war Schwinka damit konfrontiert worden. Und eigentlich hätte er versagen müssen. Neumann selbst hatte einiges dafür getan: die Ermittlungen erschwert und versucht, den Neuen bei der Staatsanwaltschaft in ein unvorteilhaftes Licht zu rücken. Am Ende wurde der Fall gelöst und er – Michael Neumann, der Mann mit den besten Beziehungen und meisten Erfahrungen – war vom Dienst suspendiert worden.

Der Kommissar setzte sich auf einen Baumstumpf und streckte die Beine aus. Auch die Füße taten ihm weh. Vielleicht waren die neuen Laufschuhe doch nicht die beste Wahl gewesen, dachte er. Aber da kam ihm schon wieder der Neue in den Sinn. Warum der ihn nicht bei Vorgesetzten und Staatsanwaltschaft verpfiffen hatte, war Neumann heute noch, gut sechs Wochen nachdem Schwinka all das belastende Material gegen ihn ausgegraben hatte, ein Rätsel. »Vielleicht ist er ja doch ein Vollidiot«, brummte der Kripo-Mann vor sich hin. Wie oft er diesen Satz in den letzten Wochen schon gesagt hatte, wusste er nicht mehr. Bezeichnend war daran nur, dass er sich mit dem Rügen-Rückkehrer, der ja offensichtlich mal geglaubt hatte, woanders besser dran zu sein, beim besten Willen nicht versöhnen konnte.

»Ich hätte mich achtkantig gefeuert«, grinste Neumann. »Oder einen Kopf kürzer gemacht.« Sein Lächeln wurde breiter. »Aber ich bin immer noch da. Und so schnell kriegt mich da jetzt auch keiner mehr weg.«

Michael Neumann stand auf und schlenderte den Hügel hinab zurück zur Straße. Laufen wollte er jetzt nicht mehr. Zu sehr hielten ihn die Gedanken gefangen. Wie so oft in den vergangenen Wochen. ›Warum kann ich nicht zufrieden sein?‹, dachte Neumann. Nach der Suspendierung war er auf Anraten seiner Frau zu Kreuze gekrochen und hatte ohne Murren seine Arbeit in der Anklamer Kripo-Außenstelle in Bergen wieder aufgenommen. Nach den kompromittierenden Dokumenten und den Beweisen für seine Vorteilsnahme im Amt, hatte er sich nie wieder erkundigt. Warum eigentlich nicht? Damit hatte sein Chef doch eine Waffe in der Hand, die jeden Tag geladen auf ihn zielte. Wäre es nicht besser, einen Schlussstrich unter der Affäre anzustreben? Schwinka sprach das Thema aber auch nicht noch einmal an. Für Neumann war das ein Zeichen von Schwäche.

Als der Polizist an der Straße ankam, ging er noch 150 Meter bis zu seinem Wagen – einem gerade vor zwei Wochen gekauften Citroën. Bar bezahlt. Das machte ihn stolz. Wer konnte sich das schon leisten? Seinen über alles geliebten BMW hatte er abstoßen müssen. Auf Schlag waren mehrere kostenintensive Verschleißreparaturen angefallen. Das wäre extrem teuer geworden, also kaufte er sich lieber gleich etwas Neues. Und warum nicht mal den Franzosen eine Chance geben? Und Citroën hatte in den höheren Preislagen regelrechte Luxus-Limousinen. Neumann stieg ein und startete durch. Auf dem Beifahrersitz lag eine Sonnenbrille, bei der das linke Glas fehlte. ›Könnte ich endlich wegschmeißen‹, dachte der Polizist. ›Finde ich eh nicht wieder.‹ Und schon drehten sich seine gesamten Gedanken um den morgigen Montag. Der Alltag würde ihn wiederhaben. Und erneut würde er gute Miene zum bösen Spiel machen. Wie lange noch? Er wusste es nicht. Aber alles war im Fluss.

Manchmal heulen

Nadine Pollwitz saß auf einer Bank an der Binzer Promenade und rauchte eine Zigarette. Das empfand sie als kleines Vergnügen. Sie schaute den Urlaubern zu, die vorbeiflanierten. Jetzt, Mitte September, waren immer noch ausgesprochen viele Touristen auf der Insel. Logischerweise hing das auch mit dem sonnigen Wetter zusammen. Ihr war das eigentlich viel zu heiß, und für gewöhnlich saß sie bei 30 Grad im Schatten auch nicht draußen auf einer Bank. Aber seit es vor zwei Wochen mit Karsten Schwinka auseinandergegangen war, geisterte sie rastlos durch die Gegend.

Sie hatte sich viel zu viel davon versprochen. Und einmal mehr viel zu viel Gefühl in eine Beziehung investiert. Dieser Kriminaloberkommissar hatte an jeder Straßenecke eine Baustelle: die Arbeit, seine geschiedene Frau, die Kinder, Ärger in der Dienststelle, Anfeindungen aus der Öffentlichkeit – und vor knapp drei Wochen war sogar sein Auto abgefackelt worden. Für Nadine stand fest: Das musste mit den Störtebeker Festspielen zu tun haben. Denn denen hatte er mit seinen Ermittlungen hinter den Kulissen mächtig zugesetzt, sodass der Rest der Saison abgesagt werden musste. ›Was die das gekostet hat?‹, überlegte Nadine. ›Bestimmt Millionen.‹

Die schlanke Frau, die ihr schulterlanges Haar zu einem Zopf zusammengebunden hatte, ließ die Zigarette fallen und trat sie noch im Sitzen aus. Dann erhob sie sich, zog die figurbetonende Leggins straff, sodass diese etwas zu stark in den Schritt rutschte. Das korrigierte sie mit einem geschickten Griff und ging los. ›Am liebsten würde ich mich ins Auto setzen und zu Karsten nach Putbus fahren‹, dachte sie. Diese Begegnungen fehlten ihr. Und überhaupt – waren sie eigentlich wirklich und tatsächlich auseinander? Beide hatten sich in den letzten Tagen ihrer Zweisamkeit nur noch wenig zu sagen gehabt. Sie hatte gespürt, dass er mit seinen Gedanken meist woanders war. Und als sie das thematisierte, war er fast dankbar darauf angesprungen. »Ja, irgendwie kommen wir nicht mehr so recht zurande«, hatte er gesagt. Und dass er so viel zu tun habe. Ja, er möge sie zwar, aber widmen könne er sich ihr nicht so, wie sie es verdient habe. »Was für ein Scheiß!«, sagte Nadine Pollwitz zu sich selbst. Es war ihr ziemlich laut über die Lippen gekommen, sodass einige Passanten in ihrer Nähe sie erschrocken anschauten. ›Woher will der wissen, was ich verdient habe?‹, behielt sie ihre nächsten Gedanken wieder für sich. Wie oft hatte sie das schon gehört: »Du hast was Besseres verdient«, »Ich habe dich nicht verdient«, »Du kannst was viel Besseres haben«, »Ich bin nicht gut für dich«, »Blablabla«. Naja, sie war zwar auch nicht gerade die Ausgeburt der Direktheit, aber wenn Frauen herumdrucksen, sollten wenigstens die Männer klare Ansagen machen. Aber nein, aus deren Mündern kam auch immer nur Halbgares, wenn es um das Zwischenmenschliche ging.

Nadine fühlte plötzlich eine schreckliche Last. Unwillkürlich knickte sie in den Knien ein kleines Stück ein. ›Wie findet man den Richtigen?‹, dachte sie. ›Tolle Typen gibt es eine Menge. Aber wie findet man den, der zu einem passt?‹ Karsten Schwinka hätte wohl gepasst. Aber vielleicht auch nicht, denn sonst wäre das ja alles anders gelaufen.

Sie stand vor der Tür ihres Hausaufgangs. Immer, wenn sie alleine war, empfand sie die Anonymität in der Platte unerträglich. Erst recht, wenn sie bedachte, dass man in solch einem Neubaublock ja eigentlich nie allein war. Eine absurde Situation. Vielleicht würde sie sich nachher vor den Fernseher setzen und eine Liebesschnulze gucken. Manchmal wollte sie einfach ein bisschen vor sich hin heulen. Dabei halfen solche Filme. Vielleicht würde sie ihn anrufen? Mehr als eine brüske Abfuhr konnte sie nicht bekommen. Das wäre zwar verletzend, aber wozu Würde, wenn das Leben trist war.

Wochenendreinigungsmarathon

Horst schloss die Haustür auf. Er war in sich gekehrt. Als er unten im Hausflur stand und die Tür dumpf zuklappte, begannen wie durch einen Schalter unter Strom gesetzt die Gedanken zu zirkulieren. ›Wie kriege ich das sauber, ohne dass Gabi ausflippt?‹, dachte er. ›Nie und nimmer lässt die mich jetzt auf die Toilette!‹ Er zog hinten an der Jeanshose. Die unangenehme Stelle begann langsam anzutrocknen. Es roch auch ein bisschen. Die einzige Wasserquelle, die ihm auf die Schnelle einfiel, war die Pumpe auf dem Friedhof. Der war bei der Kirche und die wiederum lag gute acht Minuten weit entfernt. Mit Hin- und Rückweg sowie Säuberung käme er summa summarum auf fast eine halbe Stunde Zeitverlust. Das würde ihm Gabi ohne eine vernünftige Erklärung nie durchgehen lassen. Was also sollte er tun?

Horst zog seine Hose aus. Die war sauber. Erwischt hatte es nur den Schlüpfer. Auch den entfernte er, um ihn als Tuch zu benutzen. Er versuchte, sich die Reste der verunglückten Verrichtung zu entfernen. So viel war es ja nicht. Dazu spuckte er zweimal in den Schlüpfer, um den Reinigungseffekt zu erhöhen. ›Fertig!‹, dachte er und stieg hektisch zurück in die Jeans. Der Gürtel klimperte. Er hielt kurz inne. Aber von den anderen Hausbewohnern würde ihn niemand hören. Noch einmal ging er nach draußen, um den Schlüpfer in eine der Mülltonnen zu werfen. Gabi würde das Kleidungsstück zwar irgendwann vermissen, das hielt er aber aus.

Als der Mann die Treppe in die zweite Etage hinaufging, bereitete er sich auf eine mögliche Auseinandersetzung vor. Die müsste er so schnell wie möglich abbiegen, denn zu nahe durfte Gabi ihm wegen des verbliebenen Geruchs nicht kommen. Er schnupperte an den Fingern. Übel.

Er schloss mit der linken Hand auf. ›Bloß nichts am Schlüssel hinterlassen‹, dachte er.

Als er die Tür öffnete, rannte Gabi gerade vom Bad über den Flur in Richtung Wohnzimmer – und blieb abrupt stehen. »Du brauchst ja …«, keifte sie.

»Ja«, sagte Horst.

Seine Frau stand mit vor Hitze glühendem Gesicht vor ihm. Die Haare waren zerzaust und hatten wegen des Schweißes kleine, separat abstehende Löckchen gebildet. Die Hände in Gummihandschuhen. In der rechten einen blauen Wischlappen. Und wie seit gut 25 Jahren, wenn sie an den Wochenenden die Wohnung putzte, trug sie eine mit Blumenmustern übersäte Dederonschürze. Davon hatte sie mindestens fünf. Und manchmal dachte Horst, die müsste Gabi eigentlich von ihrer Großmutter geerbt haben.

»Bad ist jetzt auch sauber«, zeterte Gabi. »Da geht's nicht mehr rein.«

»Ja«, entgegnete Horst demütig. Er wollte sie nicht reizen. Er fürchtete sich vor einer Standpauke. Und außerdem hätte sie ihm dann näher kommen können, als ihm lieb gewesen wäre. Den unangenehmen Geruch, der ihn immer noch ein klein wenig umgab, würde sie sofort wahrnehmen. Also blieb er einfach an der Wohnungstür stehen.

Gabi wollte sich schon abwenden, da fragte sie: »Was glotzt du?«

»Oh, nichts«, entgegnete er. »Ich wollte dir jetzt nicht im Weg stehen. Am besten, ich gehe auf den Balkon, und rauche eine.«

»Warte!«, kommandierte Gabi. »Ich bin gleich fertig, dann komme ich mit.«

Verdammt, er hätte es wissen müssen. Wie sollte er jetzt seine Situation verbessern, ohne dass sie etwas davon mitbekäme. Also blieb er weiter an der Tür stehen und wartete.

Gabi bückte sich hinab zum Plaste-Eimer, spülte den Lappen aus und wischte sich mit dem Handrücken über die Stirn. »Pfffffff«, stieß sie hörbar die Luft aus und rief nach ihrem Sohn. »Jaiiiiiiison!«

»Ja?« Die Reaktion des Achtjährigen kam unmittelbar. Er steckte den Kopf durch den Türspalt zu seinem Zimmer.

»Bleib drin!«, befahl seine Mutter. »Es ist jetzt alles sauber.«

»Ja, geht klar«, antwortete er und verschwand sofort wieder in seinem kleinen Reich.

›Der hat's gut‹, dachte Horst und lächelte. Sofort verordnete er sich aber wieder Ernsthaftigkeit, denn es war nie angebracht, Gabi an den Sonntagabenden zu provozieren. Da hatte sie immer ihren Wochenendreinigungsmarathon hinter sich und war deshalb sehr aufgebracht.

Damals, als sich beide kennengelernt hatten, konnte er gut verstehen, dass sie die Wochenenden nutzte, um die Wohnung sauber zu halten. Das hatte er sogar sympathisch gefunden, brauchte er doch nie mit Hand anzulegen. Das wollte

Gabi nicht. Irgendwann bemerkte Horst allerdings, dass seine Frau auch in der Woche putzte – weshalb sie manchmal erst sehr spät zur Ruhe fand. Thematisiert hatte er das in all den Jahren aber nie. Horst war nicht so der Typ fürs Reden.

»Kannst«, zischte Gabi.

Horst zog die Schuhe aus und tippelte über den Flur durchs Wohnzimmer bis zum Balkon. Die Wohnung sah wieder wie aus dem Ei gepellt aus. Vermutlich lag nirgends auch nur ein Staubkorn. Und seit Gabi Desinfektionsmittel für sich entdeckt hatte, waren wohl auch alle Bakterien und Keime einem Massensterben ausgesetzt gewesen. Bei diesem Gedanken musste Horst lächeln. Als Gabi zu ihm auf den Balkon trat, wurde er aber wieder ernst.

Sie zündeten sich Zigaretten an. Jeder hatte seine eigene Sorte. Gabi rauchte Marlboro, Horst bevorzugte noch diverse Marken, die es schon in der DDR gegeben hatte. Diesmal war es Cabinet. »Willst du noch was trinken?«, fragte Gabi.

Freudig hätte er »Gern« gesagt. Aber bevor er es sich mit seiner Frau vor dem Fernseher gemütlich machen könnte, müsste er die Hose wechseln. »Vorher würde ich mich gern schon zum Schlafen umziehen«, sagte Horst. »Es ist heute so heiß, dass es mir unangenehm wäre, mich verschwitzt auf die Couch zu setzen.«

»Gut«, kommentierte Gabi wohlwollend, »ich bringe dir eine Schüssel auf den Balkon. Mach aber nicht alles nass!«

Besser hätte es nicht kommen können. Aber genau darauf hatte er spekuliert. Er kannte sie nur zu gut: Das Bad war am Sonntagabend für alle tabu.

Sie zog ein letztes Mal an ihrer Zigarette, warf den Stummel achtlos über die Balkonbrüstung, holte ihm den Schlafanzug und die orangefarbene Schüssel, die sonst immer unter dem Waschbecken stand.

Horst zog sich aus und stellte sich hinein. Das Plastikteil war gerade so groß, dass er seine Füße darin platzieren konnte, ohne die Zehen einzudrehen. Dann wusch er sich. Schwerpunkt: Genitalbereich. Dabei dachte er ständig nur daran, nach nichts zu riechen.

Gabi bereitete den Wohnzimmertisch vor, stellte für sich eine Flasche Rotwein bereit, die sie heute Abend auch noch leeren würde. Und Horst bekam seine drei Flaschen Bier. Wie an jedem Abend. Nachdem sie das Wasser aus der Schüssel über die Balkonbrüstung gekippt hatte, zupfte sie die Überdecke auf dem Sofa zurecht und gebot Horst, Platz zu nehmen. Dann schaltete er mit der Fernbedienung auf ARD, wo die »Tatort«-Melodie einsetzte. Das rituelle TV-Erlebnis begann.

Beim Abspann war Gabi wie jeden Sonntagabend so betrunken, dass sie sogar im Sitzen ein wenig schwankte. Und wie immer ließ sie ihren Kopf in Horsts Schoß sinken, zog seine Schlafanzughose ein kleines Stück herunter und befriedigte ihren Mann oral.

Der legte seinen Kopf in den Nacken und genoss es. Jason hatte sich – wie jeden Sonntagabend – die ganze Zeit nicht blicken lassen. Das bemerkte Horst schon seit Jahren nicht mehr. Und das, was vor zwei Stunden unten vor dem Haus in den Büschen geschehen war, hatte er längst vergessen.

Unbändige Wut

»Nichts«, stöhnte Kriminalhauptmeister Danilo Schobel, »die Anwohner haben absolut nichts gehört. – Sagen sie zumindest.« Dabei pustete er sich seinen Scheitel aus dem Gesicht, dass er flatterte. Obwohl es gerade mal 9 Uhr war, drückte die Hitze schon immens.

Karsten Schwinka zuckte mit den Schultern. »War zu erwarten gewesen«, sagte er. »Der Mord wird gestern Abend passiert sein. Da bewegt sich hier in dem Dorf niemand mehr nach draußen. Schon gar nicht bei dem Wetter.«

»Aber dass so gar keiner aber auch gar nichts gehört hat ...« Schobel überlegte. »Wenigstens den Köter ...«

»Wir müssen warten, bis sich bei den Leuten der erste Schreck legt«, sinnierte Schwinka. »Im Moment haben vermutlich alle den Reflex, mit dieser Sache hier nichts zu tun haben zu wollen.«

Seit fast einer Stunde waren die Beamten in Trent auf der Halbinsel Wittow schon zugange. Die kleine Parkanlage inklusive Friedhof und Kirche war mit rot-weißem Flatterband abgesperrt worden. Der Erkennungsdienst der Kriminalpolizeiinspektion Anklam war mit einer achtköpfigen Mannschaft auf die Insel gekommen.

›Beachtlich‹, fand Kriminaloberkommissar Karsten Schwinka, der die Ermittlungen leiten würde. ›Sind alle wegen der Störtebeker-Morde etwas sensibel geworden.‹ Bei dem Gedanken musste er lächeln.

Dabei war ihm sonst weniger zum Lachen zumute, wenn ihm der Fall von vor ein paar Wochen in den Sinn kam. Da hatten sie unter mächtigem Druck arbeiten müssen. Besonders, als während der Ermittlungen die Zahl der Opfer gestiegen war, wollten Vorgesetzte, Medien und die Rügener Einwohner Ergebnisse sehen. Und da Schwinka auf seinem Gebiet als absolute Koryphäe galt, war bei allen die Erwartungshaltung groß gewesen.

»Die liegt hier locker seit zwölf Stunden«, sagte Kriminalhauptmeister Rico Schirner. Er leitete den Erkennungsdienst und war ein Mann mit enormen Erfahrungen.

»Mmh«, entgegnete Schwinka. Er war wie die Kollegen der Spurensuche mit einem weißen Schutzanzug bekleidet. Obwohl der gefühlt dünn wie Papier war, staute sich darunter die Hitze.

»Außerdem ist sie eindeutig erwürgt worden«, fügte Schirner hinzu. »Die Verletzungen im Gesicht sehen zwar spektakulär aus, waren aber auf keinen Fall tödlich. Ich glaube, sie ist durch die Schläge gegen den Kopf ohnmächtig geworden.«

»Das denke ich auch, denn an der Stelle, an der sie liegt, gibt es kaum Kampfspuren«, sagte Schwinka und ging mit Schirner näher an die Leiche heran. Die beiden Kriminalisten hockten sich nieder und begutachteten den Boden.

»Sehen Sie?«, fragte Schwinka. »Sie hat nur ein wenig mit dem Hacken die Erde aufgescharrt. Nicht so, als hätte sie sich aufgebäumt, sondern müde, als würde sie sich im Schlaf nur mal eben umdrehen.«

Schirner nickte: »Nachvollziehbar. Hier, dieser Schlag traf sie an der rechten Augenbraue und am Jochbein. Das dürfte auch zertrümmert sein. Das ist schlimm, tötet aber nicht unbedingt. Eine weibliche Person von ihrer Konstitution kann das aber schon mal ausknocken.«

»Wenn jemand die Frau mit einem Schlag niederstreckt, sie praktisch erledigt auf dem Boden liegen sieht, und sie dann aber noch erwürgt ...?« – Karsten Schwinka überlegte – » ... könnte er sie gekannt haben. Vielleicht hat er ihr aufgelauert, und der Mord war geplant.«

»Dafür spräche auch, dass der Hund getötet wurde«, mischte sich Hauptmeister Danilo Schobel ein. Er hatte vor Kurzem gemeinsam mit Schwinka die Störtebeker-Morde aufgeklärt. Dabei waren die beiden zu einem glänzend aufeinander abgestimmten Ermittlerduo geworden. Karsten Schwinka hatte in den zurückliegenden Wochen häufig dem Schicksal gedankt, dass es ihm solch einen guten Mann an die Seite geführt hatte. Und Schobel freute sich immer wieder darüber, endlich wie ein echter Kriminalist arbeiten zu können. Nie im Leben hätte er geglaubt, dass es mal einen derart versierten Kripo-Mann auf die Insel verschlagen würde.

»Ja«, sagte Schwinka, der immer noch wie in Gedanken wirkte, »der tote Hund ... Wozu tötete er den Hund? Weil der bellte? Oder weil der Hund ihn kannte?«

»Ich würde den Hund meines Opfers auch töten«, sagte Schobel.

»Sicher?«, fragte Schwinka. Und ohne die Antwort abzuwarten fügte er hinzu: »Der Hund hat den Mörder nicht angegriffen. Wäre es passiert, hätte man das anhand irgendwelcher Spuren gesehen. Also saß das Tier unbeteiligt daneben – was das Töten völlig absurd erscheinen lässt. Oder der Dackel hatte Angst und sprang lediglich kläffend um das Geschehen herum. Aber selbst dann hätte der Mörder den Hund nicht töten müssen, denn der bleibt bei seinem Frauchen, statt dem Täter hinterherzuhecheln.«

»Also geplant?«, fragte Schobel.

»Oder unbändige Wut …«

»Oder beim Kacken erwischt«, platzte Polizeimeister Gunnar Schick dazwischen. Der saß gerade im nahen Gebüsch und füllte Kot in eine kleine Plastikdose. Nach dem Versiegeln beschriftete er sie. Neben die Fäkalien platzierte er ein Schild mit der Aufschrift *11*.

»Oh, da haben wir ja Glück, dass wir nicht reingetreten sind«, sagte Karsten Schwinka mit einem ironischen Unterton. Er fand es merkwürdig, dass die Hinterlassenschaft jetzt erst entdeckt wurde. Für einen kurzen Moment grummelte es in seinem nervösen Magen, was mit einer Art Ärger gleichzusetzen war. Wie oft gingen Ermittlungen schief, konnten offensichtliche Täter nicht verurteilt werden, weil die Polizei Fehler machte oder schlichtweg Details übersah. Und manchmal lagen diese Details weithin sichtbar mitten auf der Straße – bildlich gesprochen.

Schwinka, Schobel und Schirner gingen zu dem Haufen, stellten sich in einem gleichschenkeligen Dreieck um ihn auf und blickten zum braunen Kringel hinab – als könnte dieser den Kriminalisten den gesamten Tathergang erzählen.

»Ist das eine Meditation?«, rief Diana Chupaski.

Wie auf Kommando hoben die Männer die Köpfe und schauten sie verdutzt an.

Chupaski musste lachen. »Dieser Baumbestand muss so eine Art Treffpunkt für eine Clique sein«, sagte sie wieder ernst und kam weiter auf die drei Polizisten zu. Die junge Frau gehörte zum Erkennungsdienst. Das zwar erst seit vier Monaten, aber Schirner hielt große Stücke auf sie. Die zierliche 29-Jährige entdeckte an jedem Tatort mindestens eine Besonderheit, die allen anderen entging.

»Wieso?«, fragte Schirner.

»Es gibt hinten eine Bank, an der Kippen und Bierbüchsen liegen«, entgegnete die Kriminalhauptmeisterin. »Vielleicht war die gestern Abend ja auch besetzt.«

»Alles einsammeln, was einzusammeln geht!«, sagte Schwinka halb zu Chupaski, halb zu Schirner. »Wenn jemand die Frau aus Wut umgebracht hat, dann hat er hier nicht zum ersten Mal im Busch gehockt und sein Geschäft verrichtet. Unterm Laub schimmern alte Papierreste hervor. Auch ist der Bereich ungewöhnlich festgetreten.«

Schirner und die junge Frau nickten. Unverrichteter Dinge machten sie sich wieder an die Arbeit.

»Und du, Danilo, organisierst so schnell wie möglich eine Bestimmung der DNA! Wir brauchen einen deutschlandweiten Datenabgleich. Ich glaube zwar nicht, dass wir den Mörder schon gespeichert haben, aber das will ich so schnell wie möglich abgearbeitet haben.«

Bestimmt Touristen

In Trent hatte der Mord an Krista Schildt rasant die Runde gemacht. Die Tote war von ein paar Jungs entdeckt worden, die auf dem Weg zum Schulbus noch heimlich eine rauchen wollten. Das war gegen 6 Uhr gewesen.

Schildt hatte in einem Eigenheim ganz in der Nähe des kleinen parkähnlichen Waldes gewohnt. Und das seit über einem Jahr allein, denn ihr Mann war ausgezogen und nach Ulm zu seiner neuen Freundin abgehauen. Ihr waren das Haus und der Dackel geblieben. Und genau in diesem Dunstkreis hatte sich ihr Leben in den zurückliegenden Monaten abgespielt: Haus, Hund, Arbeit. Verkäuferin war sie gewesen. In Altenkirchen in einem Discounter, zu dem sie werktags mit ihrem Kleinwagen fuhr. Der Dackel war auf dem kleinen, eingezäunten Hof geblieben, hatte zu trinken, eine kleine Hütte, Hundespielzeug. Das war eingespielt. Vielleicht galt Schildt nicht gerade als besonders beliebt, aber Feinde hatte sie in dem Dorf keine. Und jetzt war sie tot.

»Ganz schreckliche Sache!«, antwortete Pastor Simon Juhrke auf die Frage, ob er schon von der Toten gehört habe. »Furchtbar, dass so etwas in diesem Dorf passieren kann!«

»Das waren bestimmt Touristen«, entfuhr es der alten Gundula Krüger, die fast täglich mehrere Stunden an der Kirche und auf dem Friedhof verbrachte. Heute war Pastor Juhrke sehr früh ins Gotteshaus gekommen, um hier wegen des Ereignisses nach dem Rechten zu sehen. Denn man konnte ja nicht wissen, was außer des Mordes in der Nacht noch so alles geschehen war.

Simon Juhrke, ein mittelgroßer unscheinbarer Mann mit schütterem Haar, wohnte eigentlich in der Pfarrei in Schaprode – westlich von Trent keine zehn Minuten mit dem Auto. Meist kam er aber mit dem Fahrrad hierher. Das war knapp eine halbe Stunde. Und er tat damit etwas für seine Gesundheit. Heute war Juhrke aber ins Auto gestiegen, nachdem er von einem Trenter Kirchgemeindemitglied angerufen worden war. Als er hörte, neben dem Gotteshaus sei die Schildt ermordet worden, hatte der Pastor sofort geglaubt, die Frau habe an der historischen Kirche Einbrecher erwischt. Denn zu klauen gab es in dem 700 Jahre alten Gebäude einiges. Aber wie sich die Dinge mittlerweile darstellten, hatte sich niemand an dem Haus vergriffen. Auch lag Krista Schildt nicht neben der Kirche, sondern noch einige Hundert Meter weit davon entfernt.

»Warum glauben Sie, dass es Touristen waren, Frau Krüger?«, fragte der Pastor höflich, wenngleich er sich vorstellen konnte, wie die 80-Jährige zu ihrer Ansicht kam.

»Glaub'n Se denn wirklich, dat macht einer von hier?«, entgegnete die gebrechliche Frau, die in der ersten Bankreihe des Kirchenschiffes saß und dem Pastor zuschaute, wie er Reliquien hin und her räumte. Dabei stützte sie sich mit den Händen auf einem Gehstock ab, den sie sich zwischen die Beine geschoben hatte.

»Ich glaube nur an den Herrn, liebe Frau Krüger«, entgegnete Juhrke salbungsvoll. »Und zum jetzigen Zeitpunkt kann man noch überhaupt nichts zu einem möglichen Täter sagen.«

»Nee, nee.« Die Alte schüttelte den Kopf. »Dat macht keiner von hier. Wir wissen doch gar nich', wat da alles für 'n Gesocks immer auf die Insel kommt.«

»Es gibt überall schlechte Menschen, Frau Krüger. Sie haben doch selbst schon so viel erlebt. Auch hier auf Rügen.«

Gundula Krüger schwieg. Natürlich hatte sie viel erlebt. Und gerade hier auf Rügen, wo sie geboren und aufgewachsen war: Missbrauch durch den Vater, Schläge vom Ehemann, der ihr schon vor zwölf Jahren weggestorben war. Der Sohn ein gewalttätiger Trinker, der auch einige Male die Hand gegen seine Mutter erhoben hatte, jetzt aber – zum Glück – in Leipzig lebte. Und dann die Tochter. Die war noch hier, wohnte mit ihrer Familie in einem Eigenheim in Altefähr. Seit dem Tode ihres Vaters ließ sie sich bei der alten Mutter in Trent aber nicht mehr blicken. Auch Anrufe kamen eher selten.

Gundula wurden die Augen feucht. Das passierte der Greisin häufig. Der Schmerz der Jahre hatte sie aufgeweicht. Manchmal weinte sie schon, wenn sie einfach nur auf die Gräber schaute und sich an die Zeiten mit den Personen erinnerte, die dort unter der Erde lagen. »Ja, ja«, flüsterte die Frau.

»Außerdem haben wir hier in Trent im Moment gar nicht so viele Urlauber«, nahm der Pastor den Gesprächsfaden wieder auf. »Aber wie dem auch sei: Aus Trent muss der Mörder ja trotzdem nicht gewesen sein.«

»Ich hab den Hund gestern ja noch jaulen gehört«, sagte Krüger. »Dreckskröter, dacht' ich noch. Wat jault der denn nu' schon wieder? Aber denn war'er plötzlich still.«

»Haben Sie das schon der Polizei erzählt?«, fragte Pastor Juhrke wie beiläufig, hielt in seinem Tun aber inne.

»Ja, ja«, log die Alte, »hab ich gemacht. Aber es geht ja um die Schildt und nich' um den Köter.«

»Aber den hat der Täter doch auch getötet. Das wissen Sie doch Frau Krüger. Vielleicht waren Sie Ohrenzeugin des Verbrechens.«

»Ach wat«, winkte Krüger ab, »so gut hör ich auch nich' mehr. Obwohl es damit immer noch besser is' als mit dem Kucken und dem Gehen. Aber wer weiß, wat ich da gehört hab.«

Gut im Futter

Gabi Schuster rannte die Treppe runter. Wie konnte sie nur so mit der Zeit in Verzug geraten? Das war gar nicht ihre Art. Aber heute Morgen hatte ihr Horst ständig im Weg gestanden, war Jason übelgelaunt gewesen. Solch eine aufgeladene Atmosphäre in der Familie hielt auf. Als Horst endlich zur Arbeit gefahren war, hatte sie ihren Sohn noch ein bisschen angetrieben, sodass er den zweiten Bus geschafft hatte. Mit der Schülerbeförderung fuhr Jason nicht mit, da der für seinen Unterrichtsbeginn in Bergen immer viel zu früh kam. Ihr waren dabei aber die Minuten durch die Finger gerieselt wie Strandsand. Und noch während sie sich die modischen hochhackigen Sandaletten an die zierlichen Füße schnallte, hatte Katja unten gehupt.

Gabi und Katja arbeiteten in Boutiquen in Breege. Dort war ein reger Touristenverkehr, sodass sich selbst kleine Läden mit nur wenigen ausgesuchten Angeboten lohnten. Und da die Schusters nur einen Wagen besaßen, war Gabi auf die Idee gekommen, mit Katja Zeisler eine Fahrgemeinschaft zu bilden. Zeisler lebte mit ihrer Familie jetzt seit drei Jahren in Trent. Sie stammte aus Thüringen und hatte sich eine Art Kindheitstraum erfüllt – auf Rügen zu leben. In dem Wittower Dörfchen hatte sie ein altes Haus gekauft und es gemeinsam mit ihrem Mann und Freunden ausgebaut. Irgendwie immer noch. Denn das Anwesen glich eher einer Baustelle als einem trauten Heim.

Katja Zeisler sah heute wieder perfekt aus. Kurzer hellblauer Rock zu hellblauen Pumps. Dazu eine auffällige Bluse, in der sich mehrere Blautöne trafen und schließlich große Ohrringe mit hellblauen Scheiben als Hingucker. Sie liebte es, ihren Anputz so zu kombinieren, dass eine Farbe dominierte. Das veranlasste die Kunden im Geschäft immer zu freundlichen Bemerkungen oder Komplimenten.

Gabi drehte unmerklich mit den Augen, als sie zu der gut zehn Jahre jüngeren Frau ins Auto stieg. Sie hielt das mit den Farben für eine Marotte. Außerdem musste sie immer wieder feststellen, dass Katja kurze Röcke eigentlich nicht tragen sollte. Ihre Beine waren zu stämmig, die Knie sahen aus wie zu klein geratene Handbälle. Nun gut, die Zeisler hatte zwar ein hübsches Gesicht, die Wangen wurden von Monat zu Monat aber immer runder – so wie ihre Oberschenkel. ›Steht gut im Futter‹, dachte Gabi. Ihr Gesicht blieb dabei aber ohne Regung. Es war erstaunlich, wie wenig man in der Miene der 44-Jährigen zu lesen vermochte. Sie konnte stundenlang einem Gespräch folgen, ohne auch nur einmal den Gesichtszügen eine Entgleisung zu erlauben.

Gabi Schuster war stolz auf ihren schlanken Körper, der sich durch Formen auszeichnete, die Männer in Wallung bringen konnten. Das war ihr in die Wiege gelegt worden, denn Sport trieb sie schon seit zehn, fünfzehn Jahren nicht mehr. Aber solange alles an den richtigen Stellen feste Rundungen aufwies, sah sie keinen Anlass, plötzlich im Schweiße ihres Angesichts zu joggen oder womöglich in ein Sportstudio zu gehen. Und genau genommen war Gabi Schuster sogar eine hübsche Frau. Ihre Züge wirkten vielleicht ein bisschen spitz, waren aber ebenmäßig. Dass das jedoch niemandem mehr auffiel, lag an den herabgezogenen Mundwinkeln, die ihr eine verhärmte Note verliehen. Manchmal, wenn sie in den Spiegel schaute, wurde sie sich dessen bewusst und versuchte zu lächeln. Aber das passte nicht mehr zu ihr, also ließ sie die Mundwinkel wieder herabfallen. Dann vergrub sie sich in ihren Frust über ein vertanes Leben an der Seite dieses langweiligen Mannes, der nichts an sich hatte, das man hätte lieben können. Warum sie Horst damals geheiratet, ja, warum sie ihn überhaupt erwählt hatte, konnte sie schon seit vielen Jahren nicht mehr beantworten. Da sie es aufgegeben hatte, sich selbst hübsch zu finden, war auch eine gewisse Nachlässigkeit eingezogen. Sie achtete nicht mehr so sehr auf das, was sie anzog, und kümmerte sich nur noch selten um ihre Haare, die wegen ihres Hanges zur Krause eigentlich mehr Aufmerksamkeit benötigten. Und so lief sie gerade an heißen Tagen, wenn man auch schwitzte, ohne sich groß zu bewegen, den ganzen Tag mit winzigen, fast wie Drahtkringel wirkenden Löckchen herum.

»Morgen Gabi!«, flötete Katja Zeisler.

»Morgen!«, grummelte die zurück. Sie hatte eine warme, fast tiefe Stimme, die mit den Jahren etwas heiser geworden war.

»Hast du schon gehört? Die Schildt wurde erschlagen.« Dabei fuhr Katja mit quietschenden Reifen los, schaltete zügig die Gänge hoch und frönte ihrem rasanten Fahrstil, an den sich Gabi längst gewöhnt hatte.

»Wie bitte? Nein … Was heißt denn erschlagen?«

»Na abgemurkst. Heute Nacht. Zwischen den Bäumen bei der Kirche.«

»Wie … an der Kirche?«

»Ja, da irgendwo.«

Das war ja ein Ding. Mitten in Trent wurde jemand erschlagen. Ein wohliger Grusel rann über Gabis Rücken. Endlich was los. »Weiß man denn, was passiert ist?«, fragte sie.

»Nicht so richtig. Mich rief Tini an, deren Sohn hat die Schildt wohl gefunden …«

›Ich werde von niemandem angerufen‹, dachte Gabi, ›schon seit Jahren nicht mehr.‹ Manchmal schaute sie zwei, drei Tage nicht einmal auf ihr Telefon.

»… sie meint, waren wohl Touristen oder welche von außerhalb.«

»Wie kommt sie darauf?«, wunderte sich Gabi.

»Naja, wer soll hier aus dem Dorf schon die Schildt erschlagen?«

»Tja, wer …?« Gabi sah aus dem Fenster. Die weiten Felder flogen an ihnen vorbei.

Katja Zeisler fuhr einen heißen Reifen. Auf der Landstraße locker 120 Kilometer pro Stunde. »Ich glaube ja nicht, dass das welche von außen waren. Sind ja kaum Urlauber im Dorf. Wer weiß, mit wem die Schildt Streit hatte. Oder vielleicht war's ja auch ein heimlicher Liebhaber, den sie verlassen hat. Oder womöglich …«

Gabi ließ Katja plappern. Dabei verzog sie wieder keine Miene, denn sie war mit ihren Gedanken ganz woanders.

Zuallererst bei sich und ihrem verkorksten Leben. Und auch die Arbeit in dem Schmuckladen bereitete ihr kaum Freude. Was sollte bloß noch werden? Für einen kurzen Moment erschien Jason vor ihrem geistigen Auge. Dessen Gestalt verschwand aber ebenso schnell wieder wie die Bäume und Häuser, die vorbeirauschten.

Dezentes Hintergrundbrummen

Horst Schuster arbeitete als Bauingenieur in Sassnitz. Das war jeden Tag eine nicht zu verachtende Strecke mit dem Auto. Vor allem wenn die Insel die Urlauberinvasion erlebte. Da konnten die Straßen morgens schon verstopft sein. Jetzt, im September, ging es.

Während der Fahrt dachte er an nichts. Und da das prinzipiell nicht geht, da unsere Gedanken im wachen Zustand unentwegt Bilder erzeugen, beschäftigte er sich ganz und gar mit dem, was auf der Straße passierte. Er las Autokennzeichen und überlegte, welchen Landkreisen die Buchstabenkombinationen wohl zuzuordnen seien. Er zählte zwischen zwei Abfahrten die Begrenzungspfähle am Straßenrand. Oder er konzentrierte sich darauf, ohne den Tempomaten die Nadel auf dem Tachometer genau auf der *100* zu halten.

Horst war nicht unansehnlich. Mit seinen 1,84 Metern Körpergröße galt er nicht gerade als klein. Auch kleidete er sich gut, trug meistens ein Hemd zur Anzughose und verzichtete an kühleren Tagen grundsätzlich nicht auf das dazugehörige Sakko. Dass er einen Anzug manchmal eine ganze Woche lang anhatte, fiel schlimmstenfalls den Kollegen auf. Seine Hemden wechselte er aber täglich. Zumindest fast.

Horst begann zu pfeifen. Dabei lächelte er gut gelaunt. Er hatte auch sonst ein einnehmendes Wesen, war meist fröhlich und kommunikativ. Das lenkte von seiner viel zu großen Nase und dem Bauchansatz ab, der sich mehr und mehr durch die Knopfleiste seiner Hemden schälte. Das waren aber nicht die Dinge, die ihn bewegten. Er lebte ganz für seinen Beruf. Und darin war er verdammt gut. Gab es knifflige Aufträge, zog sein Chef meist ihn zu Rate. Und er fand immer eine Lösung. Ja, immer.

Hatte Horst eben noch »Babička« von Karel Gott gepfiffen, das im Radio lief, war er allmählich in eine Fantasiemelodie übergegangen, die ihm gefiel. Also wiederholte er sie, nachdem er den Sender ganz leise gedreht hatte. Und gleich noch einmal. Dann baute er sie aus, wackelte mit dem Kopf hin und her – und pfiff auch noch, als er vor dem Ingenieurbüro aus dem Auto stieg.

Die Woche begann mit dem üblichen »Hallo!« und »Wie war dein Wochenende?«, was seinen rituellen Höhepunkt in einer Kaffeerunde in der Küche fand. Der Chef saß mit der Architektin am Tisch und schwatzte über dies und das, während Traber und Kauz am Kaffeeautomaten standen und über Politik philosophierten. Horst zur Rechten stand Peti, die kleine, kompakte Sekretärin. Wieso die sich so nennen ließ, war ihm ein Rätsel, hieß sie doch Petra und hatte damit einen derart kurzen Namen, dass der eigentlich nicht mehr hätte verkürzt werden müssen. Ihn nannte man ja auch nicht Hosi. Wenn überhaupt, würde sich Horsti anbieten, aber das wäre dann eine Verlängerung.

Petra schnatterte. Horst hörte ihr gern zu, weil sie eine angenehme Stimme besaß. Petra hatte einen Sound, der wie ein dezentes Hintergrundbrummen wirkte. Da war es gar nicht wichtig, was sie sagte. Hauptsache sie redete. Das tat sie gerade ausgiebig, denn am Wochenende waren ihre Eltern zu Besuch gewesen und es hatte bei der gemeinsamen Grillfete im Garten mächtig Krach in der Familie gegeben.

Horst nahm vom Inhalt des Berichts nur Bruchstücke wahr, schaute aber drein, als wäre er ganz bei Petra und ihrer Geschichte.

»Und was war bei dir so los?«, fragte die Sekretärin.

»Wir haben ja nicht so die Gelegenheit, im Garten eine Party zu machen«, entgegnete Horst. »Unsere Eltern sind deshalb auch viel seltener bei uns.«

»Also ein ganz normales Wochenende?«, fragte Petra weiter, die sich an die Art der Dialoge mit Horst Schuster längst gewöhnt hatte. Der redete immer um den heißen Brei herum, wenn es um mehr oder weniger persönliche Dinge ging. Dann antwortete er nie direkt und schien sich ständig für irgendetwas zu entschuldigen. Das änderte sich nur, wenn es sich um die Arbeit drehte. Da war er sortiert und klar. Zwar konnte er Leuten, die nicht so mit dem Bauingenieurwesen vertraut waren, mit seinem Fachchinesisch mächtig vor den Kopf stoßen, aber was er dann so von sich gab, hatte inhaltlich Hand und Fuß.

»Ich bin nicht so für große Feiern oder Ausflüge«, antwortete Horst. »Manche sehen das anders. Aber das kann ja auch jeder halten, wie er möchte, nicht wahr?«

»Na klar, Horst«, sagte darauf Petra, die ahnte, dass sie gut eine Viertelstunde brauchen würde, um den Ingenieur auf den eigentlichen Kern der Frage zu lenken. Also beließ sie es dabei, denn die Frage nach Schusters Wochenende hatte sie eh nur aus Höflichkeit gestellt. Was sollte bei dem schon passieren? Langeweile pur.

Da klingelte das Smartphone des Chefs. »Moment mal«, entschuldigte der sich bei der Architektin. »Na Siggi, was gibt's?» – »Scheiße, echt?« Er stand auf und begann unruhig in der Küche auf und ab zu laufen. »Sicher?« – »Nee, der hat noch nichts gesagt.« – »Ja, ja, mach ich … jahaaa, mach ich. Grüß Kitty!« Mario Goroschka ließ seine Hand mit dem Smartphone langsam sinken. Dabei richtete der Inhaber des Ingenieurbüros seinen Blick auf Horst. »Was ist denn bei euch los?«, fragte er fassungslos in Richtung seines Mitarbeiters aus Trent.

Horst schaute verdutzt.

»Die haben da eine Frau gefunden. Die ist wohl ermordet worden. Erschlagen, wie es heißt …«

Alle schauten Horst an.

»Tja«, sagte der und blickte mit großen Augen in die Runde seiner Kollegen.

»Mann, und dann erzählst du uns davon nichts?«

»Tja«, wiederholte Horst.

»Du kennst ihn, Mario, wenn es nicht ums Bauen geht, sprudelt es nicht gerade aus ihm heraus«, warf die Architektin schnippisch ein.

»Aber sowas? Das passiert ja nun nicht alle Tage«, fand Goroschka.

Horst Schuster staunte über die Aufregung. Innerlich ärgerte ihn diese Sensationslust der Leute. Schlimm genug, dass da jemand zu Tode gekommen war! Warum das dann auch noch lang und breit auswalzen? Während die anderen noch über sein Defizit fabulierten, die Bedeutung von Informationen richtig einordnen zu können, sah er vor seinem geistigen Auge, wie Krista Schildt unter dem Druck seiner Hände die Zunge herausstreckte. ›Kein schöner Anblick‹, dachte Horst. ›Es kann sich hier niemand vorstellen, wie unwürdig jemand stirbt, wenn ihm die Kehle zugedrückt wird. In Filmen wird das ja auch nie real gezeigt. Und selbst wenn – es dringt nicht bis ins Bewusstsein derer vor, die sich das anschauen.‹

»Hast du davon denn nichts gewusst?«, fragte die Architektin plötzlich in seine Richtung.

»Ich bin heute ein bisschen zu spät aufgestanden und war dadurch etwas im Stress«, entgegnete der erneut an der Frage vorbei.

»Also hast du es noch nicht gewusst …«, bohrte die Architektin nach.

»Heute Morgen haben wir zu Hause nicht viel geredet. Und dann bin ich gleich raus ins Auto und hierher.«

»Soll ›nein‹ heißen«, übersetzte Goroschka amüsiert.

Buschfunk funktioniert

Am Nachmittag war die tote Krista Schildt abtransportiert worden. Unter den Bäumen und zwischen den Büschen kehrten Polizeibeamte in weißen Ganzkörperanzügen alles von unterst zu oberst, wendeten jedes Blatt zweimal, tüteten jeden Zigarettenstummel und jeden Kronkorken ein.

Unmittelbar nach dem Leichenfund sofort mit dem Erkennungsdienst aufzukreuzen, war unüblich. Schwinka hatte aber angewiesen, dass beim Auffinden von Toten zwar wie vorgesehen automatisch die diensthabenden Beamten den Fundort sicherten, dies aber grundsätzlich nicht mit typischen Erstermittlungen verbanden. Wurde ein Toter gemeldet, hatten seine Kollegen bei ihm anzurufen. Und er behielt sich vor zu entscheiden, ob sofort Dauer- bzw. Erkennungsdienst zum Zuge kamen. Er wollte bei einem Tötungsverbrechen keine Zeit verlieren. Und die ersten Stunden waren oft entscheidend.

So war es auch jetzt. Als das Telefon geklingelt und der Diensthabende ihm von der toten Frau und dem neben ihr liegenden Hund berichtet hatte, war ihm klar gewesen, dass er sich ein langes Rätselraten sparen konnte. Die Frau war weder bei einem Unfall, noch durch Selbstmord ums Leben gekommen.

Sie hatten eine Menge geschafft: Die drei Jungs, die auf die Leiche gestoßen waren, konnten nur wenig erzählen. Verdächtige Beobachtungen hatten sie schon gar nicht gemacht.

In der Nähe Wohnende gab es nicht viele, weshalb diese Häuser schnell abgeklappert waren. Gebracht hatte das nach erstem Kenntnisstand auch nur wenig. Über die zwischen den Bäumen gefundenen Gegenstände und Hinterlassenschaften ließ sich überhaupt noch nichts sagen. Und Zeugen waren nicht aufzutreiben. Angeblich nicht einmal welche, die etwas Ungewöhnliches gehört haben wollten. Karsten Schwinka rechnete damit, dass die Spurensicherungskräfte hier wohl noch die ganze Nacht zu tun haben würden. Und vermutlich auch noch morgen. Er müsste so schnell wie möglich eine Mordkommission zusammenstellen, die auch im Bergener Revier emsig alles an Informationen zusammentragen würde, was die Ermittlungen voranbringen könnte. ›Mit Schobel allein ist die Befragung der Leute nicht zu wuppen‹, dachte er. Michael Neumann und Steffen Dorvitz hatten für Mordermittlungen nicht die nötige Ausbildung, weshalb sie nur zum Teil für eine Informationsgewinnung eingesetzt werden konnten. Sicher, Von-Haus-zu-Haus-Befragungen könnten sie erledigen, aber Neumann wollte Schwinka noch nicht an seiner Seite wissen. Und Dorvitz konnte er nach dieser kurzen Zeit nicht einschätzen. Zu unscheinbar, aber ein gut funktionierender Büropolizist, der mit Computer und Telefon rasend schnell Hintergrundinfos beschaffte. Schirner gefiel ihm. Das war ein gewiefter Polizist. Als Erkennungsdienstleiter konnte man ihn jedoch nicht ins Ermittlerteam berufen. Aber wie wäre es mit dieser Chupaski? Nicht nur Schirner war des Lobes voll. Ein vierter Mann würde sich schon noch finden. Und wenn nicht – drei gingen auch.

»Meine Fresse«, riss Schobel ihn aus seinen Gedanken, »der Buschfunk funktioniert in Trent perfekt. Ich habe den Eindruck, dass mittlerweile jeder weiß, dass diese Krista Schildt tot aufgefunden wurde. Und alle wissen ganz genau, dass ein Mord geschehen ist …«

»Lass mich raten!«, unterbrach Schwinka. »Theorien zum Mörder liefern sie auch alle gleich mit.«

»Ja, so sieht es aus. Die meisten sind der Ansicht, dass Touristen schuld daran sind. Oder zumindest Leute vom Festland.« Schobel schmunzelte.

»Wie viele Leute habt ihr schon befragt?«, fragte Schwinka.

»Müssten jetzt 17 sein«, sagte Schobel.

»Personen oder Haushalte?«

»Sowohl als auch.«

»Irgendetwas dabei, das ich mir sofort anschauen sollte?«

»Eher nicht. Ich finde die Aussagen alle sehr schwammig. Es ist tatsächlich so, dass niemand etwas sah, hörte oder merkwürdig fand.«

»Nun gut, stell dich darauf ein, dass wir das gesamte Dorf durchwühlen werden«, sagte der Oberkommissar. »Ich lass mir das rechte Bein amputieren, wenn sich hier tatsächlich niemand finden lässt, der nicht etwas mitbekommen hat. Dafür ist Trent zum einen zu klein, zum anderen sind das hier alles keine Entfernungen. Da hört man das Kläffen von Hunden bis ins letzte Gehöft.« Wie zur Bestätigung erklang von weit her aus östlicher Richtung das Bellen eines Hundes. Karsten Schwinka hob die rechte Hand und streckte den Zeigefinger aus. Die beiden Kripomänner grinsten sich an.

Rangordnung klar

Michael Neumann gehörte per Anweisung zur Mordkommission für die Ermittlungen im Fall Schildt. Zwar fand er die eiligen Schlüsse von Oberkommissar Schwinka wieder einmal sehr verfrüht, aber er würde sich hüten, diesbezüglich auf die Dienstvorschriften hinzuweisen. Denn bis man tatsächlich sagen konnte, ob jemand ermordet worden ist, mussten alle Umstände vor Ort abgeklärt werden. Aber bei dem Herrn Schwinka genügte offensichtlich ein toter Dackel, um die halbe Kriminalpolizeiinspektion in Unruhe zu versetzen. Jedenfalls würde er die Klappe halten. Wenn Schwinka meinte, es sei ein Mord geschehen, dann war das wohl auch so.

Wieder kam Neumann in den Sinn, dass ausgerechnet mit Karsten Schwinkas Ankunft auf Rügen unentwegt Menschen starben. In den Jahren zuvor galt die Insel als beschauliches Dienstgebiet. Obwohl, zur Ferienhochsaison konnten die Parkplatzunfälle mit geringen Blechschäden schon nerven. Auch ruhestörender Lärm nahm in den Sommermonaten zu, oder Jugendliche bekamen sich in Diskotheken und auf Partys in die Haare. Aber Morde? Extrem selten. Michael Neumann befasste sich derzeit mit der Untersuchung von ein paar Ladendiebstählen, wofür es bereits zwei Verdächtige gab. Steffen Dorvitz, mit dem er sich ein Büro teilte und der ihm gegenüber an seinem Computer saß, arbeitete momentan offenbar als ganz persönlicher Ermittler des Chefs.

Zumindest sah Neumann das so. »Wie kommst du mit deinem Brandanschlag voran?«, fragte er seinen Kollegen wie beiläufig. Das tat er jeden zweiten Tag, weshalb es vermutlich gar nicht mehr beiläufig wirkte.

»Du weißt doch, dass so was extrem schwierig zu ermitteln ist«, entgegnete Dorvitz höflich.

»Der Schwinka wird sauer sein, wenn du ihm nicht Hinweise auf einen möglichen Täter lieferst«, entgegnete Neumann mit Ironie in der Stimme.

»Ich kann ja keinen herzaubern«, sagte Dorvitz kleinlaut.

In dem Büro war die Rangordnung klar. Michael Neumann, kräftig gebaut, breiter Kopf, schmale Lippen, Bürstenfrisur, laut und Kommissar. Steffen Dorvitz, schmächtig, nervös, flackernde Augen, zurückhaltend und Obermeister. Seit Neumanns kurzzeitiger Suspendierung hatte sich zwischen den beiden Polizisten aber durchaus einiges verändert. Dorvitz benahm sich vorsichtiger. Er stieg nicht mehr bereitwillig in jedes Thema ein. Besonders, wenn es um Karsten Schwinka ging, beließ es Dorvitz meist bei Banalitäten. Als die Ermittlungen zu den Störtebeker-Morden begonnen hatten, sah das alles noch anders aus. Da werteten sie jeden scheinbaren Misserfolg des Neuen feixend aus und schmiedeten Pläne für die Zeit, wenn man den Oberkommissar wieder abziehen würde.

Das lief nicht mehr. Dorvitz wollte nicht bedingungslos auf das Pferd Neumann setzen. Vielleicht würde der es ja schaffen, den Neuen wegzuekeln – im Moment sah es danach aber nicht aus. Also kniete sich der Obermeister ganz in seine Ermittlungen zum abgefackelten Wagen des Bergener Kripo-Chefs. Die Indizienlage war dünn, Beweise gab es praktisch keine. Allerdings schien sich der Verdacht, es könnten Leute aus dem Umfeld der Störtebeker Festspiele gewesen sein, nicht zu erhärten.

Da öffnete Danilo Schobel die Tür und rief durch den Spalt: »Außerordentliche Dienstversammlung. Kommt, geht los!«

Kurz vorm Fall ins Koma

Ein verlorener Tag. Im Büro war heute mehr geredet als gearbeitet worden. Deshalb war schon gegen 16 Uhr Feierabend. Schlimm! Und immer wieder wollten die Kollegen von ihm etwas zu der Toten in seinem Dorf wissen. Horst Schuster widerte das an. Und als Traber und Kauz, die beiden anderen Ingenieure, anfingen, ihn wegen seiner Teilnahmslosigkeit aufzuziehen, hätte er sie am liebsten … Ach was, Blödsinn. Jeder denkt mal so was.

Horst zögerte, als er die Tür seines Wagens öffnete. Kurz verharrte er – dann klappte er sie wieder ran. Die Gedanken, nach Hause zu fahren, seine Frau zu sehen, ihre eindringliche Stimme zu hören und seinem Sohn zu begegnen, widerten ihn gerade genauso an, wie es seine Kollegen zuvor taten.

Horst ging die Hauptstraße entlang bis zur Gabelung Stubbenkammerstraße und nahm den Weg hinauf in den Wald. Hier ging es vorbei an der St.-Johannis-Kirche weiter in einen dichten Baumbestand hinein. Durchschnaufen, von Bäumen umgeben sein, nichts hören. Horst nahm die Anhöhe leicht. So sportlich war er noch, dass ihm das keine Mühe bereitete. Die Luft war inmitten des Grüns angenehm. Nicht kühl, aber längst nicht so drückend warm wie unterm wolkenlosen Himmel. Er hörte Schritte, leise nur. Sie waren noch weit weg. Da lief jemand den Waldweg hinab. Schon konnte er weiter oben Bewegung erkennen. Eine Frau. Sie war jung, schlank, sportlich, verschwitzt. Nun hörte er ihren pumpenden Atem. Offenbar lief sie schon eine ganze Zeit. Als sie fast auf seiner Höhe war, lächelte sie ein wenig. Und als sie an ihm vorbeilaufen wollte, griff er zu. Horst hielt die Frau am linken Arm fest, sodass sie fast stürzte. Seine Hand krampfte sich derart in ihr Fleisch, dass sie einen Schmerzenslaut von sich gab. »Sind sie bescheuert!?«, rief sie und versuchte, sich behände aus der Umklammerung zu lösen. Die Frau war geschickt. Und sie hatte Kraft. Aber Horst hielt fest. Und als sie rief »Lassen Sie los, Sie Idiot!« und mit der rechten Hand auf seinen Unterarm eindrosch, schlug er zu. Einmal nur. Aber so heftig, dass der Kopf der Frau nach hinten knickte und das Nasenbein mit einem hörbaren Knacken zersplitterte. Die Joggerin sackte benommen zu Boden. Horst ließ sie los und schaute auf die Frau hinab. Wie sie sich dort hin und her wand, dabei wie zum Schutz ihren linken Arm hob – das gefiel ihm. Ihre Augen füllten sich mit Tränen, sie atmete schwer durch den Mund. Durch die Nase ging es ja auch nicht mehr, die stand schief. Schaute da nicht sogar links an der Nasenwand ein kleiner Knochen hervor? Horst ging in die Hocke, um genauer hinzusehen. Da griff die ausgestreckte Hand der Frau verzweifelt in den Stoff seines Hemdes. Sie stöhnte, wollte sprechen, als Horst seine Linke in ihren Haarschopf krallte, von der Hockstellung auf die Knie fiel und mit der rechten Faust noch dreimal mit unbändiger Wucht mitten in ihr Gesicht schlug. Wieder knackte es mehrfach. Die junge Frau gab keinen Ton mehr von sich. Ihre Bewegungen ähnelten denen eines Volltrunkenen kurz vorm Fall ins Koma.

Horst stand auf und ließ keinen Blick von ihr. Wären jetzt Spaziergänger an ihm vorübergegangen, er hätte sie nicht bemerkt. ›Was, wenn ich jetzt auf ihren Kopf spränge‹, dachte er teilnahmslos. ›Interessant. Nur bekäme ich die Schuhe nicht wieder sauber. Gabi würde ausflippen.‹ Er drehte sich um und begann nach etwas zu suchen. ›Einen Stein vielleicht?‹, dachte er. ›Mit einem Knüppel ist nicht viel anzurichten.‹ Die Schlagkraft hatte er beim Boxtraining entwickelt. Das lag zwar etwa 20 Jahre zurück, aber manche Sachen verlernte man nie, dachte er.

Die Schwerverletzte versuchte, sich zu drehen. Vermutlich wollte sie auf die Beine kommen.

›Warum schreit sie nicht?‹, fragte sich Horst. ›Naja, sie versucht es wenigstens. Gluckst nur. Der Hals ist bestimmt voller Blut.‹ Und als hätte wieder jemand einen Schalter umgelegt, wurde Horst geschäftig. Ihm wurde klar, dass er nicht in der Pampa stand und dass jeden Augenblick der nächste Wanderer oder Jogger vorbeikommen konnte. Er musste das hier erledigen. Wieder schaute er sich um. Diesmal hektischer. Kein Stein. Also griff er doch zu einem Knüppel – mit einem Durchmesser von ungefähr acht Zentimetern. Das Ding war schwer, kein morsches Holz. Er ging zu der Frau, die auf ihrem rechten Ellenbogen gestützt nach Halt suchte. Mit zertrümmertem Gesicht schaute sie ihm verzweifelt entgegen und wollte etwas sagen. Horst stellte sich breitbeinig über sie, hob den Knüppel und schlug zu. Immer auf den Kopf. Fünfmal, sechsmal, siebenmal. Der Schädel wackelte wie ein loser Gegenstand. Horst hielt inne, schaute auf sein

Werk – und schlug noch einmal zu. Das Bersten der Knochen war mittlerweile einem schmatzenden Geräusch gewichen.

Horst trat beiseite, drehte sich um die eigene Achse, um verdächtige Bewegungen in der Umgebung auszumachen, und warf den Knüppel weit in den Wald hinein. Dann blickte er an sich herab. Ziemlich viel Blut. Er hatte nicht nachgedacht. Verflucht. Darum würde er sich gleich kümmern. Erst mal musste die da weg. Er ging an die Kopfseite und griff der Toten unter die Achseln. Das Gesicht war nur noch eine breiige Masse. Horst zog die Leiche vom Weg weiter in den Wald hinein. Nach vielleicht 30 Metern ließ er den Körper ins Laub fallen. Er stand ganz still und hielt die Luft an, hörte nur Vogelgezwitscher und weit entfernte Fahrzeuggeräusche. Er kniff die Augen leicht zusammen und versuchte, den Baumbestand mit seinen Blicken zu durchdringen. Dabei drehte er sich erneut langsam auf der Stelle. Nichts. Kein Mensch in der Nähe. In seinem Kopf ordneten sich allmählich die Abläufe. Zuerst musste er die Frau verscharren. Dann galt es, sich um die Sachen zu kümmern. Anderthalb Stunden hatte er noch, denn normalerweise arbeiteten sie bei Goroschka bis 18 Uhr. Wann würde man die Joggerin finden? Egal, spielte keine Rolle. Die Sachen könnte er wechseln, im Büro bunkerte er immer einen Ersatzanzug inklusive zweier Hemden. Das war klug – wie sich heute herausstellte. Nur, wie sollte er zu seinem Auto kommen – oder bis zum Büro? Er war zwar nicht gerade besudelt, aber Blutspritzer bedeckten seine Hose bis kurz über die Knie. Sein Hemd hatte vor allem an den Armen ordentlich etwas abbekommen. Und was passierte dann mit dem schmutzigen Zeug? Auf Rügen konnte man nicht einfach in einen Waschsalon gehen. Mitnehmen und selber waschen? Wann denn? Außerdem rechnete er damit, dass seine Frau sich erinnern würde, welchen Anzug er sich heute Morgen angezogen hatte. Man kann ja auch nicht ständig Schutzanzüge mit sich führen, wie sie die Polizisten an Tatorten trugen.

Horst blickte auf die Frau zu seinen Füßen. Dieser schlaffe, schwere Körper. Welchen Wert hatte sie denn noch? Heute Morgen war sie vielleicht von ihrem Mann bestiegen worden oder ihr hatten vorhin eventuell andere Jogger oder Spaziergänger auf den Hintern geschaut, nachdem sie vorbeigelaufen war. Und jetzt? Niemand hätte auch nur den Hauch eines Interesses, über ihren Hintern zu streichen. Er konnte das. Nur er. Er würde der Letzte sein. Horst hockte sich nieder und streichelte der Toten über das Gesäß. Er fühlte die festen Rundungen, aber auch den samtenen Stoff ihrer hautengen Laufhose. ›Was es sich die Leute kosten lassen, beim Laufen gut auszusehen?‹, dachte Horst. ›Früher trugen wir kurze Turnhosen und sind auch vorwärtsgekommen.‹

Er begann, das Laub auf einer Länge von zwei Metern beiseitezuschieben. Dabei entstand eine 50 Zentimeter breite Mulde, in die Horst die Tote hineinschob. Dann warf er mit beiden Händen schaufelnd Laub und Reisig über den reglosen Körper, bis dieser kaum mehr zu sehen war. Horst erhob sich, hielt den Atem an, schloss die Augen und lauschte. Nichts Verdächtiges zu hören. Er ging los. Bis zum Waldrand. Er setzte sich etwas abseits ins Gras und überlegte.

Wille zur Zerstörung

Im Revier saßen sie alle beisammen. Schwinka, Schobel, Neumann und Dorvitz. Dazu Schwinkas Stellvertreter, Ralf Hortung, und die vier anderen Mitarbeiter der Bergener Kripo-Außenstelle. Schirner war ebenfalls im Versammlungsraum, er hatte auf Bitten des Chef-Ermittlers Diana Chupaski mitgebracht.

»Wir müssen nicht lange um den heißen Brei herumreden«, begann Karsten Schwinka. »Wir haben es in Trent mit einem Gewaltverbrechen zu tun und stehen vor der Aufgabe, so schnell wie möglich den Täter zu finden. Ich will keinen falschen Eindruck erwecken: Es geht bei ›so schnell wie möglich‹ nicht um ein Wettrennen. Allerdings halte ich es für äußerst wichtig, dass die Leute hier nicht das Gefühl kriegen, sie seien auf ihrer Insel nicht mehr sicher.«

Michael Neumann griente. Dabei formte er mit seinen Lippen diesen eigentümlichen Strich, den vermutlich nur jene als Lächeln deuteten, die ihn kannten.

»Die meisten der bisher in Trent vernommenen Personen behaupten, es handele sich bei dem potenziellen Täter um einen Urlauber«, setzte Schwinka seine Erläuterungen fort. »Wenn dem so ist, können wir davon ausgehen, dass er die Insel schon wieder verlassen hat. Schön für die Rüganer, dumm für uns Ermittler. Wir gehen aber erst einmal davon aus, dass er noch da ist. Denn ich teile die Ansicht der Leute nicht. Vielmehr glaube ich, dass es sich bei dem

Täter um jemanden handelt, der auf der Insel lebt. Womöglich sogar in Trent.« Schwinka nickte Schirner zu, der daraufhin aufstand.

»Die Frau ist auf sehr brutale Art getötet worden«, sagte der Chef des Erkennungsdienstes. »Vermutlich starb sie durch Erwürgen. Sie hatte aber auch schwere Verletzungen im Gesicht infolge heftiger Schläge.« Schirner befestigte bei diesen Worten Fotos der Toten an einer Magnettafel. »Im Moment würde ich aber sagen, dass die Gesichtsverletzungen nicht zum Tode führten, wenngleich wir abschließende Informationen erst nach den Untersuchungen in der Rechtsmedizin erhalten werden«, sagte Schirner weiter. »Aber unabhängig von der eigentlichen Todesursache können wir davon ausgehen, dass der Täter extrem aggressiv gewesen sein muss. Ich habe so etwas meist immer dann gesehen, wenn Opfer und Täter in einer Beziehung zueinander standen. Denn dabei ging es dann nicht nur darum, das Opfer zu verletzen oder zu töten – vielmehr war der unbedingte Wille zur Zerstörung zu erkennen.«

»In solchen Fällen kommt es manchmal auch vor, dass der Täter das Opfer noch traktiert, wenn es bereits schon tot ist«, übernahm Schwinka wieder. »Oder eben auch der Umstand, dass man bei unserer Toten in Trent genau erkennt, dass der Mörder sie unbedingt töten wollte. Wäre es eine Zufallsbegegnung zwischen einem Kriminellen auf Rügentour und einer Anwohnerin gewesen, hätte es sicher genügt, sie einfach nur außer Gefecht zu setzen. Das wäre mit den Schlägen erledigt gewesen. Aber nein: Unser Täter erwürgte sie, als wären die Schläge nur eine Vorbereitung des Mordes gewesen.«

Während Schwinkas Ausführungen nickte Schirner unentwegt zustimmend mit dem Kopf.

»Wir werden uns erst einmal auf Trent konzentrieren«, sagte der Bergener Kripo-Chef. »Zu der von mir ins Leben gerufenen Mordkommission gesellen sich morgen Vormittag noch acht Kollegen aus Stralsund und Anklam. Ralf bekommt die Leitung der Truppe hier im Revier. Ich werde mit Danilo und Diana Chupaski die Ermittlungen vor Ort führen.« Schwinka blickte die junge Polizistin an, die sich nach der Nennung ihres Namens überrascht aufrecht setzte.

»Oh!«, hauchte sie.

»Ich denke, du wirst den Kollegen hier eine wertvolle Unterstützung sein«, sagte Rico Schirner und lächelte die Beamtin stolz an. Er selbst hatte sie Schwinka empfohlen: loyal, arbeitsam, akribisch, ideenreich. Mit Diana Chupaski konnte man ein gehöriges Pensum abarbeiten. Ermittlungen, wie die bevorstehenden, waren ihr zwar neu, Schirner zeigte sich aber äußerst zuversichtlich – was er allen Anwesenden in warmen Worten erläuterte.

Schwinka überließ diese Aufgabe gern dem Abteilungsleiter, da ihm klar war, dass zumindest Neumann mit dieser Personalie äußerst unzufrieden sein dürfte.

Michael Neumann schwieg die gesamte Beratungszeit über. Er zeigte bis auf das unmerkliche Lächeln zu Beginn der Sitzung nur wenig Mienenspiel. In ihm rumorte es allerdings heftig.

Nach der Zusammenkunft sprudelte es im Büro gegenüber Steffen Dorvitz nur so aus ihm heraus: »Merkst du nichts, Steffen? Ich hatte die ganze Zeit recht. Aber dieser Schwinka lullt euch doch alle ein. Erst setzt er Abläufe außer Kraft, dann übergeht er mich, dich und die anderen Kollegen im Revier und holt sich diese Schnepfe ins Ermittlerteam. Und dann tun auch noch alle so, als wäre sie wer weiß was für eine Blitzbirne, die mal gleich ein Verbrechen im Alleingang aufklärt. Dabei geht es am Ende nur darum, dass der Schwinka was für die Pausen zum Kuscheln hat. Ich kriege das Kotzen. Und ihr sitzt alle da und glotzt ...«

»Naja, du hast ja auch keinen Laut von dir gegeben«, entgegnete Dorvitz.

»Mann, Steffen!«, fuhr Neumann auf. »Was war denn die letzten Wochen? Meinst du, ich könnte mir noch irgendwas leisten? Schwinka hat doch alle kaltgestellt, die ihn durchschauen könnten.«

»Ich weiß nicht«, sagte Dorvitz kleinlaut und setzte sich auf seinen Drehstuhl, mit dem er aufgeregt hin- und herzuwackeln begann. »Ich für meinen Teil bin froh, nicht zu dieser Ermittlergruppe zu gehören. Dieses aufdringliche Vernehmen der Leute liegt mir nicht so.«

»Mir umso mehr«, schimpfte Neumann. »Aber um Kompetenz geht es hier ja schon lange nicht mehr.«

Fake News

Nadine Pollwitz spazierte wieder über die Promenade. Sie war nach dem Feierabend gleich nach Hause, hatte geduscht, sich umgezogen und noch einmal zurechtgemacht. Im Hinterkopf machte sich der Gedanke breit, einfach nach Putbus zu fahren und mit Karsten Schwinka vernünftig zu reden. Beherrscht wurde sie allerdings von der Idee, auf gut Glück die ein oder andere Gaststätte aufzusuchen, um Gesellschaft zu haben. Sie kannte in Binz dermaßen viele Leute, dass sie davon ausgehen konnte, in jeder Lokalität auch tatsächlich jemandem zu begegnen. Und so geschah es auch: Als sie das Restaurant Peter Pane betrat, saßen gleich vorne rechts zwei Männer um die 30. Beide kannte sie schon aus Jugendtagen. Der eine, Jens Waschel, war früher mit ihr zusammen im Segelverein gewesen. Der andere, Waschels Kumpel Jörg Niestroy, kam später in die Clique und gehörte immer dazu, wenn sie zum Tanz oder auf Partys fuhren. Beides Binzer. Nadine winkte den Männern zu und die geboten ihr, an den Tisch zu kommen.

»Na, Hübsche, auf Tour?«, grinste Waschel, der einen kantigen Bürstenhaarschnitt trug, eine unnatürliche Bräune aufwies und unter seinem hauteng anliegenden weißen T-Shirt mit seinen gestählten Fitness-Center-Muskeln spielte.

»Los, setz dich!«, forderte der langnasige, fast schon dürre Niestroy und zog einen Stuhl soweit hervor, dass sie bequem Platz nehmen konnte.

›Warum nicht?‹, dachte sie, sagte »Gern« und setzte sich.

»Dein Bulle hat ja wieder alle Hände voll zu tun«, kam Waschel gleich zur Sache.

»Das ist nicht mehr ›mein Bulle‹«, sagte sie leise, betonte das »mein« aber bedeutungsschwanger.

»Ach, ist vorbei?«, fragte ihr alter Vereinskumpel.

»Denke schon«, blieb sie einsilbig.

»Jedenfalls gibt's schon wieder einen Mord«, legte Niestroy los, während Waschel die Bedienung an den Tisch rief.

»Wieso? Wo?«, fragte Nadine

»Was willst du trinken?«, erkundigte sich Waschel, der jetzt die Kellnerin neben sich stehen hatte.

»In Trent«, sagte Niestroy.

»Einen süßen Weißwein«, sagte Nadine zu Waschel. Und in Richtung Niestroy: »In Trent? Was ist denn passiert?«

»Alle reden von Touristen, die eine Frau erschlagen haben«, antwortete Waschel für seinen Kumpel.

»Ich habe noch gar nichts Offizielles gehört oder gelesen«, meinte Nadine.

»Wirst du auch nicht«, glaubte Waschel. »Eh die Pressefuzzis das mitkriegen, ist der Fall vermutlich schon längst aufgeklärt. Also ist es gut, wenn du jemanden kennst, der jemanden kennt, der dich mit Infos versorgen kann.«

»Wenn das schon die Runde macht, muss doch jemand von der Polizei was rausgegeben haben«, sagte Nadine.

»Quatsch«, befand Niestroy. »In Trent weiß das jede Sau. Und ich wette mit dir, dass die auch schon wissen, wer's war. In so einem Nest kriegst du doch alles mit.«

»Seid ihr euch sicher, dass da was war?«

»Ach komm schon, Nadine! Nur weil dich deine Bulle hat sitzen lassen und du nicht mehr an der Quelle bist, müssen die Infos von anderen doch nicht gleich Fake News sein«, frotzelte Waschel.

»Blödsinn«, sagte die Frau, die in diesem Moment den Entschluss fasste, nach dem Glas Wein nach Putbus zu fahren.

Akte X

Als Gabi nach Hause kam, war Jason noch im Dorf zum Spielen unterwegs. Der Junge war jetzt acht Jahre alt. Warum sollte sie sich Sorgen machen, wenn er mit Gleichaltrigen Fußball spielte, auf den Feldern rumstromerte oder auf kindliche Abenteuer aus war? Ihr Sohn wusste, dass es zwischen 18.30 und 19 Uhr Abendbrot gab. Einer der Jungs hatte eine Uhr oder ein Telefon. Also würde er pünktlich sein. Bis dahin war aber noch fast eine Stunde Zeit, also ging sie los, um beim von der Polizei abgesperrten Gelände zu sehen, was sich heute Abend dort ereignete.

Als sie an dem rot-weißen Flatterband ankam, erkannte sie zuerst Einsatzfahrzeuge. Hinter der Begrenzung schlichen Männer in weißen Schutzanzügen herum. Das erinnerte sie an Geschichten aus der TV-Serie »Akte X«. Ach, wie hatte sie die geliebt! Dieser Mulder, der seine von Aliens entführte Schwester suchte, war so ganz nach ihrem Geschmack gewesen. Ein hübscher Mann voller Empathie, aber mit Prinzipien. So einer konnte Frauen verstehen, sie aber gleichzeitig dominieren. Wie oft hatte sie sich vorgestellt, wie sie ihm ihre Sorgen anvertrauen würde. Er säße dann auf der Couch, sie hätte ihren Kopf in seinem Schoß und er würde ihr das Haar kraulen. Nebenbei könnte sie ihm von ihrem Tag erzählen, er gäbe ihr kluge Ratschläge, bevor er in seinen Keller ging, um außerirdisches Leben zu entdecken. Ein Traum.

»Hier is' wat los!«

Gabi wurde aus ihren Gedanken gerissen. Unmutig stieß sie ein »Mmmmmh« hervor.

»Die sin' schon den janzen Tag zujange«, sagte Peer Simmel. Der ehemalige, aus der Brandenburger Gegend stammende Melker war Invalidenrentner. Ein Bulle hatte ihn übel zugerichtet. Sein linker Arm hing schlaff herab, und wegen eines schief zusammengewachsenen Knochens im linken Fuß hinkte er. Peer Simmel trieb sich den lieben langen Tag im Ort herum. Manchmal saß er auf einer Bank und schien in Gedanken versunken. Meist suchte er aber das Gespräch überm Gartenzaun. Dabei erfuhr er viel. Allerdings wusste er auch eine ganze Menge zu erzählen.

Gabi kannte Simmel. Zwar nur oberflächlich, aber auch sie hatte er schon zwei-, dreimal in Unterhaltungen verwickelt.

»So wat bei uns«, versuchte er noch einmal sein Glück bei Gabi Schuster.

Diesmal antwortete sie. »Das kann sich niemand vorstellen. Erst wenn es tatsächlich passiert, wird einem bewusst, dass es Verbrecher gibt, die unser Leben bedrohen.«

»Ja, so is' dat«, entgegnete Simmel. »Ick war ja jestern noch unterwegens ...«

»Aha?«, sagte Gabi nur.

»Jenau zu de Zeit, wo dit passiert is'.«

»Ach?« Gabi schaute den etwas ungepflegten Mann mit seinem Dreitagebart an. »Wann war das denn?«

»So bei Sieme«, tat sich Simmel wichtig.

»Hast du das denn schon der Polizei erzählt?«

»Nö, kann ick ja noch machen.«

»Hast du was gesehen oder gehört?« Gabi wurde neugierig.

»Der Köter hat jejault. Da muss dit passiert sein.«

›Horst war auch draußen‹, dachte Gabi plötzlich. ›Der könnte doch auch etwas bemerkt haben?!‹ – »Du musst auf jeden Fall der Polizei erzählen, was du gestern Abend gesehen hast«, sagte Gabi. »Ich muss los, Abendbrot machen.«

»Tschüs, Jabi!«

»Mach's gut, Peer«, gab sie freundlich zurück. Für einen kurzen Moment huschte ein Lächeln über ihr Gesicht.

Das erstarb sofort, als ihre Gedanken sich wieder der Familie zuwandten. Und als sie vor dem Wohnblock das Auto stehen sah, kroch in ihr eine Art Panik hoch. Denn wenn ihr Mann ohne Kontrolle in der Wohnung war, könnte der ihre Ordnung durcheinanderwirbeln.

Gabi ging schneller, kurz vorm Hausaufgang fiel sie sogar in einen trippelnden Laufschritt. Die Stufen der Treppe im Flur nahm sie in Sprüngen. Immer zwei Absätze auf einmal. In der zweiten Etage schloss sie die Tür auf – und in der Diele war alles wie vorher. »Horst«, schrie sie kraftvoll.

»Ja«, reagierte der sofort und erschien nur Sekunden später im Türrahmen zur Wohnstube.

»Was machst du?«

»Nichts. Ich bin auf dem Balkon und rauche eine.«

»Nicht in die Küche gehen!«, kommandierte Gabi.

»I wo«, sagte Horst. Er hatte sich längst daran gewöhnt, die Wohnung nicht als einen gemütlichen Rückzugsort zu betrachten. Hier wehte ein scharfer Wind. Jason und er hüteten sich, irgendetwas zu verstellen oder selbstständig Dinge zu tun. Jeder Gegenstand, der sich nicht an seinem ihm zugeordneten Platz befand, und jede gut gemeinte Aktivität konnten bei Gabi hysterische Ausbrüche provozieren.

»Du hast dich umgezogen?«, fragte sie scharf.

»Ja, schon heute Mittag im Büro«, entgegnete ihr Mann auskunftsbereit. »Wir waren alle so durchgeschwitzt, dass es nicht mehr auszuhalten war.«

»Fang mir jetzt nicht mit so was an«, zeterte Gabi. »Ich bin doch nicht deine Wäscherin. Und du bist nicht der feine Pinkel, für den du dich hältst. Nach einem halben Tag den Anzug und das Hemd wechseln ... wo kämen wir denn da hin?«

»Das war heute eine absolute Ausnahme«, sagte Horst, der immer noch wie beim Rapport gerade im Türrahmen stand.

»Heute eine, morgen eine, übermorgen ...« Gabi erregte sich immer mehr. »Und dann ist dein ganzes Leben eine einzige Ausnahme. Und ich kann ins Bad ziehen, weil ich ja sowieso schon jeden Abend bergeweise Wäsche sortieren muss.« Gabi begann zu schreien. »Hauptsache der feine Herr kann sich am Tag dreimal umziehen.« Sie stand vor ihm und stieß ihn mit voller Wucht ins Wohnzimmer, sodass er strauchelte und zu Boden fiel.

Das machte ihn wütend.

»Na, wieder wütend?«, schrie Gabi.

Horst rappelte sich wieder auf und kochte. Schnaufend stand er nun vor ihr und ballte die Fäuste.

»Na, willst du deine Frau schlagen?«, keifte sie. »Dann mach es doch! Zu mehr bist du ja auch nicht mehr in der Lage.«

Horst stand mit hochrotem Kopf und wutverzerrtem Gesicht vor ihr, rührte sich aber nicht.

Auch Gabi schnaufte. Sie hatte wie zum Sprung leicht den Rücken gebeugt und schaute ihren Mann durchdringend an. Mit den Händen hielt sie sich beiderseitig im Türrahmen fest, als wollte sie sich selbst zurückhalten.

›Ich könnte dich jetzt töten‹, dachte Horst. Natürlich würde er es nicht tun. Aber allein das Wissen um die Möglichkeit verschaffte ihm Erleichterung. Die Wut war schlagartig wie weggeblasen. »Ich kann den Tisch decken, wenn du möchtest«, sagte er versöhnlich.

»Das kann ich alleine«, fauchte Gabi und marschierte an ihm vorbei in Richtung Küche. Dabei versetzte sie ihm erneut einen Stoß, dass er stolperte.

›Ich könnte dich einfach töten‹, dachte Horst und schaute ihr nach.

Während Gabi lärmend begann, das Geschirr aus den Schränken zu holen, um alles für das Abendbrot vorzubereiten, ging Horst zurück auf den Balkon. Im Aschenbecher lag noch seine halbe Zigarette, die schon ausgegangen war. Er steckte sich den Stummel zwischen die Lippen und zündete ihn noch einmal an. ›Hat alles gut geklappt‹, dachte er stolz. Schon auf dem Rückweg im Auto hatte er alles Revue passieren lassen. Und das war so schön gewesen, dass er es jetzt gleich noch einmal tat: Nachdem er sich am Waldrand niedergesetzt hatte, grübelte er nach der Möglichkeit, unverdächtig zu seinem Auto zu gelangen. Mit Blut an der Kleidung konnte er nicht durch Sassnitz laufen. Also war er zurück zur Toten gegangen, hatte sie wieder vom Laub befreit und ihr die Laufhose und die Sportjacke ausgezogen, nur um selbst hineinzuschlüpfen. Natürlich hatten die Sachen nicht ganz gepasst, denn die Joggerin war bestenfalls 1,78 Meter groß gewesen. Aber da er trotz seines Bauchansatzes immer noch schlank genug war, hatte er die Hose wenigstens so hochgezogen bekommen, dass er von Weitem wie ein Jogger wirkte. Auch bei den Turnschuhen war Glück mit im Spiel. Höchstens eine Nummer zu klein. Es hatte zwar wehgetan, wie er da krampfhaft die Zehen nach innen drehen musste, aber die paar Minuten ... Er verbarg die Frau erneut im Laub und war mit seinen Sachen unterm Arm durch den Wald bis zur Stubbenkammerstraße oberhalb der Johanniskirche gegangen. Hier versteckte er Hemd, Hose sowie Schuhe im Gebüsch und lief wie ein Jogger die Bachstraße hinunter bis zur Sparkasse. Leute spazierten diesen Weg nur selten entlang. Und der Autoverkehr spielte sich auf der parallel verlaufenden Hauptstraße ab.

Nach nur knapp eineinhalb Kilometern hatte er das Büro erreicht. Die Laufhose rutschte. Die Schuhe taten weh. Aber das war es wert. Zum Umziehen benötigte Horst nur wenige Minuten. Dann war er in seinen Wagen gestiegen, der unmittelbar vor dem Büro parkte, und zu jener Stelle gefahren, an der er die blutigen Sachen unter den Busch gelegt hatte. Alles war noch dagewesen. Anfangs hatte er sich sehr darüber geärgert, dass die Schuhe komplett versaut worden waren. Da hätte er der Joggerin doch gleich auf dem Kopf herumspringen können. Sauber bekam man die Dinger jedenfalls nicht ohne Weiteres. Aber auch dafür fand Horst eine Lösung: Er kaufte sich im K+K Schuhcenter ein identisches Paar, denn auch die erst vor ein paar Wochen gekauften und jetzt verschmutzten Originale stammten von hier.

Auf dem Rückweg entsorgte er an der Schaabe sowohl die Sportbekleidung der unbekannten Toten als auch seine blutbefleckten Treter und die Turnschuhe in einer Mülltonne. Den verdreckten Anzug ließ er vorerst im Kofferraum seines Autos liegen. Ein Kinderspiel.

Trotzdem haderte er mit seiner Unvorsichtigkeit. Er hatte sich treiben lassen. Warum die Joggerin? Wenn er an den Moment zurückdachte, als er die Frau am Arm gepackt hatte, empfand er nichts. Keine Lust, keine Genugtuung, kein Verlangen. Er konnte sich nicht einmal erinnern, was ihm durch den Kopf gegangen war. Er wusste nur, dass er jederzeit und überall jeden töten konnte, der ihm über den Weg lief. Die Joggerin war der Beweis.

Und doch bremste er sich in Gedanken erneut. ›Du darfst nicht einfach jemanden von der Straße wegfangen und umbringen!‹, überlegte Horst. ›Diesmal hattest du Glück. Beim nächsten Mal übersiehst du Zeugen oder kannst es nicht vor Gabi verbergen, weil die Zeit davonläuft oder die Klamotten eingesaut sind.‹ Beim nächsten Mal wollte er mit Bedacht vorgehen, alles genau planen. Horst erschrak bei dem Gedanken und drückte wie ertappt nervös die Zigarette in den Aschenbecher. ›Warum denn beim nächsten Mal?‹ Das wollte er doch gar nicht. Wieso brachte er auf einmal Menschen um?

Erst die Dame

Diana Chupaskis Herz schlug bis zum Hals, als sie vor dem Bergener Revier aus dem Auto stieg. Heute würde sie als Ermittlerin Premiere haben. Das machte sie höllisch nervös. Ein paar Minuten hatte sie noch, also zündete sie sich eine Zigarette an. Genüsslich inhalierte sie den Qualm und stieß ihn geräuschvoll wieder aus.

Chupaski war eine sportliche Frau. In Form hielt sie sich mit Gymnastik. Außerdem spielte sie in Stralsund in einer Volleyball-Mannschaft mit, die sogar zur Kreisliga gehörte. Die mittelblonden Haare trug die Polizistin immer zu einem Pferdeschwanz zusammengebunden. Würde man ihre Kollegen seit der Polizeischule fragen, dann käme die einmütige Aussage, dass noch niemand sie bisher ohne Zopf gesehen hatte.

Nachdem Chupaski das Revier betreten hatte, führte sie ihr Weg direkt zu Schwinkas Büro. Sie klopfte, es kam aber kein »Herein!«. Also betätigte sie die Klinke. Abgeschlossen.

»Noch nicht da«, sagte Danilo Schobel, der plötzlich an ihrer Seite stand. »Das ist ungewöhnlich. Also wird irgendetwas sein.«

»Guten Morgen!«, lächelte die Kripo-Beamtin den neuen Kollegen an.

»Ach ja, guten Morgen! ’tschuldigung«, entgegnete Schobel und reichte ihr mit einem breiten Grinsen die rechte Hand.

In diesem Moment kam Karsten Schwinka den Gang herauf. »Tut mir leid, Leute«, rief er noch im Gehen. »Aber ich bin aufgehalten worden.« Er gab jedem nacheinander die Rechte. Dabei achtete er nicht darauf, der neuen Kollegin die Hand zuerst entgegenzustrecken. Dieses Ritual fand er albern. Besonders dann, wenn das Ganze noch mit einem Spiel verbunden wurde, bei dem der Grüßende seine Hand erst einem Herrn hinhielt, mit dem Hinweis »Erst die Dame« sie aber wieder wegzog, bevor der Begrüßte zugreifen konnte. Schwinka gab in einer Runde immer dem zuerst die Hand, der ihm emotional am Nächsten stand. Und das war hier ja wohl eindeutig Schobel.

Der Oberkommissar schloss seine Bürotür auf und ließ Chupaski und Schobel den Vortritt.

Die Beratung fiel kurz aus. Zum einen erschien es vor allem Chupaski so, als ginge es nur darum, sich kurz zu beschnuppern. Zum anderen war Schwinka ein wenig unkonzentriert. Der Chef-Ermittler hatte sich erst vor wenigen Minuten von Nadine Pollwitz verabschiedet. Sie war gestern sehr spät zu ihm gekommen, hatte nur bezaubernde Dinge gesagt – und war geblieben. Heute Morgen fühlte sich Schwinka zwar nicht mehr ganz so auf Wolke sieben, konnte sich eine weitere Zeit mit der Frau aus Binz aber sehr gut vorstellen.

Als die drei Ermittler draußen vor dem Revier in ihren Wagen steigen wollten, stürzte der Diensthabende zur Tür heraus und rief: »Schon wieder eine Tote, Herr Oberkommissar!«

Sexualdelikt?

Der gesamte Wald östlich der Stubbenkammerstraße bis zum Kreidefelsen-Parkplatz im Norden und dann in südlicher Richtung bis zur Hauptstraße auf Höhe der Bibliothek war abgesperrt. Dafür hatten vier Beamte der im Bergener Revier stationierten Mordkommission gesorgt. Und sie waren noch gar nicht ganz fertig, als die ersten Kräfte des Erkennungsdienstes eintrafen. Einige waren auf ihrem Weg nach Trent gleich Richtung Sassnitz abgebogen, da in dem Dorf auf Wittow das meiste bereits erledigt war. Bis zum frühen Nachmittag standen zwei weiße Zelte am Waldrand, über 20 Beamte untersuchten den Baumbestand nach Spuren.

Oberstaatsanwalt Pjotr Dückert traf ein. Wie schon bei den Störtebeker-Morden war ihm der gesamte Ermittlerstab unterstellt worden. Er suchte sofort nach Schwinka. Das Platzhirsch-Geplänkel konnten sie diesmal weglassen. Beide hatten sich schätzen gelernt. Und das war in der Stralsunder Staatsanwaltschaft mit wohlwollendem Erstaunen registriert worden. Denn Dückert konnte so gut wie mit keinem Ermittler aus seinem Zuständigkeitsbereich. Und umgekehrt genauso: Tauchte der zu klein geratene Mann mit der Halbglatze zu Dienstberatungen oder an Tatorten auf, drehten die Kriminalisten kollektiv mit den Augen.

»Hallo, Herr Schwinka!«, grüßte der Oberstaatsanwalt den Polizisten zuerst.

»Ach, wir sind Ihnen wieder unterstellt? Hallo!«, entgegnete der Oberkommissar. »Ich hätte mir gewünscht, Sie nicht so schnell wiederzusehen.«

Dückert wäre dieser Scherz bei jedem anderen vermutlich zu weit gegangen. Schwinka ließ er das aber durchgehen und lächelte ihn an. »Ich würde das so rigoros nicht in den Raum stellen«, konnte sich Pjotr Dückert einen kleinen Seitenhieb nicht verkneifen. »Allerdings ist mir der Anlass unserer erneuten Zusammenarbeit äußerst unangenehm. Haben Sie schon Erkenntnisse?«

»Alles anders als bei dem Mord in Trent«, sagte Schwinka. »Einzig die Brutalität ist identisch.«

»Derselbe Täter?«

»Sie wissen, dass es dafür eigentlich noch zu früh ist. Aber beide Morde liegen zeitlich so dicht beieinander, dass ich mich festlegen würde: Ja, es ist derselbe Täter.«

»Spuren?«

»Eine Menge«, sagte Schwinka und bedeutete dem Oberstaatsanwalt, ihm zu folgen.

Sie gingen den Weg einige Hundert Meter in den Wald hinein und stoppten bei drei Polizeibeamten, die einen Bereich absuchten, an dem ganz offensichtlich ein Kampf stattgefunden hatte. »Hier, sehen Sie!«, sagte Schwinka und vermied es, Dückert mit Namen oder Funktion anzureden. Obwohl sie sich beide ganz gut verstanden, fiel es dem Polizisten schwer, den kleinen, etwas hochnäsigen Staatsanwalt wie einen Vorgesetzten zu behandeln. Vielleicht würde sich das ja noch geben. »An dieser Stelle hat der Täter die Frau erschlagen.«

»Oje, da ist viel Blut in den Boden gesickert.« Dückert fuhr nur unmerklich zurück und wirkte ehrlich betroffen.

»Der Täter hat in blinder Wut auf den Schädel der Frau eingeschlagen, so heftig, dass dieser nach der Tat keine menschlichen Züge mehr aufwies. Den dazugehörigen Knüppel haben wir dort hinten unter den Bäumen aufgelesen. Die Frau lag in entgegengesetzter Richtung unter Laub.«

»Wer hat sie gefunden?«, wollte der Oberstaatsanwalt wissen.

»Ein Urlauber-Ehepaar«, antwortete Schwinka. »Oder besser: deren Hund. Ich glaube, wenn hier nicht ab und an Leute ihre Hunde Gassi führen würden, hätte die Frau dort hinten noch Tage gelegen. Das Blut wäre weiter ins Erdreich gesickert und mit dem nächsten Regen verschwunden. Über diesen Fleck wäre wohl kein Spaziergänger gestolpert.«

»Welche Aussichten haben wir, den Mörder dingfest zu machen?« Langsam entwickelte sich das Frage-Antwort-Spiel zwischen Dückert und Schwinka zu einer reinen Machtdemonstration des Staatsanwalts.

›Er kann's nicht lassen‹, dachte der Oberkommissar. Vor allem, dass Dückert ihn vor den Spurensuchern geradezu verhörte, war kein Zufall. Der Kripo-Mann blieb aber gelassen. »Zumindest ist die Spurenlage so schlecht nicht«, sagte Schwinka. »Wir werden Unmengen von Fingerabdrücken sicherstellen, haben die Chance auf verlorene Gegenstände, Faserabrisse, Farbrückstände. Und da er die Leiche zum Teil entkleidet hat, werden wir auch in dieser Richtung noch einiges finden können.«

»Er hat sie entkleidet?«

»Ja.«

»Sexualdelikt?«

»Wie ich das nach der ersten Betrachtung sehe, schließe ich so was aus.« Karsten Schwinka hätte ganz anders reden können. Für ihn lag vieles klar auf der Hand: Die Frau war im Vorbeigehen niedergeschlagen worden, der Täter hatte sich nicht an seinem Opfer vergangen, und die Mitnahme von Jacke und Hose wirkte im Kontext des Verbrechens in Trent völlig konfus. Natürlich gab es Trophäensammler. Aber was die beiden Morde gemeinsam hatten, war ihr chaotisches Erscheinungsbild, das auf Planlosigkeit hindeutete. Darin lag sowohl eine Chance als auch eine Gefahr. Zum einen neigten von puren Emotionen geleitete Täter dazu, Fehler zu machen oder Gewissensbisse zu bekommen. Zum anderen setzten sie alle bewährten Vorgehensweisen außer Kraft, weil sie in kein bekanntes Schema passten. Was, wenn der Täter die Sachen zur Tarnung verwendet hatte, denn irgendwie musste er ja aus dem Wald kommen. Das wiederum dürfte für den Gesuchten im Moment der Flucht zu einer immensen Gefahr geworden sein. Hatte er sich womöglich schon verraten? Und dass er sich weder an der Schildt in Trent, noch an dieser Frau in Sassnitz vergangen hatte, wies darauf hin, dass ihm jedes sexuelle Interesse an seinen Opfern fehlte. So deutlich und bestimmt konnte Schwinka das jedoch nicht darlegen. Zu groß war die Skepsis bei Staatsanwälten und Kollegen, wenn sich jemand aufschwang, aus Indizien recht simple Schlüsse zu ziehen. Das konnte er für sich tun, den anderen musste er diese Dinge mit allerlei Füllwörtern verkaufen. Oder er sagte gleich gar nichts, wenn er nicht gefragt wurde. Nicht selten waren mitermittelnde Beamte über die Stränge geschlagen und hatten bei Vernehmungen von ihm dargelegte Zwischenresultate preisgegeben. Sei es aus Dummheit, sei es aus Geltungssucht gewesen. Also musste er lernen, seinen eigenen Weg auch dann zu gehen, wenn er zu einem großen Ermittlerstab mit vielen klugen Köpfen gehörte.

Dückert deutete an, zurück zum Zelt gehen zu wollen. Er fasste Schwinka leicht am Arm und zog ihn unmerklich mit sich. Als sie allein waren und niemand sie hören konnte, bekam der Oberstaatsanwalt einen sorgenvollen Ausdruck im Gesicht. »Haben sie genug Leute, um an zwei Orten gleichzeitig die Ermittlungen durchzuführen?«, fragte er und blieb stehen.

»Genug Leute hat man nie, das wissen Sie«, entgegnete Schwinka. »Sobald wir aber jemanden gefunden haben, der etwas gesehen oder gehört hat – ob in Trent oder hier in Sassnitz –, wird sich die Frage nach einer ausreichend besetzten Mannschaft nicht mehr stellen.«

»Wie meinen Sie das?«

»Wir haben eine Tote am Sonntagabend in Trent, eine weitere Tote in Sassnitz, die wohl Montagabend umgebracht wurde. Wenn es ein Mann von der Insel ist, könnten beide Orte in der Lebenssituation des Täters eine wichtige Rolle spielen. Ein Szenario wäre zum Beispiel, dass der eine Ort das Wohnumfeld ausmacht, der andere mit dem Job des Gesuchten zu tun hat.«

Dückert machte große Augen. »Wow, das hat eine so simple Logik, dass es eigentlich nicht stimmen kann.«

»Natürlich kann alles ganz anders sein, aber ich würde es begrüßen, wenn Sie uns diese Richtung erst einmal weiterverfolgen lassen«, sagte Schwinka, ohne in der Stimme eine Bitte mitschwingen zu lassen.

»Wissen Sie was, Herr Schwinka, machen Sie das so!«, sagte Dückert aufgeweckt. »Bei Störtebeker hat sich am Ende gezeigt, dass Sie richtig lagen. Informieren Sie mich bitte immer rechtzeitig über die kleinsten Details! Wir müssen bei dieser Sache sehr flexibel und vor allem sensibel reagieren. Die Leute sind äußerst empfindlich, wenn in ihrem Umfeld ein Serienmörder umgeht und Frauen abmurkst.«

»Verlassen Sie sich drauf!«, erwiderte Schwinka.

»Ich werde jetzt eine Pressemitteilung rausgeben«, kündigte Dückert an. »Von der Toten in Trent hat die Zeitung scheinbar noch nichts mitbekommen. Ich werde von zwei Todesfällen auf Wittow und auf Jasmund schreiben, bei denen die Ursache für das Ableben der Personen noch unklar ist. Mal sehen, wie lange die sich damit abspeisen lassen.«

Sechs Ordner, zwei Kartons

Michael Neumann hatte am Vormittag im Bergener Revier Jochen Teicherts Vermisstenanzeige aufgenommen. Der Sassnitzer suchte nach seiner Freundin: Paula Kische, 32 Jahre alt, 1,78 Meter groß, dunkelbraune Haare, zuletzt bekleidet mit einer dehnbaren Laufhose, einer Joggingjacke, dunkelblauen Turnschuhen und einer Digitaluhr mit rotem Armband. Sie war Montag in den frühen Abendstunden zum Laufen im Wald verschwunden und nicht wieder zurückgekehrt. Es käme vor, dass sie bis zu zwei Stunden unterwegs sei. Als sie aber um 20 Uhr immer noch ausgeblieben war, habe er Bekannte und Freunde abtelefoniert, legte Teichert den Ablauf des Abends dar. Danach habe er wieder gewartet und gegen 22.30 Uhr mit einem Kumpel mit der Suche in jenem Wald begonnen, in dem sie für gewöhnlich ihren Sport trieb. Die Dunkelheit habe den beiden aber keine ihrer Spuren offenbart.

Für Neumann war klar, dass es sich bei der Vermissten um die getötete Frau aus dem Wald handeln musste.

Ralf Hortung, Schwinkas Stellvertreter, hatte daraufhin das Gespräch mit dem besorgten Mann begonnen und ihn darüber informiert, dass seine Freundin unter Umständen bereits gefunden worden sein könnte.

Michael Neumann verabscheute diese Menschelei – wie er es nannte. Zuviel Aufwand. Nicht, dass er die Angehörigen von Opfern von Gewaltverbrechen nicht verstehen konnte. Aber wäre es nicht an der Zeit, eine eigens für die sozialen Aspekte abgestellte Truppe ins Leben zu rufen? Die müssten dann die Todesnachrichten überbringen, Vermisstenanzeigen aufnehmen oder besorgte Angehörige trösten. Die Polizei sollte sich lieber ausschließlich mit der Ermittlung von Tätern beschäftigen. Ohne diese Menschelei eben – dadurch behielte man den Kopf frei.

Gegen Mittag wurde der Truppe im Revier die in Sassnitz vorgefundene Lage übermittelt. Das klang grauenvoll. Solch eine Brutalität erlebte man selten. Auf Rügen sowieso.

Neumann stutzte. ›*... solange auf den Schädel eingeschlagen, bis er völlig entstellt war ... die Bekleidung entwendet ... unterm Laub verscharrt*‹, las er da. Letzteres kam ihm bekannt vor. Denn vor gut 20 Jahren hatte es auf Rügen zwei Morde an Frauen gegeben, die bis heute nicht aufgeklärt werden konnten. Er erinnerte sich vage, dass beide Opfer erschlagen oder erstochen worden waren und dass man sie im Freien entdeckte – unter Laub verscharrt. Ein Mord war in Bergen geschehen, der andere zwischen Zirkow und Lancken-Granitz – also mehr im östlichen Teil der Insel. Neumann gab in seinem Computer die Zugangscodes für den Bereich mit den ungelösten Fällen ein und suchte nach dem Zweifachmord aus den Neunzigern. Dort konnte er jedoch nur einen Hinweis darauf finden, dass es diesen Fall gegeben hatte. Ermittlungsergebnisse, Auswertungen, Indizienlage – alles noch abgeheftet und nicht digitalisiert.

Michael Neumann begab sich hinunter in den Keller. An der Stahltür zum Aktenarchiv tippte er in den elektronischen Türschließer erneut einen Code ein. In dem kleinen Raum stauten sich Ordner und Kartons. Es roch muffig nach feuchtem Papier. In den Fächern der blechernen Regale suchte er nach den Akten und Kisten zum Fall der beiden toten Frauen. Dabei wackelten die Gerüste bedenklich. ›Wieder am falschen Ende gespart‹, dachte er, dem die Gestelle viel zu leicht vorkamen, als dass sie hunderte Kilogramm an Inhalt tragen könnten. Schließlich wurde er fündig: sechs Ordner, zwei Kartons mit Gegenständen und ein kleines Heft mit Buchstaben- und Zahlenkombinationen, die einen Hinweis darauf gaben, wo man welche medizinisch wertvollen Hinterlassenschaften finden würde, die bei besseren Auswertungsmethoden einmal nützlich werden könnten. Neumann blätterte sich aufgeregt durch die Seiten, betrachtete die Fotos der Toten, die Aufnahmen der Tatorte, las von Verdächtigen und deren Vernehmungen und davon, dass die Ermittlungen nach zwei Jahren eingestellt worden waren. Ja, er erinnerte sich. Blutiger Anfänger war er damals. In den ersten Wochen nach den Verbrechen konnten sie sich vor der Flut immer neuer Hinweise nicht retten. Zum Täter hatte das alles nicht geführt. Und schon nach knapp einem halben Jahr traten sie nur noch auf der Stelle – bis sich am Ende auch die letzte Spur in einer Sackgasse verlor. »Vielleicht ist unser Ripper wieder zurück?«, sagte Neumann vor sich hin. Er trug sich in das Archivbuch ein und vermerkte, was er den Regalen entnommen hatte.

Er nahm seine »Beute« mit hinauf ins Büro, musste zweimal gehen. Dort breitete er sie auf seinem Schreibtisch aus.

Steffen Dorvitz schaute neugierig und angestrengt herüber, dass seine Augen in den eng zusammenstehenden Höhlen den Eindruck erweckten, als würde er schielen. »Hast du nicht Lust, mir zu erzählen, was du da eigentlich machst?«, fragte er.

»Natürlich habe ich Lust: Das ist der Zweifachmord von 1997 in Bergen und bei Zirkow«, entgegnete Neumann aufgelöst.

»Die beiden Frauen … An die habe ich gar nicht mehr gedacht«, sagte der Kriminalpolizeiobermeister anerkennend.

»Als ich das mit der Toten aus Sassnitz gelesen habe, sind mir die hier sofort eingefallen: brutal getötet und im Freien abgelegt. Genau wie bei der in Sassnitz.«

»Du meinst …?«

»Liegt doch auf der Hand«, unterbrach Neumann seinen Kollegen. »Vielleicht ist unser Mörder wieder aktiv geworden. Aber diesmal werden wir ihn kriegen.«

»Hut ab, Herr Kommissar!«, sagte Dorvitz und erhob sich leicht aus seinem Bürostuhl.

»Danke, Herr Kollege!«, freute sich Neumann und seine Augen blitzten. »Wie du siehst, gibt es in diesem Revier noch mehr fähige Kriminalisten, die in der Lage sind, ihre Schlüsse zu ziehen.«

Merkwürdiger Kerl

Manchmal war es Zufall, manchmal der richtige Weg, ein anderes Mal half die schnelle Reaktion – nur Abwarten durfte man nicht.

Danilo Schobel lernte wieder einmal dazu. Als er von Schwinka in die Bachstraße geschickt worden war, um dort Anwohner abzuklappern, die eine unmittelbare Sicht auf den Fußweg hatten, war in ihm der Hauch von Widerspruch aufgestiegen. Jetzt schämte er sich fast ein bisschen, denn eine Rentnerin, die in einem der Mehrfamilienhäuser wohnte, sprudelte bereits los, bevor er eine Frage gestellt hatte.

»Ach, Sie sind von der Polizei?«, fragte sie, ohne eine Erwiderung abzuwarten. »Hier ist so ein merkwürdiger Kerl entlanggelaufen. Das war so ein Jogger …« Die alte Dame sprach das J mit deutscher Zunge aus, war aber offensichtlich sehr stolz, das Wort überhaupt zu kennen.

»Das ist ja nicht so ungewöhnlich«, meinte Schobel.

»Jaha, aber dem rutschte immerzu die Hose«, kicherte die Frau. »Glauben Sie, ich schaue mir hier jeden Mann an, der vorbeikommt? Das sind doch meistens Urlauber, die wollen alle zum Bahnhof. Aber wenn da einer ist, dem dauernd die Hose runterrutscht, ist das schon sehr lustig.« Nein, die Rentnerin wollte keinen Hinweis auf einen möglichen Täter geben, denn von der Toten im Wald wusste sie noch gar nichts. Auch vermutete sie in dem Mann keinen Unhold: Sie nutzte einfach nur die Gelegenheit, eine ihrer Wahrnehmungen mitzuteilen. Den ganzen Tag die Straße zu beobachten, war ihr Hauptzeitvertreib. Und endlich wollte mal jemand etwas wissen. Von ihr, der Oma, die doch eine Menge erzählen könnte, nur niemanden hatte, der zuhören wollte.

Danilo Schobel wurde hellhörig. »Können Sie sich erinnern, wie der Mann ausgesehen hat?«

»Ach herrjeh, wie so ein Mann halt aussieht.« Sie blickte vor sich hin und überlegte. »Na groß, kurze Haare, schlank … Ach Gott, Sie stellen ja Fragen!«

»Wissen Sie denn noch, wann das war?«, hakte Schobel nach und zog seinen großen Schreibblock aus dem hinteren Hosenbund. Dabei kam für einen kurzen Augenblick unter der blauen Stoffjacke seine Dienstwaffe zum Vorschein.

»Ach Gott!« Die alte Dame legte erschrocken die Hand vor den Mund. »Sie tragen ja wirklich eine Pistole …«

»Ja, das müssen wir bei der Kriminalpolizei«, sagte Schobel, der seinen Scheitel aus dem Gesicht pustete, weil ihm gerade besonders stark die Hitze des Tages bewusst wurde. Die Jacke, so dünn sie auch sein mochte, war bei den momentanen Temperaturen eigentlich überflüssig. Wegen der unter die Achsel geschnallten Waffe musste er sie aber tragen.

»Ist denn was passiert? Hier fahren ja schon den ganzen Tag dauernd Polizeiautos hin und her …«

»Im Wald ist jemand verunglückt«, gab Schobel zurückhaltend Auskunft. »Wir versuchen jetzt herauszufinden, wie es dazu gekommen ist.«

Die Rentnerin kniff ein Auge zusammen und griente. »Nana, ich gucke doch auch Krimis«, sagte sie verschmitzt.

»Und wenn solche adretten jungen Männer wie sie die Leute danach befragen, ob sie etwas gesehen haben, ist doch irgendwo ein Mord passiert ... Oh Gott, ein Mord?« Wieder legte die Frau bestürzt die Hand vor den Mund.

»Nein, machen Sie sich keine Sorgen!«, versuchte Schobel abzulenken. »Wir müssen nur abklären, was hier in der Umgebung alles so passiert ist.«

»Wer ist es denn?«, fragte die alte Dame unruhig. Dabei schaute sie an Schobel vorbei die Bachstraße hinauf, als könnte von dort die Antwort angerollt kommen.

»Liebe ... Wie ist eigentlich Ihr Name?«, fragte Schobel.

»Fehrber«, entgegnete sie.

»Also, Frau Fehrber ...«

»›Liebe Frau‹ gefiel mir besser«, griente sie den Kriminalpolizisten an.

Danilo Schobel grinste zurück. »Liebe Frau Fehrber«, setzte er erneut an, »Ihnen wird doch wohl klar sein, dass ich zu den von uns zu untersuchenden Sachverhalten nichts sagen kann.«

»›Sachverhalten‹ – Sie sind mir ja einer!« Die Frau stupste Schobel an und hielt keck den Kopf schief. »Aber gut, junger Mann, ich weiß schon ...«

»Wo ist der Mann denn hingelaufen?«

»Also nicht bis zum Bahnhof. Da bin ich mir ganz sicher. Denn als ich ihm noch einmal nachschauen wollte – wegen der rutschenden Hose, Sie wissen schon ...«

Schobel nickte höflich.

»... da war er plötzlich nicht mehr zu sehen. Also ist er irgendwo abgebogen.«

Ausschlussprinzip

Karsten Schwinka saß im Wohnzimmer Jochen Teichert gegenüber, dem Lebensgefährten des zweiten Mordopfers. Der spielte mit einem Flaschenöffner und starrte auf seine Hände.

»... also lief der gestrige Abend völlig normal ab«, setzte der Kripo-Mann das seit geraumer Zeit laufende Gespräch fort. »Kein Streit, kein auffälliges Verhalten ...«

»Das sagte ich doch schon«, stöhnte Teichert.

»... was für mich kein Grund ist, es nicht noch einmal zu fragen«, wies Schwinka den Mann mit dem kurz gestutzten Vollbart zurecht.

»Aber wozu?«

»Es soll Leute geben, die sich nach der zum dritten Mal gestellten selben Frage plötzlich daran erinnern, sich mit ihrer vermissten Frau kurz vorher noch einmal gezankt zu haben«, sagte Schwinka.

»Ich aber nicht«, bekräftigte Teichert.

»War sie verändert? Wortkarger oder – im Gegenteil – mitteilungsbedürftiger?«

»Gar nicht.« Jochen Teichert – wenn es hoch kam, war er 30 Jahre alt – lehnte sich auf seiner Couch zurück, warf dabei den Flaschenöffner auf den Holztisch und stöhnte.

»Was?«, fragte Schwinka.

»Nichts«, der Befragte hielt sich die rechte Handfläche vor die Augen und schien zu überlegen.

»Hatte sie mit jemandem Streit?«

»Ich glaube nicht«, sagte Teichert.

»Glauben Sie es nicht oder sind Sie sich sicher?«

»Oh mein Gott«, Teichert wirkte genervt. »So was kann man doch gar nicht genau wissen. Ich bin doch nicht jede Minute hinter ihr her gewesen, um zu sehen, ob sie sich mit allen versteht oder mit jemandem streitet.«

»Sie sagten, sie habe eine rote Armbanduhr getragen?«

»Ja, die hat sie eigentlich nie abgelegt. Außerdem konnte sie darauf Apps öffnen. Und sie hatte da so eine Lauf-App, mit der sie Tempo, Kilometer und Kalorienverbrauch maß.«

Die Uhr hatten sie bei der Toten nicht gefunden. Also doch eine Trophäe? Das müsste bei der Beurteilung eines möglichen Täters berücksichtigt werden. Karsten Schwinka hatte sich ein gutes Bild von diesem Paar und beider Leben machen können. Verdächtig war ihm nichts erschienen. Jochen Teichert wirkte zwar nicht verzweifelt aber doch betroffen vom Tod seiner Freundin. »Ich staune über die Zeit, die ihre Freundin immer unterwegs war«, sagte Schwinka. »Zwei Stunden für eine abendliche Jogging-Tour finde ich stattlich.«

»Sie ist ja nicht die ganze Zeit durchgerannt«, erwiderte der bärtige Mann. »Zwischendurch rastet sie, macht Gymnastik.«

»Trotzdem lange …«

»Wollen Sie mit diesen Worten etwas andeuten?«

»Sollte ich denn …?«

»Sollten sie nicht!«, empörte sich Teichert. »Ich finde es absolut unverfroren, meiner Freundin zu unterstellen, in der Zeit ihrer sportlichen Betätigung würde sie womöglich andere Sachen machen.«

»So? Welche denn?«

»Na, kommen Sie, Herr Kommissar!« Da war wieder das TV-Klischee, alle Ermittler seien Kommissare. »Ich habe doch rausgehört, dass Sie glauben, meine Freundin könnte sich in der Zeit mit jemandem getroffen haben.«

»Da haben Sie mehr herausgehört, als ich hineingelegt habe«, entgegnete Schwinka süffisant. »Aber wenn wir schon mal dabei sind: Glauben Sie es denn?«

Jochen Teichert schaute den Polizisten an. Für den Bruchteil einer Sekunde zögerte er. »Nein, natürlich nicht«, sagte er dann schnell.

Ein bisschen zu schnell fand der Chef-Ermittler. ›Er hat ihr nicht über den Weg getraut‹, dachte Schwinka. ›Und da er das nicht zugeben will, sie aber bereits gestalkt hat, bewirbt er sich lebhaft um die Aufnahme in den Kreis der Verdächtigen.‹ – »Was haben Sie gestern Abend eigentlich gemacht?«, wechselte Schwinka plötzlich die Richtung.

Teichert erschrak. »Ich?«

»Ja, wer sonst?«

»Ich? Ich war hier.«

»Wer kann das bezeugen?«

»Äh, wieso das denn? Stehe ich unter Verdacht?«

»Nein, noch nicht«, sagte Schwinka. »Aber wenn wir einen Tatverdächtigen nicht auf einem Silbertablett serviert bekommen, müssen wir nach dem Ausschlussprinzip verfahren.«

»Und was heißt das?«

»Ganz einfach: Wie müssen alle potenziellen Verdächtigen in einen Sack stecken und im Laufe der Ermittlungen Stück für Stück Personen ausschließen, die zur Tatzeit ein Alibi hatten. Denn darauf kommt es am Ende an. – Naja, und wer dann übrig bleibt, der ist wahrscheinlich der Mörder.«

»Oh Gott, wie Sie das sagen: Mörder …«, gab Teichert sich bestürzt und legte sein Gesicht in beide Hände.

»Aus juristischer Sicht ist es verfrüht, von einem Mörder zu sprechen«, meinte Schwinka und konnte nur schwer verbergen, dass ihn der zähe Gesprächsfluss nervte. »Somit ist es auch für Sie von existenzieller Bedeutung, nachweisen zu können, wo Sie zum Zeitpunkt des Verbrechens gewesen sind.«

»Na, hier«, erregte sich Teichert und wurde lauter. »Wo sollte ich in dieser Zeit denn hin sein?«

»Sagen Sie es mir!«

»Ich war hier!«, rief der Mann noch energischer.

»Haben Sie zwischen 16 und – sagen wir – 19 Uhr mit jemandem telefoniert?«

»Ja, bestimmt.«

Teichert fingerte nervös sein Smartphone vom Tisch herunter und suchte fahrig in der Anruferliste nach Montagabend. »Hier, zweimal«, rief er. »Einmal mit einem Kollegen und das zweite Mal bin ich von einer Bekannten angerufen worden.«

»Versuchen wir es darüber«, sagte Karsten Schwinka. »Ich nehme Ihr Handy mit und wir werten die Daten aus. Vielleicht reicht das dann schon, um Sie für die Tatzeit zu entlasten.«

Für den Bruchteil einer Sekunde wollte Teichert protestieren. Die Aussicht auf Entlastung ließ ihn aber brav das Mobiltelefon an den Kripo-Mann aushändigen.

»Schreiben Sie mir noch Ihre Zugangsdaten auf!«

Vornehme Blässe

Diana Chupaski fühlte sich wie eine Polizeianwärterin, als sie in Trent aus dem Auto stieg, den Schreibblock zückte und sich auf den Weg zur Anwohnerbefragung machte. Danilo Schobel und Karsten Schwinka hatten mit ihr eine Art Prioritätenliste erstellt, wo sie als Erstes herumstochern sollte. Nervös steuerte sie die Einfamilienhäuser nördlich des Tatortes und westlich der Kirche an. Die lagen in Hörweite. Wenn in den Abendstunden des zurückliegenden Sonntags oder nachts jemand geschrien hatte, müsste es hier wahrgenommen worden sein.

Bevor sie an der ersten Haustür klingelte, wischte sie sich die feuchten Hände an der Jeanshose ab, straffte sich und drückte auf den Knopf.

Es öffnete eine große, dünne Frau um die 70. Modisch gekleidet, leicht geschminkt und von einer Haltung, die zeigte, dass sie auf gar keinen Fall so alt erscheinen wollte, wie sie war.

»Guten Tag!«, sagte Diana Chupaski. Den Gruß verschluckte sie beinahe, räusperte sich und wiederholte ihre Begrüßung.

»Na, mit Ihnen rechne ich schon seit gestern«, sagte die große Frau resolut. »Kommen Sie rein!«

Die Polizistin war überrascht über den begeisterten Empfang und folgte der offensichtlichen Hausherrin in die Diele. Chupaski erkannte gleich, dass hier der Wohlstand wohnte.

So ziemlich jeder Gegenstand, jedes Möbelstück, jegliche Dekoration war von erlesener Qualität. Auch dürften sich in dem Eigenheim Innenarchitekten ausgetobt haben, denn stimmiger ging es kaum.

Die Frau bat die Ermittlerin ins Wohnzimmer, bot ihr einen Platz an und verschwand sofort in der Küche, um einen Kaffee zuzubereiten.

Diana Chupaski saß ein wenig steif am äußeren Rand der Couch und wirkte trotz ihrer fast 30 Jahre in den hellen Jeans, dem schlichten weißen T-Shirt und dem leeren aufgeklappten Schreibblock in der Hand wie ein Mädchen, das für eine Umfrage von Haus zu Haus geschickt worden war.

»Wie war doch gleich Ihr Name?«, fragte die Seniorin, als sie mit dem Tablett, auf dem der Kaffee und eine Schale mit Keksen standen, ins Wohnzimmer zurückkam.

»Chupaski«, sagte die Polizistin, die ein ergänzendes »Hauptmeisterin Diana Chupaski« hinzufügen wollte, von der Hauseigentümerin aber erneut unterbrochen wurde.

»Das ist ein sehr tragischer Vorfall«, begann diese beim Einschenken des Kaffees ihren offenbar geplanten Wortschwall im Duktus einer Berichterstattung. »In Trent hat es so etwas noch nie gegeben. Ich habe da mal recherchiert: Nicht einmal das Mittelalter oder die Jahre der beiden Weltkriege hatten etwas Derartiges gesehen.«

»Das ist sehr freundlich von Ihnen«, grätschte Chupaski dazwischen, denn sie musste langsam das Zepter übernehmen. »Aber wir haben zu dem von Ihnen angedeuteten Vorfall konkrete Fragen, die ich Ihnen gern stellen würde.«

»Oh, interessiert Sie nichts Historisches?«

»Privat vielleicht. Aber viel wichtiger sind uns jetzt die aktuellen Fakten und das, was Sie unter Umständen gehört oder gesehen haben könnten.«

»Ja, das verstehe ich natürlich.« Die Dame hatte sich in einen Sessel gesetzt und beinahe in Zeitlupe elegant die Beine übereinandergeschlagen. Die waren ellenlang und steckten in einer teuren weißen Samthose. Und die Demonstration am Tisch sollte eindeutig heißen: »Schau mal, mit welcher Leichtigkeit ich noch die Beine bewegt bekomme.«

Diana Chupaski war von der Darbietung nicht ganz unbeeindruckt geblieben. ›Alle Achtung‹, dachte sie. ›Die macht für ihr Alter noch ganz schön was her!‹ – »Sagen Sie, an der Tür stehen zwei Namen: Krefeld und Bentwiese. Welcher davon gehört Ihnen?«, fragte die Polizistin.

»Ich bin Annalie Krefeld«, sagte die Seniorin. »Mein Lebenspartner und ich, wir stammen aus dem Ruhrgebiet. Wir sind vor vier Jahren hierhergezogen.«

»Wo ist Ihr Lebensgefährte im Moment?«

»Der ist zum Strand nach Dranske«, sagte Krefeld. »Das macht er bei diesem Wetter jeden Tag. Ich bin nicht so für die Sonne. Mir verbrennt zu schnell die Haut.« Wie zum Beweis ihrer Aussage streifte sie den linken Ärmel ein paar Zentimeter hinauf und präsentierte eine vornehme Blässe.

»Waren Sie Sonntagabend zu Hause?«, fragte Chupaski.

»Ja, das waren wir«, entgegnete Krefeld wie vorbereitet. »Und ja, ich habe auch etwas gehört. Der Hund hat gebellt. Erst ziemlich heftig und schnell, dann in größeren Abständen, und schließlich jaulte er kurz. Mein Lebenspartner meinte noch, dass da wohl jemand einen Hund ärgere. Als wir aber von dem Vorfall hörten, war uns gleich klar, was da passiert sein musste.«

»Wann war das mit dem Hund?«, fragte die Polizistin weiter und schrieb fleißig die Aussagen der Frau, die sie im Stehen um gut einen Kopf überragt hatte, mit.

»Mein Mann und ich denken, dass das so bei 19 Uhr rum gewesen sein könnte.«

»Gab es sonst noch Auffälliges, das Ihnen an dem Abend vielleicht gar nicht so wichtig erschien?«

»Nein. Mein Mann und ich haben schon überlegt. Aber nachdem der Hund ruhig war, lag auch das Dorf wieder absolut still.«

»Bei der Toten handelt es sich um Krista Schildt. Kannten Sie sie?«

»Nur flüchtig vom Guten-Tag-guten-Weg-Sagen.« Annalie Krefeld spitzte ein wenig den Mund, wenn sie von Krista Schildt sprach. »Sie war eine einfache Frau, die ausgerechnet in ihrem Alter und bei der …« Sie zögerte und suchte nach dem passenden Wort. »… verunglückten Figur ein bisschen Pech mit ihrem Mann hatte.«

»Können Sie sich vorstellen, dass jemand mit Frau Schildt derart zerstritten war, dass er sie hätte umbringen können?«

»Da fragen Sie mich zu viel«, entgegnete Krefeld etwas pikiert. »Und es wäre mir auch etwas zu gewagt, mich an Spekulationen zu beteiligen.«

»Uns können Spekulationen manchmal helfen.«

»So sollten Sie aber nicht arbeiten!«, sagte die Hausherrin bestimmt und hob sogar leicht die rechte Hand mit gestrecktem Zeigefinger zur Ermahnung. »Die Leute wollen wieder mehr sachliche Berichterstattung lesen. Dieses Spekulieren und Verbreiten von Gerüchten sorgt nur für Unruhe und verletzt Menschen in ihrer Seele.«

Chupaski stutzte.

»Haben Sie schon mal einen Artikel über ein Tötungsverbrechen geschrieben?«, fragte Annalie Krefeld weiter. »So etwas erfordert ein gerütteltes Maß an Fingerspitzengefühl.«

»Ich glaube, hier liegt ein Missverständnis vor …«, versuchte die Polizistin aufzuklären.

»Nein, nein«, unterbrach sie Krefeld. »Ihren Namen habe ich noch nicht in der Zeitung gelesen, weshalb ich vermute, dass Sie Volontärin oder Praktikantin sind. Erstaunlich, dass man Ihnen so viel Vertrauen entgegengebracht hat, gleich solch ein heißes Eisen …«

»Stopp, Frau Krefeld!« Diana Chupaski war lauter geworden. »Sie irren sich. Ich bin nicht von der Zeitung, sondern Hauptmeisterin Chupaski von der Kriminalpolizei.«

»Wie bitte?« Krefeld richtete sich in ihrem Sessel auf und schlug die Beine wieder auseinander. »Warum stellen Sie sich dann als Reporterin vor?«

»Das habe ich nicht getan«, entgegnete die Ermittlerin. »Als ich Ihnen sagen wollte, wer ich bin, haben Sie mich schon hereingebeten.«

»Nun, da bin ich mir gar nicht so sicher.« Krefeld wurde abweisend. »Für mich sieht das ein bisschen so aus, als wollten Sie aus mir mehr herausbekommen, als ich wohl erzählt hätte, wenn Sie sich als Polizistin vorgestellt hätten.«

»Aber Frau Krefeld.« Nun gab Chupaski ihren Worten einen maßregelnden Ton. »Sie würden einer Pressevertreterin mehr erzählen als der Polizei, die ein Verbrechen aufklären möchte?«

Oh, das saß. Das Paar aus dem Ruhrpott hatte sich immer als gesetzestreu empfunden. Und warum sollte sie der Polizei nicht alles sagen, was sie wusste? Da waren wohl, dachte sie kopfschüttelnd, die rhetorischen Pferde mit ihr durchgegangen. »Sie haben mich gänzlich missverstanden«, beeilte sich die alte Dame zu sagen. »Natürlich stehen wir mit unserem Wissen der Polizei ganz und gar zur Verfügung. Sie müssen verstehen, Frau … nun, wie war noch mal der Dienstgrad? – Hauptmeister? – Also, Frau Hauptmeister, Sie müssen verstehen, dass diese Angelegenheit für Trent eine ganz besondere Situation darstellt. Und das führt dann auch mal zu unangemessenen Reaktionen … Hach, ich bin wirklich ganz durcheinander.« Rasch nahm sie einen Schluck aus der Kaffeetasse.

»Schon gut, Frau Krefeld«, beschwichtigte Chupaski. »Kommen wir zu den Leuten hier im Dorf: Halten Sie jemanden für fähig, solch eine Tat zu begehen?«

Die elegante Frau schaute die Polizistin eindringlich an. »Wenn ich Ihnen jetzt einen Namen nenne, behandeln Sie das vertraulich?«

»Absolut.«

»Da gibt es so einen Krüppel.« Annalie Krefeld senkte die Stimme, als könnte jemand sie belauschen. »Das ist der Peer oder Pierre Simmel. Der streicht jeden Tag durch Trent, ist mal hier und mal dort. Sitzt auf Bänken herum, starrt Leute an. Unheimlich. Zu meinem Mann habe ich schon mal gesagt, dass man den hier nicht so frei herumlaufen lassen sollte. Schon der Kinder wegen.«

›Typisch! Wer nicht ins Raster passt, ist verdächtig‹, dachte Chupaski. Bei solchen blind erhobenen Anschuldigungen musste die junge Polizistin aufpassen, mit dem Gegenüber nicht aneinanderzugeraten. »Hat der schon mal etwas in dieser Richtung getan?«, fragte sie schnell und bemühte sich, keinen vorwurfsvollen Unterton zuzulassen.

»Nein«, sagte Krefeld. »Ich glaube nicht. Aber irgendwann ist immer das erste Mal.«

Die absurdeste Variante

Zur Dienstberatung am Mittwoch hatte sich ganz besonders einer der Bergener Kripo-Beamten vorbereitet: Michael Neumann. Das sollte seine Stunde werden.

Bis Mitternacht hatte er die Ermittlungsprotokolle der beiden Frauenmorde von 1997 studiert. Die Unterlagen hatte er unerlaubt mit nach Hause genommen. Aber wer sollte das schon mitbekommen? Darin fanden sich Widersprüche, denen es nachzugehen galt, aber auch Ähnlichkeiten zu den neuen Fällen. Neumann hatte das Vorhandene nur überflogen, war an einigen Stellen aber trotzdem auf Ungereimtheiten und Ermittlungsschlampereien gestoßen. Diese wollte er aber nicht thematisieren, denn immerhin ging es da auch um die Arbeit der Kollegen im Revier. Als er gegen 2 Uhr die Blätter mit den Notizen sortierte, hatte er Kopfschmerzen bekommen, die Augen taten weh. Aber das war es ihm wert gewesen.

Vor allem wollte er es Karsten Schwinka zeigen – und natürlich den Kollegen in der Bergener Dienststelle. Diese Sache war der Beweis: Es wäre viel besser, einen Mann auf dem Chefsessel zu haben, der aufgrund seiner Erfahrungen auch ältere Fälle kannte, statt solch einen neuen Besen, dem weder die Befindlichkeiten der Kollegen noch die Eigenheiten der Inselbewohner am Herzen lagen. Der konnte zehnmal auf Rügen aufgewachsen sein – um die Menschen hier noch zu verstehen, war Schwinka viel zu lange weggewesen. Was wäre, wenn seine Recherche womöglich den Durchbruch brächte? Was, wenn sie dadurch den Täter schon in wenigen Tagen ergreifen könnten und die beiden alten Fälle auch gleich noch mit aufklärten? Nicht auszudenken. Dann müsste die vorgesetzte Stelle garantiert einige Vorfälle im Bergener Revier neu bewerten. Und vielleicht wäre Schwinka dann auch nicht mehr ganz so fest im Sattel.

Zur Dienstberatung war die gesamte Mordkommission versammelt. Die Luft in dem kahlen Raum mit den unbequemen Stühlen, in dem Karsten Schwinka im Juli an seinem ersten Tag den Kollegen vorgestellt worden war und in dem darüber hinaus lediglich zwei Magnettafeln standen, war schneidend dick. Die Hitze dieses Spätsommers schien von Tag zu Tag zuzunehmen und die Kollegen kamen zum Teil nur noch in T-Shirts zum Dienst.

Schwinka sah das pragmatisch: Die Kleiderordnung musste den äußeren Bedingungen angepasst sein, sonst fühlten sich die Männer und Frauen nicht wohl. Er selbst trug zwar ein türkisfarbenes Hemd, dessen Ärmel bis über die Ellenbogen hochgekrempelt waren, gegen T-Shirts hatte er aber nichts einzuwenden. »Wir haben erste ernstzunehmende Tipps bekommen«, begann Schwinka den Lagebericht, nachdem er und Schobel sich vor der Magnettafel aufgestellt hatten. »Hauptmeister Schobel hat einen Hinweis auf einen Mann mitgebracht, der als Täter infrage kommen könnte. Bitte!« Schwinka gab seinem Kollegen einen Wink, dass er sprechen möge.

Schobel schilderte seine Vorgehensweise und sprach von einem »Glückstreffer«. Dazu heftete er einen vergrößerten Kartenausschnitt an die Tafel. »Der Täter muss aus dem Wald gekommen sein. Die größte Wahrscheinlichkeit lag darin, dass er nach Verlassen des Baumbestandes sofort einen Pkw angesteuert hat. In dieser Zeit könnte ihn jemand gesehen haben. Allerdings haben wir diesbezüglich keinen Hinweis bekommen. Viel interessanter war dann aber die Beobachtung einer Frau in der Bachstraße. Die erzählte mir von einem Jogger, dem beim Laufen die Hose rutschte.«

»Das ist nichts Ungewöhnliches«, übernahm Schwinka. »Angesichts der Tatsache, dass der Toten Hose, Schuhe und Jacke entwendet wurden, liegt in diesem winzigen Detail unter Umständen ein Hinweis auf jene Person, die wir suchen.«

Kriminalpolizeimeister Simon Krabbe, einer der Kollegen aus Anklam, hob die Hand und äußerte seine Meinung, ohne auf eine Aufforderung zu warten: »Das ist für mich so ziemlich die absurdeste Variante – ohne jemandem zu nahe treten zu wollen. Soll das heißen, der Mörder zieht sich die Jogging-Klamotten an, um damit dann durch Sassnitz zu laufen? Welches psychologische Täterprofil soll auf so jemanden denn passen?«

Im Raum entstand Gemurmel, ein paar Männer kicherten.

»Absolut richtig«, entgegnete Schwinka, der den Namen des Polizisten nicht wusste und deswegen keine Anrede hinzufügte. »Das ist ein nahezu absurder Gedanke. Aber sind Gewaltverbrechen, die uns rätselhaft erscheinen, nicht häufig mit den absurdesten Dingen verbunden? Lassen Sie mich

Ihnen einmal die wichtigsten Tatelemente zusammenfassen: Beiden Morden – ich nenne sie Ihnen gegenüber mal ohne Umschweife so – ist eine extreme Brutalität gemeinsam. Und dass es sich um Frauen handelt. Wobei ich den Fakt, dass beide sportliche Kleidung trugen, eher für einen Zufall halte, da die eine ihren Hund ausführte und die andere joggte. Ansonsten gibt es vor allem Unterschiede. Die Örtlichkeit, die Tötungsart, dass er die Frau in Trent liegen ließ, die in Sassnitz aber versteckte, die Angelegenheit mit der Bekleidung in Sassnitz, der Hund in Trent ... Ich verrate Ihnen kein Geheimnis, wenn Sie davon ausgehen können, dass die Verbrechen spontanen Impulsen gefolgt sind. So geht niemand vor, der wochenlang von Dämonen gebeutelt wird und dann bis ins letzte Detail einen Mord vorbereitet. Fazit: Dem komischen Jogger in Sassnitz sollten wir versuchen, auf die Spur zu kommen. Wenngleich die Beschreibung des Mannes recht dürftig ausgefallen ist. Aber auf jeden Fall haben wir jetzt einen Anhaltspunkt, nach dem wir uns bei weiteren Befragungen erkundigen können. – Jetzt Sie, Hauptmeisterin Chupaski!« Karsten Schwinka unterband mit dem direkten Übergang zu seiner Ermittlerkollegin weitere Nachfragen. Nicht, dass diese ihm unangenehm wären. Aber ihm schwirrten zu den beiden Morden schon wieder so viele Gedanken durch den Kopf, in denen sogar Lösungsansätze vorhanden waren, dass er gar nicht weiter über seine Erkenntnisse in den Fällen sprechen wollte.

Chupaski, die in der ersten Stuhlreihe saß, erhob sich, trat an die Tafel und heftete ihrerseits einen Kartenausschnitt zwischen die bereits vorhandenen Dokumente und Bilder. Sie bedauerte, nicht viel Neues beitragen zu können, sei aber wegen einiger Ohrenzeugen in der Lage, den Tatzeitraum auf 18 bis 20 Uhr einzugrenzen. »Ziemlich konkret konnte ein behinderter Mann werden, der mir von einer älteren Anwohnerin als möglicher Täter empfohlen wurde. Ich sehe in ihm eher einen verlässlichen Zeugen.«

Ein paar Polizisten auf den Stühlen grinsten.

Chupaski bekam davon nichts mit und sprach unbeirrt weiter: »Er hörte an jenem Abend das starke Hundegekläff. Und wie er sagte, hatte er vorher eine kurze Auseinandersetzung wahrgenommen. Nach dem jetzigen Stand dürfte er Sonntagabend dem Verbrechen am Nächsten gewesen sein.«

Wieder mischte sich Krabbe ein. Diesmal ohne sich zu melden. »Wie passt das?«, fragte er. »Beide Orte liegen weit auseinander. Wenn ich da an den verrückten Jogger denke, möchte ich fast eine Verbindung beider Fälle bezweifeln.«

Wieder Gemurmel.

»Die brutale Tötung von Frauen im öffentlichen Raum kommt statistisch gesehen sehr selten vor«, ging Schwinka auf den skeptischen Zwischenruf ein und erlaubte sich einen ironischen Unterton. »Von daher wären zwei solcher Verbrechen auf ein und derselben Insel innerhalb von zwei Tagen Zufälle, die es in dieser Form nicht gibt. Wir müssen – und das sage ich hier ausdrücklich – davon ausgehen, dass dort draußen jemand unterwegs ist, der skrupellos tötet.«

»Wie sieht es denn mit einem Profiler aus?«, rief ein weiterer Polizist der Innendienst-Truppe in den Raum.

»Ich bin kein Begriffsreiter, aber an dieser Stelle möchte ich doch auf die Bezeichnung Fallanalytiker bestehen«, wies Schwinka den Fragenden höflich aber bestimmt zurecht. »Und bevor wir einen Fallanalytiker zu Rate ziehen können, müssen wir mit den Ermittlungsergebnissen noch ein Stück weiter sein. Wir brauchen zum Beispiel die DNA-Spuren.«

Michael Neumann dauerte das alles schon viel zu lange. Unruhig kratzte er an den Blättern auf seinem Schoß herum. Er wartete auf den richtigen Moment. Der schien aber nicht zu kommen, was ihn nur noch unruhiger werden ließ. Denn wenn er mit seinen Recherchen auftrumpfen würde, sollte das einschlagen wie eine Bombe. Aber was war das? Was redete dieser Schwinka da? Waren denn jetzt alle verrückt geworden?

»… gehen den Fällen von 1997 nach. Im Moment würde ich zwei Mann abstellen wollen, die das vorhandene Material noch einmal durchgehen und auf Zusammenhänge mit den aktuellen Verbrechen untersuchen …«

»Wieso …?«, rief Neumann. Völlig unkontrolliert platzte das Wort aus ihm heraus. Er sprang auf, rang nach Luft und rief noch einmal »Wieso …?«

»Kollege Neumann?« Karsten Schwinka wunderte sich nicht im Geringsten über den Ausbruch, wollte den anderen aber erst einmal kommen lassen.

»Wie kommen Sie auf die Fälle von 1997?«, rief Neumann.

»Warum sollte ich nicht darauf kommen?«, fragte Schwinka zurück, um gleich eine Antwort mitzuliefern.

»Auch wenn Sie es nicht für möglich halten: Ich kenne alle seit 1945 ungeklärten Fälle auf Rügen.«

Neumann ließ sich auf seinen Stuhl fallen, warf die Zettel vor sich zu Boden und verbarg sein Gesicht in den Händen.

Die Polizisten im Versammlungsraum wunderten sich ob der Szene, der Beamte neben dem Kommissar stieß diesen in die Seite und flüsterte: »Hey, ist doch gut, dass diese Geschichte noch einmal aufgerollt wird.«

»Klar«, stöhnte Neumann in seine Hände. Was da vorn gesprochen wurde, interessierte ihn nicht mehr. ›Dieser Scheiß Schwinka!‹, dachte Neumann. ›Dieser beschissene Typ ...!‹ – »... würde ich Kommissar Neumann übergeben wollen«, hörte selbiger Schwinka sagen. Er löste überrascht das Gesicht aus dem Druck seiner Handflächen und blickte auf. Alles in seinem Antlitz sah nach Strichen aus: die fast zusammengewachsenen Augenbrauen, der schmale Mund, die zwei Falten auf der Stirn. »Was ist mit mir?«, fragte er, wenngleich er nebenbei durchaus wahrgenommen hatte, worum es gegangen war.

»Sie arbeiten die Morde von 1997 auf!«, sagte Schwinka. »Das machen Sie mit dem Kollegen Dorvitz.« Schwinka wandte sich an den kleinen Beamten mit den unruhigen Augen. »Sie lassen die Ermittlungen zu dem Autobrand ruhen!«, wies er an. »Ich brauche jetzt jeden Mann für die Frauenmorde.«

Dorvitz nickte. Ein Lächeln huschte über sein Gesicht.

Über das Gesicht von Neumann vermutlich auch. Das war bei ihm wegen seiner parallelen Züge aber nicht zu erkennen.

Klare Ansage

Zwei Tote auf Rügen geben Rätsel auf, stand da in Riesenlettern auf der ersten Seite der Bild-Zeitung.

›Wow, hat es die Insel mal wieder auf die Titelseite geschafft‹, dachte Horst, der sich vor der Arbeit beim Bäcker am Netto-Markt einen Kaffee und eine Zeitung geholt hatte. Um diese in Ruhe zu studieren, setzte er sich in sein Auto und rückte den Fahrersitz bis zum Anschlag nach hinten. Mehr Platz für die Beine. ›Interessant‹, dachte er. ›Sie geben wirklich keine Informationen raus. Die Presse weiß nicht einmal, dass es Frauen waren und dass sie getötet wurden.‹ Horst schüttelte sich. Er fand die Welt verlogen. Auch, wenn er nicht sehr viel davon hielt, dass es heutzutage nur noch um Sensationen ging, müssten die Inselbewohner seiner Ansicht nach umfassend über die beiden Morde unterrichtet werden. ›Dann wären die Menschen aufmerksamer‹, ging es ihm weiter durch den Kopf. ›Und das Wissen um Gefahren macht vorsichtiger. So hat ein Mörder leichtes Spiel.‹

Horst stieg noch einmal aus dem Auto aus und ging zum Bäcker zurück. Den Wagen verschloss er nicht. Hier klaute niemand etwas aus Fahrzeugen. Bei der Verkäuferin bestellte er noch einen Kaffee und nahm eine Ostsee-Zeitung mit. Was würden die wohl schreiben?

Als er wieder hinter seinem Lenkrad saß, blätterte er zuerst im Lokalteil. Da. ›*Zwei tote Frauen auf Rügen: War es Mord?* – Schau mal einer an!‹, dachte Horst. ›Die sind spekulativer als die Bild-Zeitung. Und sie wissen schon, dass es Frauen waren.‹ Er las den Beitrag durch. ›Schwach‹, war nach dem letzten Wort des Artikels sein erster Gedanke. ›Nur vage Vermutungen und zurückhaltende Aussagen von Polizei und Staatsanwaltschaft. Zumindest kommt man nach der Lektüre darauf, dass die beiden unter Umständen gewaltsam ums Leben gebracht wurden.‹ Horst schaute hinüber zum Wald, in dem er am Montag die Joggerin erschlagen hatte. Dort oben war immer noch eines der quadratischen, grauen Zelte zu sehen, in dem die Polizei Spuren auswertete. Er hatte hundertmal darüber sinniert, ob ihm ein Fehler unterlaufen sein könnte. Oder hatte er womöglich etwas verloren, das die Polizei auf seine Fährte führen würde? Vermutlich nicht. Überhaupt: Er konnte sich nicht im Geringsten vorstellen, geschnappt zu werden. Dieses Szenario lag komplett außerhalb seiner Vorstellungskraft.

»Hast du es gelesen«, fragte sein Ingenieurskollege Kauz, als Horst Schuster ins Büro kam.

»Was denn?«

»Na, das mit eurer Toten. Und dass es in Sassnitz jetzt auch eine gibt.«

»Ich habe mir heute Morgen schon zwei Zeitungen gekauft, weil ich vorm Büro noch einen Kaffee trinken wollte.«

Kauz starrte seinen Kollegen an. »Horst?!«, sagte er. Dabei hob er am Ende leicht die Stimme, als wollte er sich erkundigen, ob der andere überhaupt bei der Sache war.

»Ja.« Horst schaltete seinen Computer ein.

»Hast du nun davon gelesen oder nicht.«

»Ich habe mir außer der Bild gleich noch eine Ostsee-Zeitung gekauft. Die haben ja immer unterschiedliche Herangehensweisen. Und die Bild ist mir bei solchen Themen …«

»Horst!«, unterbrach ihn Kauz energisch. »Hast du es gelesen?«

»Die Ostsee-Zeitung ist da schon etwas weiter …«

»Jaaaaaa, soll das heißen«, rief Petra, die Sekretärin, von ihrem Schreibtisch herüber.

Horst schaute auf die Tastatur seines Computers. Dann blickte er kurz hoch zu Kauz.

Der wiederum schüttelte den Kopf und drehte sich um, um mit Traber die neuen Informationen auszuwerten. Ein paar Minuten später wandte er sich wieder an seinen Kollegen aus Trent: »Horst, Traber meint, wir haben es mit einem Serienkiller zu tun. Ich sage, die beiden Toten müssen nichts miteinander zu tun haben, da bisher ja auch noch keiner weiß, wie die Frau bei uns zu Tode gekommen ist. Der Buschfunk hier funktioniert nicht so gut wie bei euch in Trent.«

Horst Schuster lächelte. Verlegen. Und genau dieses Gefühl beherrschte ihn gerade: Verlegenheit. Kauz und Traber waren zwei sehr selbstbewusste Männer. Mit jedem begannen sie eine Plauderei. Und wenn Frauen ins Büro kamen, hatten sie lockere Sprüche auf den Lippen. Dabei überboten sie sich manchmal sogar gegenseitig, als wäre es ein kleiner Wettbewerb. Interessanterweise wirkten sie wie Brüder, obwohl sie vollkommen unterschiedlich aussahen. Während Traber mit seinem schütteren Haar, den vielen kleinen Falten unter den Augen und einer untersetzten Figur im ersten Moment wie ein humorloser Schuldirektor aussah, hatte Kauz durch die moderne Bürstenfrisur, der Solariumsbräune und dem kraftmeierischen Gang etwas mehr Jugendlichkeit. Trotzdem schienen sie grundsätzlich über die gleichen Dinge zu lachen, interessierten sich offenbar deckungsgleich für Fußball, Frauen, Autos und Karibikurlaube und sprachen in einem identischen Tonfall – inklusive Betonung.

Immer, wenn die Kollegen bei Kunden oder anderen Besuchen im Büro kommunikativ so richtig in Fahrt kamen, schwieg Horst lieber. Small Talk war nicht sein Ding, erst recht nicht mit Frauen. Die wollten immer, dass man als Mann auftrumpfte. Die waren oberflächlich – da gab es für ihn gar keine Frage. Selten waren ihm weibliche Geschöpfe begegnet, die Interesse an tiefgründigen Gesprächen hatten. Oder die sich zu allem Überfluss auch noch für seine Arbeit als Bauingenieur interessierten. Oder halt! Selten stimmte nicht. Ihm war noch keine begegnet.

»Also Horst, was denkst du?«, fragte Kauz.

In seinem Kopf arbeitete es. Seine Augen flackerten und huschten hin und her. Dabei sah er die Tastatur an.

»Lasst ihn in Ruhe!«, rief Petra.

»Ist schon gut«, sagte Horst. Und dann stieß er eine Antwort hervor. Man sah ihm deutlich an, wie schwer es ihm fiel, sich auf das Thema zu konzentrieren. »Da die beiden Ereignisse so dicht beieinander liegen, könnte man davon ausgehen, dass sie in einem Zusammenhang stehen. War das in Trent ein Tötungsverbrechen, war es das in Sassnitz auch.«

»Wow«, tat Kauz erstaunt, »klare Ansage!« Und zu Traber gewandt, der ihm gegenübersaß: »Dann kommst du wahrscheinlich mit deiner Serienkillergeschichte zum Zuge.«

Horst klickte Pläne des nächsten Bauprojekts auf. Es ging um einen Kindergarten in Samtens. Der Auftraggeber hatte Goroschkas Büro vor eine echte Herausforderung gestellt, sollte der Bau doch eine abenteuerliche Konstruktion mit einer verspielten Fassade werden. Horst mochte solche kniffeligen Sachen. Darin vertiefte er sich stundenlang. Und wo andere irgendwann glücklich sind, zum Ende zu kommen, brachte er immer neue Ideen hervor.

»Traut sich deine Frau noch vor die Tür«, fragte Traber in Richtung Horst Schuster.

»Die ist sowieso den ganzen Tag in Breege«, entgegnete dieser.

»Na, wenn sich rausstellt, dass die im Wald abgemurkst wurde, geht bei uns hier die Angst um«, sagte Traber und machte eine Fratze, die wohl gruselig wirken sollte.

Kauz feixte, die Sekretärin lächelte matt.

Horst hörte von alledem nichts. Er sah nur Striche, Zahlen, Buchstaben und schraffierte Flächen. Er hatte die neue Kindertagesstätte ganz deutlich vor Augen, sah Steppkes zwischen den Geräten herumtollen, sah sie nach dem Mittagessen im großen, hellen Mittelsaal auf ihre Liegen klettern … ›Schön‹, dachte er. ›Es ist einfach schön, Bestandteil eines solchen Projekts zu sein.‹

Kein Entrinnen

»Können Sie mir bitte sagen, weshalb Sie nicht reagieren, wenn ich Ihnen eine Frage stelle?«

Gabi erschrak, als wäre sie aufgewacht. »Oh Gott, ja, entschuldigen Sie!«, nuschelte die Verkäuferin. Es passierte ihr in der letzten Zeit häufiger, dass sie sich Tagträumen hingab und für Sekunden wie weggetreten schien.

»Diese Bernsteinkette hier – sind die Einfassungen aus Silber?«, fragte die Kundin ungeduldig.

»Nein, das ist Messing«, antwortete Gabi einsilbig.

»Und warum ist sie dann so teuer?«

»Das hat mit der Verarbeitung der Bernsteine zu tun.«

Solche Dialoge führte sie seit Jahren. Und früher hatte sie sogar Freude daran, mit anderen Frauen über den Schmuck ins Gespräch zu kommen. Aber irgendwann machte sich das Gefühl breit, dass sie feststeckte. Diese Mühle: Arbeitswoche, Putzwochenende, Arbeitswoche, Putzwochenende … Und dann Horst. Dieser unfassbar langweilige Mann. Mit ihm konnte sie sich nicht einmal über banale Dinge des Tages unterhalten. Er schien meist gar nicht bei der Sache. Und wenn sie bei einem Thema Bestätigung wollte, bekam sie diese nicht. Wann hatten sie das letzte Mal Zärtlichkeiten ausgetauscht? Vermutlich an jenem Tag, als sie Jason zur Welt gebracht und Horst ihr über den Kopf gestreichelt hatte. Danach gab es nur ab und zu noch Sex. Seit zwei Jahren eigentlich gar nicht mehr – abgesehen von dem Ritual an den Sonntagabenden nach dem »Tatort«. Das gehörte zu ihrem Leben wie das Zähneputzen. Gabi Schuster gab sich ihrem Weltschmerz hin. Sie ließ ihn zu. Er drückte auf ihre Brust wie ein Stein. Und sie dachte darüber nach, analysierte mögliche Ursachen, suchte sogar nach Auswegen. Warum sie diese nicht fand, konnte sie nicht ergründen. Manchmal glaubte sie, schon so sehr in einem Hamsterrad zu stecken, dass es einfach kein Entrinnen mehr gab. Allerdings: Warum sie jeden Tag putzte wie besessen, warum sie Horst und Jason manchmal tagelang in der Wohnung nichts mehr benutzen ließ, damit es nicht wieder schmutzig wurde, warum sie ihren Sohn verabscheute und Horst hasste – all diese Fragen stellte sie sich nicht. Bevor ihre Gedanken dorthin gelangten, bogen sie immer schon vorher ab. Oder sie blieben einfach vor der Wand »Alltag« stehen und kreisten um einen Zustand, der ihr wie in Stein gemeißelt schien. Sie konnte nicht verstehen, wieso andere Frauen herauskamen … Gabi liebte die Musik von Juliane Werding. »Sehnsucht ist unheilbar« – wenn sie dieses Lied hörte, sang sie mit. Natürlich nur, wenn es niemand mitbekam. Aber dann laut. Und manchmal liefen ihr kleine Tränen aus den Augenwinkeln. Ja, sie hatte solche Sehnsucht. Nach einem anderen Mann, nach Urlaub auf Mallorca oder Teneriffa oder wo es sonst noch warm war. Sie wollte einen eigenen Garten mit Laube, wollte zu Grill-Partys eingeladen werden – und zuallererst von Rügen weg. Wenn sie an ihr Zuhause dachte, sah sie immer die Grenzen. Nur ein paar Kilometer und das Land war zu Ende. In alle Richtungen. Dann kam

Wasser. Salziges Wasser. Und sie hasste es, zu schwimmen. Am Strand liegen war wunderschön, auch in den Wellen planschen. Aber wenn sie über die ersten 20 oder 30 Meter hinausdachte, wenn sie sich vorstellte, sie müsste schwimmen, um von hier wegzukommen, empfand sie eine Beklemmung wie in einer kleinen feuchten Gefängniszelle.

Die Kundin hatte längst unverrichteter Dinge das Weite gesucht. Gabi stand seit zehn Minuten hinterm Laden in der Raucherecke und zündete sich bereits die dritte Zigarette an. Sie musste jetzt hierblieben und sich den Gedanken hingeben. Das war ihr einziges Vergnügen – glaubte sie.

Ständig zum Rapport

Schwinka hatte das Büro von Neumann und Dorvitz schweigend betreten. Die beiden saßen hinter ihren Computertischen und schauten den Chef an. Der zog sich einen Stuhl heran, dass er quasi in der Mitte des Raums mit gleichem Abstand zu jedem Kollegen saß. Schwinka legte seinen linken Fuß aufs rechte Knie, verschränkte die Arme und schaute abwechselnd mal auf den einen, dann auf den anderen.

›Ist der bescheuert?‹, dachte Michael Neumann, der gern vollkommen abgebrüht reagiert hätte, den diese Tour des Oberkommissars aber nervös machte. Also brach er das Schweigen. »Dann wird auf uns ja noch mächtig Arbeit zukommen«, sagte er unverbindlich.

»Der Zeitpunkt ist okay«, fügte Dorvitz an. »Die Ermittlungsarbeit im Fall Ihres abgebrannten Autos befindet sich nämlich gerade in einer Sackgasse. Das Einzige, was ich mit ziemlicher Sicherheit sagen kann: Von den Störtebeker Festspielen war das nicht inszeniert.«

»Warum nicht?«, fragte Schwinka, dem man ansah, dass ihn eine Antwort nicht wirklich interessierte.

»Die Alibis von infrage kommenden Personen sind wasserdicht«, entgegnete Dorvitz. »Hinzu kommt, dass von dort nur jemand Interesse an einer solcher Aktion gehabt haben könnte, der entweder unmittelbar mit dem Ermittlungsergebnis in Verbindung steht oder eben die Festival-Leitung, der die Rest-Saison flöten gegangen ist. Die Denunziation eines Mitarbeiters erwies sich aber schon bald als Racheakt. Niemand hatte auch nur im Geringsten mit dem Gedanken gespielt, Sie, Herr Schwinka, oder die Polizei für die Ereignisse im Sommer verantwortlich zu machen.«

»Ja, ich weiß«, entgegnete der Kripo-Chef. »Seien Sie mir nicht böse, Dorvitz, wenn ich Ihnen sage, dass mir von Anfang an bewusst war, dass im Dunstkreis der Festspiele der Schuldige nicht aufzuspüren sein würde …«

Dorvitz runzelte die Stirn, Neumann griente.

»… aber es war der einzige Ansatz, durch den eine Untersuchung überhaupt am Köcheln gehalten werden konnte. Ohne diese dumme Anschuldigung eines Mitarbeiters hätten wir nicht den geringsten Anhaltspunkt gehabt, richtig?«

»Stimmt schon«, entgegnete Dorvitz. »Wir hatten nur den Brandsatz. Keine Zeugen, keine weiteren Spuren.«

»Und was haben wir jetzt?«

»Den Hinweis eines Lichttechnikers aus Ralswiek auf ein Brüder-Duo, von dem wir wissen, dass es auf dem väterlichen Hof Autos umbaut und von dem der Ältere wegen Brandstiftung schon mal zwei Jahre im Knast saß.«

»Sehen Sie, vielleicht ist da ja was zu holen?«

Michael Neumann hatte sich zurückgelehnt, ebenfalls die Arme verschränkt und folgte leicht amüsiert dem Dialog.

»Na, Neumann? Ich glaube die Sache mit den unaufgeklärten Morden von 1997 könnte für uns bei der aktuellen Angelegenheit von immenser Bedeutung werden.«

Der angesprochene Kommissar setzte sich ruckartig aufrecht, als wäre er dazu aufgefordert worden. Schwinka hatte ihn überrascht. Damit, dass der Bergener Kripo-Chef ihn nur beim Nachnamen nannte, hatte er sich mittlerweile abgefunden. Seine anfängliche Empörung darüber war größtenteils aufgesetzt gewesen. Damals war es ihm darum gegangen, dem Neuen die Kante zu geben, ihm die Grenzen zu zeigen. Das war gehörig in die Hose gegangen. Also verzichtete Neumann auf öffentliche Auseinandersetzungen. »Ja, das kann schon sein.« Neumann runzelte die Stirn.

»Ich fand Ihre Initiative übrigens sehr gut, wenngleich es besser gewesen wäre, Sie hätten mich davon unterrichtet.«

›Scheiße, woher weiß der davon?‹, dachte Neumann. Er spürte, wie seine Antipathie gegen Schwinka bedrohlich anschwoll. ›Vor allem stört mich dieser Oberlehrer-Tonfall.‹

»Ich klinge vielleicht ein bisschen wie ein Oberlehrer«, sagte der Kripo-Chef. »Aber wir beide reden ja nicht zum ersten Mal über einzuhaltende Regeln.«

Im ersten Moment erschrak Neumann darüber, dass Schwinka scheinbar seine Gedanken lesen konnte. Da dies aber unmöglich war, regte sich in ihm im nächsten Augenblick Widerspruch. ›Das musst du gerade sagen, der du ständig Regeln missachtest und deine eigenen Gesetze erlässt‹, dachte er.

»Herr Neumann, lassen wir mal die Animositäten beiseite«, sagte Schwinka. Nicht nur, dass der Oberkommissar das versöhnliche »Herr« vor den Namen des Untergebenen stellte, sondern die Haltung – er stützte sich mit den Ellenbogen auf den Knien ab und beugte sich in Richtung Neumann – signalisierten Kooperationsbereitschaft. »Mir ist es wichtig, dass ausgerechnet Sie den Fall von damals noch einmal aufrollen. Und es ist nur am Rande von Bedeutung, dass Sie schon angefangen haben, die Akten zu durchforsten. Vielmehr brauche ich jemanden mit Erfahrung, jemand der die Insel und die Leute kennt.«

»Ich fühle mich geschmeichelt«, entfuhr es Neumann, der sich nach den Worten am liebsten sofort auf die Zunge gebissen hätte. Wieso sagte er so was? Und Ironie schwang auch nicht mit.

Diese Frage schien sich auch Schwinka zu stellen, denn der unterbrach sich kurz, schaute Neumann prüfend an, lächelte unmerklich und redete weiter. »Wir haben keine andere Wahl, wir müssen eng zusammenarbeiten. Es geht nicht darum, besserwisserisch Ihre Arbeit zu kontrollieren, aber ich muss ununterbrochen über Details aus den Akten oder neue Erkenntnisse informiert werden. Und wenn es davon an einem Tag zehn gibt, dann rufen Sie mich halt zehnmal an. Ansonsten werden wir uns jeden Abend einmal zusammensetzen und uns über die Fortschritte des jeweils anderen informieren. Wie gesagt – keine Kontrolle aus Misstrauen, sondern vielmehr der Versuch, mit einer engen Kommunikation die Suche nach dem Mörder zu beschleunigen.«

›Von wegen‹, dachte Neumann, ›du traust mir nicht über den Weg. Deswegen muss ich ständig zum Rapport. Wir werden ja sehen, ob das alles so läuft, wie du dir das vorstellst.‹ – »Nun, das können wir so machen«, sagte der Kommissar im Gegensatz zu seinen Gedanken.

»Gut«, meinte Schwinka entspannt. »Dorvitz werden Sie brauchen. Sie werden sowieso beide alles machen müssen, denn noch gehen wir davon aus, dass Sie zwei allein bleiben. Ich habe einfach nicht genug Leute. Und die aktuellen Fälle haben die absolute Priorität.«

Michael Neumann wurde schon wieder misstrauisch. »Was heißt ›alles machen‹?«, fragte er. »Es gibt bei Mordermittlungen Bereiche, für die ich nicht ausgebildet bin.«

»Ich weiß, Neumann«, entgegnete Schwinka. »Zuallererst nehmen Sie sich intensiv die Akte vor! Auch wenn Sie sich schon die grundlegenden Dinge des Falls zur Brust genommen haben, werden Sie noch Tage brauchen, um in die Details einzusteigen. Finden Sie die Dinge, die damals übersehen wurden! Legen Sie mehr Wert auf das, was man damals eventuell als unwichtig betrachtete! Schließen Sie Informationslücken über Personen – vor allem bei den einst Verdächtigen! Und schauen Sie sich die Aussagen jener Figuren an, die damals zwar viel zu erzählen hatten, allerdings nichts zum Erkenntnisgewinn beitrugen!«

»Ich kenne das«, warf Dorvitz ein, der Schwinka bei dessen Worten förmlich angestarrt hatte. »Ich habe manchmal tage- und nächtelang über Vernehmungsakten gesessen und erst beim dritten Durchlesen einen Satz entdeckt, der alles andere Gesagte konterkarierte – und praktisch den Zeugen als Mitwisser entlarvte.«

»So ist es. Wer etwas zu verbergen hat, macht bei einer Vernehmung irgendwann einen Fehler«, sagte Schwinka. »Und nicht immer gelingt es dem Beamten, der die Fragen stellt, sofort einen Widerspruch zu erkennen. Erst recht nicht, wenn es sich bei dem Gegenüber eigentlich um einen Zeugen handelt. Bei einer nochmaligen Lektüre der Dialoge durch einen Dritten öffnen sich nicht selten neue Türen. Ganz besonders nach so langer Zeit wie in Ihrem zu untersuchenden Fall.«

»Gut«, sagte Neumann, der diese Unterhaltung gern beendet hätte. Wie er das sah, erläuterte Schwinka hier etwas, das er bereits wusste. Den Sinn der Aktensichtung verstand er auch, ohne von dem Oberkommissar eine lange Einweisung zu erhalten. »Wir geben unser Bestes«, sagte er dann noch. Und diesmal schwang Ironie mit.

Schwinka hörte das, nahm es aber eher amüsiert zur Kenntnis. Ihm war klar, dass Neumann schon aus Ehrgeiz eine hochkonzentrierte Arbeit machen würde. »Okay, Herr Neumann.« Das klang von Schwinka erneut sehr freundlich. »Wühlen Sie! Sobald Sie zu einem Punkt kommen, bei dem Sie den Eindruck haben, dass wir noch einmal handelnde Personen von einst vernehmen müssen, besprechen wir das. Wir werden den Kerl finden.«

»Und wenn es eine Frau war?«, fragte Neumann, nur um Schwinka zu widersprechen.

»Dann ist das halt so«, antwortete der Chef-Ermittler. »Nehmen Sie den Begriff ›Kerl‹ als Arbeitstitel. Wenn wir der ganzen Sache auf den Grund gehen, können wir ihr ja noch frühzeitig genug eine neue, passendere Überschrift geben.«

Neuer Auftrag

Carlos und Manuel Lehmann kannte man auf Rügen. Zu Teenager-Zeiten galten sie als unüberwindbar. Auf den Diskotheken hatten die zwei grobschlächtigen Kerle, die nur eineinhalb Jahre auseinander waren, jede körperliche Auseinandersetzung gewonnen. Egal mit wie vielen Gegnern sie es zu tun bekamen – wer sich mit den Lehmanns anlegte, musste zumindest um seine Gesundheit fürchten.

Auf dem elterlichen Gehöft in Rambin betrieben sie eine Art Werkstatt. Eine illegale, versteht sich. Und natürlich wurden dort an den zu behandelnden Fahrzeugen illegale Umbauten vorgenommen. Auf diesem Gebiet waren die beiden Männer, die trotz ihrer 36 und 38 Jahre immer noch jeweils ein eigenes Zimmer im Haus der Eltern bewohnten, zu echten Koryphäen geworden.

Vergangene Woche hatte es mal wieder richtig Ärger gegeben. Die Bullen waren gekommen und hatten sich nach den Alibis der Brüder für jene Nacht erkundigt, in der das Auto des neuen »Oberkripolisten«, wie die Lehmanns ihn nannten, abgefackelt worden war.

»Zu Hause in der Garage, sie haben an einem Auto geschraubt. Danach sind sie in ihre Zimmer ins Bett«, hatte die Mutter gesagt.

Und die Brüder grinsten dazu.

Die alte, einfache Frau glaubte das tatsächlich, denn wie sollte sie sich merken, an welchen Abenden ihre Jungs auf

Tour gingen und an welchen nicht. Denn die meiste Zeit verbrachten sie tatsächlich bei der Arbeit an den Autos.

In der fraglichen Nacht waren sie allerdings nach Putbus gefahren. Ganz unaufgeregt mit einem kleinen Brandsatz auf dem Rücksitz eines Ford-Kleinwagens, den sie schon längst weiterverkauft hatten. Und in Putbus war alles sehr schnell gegangen. Um auszusteigen, ein paar Meter zum Anschlagsziel zu laufen, den Brandsatz hineinzuwerfen, zurückzurennen und die Flucht anzutreten, hatten sie keine zwei Minuten gebraucht. Auftrag ausgeführt – und 800 Euro kassiert. So ließ es sich leben.

Carlos und Manuel, die ihre Namen wegen der einstigen Sehnsucht ihrer Mutter nach einer Reise auf die karibische Insel Kuba bekommen hatten, konnten auf eine beachtliche Vergangenheit als Kleinganoven zurückblicken: Ladendiebstähle, Wohnungseinbrüche, Körperverletzungen, Fahren ohne Führerschein, Alkohol am Steuer – naja, und eben Brandstiftung. Manuel war mal der Kragen geplatzt, als er bei einem Landwirt Strohmieten angezündet hatte. Obendrein sollte er den Mann bedroht haben. Alles nur wegen einer ausstehenden Bezahlung, behauptete Manuel bei der Vernehmung und vor Gericht zumindest. In Wirklichkeit war es auch um Beleidigungen gegangen. Der Bauer hatte nämlich während des Streits um die Entlohnung Manuels Mutter als »senile Schlampe« und den Vater als »versoffenen Eunuchen« bezeichnet. Eigentlich hatte Manuel sofort zuschlagen wollen. Und vielleicht hätte er den Bauern dann totgeprügelt, der konnte sich aber in sein Auto retten und war davongefahren. In der Folge brannte wenige Tage später die massive Strohscheune. Schaden: 120000 Euro. Und bei den Vorstrafen musste Manuel tatsächlich in den Kahn.

Das war jetzt aber auch schon wieder fast zehn Jahre her. Seit Manuel entlassen worden war, hatten sich die Brüder ganz auf ihr Geschäft mit den Fahrzeugen konzentriert. Dabei kam ordentlich was rum. Und sie wussten, dass über Strohmänner auch wichtige Leute der Insel zu ihren Kunden zählten.

»Telefon, Junge!«, rief die alte Lehmann in die Garage, während sich Manuel gerade unter einem auf einer Rampe befindlichen Škoda Octavia zu schaffen machte. »Nehmt eure Handys hier mit runter!«, sagte die Mutter vorwurfsvoll, als sie an ihren Ältesten herantrat. »Ich hab noch mehr zu tun, als immer die Telefonistin zu spielen.«

»Ist ja gut«, grummelte Manuel und griff nach dem Smartphone. Es war die neueste Version, er konnte sich so was ja leisten. »Ja, bitte?«, brummte er. »Ja, is gut gelaufen.« – »Nee, kein Ärger.« – »Wieso?« – »Nee.« – »Können wir machen.« – »Der macht mit, wenn ich ihm das sage.« – »Wir hören …« Da bahnte sich wieder etwas an. Der Typ am anderen Ende war schon ein wenig ins Detail gegangen. Was sollte er da noch groß sagen. Wer was wollte und Kohle rüberwachsen ließ, wurde prompt bedient.

»Carlos!«, rief Manuel. Als der Bruder nicht reagierte, der draußen in einem Pkw-Inneren die Elektronik überprüfte, trat der Ältere gegen die Werkstatttür, dass es über den Hof donnerte. »Ey, Carlos, neuer Auftrag!«

Mentale Überforderung

Es war schon wieder fast Mitternacht, als Karsten Schwinka endlich Feierabend machen konnte. Bei Fällen, wie den gegenwärtigen, arbeitete jedes Mitglied der Mordkommission mindestens zehn vorgeschriebene Stunden. Er, Schobel, Chupaski und jetzt auch Neumann und Dorvitz legten ab heute wohl jeden Tag noch einmal drei oder vier Stunden drauf. Schwinka drehte mit den Augen, als das Telefon klingelte und er auf dem Display der Freisprechanlage seines Autos sah, dass sich Nadine Pollwitz meldete. ›Du hast die falsche Einstellung, Herr Oberkommissar‹, dachte Schwinka noch, bevor er ranging. »Hi Nadine!«, sagte er ohne Überschwänglichkeit.

»Hallo, Schatz!«, zwitscherte die Frau aus Binz. »Wieder spät geworden, nicht wahr … Bist jetzt erst im Auto …«

»So ist es«, entgegnete Schwinka, »irgendjemand gönnt es uns nicht, Zeit zu haben.«

»Wird es denn jetzt wieder jeden Abend so spät?«

»Davon kannst du ausgehen.«

»Karsten?«

»Ja?«

»Ich weiß ja, dass wir uns mit Vorsicht aneinander herantasten sollten. Aber wenn unser Neuanfang …«

›Wow, sie nennt es Neuanfang‹, dachte Schwinka. ›Wird wohl wieder ernst.‹

»… gelingen soll … Das möchtest du doch, oder?«

»Nun, ich denke schon.«

»… wenn es also gelingen soll, ist es bestimmt nicht so gut, wenn wir wieder kaum Zeit miteinander verbringen.«

›Sie will wieder zu mir kommen‹, deutete Schwinka das Geplänkel. Und um das Ganze abzukürzen und nicht gleich am ersten Tag schon für Missverständnisse zu sorgen, sprang der Polizist über seinen Schatten. Und das war in diesem Fall ein verdammt langer Schatten. »Also, wenn du das mit deiner Arbeit hinbekommst, dann komm einfach zu mir und quartiere dich für ein paar Tage ein«, sagte der Polizist.

»Ehrlich?« Das stöhnte Nadine mit ihrer rauen Stimme fast lustvoll und Schwinka zog es in den Lenden.

»Na klar«, sagte er wie beiläufig und hatte ausschließlich Sex im Kopf. Deshalb schob er ein »Am besten jetzt noch« hinterher.

»Oh, das würde ich gern, Schatz. Aber morgen muss ich früh raus. Und mit dem neuen Auto fahre ich noch nicht so gern mitten in der Nacht. Aber morgen … morgen gleich nach der Arbeit komme ich, ja?«

›Schade‹, dachte Schwinka und beruhigte sich. »Na gut, dann morgen«, sagte er. »Den Schlüssel lege ich neben die Treppe, die zur Eingangstür hinaufführt.«

»Oh ja«, hauchte sie

»Gut, dann schlaf jetzt, wir sehen uns morgen.«

»Gute Nacht, Schatz!«

Eigentlich war das okay. Warum sollte er nicht enger mit Nadine werden. Prinzipiell fand Schwinka die 26-Jährige sehr umgänglich. Sie machte ihm kaum Stress, hatte nur wenige Befindlichkeiten – oder besser – sie zeigte sie ihm nicht.

Karsten Schwinka war in Sachen Beziehungen aber auch ein schwieriger Zeitgenosse geworden. Seit der Trennung von seiner Frau, die mit den beiden Söhnen in Dresden lebte, war ihm so gar nicht nach zusammenziehen. Aber ohne Partnerin ging es auch nicht. Manchmal fühlte er sich richtiggehend einsam in seiner großen Wohnung. Dann ging er los und suchte in einer Gaststätte, im Theater, im Marstall oder im Café Central, wo er vor über zwei Monaten Nadine kennengelernt hatte, nach Unterhaltung. Und die sollte gar nicht darin bestehen, mit einer Frau zu flirten, um diese dann abzuschleppen. Nein, ihm ging es um Normalität – soweit das abends auf öffentlichen Partys oder in gastronomischen Einrichtungen überhaupt möglich war. Natürlich gab es von der Art Unterhaltung, wie Schwinka es womöglich bevorzugen würde, in Putbus nicht allzu viel. Aber manchmal genügte es dem Polizisten schon, einfach nur zuzuschauen, wie sich bei einer Tanzveranstaltung im Marstall die Paare auf der Tanzfläche austobten oder wie Männer um die Gunst der wenigen ledigen Damen des Abends buhlten. Es war okay, dass es mit Nadine wieder anrollte. Er würde sie brauchen, wenn sich die Ermittlungen hinzögen und ihm nichts weiter bleiben würde, als die Leere zwischen der täglichen Suche nach einem skrupellosen Mörder.

Schwinka war angekommen. Er fuhr ein identisches Jaguar-Modell wie vor dem Brandanschlag. Das war eine heftige Sache, wenngleich er davon ausging, dass der Verursacher ihn auf keinen Fall verletzen wollte. Es ging hier vermutlich um eine Warnung. Oder es sollte ein bedrohliches Szenario entwickelt werden, um ihn in Unruhe zu versetzen. Wenn man brennende Autos auf Rügen auch im ersten Moment für ungewöhnlich halten könnte und so etwas eher mit Großstädten in Verbindung brachte, musste man sich beim Blick in die Kriminalitätsvergangenheit der Insel eines Besseren belehren lassen. 2015 hatte es sogar eine Serie von Brandanschlägen auf Autos und Gebäude in Bergen gegeben, wo zum Teil Personen in Gefahr gerieten. Mehrere Wochen hatte da jemand in der einstigen Kreisstadt gewütet, bis die Ermittlungen zu einer Frau führten, die aus purem Frust für Angst und Schrecken gesorgt hatte. Die saß aber jetzt im Gefängnis.

Als Karsten Schwinka seine Wohnung betrat, erwarteten ihn immer noch ein paar Umzugskartons, die er bis heute nicht ausgepackt hatte. Gut, es war Kleinkram. Aber um den zu verstauen, müssten noch zwei oder drei Schränke angeschafft werden. Dafür fehlte ihm im Moment aber die Zeit – und die Lust. Vielleicht könnte er Nadine dafür einspannen.

Das allabendliche Ritual begann wie seit Wochen mit einem Blick auf sein privates Telefon. Die nervigen Nachrichten seiner Ex-Frau waren mit der Zeit weniger geworden. Dafür dürfte auch jenes Wochenende im August gesorgt haben, das seine Jungs bei ihm auf Rügen verbracht hatten. Karla Schwinka wertete das als Signal dafür, dass er sich tatsächlich hin und wieder um seine Söhne kümmern würde. Denn bis dato hatte sie daran arge Zweifel gehegt. Mittlerweile gab es sogar Tage, an denen sie nichts schrieb oder tatsächlich nur Informatives über die Kinder. Also schien auch bei solch einem Konflikt die Zeit alle Wunden zu heilen. Heute war so ein Tag. Alles ruhig. Schwinka holte sich ein Bier aus der Küche und setzte sich vor den Fernseher. Er zappte durch die Programme, ohne sich tatsächlich für etwas zu interessieren. Irgendwann blieb er an einer Kriminal-Dokumentation über einen Frauenmörder in Kalifornien kleben. ›Die Doku ist gut gemacht‹, dachte er. ›Erstaunlich, in was für Abgründe wir da manchmal schauen. All diese kaputten Seelen, diese kranken Köpfe.‹

Er schaltete das TV-Gerät auf stumm, schaute auf seine Uhr. Halb eins. Er nahm sein Smartphone zur Hand und suchte unter den gespeicherten Nummern die eines Freundes in Leipzig. Der arbeitete als Pfleger. Sollte der heute Nachtschicht schieben, würde er abnehmen.

Und er ging ran. »Na, Karsten, alte Socke, kannste nicht schlafen?«, war der erste Satz, den Schwinka zu hören bekam.

»Hi Matze!«, sagte der Polizist. »Ich weiß nicht, ob ich es nicht kann. Bin gerade vom Dienst nach Hause gekommen und habe mich noch gar nicht hingelegt.«

»Bei mir ist alles ruhig. Also laaaangweilig. Erzähl! Gibt's was Neues?«

»Wir haben schon wieder einen Mordfall«, sagte Schwinka. »Diesmal sind es Frauen.«

»Also gleich mehrere?«

»Zwei, aber viel kann ich dir nicht erzählen … Vom Prinzip her frisst gerade ein Thema an mir, dass wir bei unserem letzten Treffen schon einmal lang und breit ausgewalzt haben, ohne zu einem Ergebnis gekommen zu sein. Ich glaube, ich habe jetzt die Lösung.«

»Welches Thema?«

»... dass die Leute mit ihrem Leben nicht zurechtkommen.«

»Ach so!« Mathias Born, so hieß Schwinkas Freund aus Schultagen, machte eine Pause. Born war damals auf Rügen an der Erweiterten Oberschule gewesen, stammte aber aus Stralsund. Die beiden Gleichaltrigen konnten schon zu Teenager-Zeiten über Gott und die Welt philosophieren. Das war ihnen erhalten geblieben. »Kommen wir es denn?«, fragte Mathias dann.

»Du nicht.« Schwinka kicherte rau.

»Schau dich an«, blieb Mathias ernst. »Du bist jetzt Ende 40 und hast immer noch kein richtiges Zuhause. Ehe kaputt und schon wieder umgezogen ...«

»Willst du mir gleich den Wind aus den Segeln nehmen?«

»Ach was ... das hatten wir ja beim letzten Mal auch schon.«

»Ist ja okay«, sagte Schwinka versöhnlich. »Ich nehme mich davon gar nicht aus. Aber ich bringe niemanden um. Wenngleich das die extremste Form der Kompensation sein dürfte ... Aber weißt du, was zu unserer Überforderung führt?«

»Na?«

»Wir sind für den Wald, die Berge und die Wiesen konstruiert worden. Wir sollen Hirsche jagen und Beeren sammeln. Wir sollen uns vermehren und wenn es hoch kommt in einer Gemeinschaft mit ein paar Hundert Leuten leben. Alles andere kriegen wir mit unseren Hirnen gar nicht verarbeitet und werden verrückt.«

»Die technischen und gesellschaftlichen Leistungen der Menschheit sprechen da aber eine andere Sprache.«

»Wenn du einen – sagen wir – 120-PS-Motor hast, dann kannst du den bis sonst wohin frisieren, sodass er von 0 auf 100 nicht nur in sechs, sondern drei Sekunden kommt. Und er wird dann nicht mehr nur 180, sondern 340 Klamotten fahren. Und das geht dann so lange gut, bis dir die ganze Kiste um die Ohren fliegt. Das Beispiel hinkt zwar ein bisschen, aber ich glaube, auch wenn wir in der Lage sind, die dollsten Sachen zu erfinden, heißt das noch lange nicht, dass wir mit den Auswirkungen dieser Erfindungen auch wirklich zurechtkommen.«

»Ich weiß, was du meinst …«

»Ich glaube, dass sich diese mentale Überforderung mit den Dingen des Alltags schon darin zeigt, dass die Menschen so aggressiv aufeinander reagieren. Allein im Straßenverkehr – ist ja wie ein kleines Schlachtfeld …«

»Oh ja, das erlebe ich hier täglich. Die Zeiten, wo die Sachsen als gemütliches und freundliches Völkchen galten, sind auch vorbei. Die schnarren sich an … meine Güte! Ob im Bus, in der Straßenbahn, in Geschäften, es wird nur getottert. Und vermutlich sind da jedes Mal ein paar potenzielle Frauenmörder drunter …«

Die beiden Männer lachten ein wenig.

»Weißt du, die Morde zeigen mir, dass da jemand einfach so, also wie im Vorbeigehen andere Menschen tötet«, sagte Schwinka nachdenklich.

»Plauderst du jetzt aus dem Nähkästchen?«

»Ach Matze, dir kann ich ja ein bisschen erzählen. Du hast mein Vertrauen noch nie enttäuscht.«

»Macht es dir zu schaffen … Wenn ja, wäre das neu.«

»Nicht zu schaffen … und nicht diese Taten speziell.« Schwinka schwieg und dachte kurz nach. »Es ist das Wissen um die unzähligen gebrochenen Gemüter, die einfach nicht zurechtkommen. Wenn ich darauf längere Zeit herumdenke, werde ich schwermütig.«

»Das ist auch neu …«

»Weiß ich nicht«, versuchte Schwinka abzulenken. »Aber letztlich können wir als Polizisten machen, was wir wollen. Wenn wir heute einen schlimmen Mörder aus dem Verkehr ziehen, kommen die nächsten zwei schon wieder um die Ecke. Und ohne zu behaupten, dass früher alles besser gewesen sei, wird es gefühlt immer schlimmer.«

»Ich gebe dir mal wieder recht. Aber manchmal ist …« Mathias Born unterbrach sich. »Oh, ich werde zu einer Patientin gerufen, sorry!«

»Nee, ist völlig in Ordnung. Hau rein!«

»Mach's gut!«

Stille. Mathias hatte unrecht. Diese Gedanken, die sich Schwinka da machte, waren nicht neu. Er hatte sie nur noch nie ausgesprochen. Zumindest nicht so direkt, wie eben am Telefon. Und was er noch zu niemandem gesagt hatte: Er war sicher, der Mörder würde weiter töten. Zwei Frauen auf so brutale Art in solch einem kurzen Zeitraum umzubringen, fühlte sich wie das Umlegen eines Schalters an. Auf Schwinka wirkte das, als hätte da jemand entdeckt, dass ihm das Töten von Frauen guttat. Wenn dem so war, musste der Polizist zwangsläufig schon bald mit dem nächsten Verbrechen rechnen.

Rituale

Das Leben der Schusters war voll von Ritualen. Jedoch waren diese nicht von jener Art, bei der sich die Familie versammelte, um gemeinsam lustige oder wenigstens angenehme Dinge zu tun. Es waren mehr aufgezwungene Rituale. Und bestimmt wurden sie von Gabi. Sie war es, die festlegte, wann was und wo passierte. So war Horst auch zu seinem Kneipentag gekommen: Jeden Mittwoch musste er ins Gasthaus Fähr-Eck, um sich dort ein paar Stunden lang zu betrinken. Vor vielleicht sechs oder sieben Jahren, hatte seine Frau angefangen, ihm einen Herrenabend einzureden. Er solle in die Kneipe gehen, mal mit Männern reden – sie sagte nie »mit anderen Männern« – und ordentlich Dampf ablassen. Natürlich war es ihr dabei vor allem um sich selbst gegangen, brauchte sie doch ihren eigenen Freiraum. Um Juliane Werding zu hören, zum Beispiel.

Und so zog er jeden Mittwochabend los, um sich volllaufen zu lassen. Anfangs dezent. Drei, vier Biere – und dann zurück nach Hause. Mit den Jahren hatte sich aber eingebürgert, dass er sich fast bis zur Bewusstlosigkeit betrank.

Gut drei Stunden blieb Horst diesmal in der Gaststätte. Kneipenatmosphäre wie zu DDR-Zeiten kam dort kaum auf. Zu viele Fremde. Und die meisten davon nicht einmal Touristen. Es waren in den vergangenen 30 Jahren so viele vom Festland auf die Insel gezogen, dass die angestammte Bevölkerung drohte, eine Minderheit zu werden. Obendrein kamen die meisten von denen aus dem Westen. Die verstanden die Eigenarten der Rüganer überhaupt nicht.

Horst hatte an einem Tisch mit Peer Simmel und einem anderen ehemaligen Melker gesessen. Die konnten saufen und redeten den ganzen Abend nur über die tote Schildt. Als er sich endlich verabschiedete, schwankte er und musste sich sogar einmal kurz an einem Tisch abstützen. In seinem Kopf schlugen die Gedanken wilde Purzelbäume. Er hatte die Schildt vor Augen. Jetzt, beim Erinnern, erkannte er sie. Vor drei Tagen waren ihm ihre Züge nicht ins Bewusstsein gedrungen.

Horst schnaufte draußen in der schwülen Nachtluft. Dann hielt er an, suchte nach etwas, an dem er sich festhalten konnte und ging zum erstbesten Baum. Mit der rechten Hand stützte er sich ab und übergab sich. ›Typisch‹, dachte er. ›Ich vertrage gar keinen Alkohol.‹ Er wischte sich mit dem Ärmel den Mund ab und steuerte schnurstracks auf jene Baumgruppe zu, unter der er Krista Schildt getötet hatte. Die Absperrung der Polizei war heute wieder aufgehoben worden. Was die hier gemacht hatten, war ihm nicht klar. Erkennen konnte man in der Dunkelheit auch nichts. Trotzdem fand er die Stelle, an der er auf der Brust der Frau gekauert hatte, um sie zu erwürgen. Horst horchte in sich hinein. Nichts. Kein Hochgefühl. Keine Befriedigung. Keine Lust. Er zuckte mit den Schultern. Wegen seines alkoholisierten Zustandes nicht einmal gleichzeitig mit beiden. »Scheiß drauf!«, murmelte Horst und torkelte nach Hause.

Knochen, Fleischreste, Hautfetzen

Die Ermittlungsarbeiten verliefen engmaschig. Danilo Schobel und drei weitere Beamte suchten im Umfeld des Waldes in Sassnitz weiter nach möglichen Zeugen, die vielleicht den ominösen Jogger gesehen haben könnten. Eine weitere Truppe mit Suchhunden war abgestellt worden, nach den fehlenden Bekleidungsstücken zu forschen. Karsten Schwinka konzentrierte sich auf Familie und Freunde des Opfers Paula Kische. Es musste so schnell wie möglich eine Beziehungstat ausgeschlossen werden. Denn da die Trenter Sache bereits am Montag in Windeseile ihre Runde gemacht hatte, konnte auch jemand aus Kisches Umfeld der Täter sein. Das schien Schwinka zwar so gut wie unmöglich, diese Variante durfte er aber nicht ignorieren. Diana Chupaski arbeitete weiter die Häuser in Trent ab, um eventuell Näheres zu den Lebensumständen von Krista Schildt zu erfahren oder Hinweise zum Tatabend zu bekommen. Die Rechtsmedizin in Greifswald untersuchte die Leichen, um festzustellen, welche Verletzungen die Frauen töteten und um den Todeszeitraum weiter einzugrenzen.

Im Bergener Revier hatte eine Sisyphusarbeit begonnen: Welche Mobiltelefone waren zu den Tatzeiten in der Nähe der Verbrechensorte in ihren Netzen angemeldet? Wer war seit Sonntagabend von der Insel abgereist? Wo könnte jemand zwischen Sonntagabend und Dienstagfrüh in einen Blitzer geraten sein? Welche Überwachungskameras in Sassnitz könnten Montagnachmittag und am Abend unter Umständen das Fahrzeug des Täters und diesen selbst erfasst haben? Hatten sich die Opfer in Sozialen Netzwerken aufgehalten, und gab es dort verwertbare Hinweise? Was war auf den Smartphones und Laptops der Frauen zu finden? Und dann waren da noch Neumann und Dorvitz, die den alten Fall von 1997 aufrollten und in einen Kontext mit den aktuellen Ereignissen stellen sollten.

Karsten Schwinka und Danilo Schobel begaben sich schon Donnerstagnachmittag nach Greifswald in die Rechtsmedizin. Die Obduktion der Opfer war mit absoluter Priorität behandelt und binnen zwei Tagen abgeschlossen worden.

»Hätte Diana nicht mitkommen müssen?«, fragte Schobel, als sie schon eine Viertelstunde unterwegs waren.

»Wollte sie denn?«, erkundigte sich Schwinka.

»Ich glaube schon.«

»Meinetwegen hätte sie mitkommen können. Allerdings hat sie beim Erkennungsdienst meiner Ansicht nach genug Leichen gesehen. Und unsere beiden kennt sie auch schon.«

»Ich dachte auch eher so als kollektivbildende Maßnahme.«

Schwinka lächelte. »Fühlt sie sich ausgegrenzt?«

»Ach, das glaube ich eigentlich nicht. Aber es wäre doch gut, wenn wir uns alle ein bisschen besser kennenlernen könnten, oder?«

»Bist du interessiert?«

»Quatsch!«

»Komm schon!«

»Naja, nett ist sie ja. Und auch nicht unhübsch.«

»Verabrede dich doch mit ihr. Ich habe nichts dagegen. Selbst wenn ihr etwas anfangen würdet – unsere Ermittlungen beeinflusst das nicht.«

»Ach was, ich will doch gar nicht …«

»Was ist eigentlich aus der Geschichte mit dir und deiner Störtebeker-Bekanntschaft geworden.«

Schobel schmunzelte. »Viermal schlechter Sex. Seitdem nix mehr.«

»Ach so?«

»Ja – war ganz nett … so ein bisschen. Aber Mechthild war merkwürdig. Viel Tamtam im Vorfeld, Romantik und so. Abendessen bei Kerzenschein, gedämpftes Licht, Rosenblätter aufs Bett – so was geht ja mal, aber für sie war das Standard. Bevor es zur Sache ging, war eine Stunde rum.«

»Muss ja nicht per se schlimm sein.«

»Nein, muss auch nicht. Aber Mechthild hat die ganze Zeit immer so etwas wie Regieanweisungen gegeben. ›Komm, wir machen das jetzt so‹, und ›Du musst das so sagen‹, und ›Wenn das dann so ist, denn muss dies passieren‹. Komisch, nicht wahr?«

»Wenn man es positiv betrachtet, klingt es wie ein verunglücktes Rollenspiel.«

»Mit Betonung auf ›verunglückt‹.«

Die Männer lachten.

In der Rechtsmedizin lagen beide Frauen in einem kalten Raum aufgebahrt. Dr. Ingo Rausche kannten die Kriminalisten schon. Er hatte auch die Toten von Ralswiek untersucht und mit seiner hervorragenden Arbeit die Ermittlungen gehörig vorangebracht. Als Schwinka und Schobel hereinkamen, wartete der Arzt zwischen den beiden Tischen mit vor dem Unterleib zusammengefalteten Händen und leicht gespreizten Beinen. Er sah aus wie ein Revolverheld vor dem Duell. Nicht nur wegen der Haltung. Rausche hatte ein knochiges Gesicht, harte Züge um den Mund und graumeliertes, etwas zerwühltes Haar.

»Hallo, Herr Doktor!«, rief Schwinka fast fröhlich.

»Na, da haben Sie mir ja wieder ein paar übel zugerichtete Leichen serviert«, lautete Rausches Begrüßungsspruch.

»Gerne doch …« Schwinka grinste und trat instinktiv an den hinteren Tisch heran. Und richtig: Hier lag Krista Schildt.

Rausche zog das weiße Tuch bis zum Bauchnabel herunter und offenbarte den Polizisten ein Antlitz, das auf der linken Seite aussah, als sei eine Plastikflasche eingedrückt worden. »Wir müssen uns ja nicht lange mit dem Vorspiel aufhalten und können gleich loslegen«, sagte der Arzt.

»Sie glauben gar nicht, wie Sie da bei uns gleich mehrere offene Türen einrennen«, bemerkte Schobel mit unschuldigem Blick.

Schwinka lachte.

»Mmh, und was ist da jetzt so lustig?«, wollte der Mediziner wissen.

»Insider«, sagte Schwinka.

»Naja, Ihre Sache«, meinte Rausche mit einem spitzen Tonfall. »Schauen Sie hier!«, blieb er ernst und deutete auf die Verwundungen im Gesicht der Toten. »Der Täter hat mit der rechten Faust zugeschlagen. Die Verletzungen deuten darauf, dass es sich um einen sehr kräftigen Mann handeln muss. Mit drei oder vier Faustschlägen eine Gesichtshälfte so zu zertrümmern, kann nicht jeder. Wären andere äußere Verletzungen zu sehen gewesen, hätte ich schwören können, dass der Täter einen Stein genommen hat. Aber hat er nicht. Das waren Faustschläge.«

»Kann so was nicht auch ein Kampfsportler anrichten?«, fragte Schwinka. »Bei denen sind doch selbst Schmächtige darauf geeicht, mit einem Schlag einen Riesen aus den Angeln zu heben.«

»Natürlich ist das möglich«, entgegnete Rausche. »Wie wahrscheinlich, müssen Sie selbst entscheiden.«

»Waren die Schläge tödlich?«, fragte Schobel.

»Nein. Auch, wenn dieser gesamte Bereich hier zertrümmert wurde, verletzten die kaputten Knochen doch keine lebensnotwendigen Organe wie Gehirn oder Schlagadern. Es ist aber sehr wahrscheinlich, dass die Frau davon bewusstlos wurde. Dafür spricht, dass die Strangulation – die dann zum Tode führte – vergleichsweise kurz erfolgte. Sprich, die Frau hat sich nicht gewehrt.«

»Und die andere?«, fragte Schwinka.

Das Trio drehte sich zum zweiten Tisch, Rausche nahm das Tuch von der Toten und Schobel zuckte zurück. »Die auch nicht«, war die Antwort des Arztes, der es scheinbar genoss, dass der Polizist beim Anblick der Leiche erschrocken reagiert hatte.

Schwinka war nichts anzumerken, allerdings biss auch er die Zähne kurz aufeinander. In seiner Zeit als Ermittler in verschiedenen Großstädten Deutschlands war ihm so einiges untergekommen. Aber das hier hatte Seltenheitswert. Dort, wo eigentlich der Kopf sein müsste, war ein Durcheinander von Knochen, Fleischresten und Hautfetzen zu sehen. An der ein oder anderen Stelle konnte man einen Zahn erkennen, auch das Kinn war mit Mühe noch auszumachen. Ansonsten sah das Gebilde eher nach einem Reisighaufen kurz vor dem Entzünden aus.

»Wir haben es uns erspart, dem Lebensgefährten die Leiche der Frau zu präsentieren«, sagte Rausche etwas zynisch. »An der Identität der Paula Kische besteht aber kein Zweifel.«

»Und sie hat sich nicht gewehrt?«, erkundigte sich Schwinka.

»Nein, hat sie nicht. Keine Haut- oder Textilspuren unter ihren Fingernägeln. Kaum weitere Verletzungen am Körper, außer Schrammen, die post mortem zugefügt wurden, als der Täter die Frau durch den Wald geschleift hat. – Vermutlich hat er das Opfer im Vorbeilaufen sofort derart hart getroffen, dass sie bewusstlos liegengeblieben ist. Womit er das erreichte, weiß ich nicht zu sagen, denn am Hinterkopf hat sie keine erkennbaren Gewalteinwirkungen – zumindest nicht von außen.«

»Herr Doktor!«, sagte Schobel gespielt empört. Allerdings war diese witzig gemeinte Bemerkung vor allem seiner Verlegenheit geschuldet, die ihn in Gegenwart dieses so übel zugerichteten Menschen befiehl. Er konnte sich erinnern, so etwas auf einem Foto in der Ausbildung gesehen zu haben. Aber hier? So direkt vor sich? – Er hätte es nicht für möglich gehalten, dass ihn solch ein Anblick so mitnehmen würde.

»Also muss er sie gleich mit dem ersten Schlag ins Gesicht getroffen haben ...« Schwinka überlegte.

»Ja, Herr Oberkommissar, gleich rein ins Gesicht mit dem Knüppel.«

»Ich glaube nicht, dass er sie sofort mit dem Knüppel attackierte«, hielt Karsten Schwinka dagegen. »Ich denke da an Krista. Die hat er mit ein paar Faustschlägen erledigt. Warum soll er das mit der Sassnitzerin nicht auch getan haben?«

»Stimmt!«, sagte der Mediziner fest. »Mit dem Knüppel wäre es zu kompliziert gewesen.«

»Sie hätte sich womöglich weggeduckt und wäre dabei seinem Zugriff entkommen. Er muss sie festgehalten haben.«

»Dagegen wehre ich mich aber«, entgegnete Rausche.

»Aber nur so lange, bis ich ausgeknockt werde.« Schwinka drehte sich halb zur ersten Leiche zurück: »Siehe: Krista. Diese Kraft, diese Brutalität. – Wo kommt auf einmal solch ein skrupelloser Killer her?«

Beherzter Stich

Michael Neumann war fasziniert von allem, was mit den beiden Frauenmorden von 1997 zu tun hatte. Angefangen bei den Verbrechen selbst über den betriebenen Aufwand der Ermittlungen und die Intensität der Vernehmungen. Jetzt, nachdem er tiefer in die Akten eingetaucht war und nicht nur oberflächlich Eckdaten zusammengetragen hatte, eröffnete sich ihm eine Welt aus Niedertracht, Verschlagenheit, Obsessionen und Lügen, dass einem die Haare zu Berge standen. Was war damals geschehen? Zuerst hatte ein Urlauberpärchen am Vormittag des 3. Juli 1997 neben dem Rundweg am Nonnensee eine Frauenleiche gefunden. Die war oberflächlich mit Reisig und Gras zugedeckt worden. Wie sich später herausstellte, handelte es sich um die 54-jährige Traude Weikath, die in Bergen ein Textilgeschäft besaß. Mit drei Stichen in Herz und Lunge war die Frau getötet worden. Der Täter hatte dafür ein Messer mit einer circa 25 Zentimeter langen Klinge verwendet. Außerdem war der Auffindeort nicht der Tatort. In Verdacht geriet – natürlich – ihr Ehemann. Der Kfz-Mechaniker – zu jenem Zeitpunkt seit drei Jahren arbeitslos – trank viel, schlug hin und wieder seine Frau und war der Polizei schon wegen anderer Delikte wie Tankbetrug, Fahren unter Alkoholeinfluss oder Zechprellerei aufgefallen. Der 26-jährige Sohn gehörte auch zum Kreis der Verdächtigen. Er trank ebenfalls exzessiv und konnte damals schon ein nicht zu verachtendes Vorstrafenregister aufweisen: Diebstahl aus Pkw, Körperverletzung, Fahren unter Alkoholeinfluss, sexuelle Belästigung, Ladendiebstahl. Beide Männer hatten das Motiv Geld, denn Weikaths Geschäft lief entgegen des Trends in der Bergener Innenstadt erstaunlich gut, wenngleich sie davon nicht reich wurde. Ein eigenes Sparkonto mit einer Summe von 7300 Mark besaß sie aber.

Der alte Weikath verstrickte sich schon im ersten Verhör in Widersprüchen und offenbarte eine unverkennbare Abneigung gegen seine Frau, präsentierte für den Tatzeitraum am Ende drei verschiedene Alibis und brachte immer wieder seinen Sohn als Tatverdächtigen ins Spiel. Der wiederum hatte große Mühe, der Polizei eine schlüssige Geschichte für jene Zeit zu servieren, in der seine Mutter umgebracht worden war. Er erzählte ständig etwas anderes, gestand sogar einmal die Tat, nur um sie zwei Stunden später zu widerrufen. Trotz schlüssigen Motivs und des heillosen Durcheinanders in den Aussagen fehlten die Beweise, die einen der beiden in Verbindung mit dem Mord an die Bergener Geschäftsfrau gebracht hätten. Vor allem aber wurde die Tatwaffe nie gefunden.

Als schließlich herauskam, dass Traude Weikath ohne das Wissen ihrer Familie eine rege Swinger-Club-Gängerin gewesen war, konzentrierten sich die Ermittlungen schlagartig in eine andere Richtung. Zuerst geriet ihr Swinger-Freund Dieter Stern aus Göhren unter Verdacht. Dann gab es da noch einen Mann, mit dem sie sich auch außerhalb der Partys zum Sex getroffen hatte und der aus Jarmen stammte. Da alle Beteiligten Geheimnisse hatten und ihre Hobbys vor jeweils mindestens einer Person in ihrem persönlichen Umfeld verbergen mussten, hatten es die Bergener Beamten auch in dieser Richtung schnell mit einem Berg aus Lügen und Halbwahrheiten zu tun. Aber auch in diesem Umfeld kristallisierte sich kein dringender Tatverdacht heraus.

Zu guter Letzt kam noch ein ehemaliger Taxi-Unternehmer aus Bergen als möglicher Täter auf die Liste. Der Mann galt als psychisch äußerst labil – für die Leute war er schlichtweg verrückt. Einer geregelten Arbeit nachzugehen, war der Ex-Unternehmer nicht mehr in der Lage. Auch besaß er keine sozialen Kontakte, hatte die Weikath aber regelmäßig in ihrem Geschäft besucht. Das verwunderte insofern, als dass der Taxi-Mann erst viereinhalb Monate vor dem Mord als jener Mann ermittelt worden war, der während einer nächtlichen Tour durch Bergen in den Automatenräumen mehrerer Geldinstitute seine Notdurft verrichtet und unter anderem Eingangstüren sowie Tastaturen an den Automaten mit Kot beschmiert hatte. Warum sich Weikath danach trotzdem immer wieder mit dem Mann traf, blieb ein Geheimnis, denn der Verdächtige redete solch wirres Zeug, dass es sich für die Polizisten zu einem Puzzlespiel entwickelte, die Aussagen des Ex-Unternehmers zu entschlüsseln. Laut Ermittlungsakte hatten die Kripo-Leute diese Arbeit irgendwann abgebrochen.

Der zweite Mord geschah fast genau drei Monate später. Es hatte die Nacht vor dem Leichenfund wie aus Kannen gegossen, sodass die Möglichkeit, Spuren zu finden, gegen null tendierte. Bei der Toten hatte es sich um Beate Saul aus Göhren gehandelt. Wieder eine Geschäftsfrau – sie betrieb ein Tourismusbüro –, diesmal allerdings aus wohlhabenderen Verhältnissen, die oberflächlich betrachtet auch ziemlich geordnet schienen. Die 44-Jährige war genau wie Weikath mit einem Messer getötet worden. Bei ihr hatte ein Stich genügt. Er war direkt ins Herz gegangen. Die Ermittler resümierten schon vor 20 Jahren, dass beide Morde ein und demselben Täter zugeschrieben werden konnten und – so glaubte man – eine präzise Planung voraussetzten. Saul war an einem Waldweg bei Pantow abgelegt worden – laut Rechtsmedizin schon zwei Tage, bevor man sie entdeckte. Und wieder hatte die Mühle der Verdächtigenvernehmungen eingesetzt: Ehemann, Geschäftsfreunde, Verwandte, Parteigenossen – Saul war für die Linke in der Gemeindevertretung, alles aalglatte Leute. Niemand geriet stärker in den Fokus. Einziger Anhaltspunkt: Weikath und Saul kannten sich gut, hatten sich in den Monaten vor dem Tod der Bergener Ladenbetreiberin auch mehrfach getroffen. Zu den Inhalten dieser Begegnungen konnte nichts ermittelt werden. Erschwerend kam hinzu, dass erneut – oder vielleicht besser weiterhin – die Tatwaffe fehlte.

»Wieso sind wir bei den Untersuchungen zum Mord an Traude Weikath nicht schon damals auf die Verbindung zu der Beate Saul gestoßen?«, fragte Michael Neumann über einem der Dokumentenordner gebeugt.

»Hihi, das habe ich mich auch schon gefragt«, kicherte Steffen Dorvitz, der schon wieder seit Stunden die Vernehmungsprotokolle durchsah.

»Hier sind so viele Leute aufgeführt, die sich vor Weikaths Tod mit ihr getroffen haben, dass ich es verrückt finde, dass ausgerechnet die Saul fehlt«, schimpfte Neumann. »Im Endeffekt hätten wir die vielleicht sogar retten können.«

»Ja, das haben die Ermittler damals auch schon festgestellt.«

»Klugscheißer!«

»Hähähä ...«

Seit Neumann und Dorvitz an dem alten Fall arbeiteten, war die Stimmung zwischen ihnen gelöster geworden. Sie sprachen fast ausschließlich über ihre Erkenntnisse aus der Lektüre, machten Witze, tauschten Erhellendes aus und agierten ausgesprochen zielorientiert.

»Auch wenn ich im Moment noch ein bisschen verwirrt bin und in dem Informationsberg zu versinken drohe, glaube ich, dass da etwas verborgen ist«, sagte Neumann.

»Das denke ich auch«, entgegnete Dorvitz. »Pass mal auf! Wir präsentieren denen nächste Woche schon den Täter.«

Auf Schritt und Tritt

Karsten Schwinka las Bild-Online und kratzte sich am Hinterkopf. Die Presseleute hatten offensichtlich in Trent herumgestöbert und entscheidende Hinweise bekommen. Jedenfalls war unter der Riesenüberschrift *Frauenmörder geht auf Rügen um* ziemlich viel Detailwissen über das Verbrechen zu lesen. Auch über die Tote in Sassnitz wurde fröhlich spekuliert, wenngleich diesbezüglich offenbar noch nicht so viel an die Oberfläche gekommen war.

Schwinka las den Beitrag nun schon zum dritten Mal und versuchte sich vorzustellen, wie er wohl auf den Täter wirken könnte – als es klopfte und auf sein »Herein!« Schobel eintrat. »Ah, hast du es schon gelesen?«, fragte er sofort.

»Ja, gerade offen.« Schobel trat an Schwinkas Schreibtisch heran und schaute mit auf den Bildschirm. »Was sagst du?«, fragte er.

»Ich überlege noch«, antwortete Schwinka. »Und jetzt lass ich dich an meinen Überlegungen teilhaben … Scheiß Medien!« Schwinka grinste und schaute zu Schobel hinauf.

Der sah seinen Chef an und meinte verdutzt: »Aha.«

»Naja, prinzipiell ist es ja immer irgendwie doof, wenn die anfangen, unsere Arbeit auf Schritt und Tritt zu begleiten«, erläuterte Schwinka und lehnte sich in seinem Drehstuhl zurück. Dabei verschränkte er auf seinem Bauch die Hände und wandte sich frontal seinem Kollegen zu. »Setz dich hin!«, befahl er Schobel.

Der holte sich einen der anderen Bürostühle heran und nahm direkt gegenüber Schwinka Platz.

»Oder nicht?«, forderte der Oberkommissar noch eine Reaktion auf den Einführungssatz ein.

»Natürlich«, meinte Schobel.

»Vor allem, wenn uns die jetzt quasi im Wege stehen. Denn die Verbindung *Rügen* und *Serienkiller* bringt Quote. Könnten also wieder Heerscharen einfallen. Und da sind immer welche bei, die sich für den Nabel der medialen Welt halten. Wenn wir die Nervereien durch die Bagage mal außen vor lassen, hat die Berichterstattung aber immer noch eine bestimmte Wirkung auf den Täter, denn der liest täglich mit.«

»Habe keine Idee.«

»Nun, ich auch nicht hundertprozentig«, sagte Schwinka etwas ungeduldig. »Aber da ich mittlerweile den ausgebufften, gewieften und mit akribischer Planung vorgehenden Serienmörder ausschließe, müsste diese Öffentlichkeit auf unseren Täter beunruhigend wirken. Denn wer so impulsiv vorgeht, macht sich garantiert keine Gedanken darüber, was da medial alles abgehen könnte.«

»Du meinst, er wird Fehler machen?«, fragte Schobel.

»Möglich.«

»Mmh – gehst du denn davon aus, dass er weitermachen will?«

»Nun … was meinst du?«

»Also, da es hier offenbar um viele Emotionen geht … Nun ja, das kann man so oder so sehen.«

»Sieh es doch mal so!«, grinste Schwinka.

»Das erste so oder das zweite?«, griente Schobel zurück.

»Such es dir aus, nur komm auf den Punkt!« Schwinka grinste nicht mehr.

»Ähm … ach scheiße, was weiß ich.«

»Genau, wir wissen eigentlich zu wenig«, sagte der Chef-Ermittler. »Aber er wird Fehler machen. Er will nicht an den Pranger gestellt werden, er will auch nicht erwischt werden. Vermutlich will er nicht einmal töten …«

»Hä?«

»Mann, Danilo, mit dir macht es gerade keinen Spaß.«

Im Cabrio

Horst Schuster schwitzte, als er im Internet die Berichte las. Nicht, dass ihn die Angst umgetrieben hätte. Vielmehr schien es von Tag zu Tag schwüler zu werden. Die Luft war dermaßen drückend, dass man jeden Moment mit einer erlösenden Explosion in Form eines Gewitters rechnete. Horst mochte sich gar nicht bewegen, denn jede Regung führte zu einem erneuten Schweißausbruch. Und als er die Worte der Artikel über die Frauenmorde auf Rügen las, überkam ihn zusätzlich Übelkeit. Er fühlte sich unwohl in seiner Haut. Aber auf eine für ihn selbst unerklärliche Weise. Nein, Horst empfand keine Angst. Es war auch nicht Reue, die in ihm aufstieg. Vielmehr gesellte sich zu dem Druck des Wetters ein innerer Druck. Auch in ihm harrte alles einer Explosion. Nur wusste er nicht, wie die aussehen sollte.

Er wischte sich mit einem Stofftaschentuch den Schweiß von der Stirn. Gabi bestand darauf, dass er sich so etwas jeden Tag einsteckte. Traber und Kauz unterhielten sich schon wieder seit Stunden nur über die beiden toten Frauen. Das widerte ihn an. Horst haderte mit allem: dem Job, den Kollegen, dem Weg zwischen Sassnitz und Trent, mit seiner Frau, dem Zuhause – mit seinem Leben. Er war in das falsche geraten. Als Jugendlicher sprudelte er über vor Ehrgeiz. Er spielte Fußball, war Weltergewicht-Vizelandesmeister im Boxen gewesen und bekam von Dozenten und Kommilitonen beim Studium Anerkennung. Viele mochten seinen trockenen Humor, der manchmal nicht einmal welcher war. Aber wenn alle über seine Sprüche lachten, bekam er mit, dass das wohl witzig gewesen sein musste, weshalb er diese Art auf eine gewisse Weise kultivierte. Dann hatte er Gabi kennengelernt. Ganz klassisch beim Tanz in Stralsund. Auf Schlag veränderte sich sein Leben. Die hübsche junge Frau mit der rauchigen, erotischen Stimme nahm ihn ganz in Beschlag und fortan unternahmen sie so gut wie alles nur noch gemeinsam. Anfangs schwebte er auf Wolke sieben. Und als Jason zur Welt kam, glaubte er, im Himmel angekommen zu sein. Allerdings stellte er schon bald fest, dass sich eine Veränderung eingeschlichen hatte, die mit der Euphorie des Beginns nichts mehr zu tun hatte. Und das nicht erst seit Jason.

Horst stöhnte und wischte sich erneut den Schweiß von der Stirn. Die Kollegen reagierten nicht auf ihn, denn dass er ab und an mal einen Laut von sich gab, kannten sie zur Genüge. Das hatte nichts zu bedeuten. Er korrigierte seine Sitzhaltung und zwang sich dazu, endlich darüber nachzudenken, wie er die Sachen, die in seinem Kofferraum lagen, gereinigt bekam. Gabi hatte schon gefragt. Vielleicht einweichen, damit das Gröbste raus ist, trocknen lassen und unter die Wochenendwäsche schmuggeln. Das wäre möglich, hätte aber ein bisschen was von Lotto, weil sich Gabi je nach Stimmungslage mal jedes Kleidungsstück ganz genau ansah oder die Klamotten im Haufen einfach in die Maschine stopfte. Er würde sich das bis heute Abend schon noch überlegt haben.

Auch Gabi las einen Artikel über die Morde. Ihre Kollegin im Laden gehörte zu den Online-Abonnenten der Ostsee-Zeitung, die zirka zweieinhalb Stunden nach dem Bild-Beitrag eine eigene Variante ins Netz stellte. Die hatten nicht ganz so viele O-Töne, aber inhaltlich stimmten die Informationen mit denen der Bild überein. Als Gabi einmal mehr die Tatzeit für Trent mit zwischen 18 und 20 Uhr angegeben sah, dachte sie wieder an Horst. Sie wollte ihn ja schon vor zwei Tagen fragen, ob er etwas gehört oder gesehen hatte. Aber das war wieder in Vergessenheit geraten.

Heute empfand sie den Gedanken ans Wochenende als besonders bedrückend. Das hing sicher mit der unerträglichen Hitze zusammen, die einen aus allen Poren schwitzen ließ. Im Schritt und unter den Achseln spürte sie das schiere Wasser. Und es roch unangenehm. »Wenn du mit dir selbst nicht zufrieden bist, meldet sich der Körper«, sagte ihre Mutter immer. Den unangenehmen Geruch brachte sie mit dieser Weisheit in Verbindung. Denn vor ein paar Jahren roch sie in allen Lebenslagen gut. Seit einigen Wochen musste sie sich aber mehrfach am Tag waschen oder einsprayen, um den beißenden Schweißgeruch wieder loszuwerden. ›Vielleicht muss ich auch nur mal wieder richtig durchgevögelt werden?!‹, dachte sie, als ein Paar in den Laden kam, dass etwas übertrieben liebevoll miteinander umging. Beide waren so um die 40. Sie hübsch, er stattlich. Groß, muskulös, jugendlich.

Sie bekam Sehnsucht. Im selben Moment kroch ihr der eigene Schweißgeruch in die Nase und sie blickte wie zufällig in einen der Kundenspiegel. Dort sah sie eine verhärmte Mittvierzigerin, deren krause Locken schon wieder wie kleine Drähte vom Kopf abstanden.

Angewidert drehte sie sich weg und ging zur Hintertür aus dem Geschäft, um eine zu rauchen. ›Das kann so nicht mehr weitergehen!‹, dachte sie. ›Ich muss hier weg, ich muss den Arsch loswerden. Und meinetwegen Jason gleich mit.‹ Gabi dachte an Juliane Werding, die mit offenen Haaren im Cabrio fuhr, den Wind spürte und alles Alte zurückließ, einem neuen Leben entgegen. Das wollte sie auch. Zwar fehlte das Cabrio, viel Altes zum Zurücklassen gab es aber reichlich. Ebenso, glaubte sie, sei sie immer noch jung genug, um ein neues Leben beginnen zu können. Das einzige, was fehlte, war Geld. Viel Geld.

Auf einmal fasste sie einen Plan fürs Wochenende. Und der hatte nichts mit ihren Männern zu tun. Sie wollte sich abseilen, allein für sich sein, vielleicht für eine Nacht in ein Hotel ziehen und überlegen, wie sie die Flucht bewerkstelligen könnte. Horst sollte nicht wagen, sie daran zu hindern. Dem würde sie klar zeigen, wer bei Schusters das Sagen hatte. ›Manchmal möchte ich ihn umbringen‹, dachte sie. ›Und wenn ich dafür nicht ins Gefängnis käme, würde ich es tun.‹ Das wäre die einfachste Variante, denn an einer Scheidung hingen so viele Stressfaktoren: Trennungszeit, Güterteilung, Zugewinngemeinschaft, Jason. Für so was hatte sie keinen Nerven mehr.

Besser für alle

Alexander Suffig las den Bild-Artikel mit Unbehagen. Die Pressetypen hatten nicht nur in Trent herumgewühlt, sondern auch alte Fälle ausgekramt. Darunter befand sich ein spektakulärer von vor 20 Jahren, der bisher unaufgeklärt geblieben war. Damals waren zwei Frauen ermordet worden. Er konnte sich gut erinnern. Und er war verdammt froh gewesen, dass der Kelch einst an ihm vorübergegangen war. Keiner der Zeugen und Verdächtigen hatte ihn erwähnt, obwohl er mit beiden Frauen Kontakte pflegte. Suffig, der mittlerweile Rentner war und auf die 70 zuging, wusste bis heute nicht, was er hätte aus sich herausquetschen lassen, wenn man ihn zum Verhör geladen hätte. Und jetzt wurde der ganze Mist wieder hochgekocht. ›Hoffentlich fangen die nicht noch einmal mit der Geschichte an!‹, dachte er. ›Da soll ja jetzt so eine Kriminalkoryphäe auf dem Chef-Sessel sitzen. Solche Egomanen wollen Dinge, die sie anpacken, dann meist auch zum Ende führen. Dabei sollte man die Sache von 1997 auf sich beruhen lassen. Besser für alle Beteiligten.‹ Suffig wusste ein Menge. Aber auch jetzt, 20 Jahre nach den beiden Morden, würde er schweigen, als hätte man ihm die Zunge herausgeschnitten.

Das Telefon klingelte. Suffig zuckte zusammen. ›Ich könnte wetten, dass ich weiß, wer das ist‹, dachte er. Er ging zum Apparat auf der Wohnzimmeranrichte und nahm den Hörer ab. Er hatte recht. »Ja, ich grüße dich auch«, sprach Suffig verhalten in die Muschel. »Ja, habe ich gelesen.« – »Was ich denke? Nicht schön, denke ich.« – »Angst? Wieso sollte ich …« – »Du redest wirr!« – »Wieso?« – »Woher soll ich wissen, wer die beiden toten Frauen sind?« – »Spinnst du?« – »Hast du Panik?« – »Mach bloß keinen Fehler!« – »Auf mich kannst du dich verlassen!« – »Ja … ja … Tschüs!« Nachdenklich ließ er den Hörer auf die Gabel sinken. Das Gespräch beunruhigte ihn. Vieles hatte sich verändert. Auch die Sicht auf Ereignisse und Handlungen. Das war nicht ungefährlich.

Der 69-Jährige ging nach vorn in die Diele seines riesigen Eigenheims, steckte sein Smartphone ein und setzte sich einen Hut auf. Damit wollte er seine Glatze vor der glutheißen Sonne schützen. Sein Weg führte ihn zum Bergener Marktplatz. Unterwegs telefonierte er dreimal.

Der leckere Pudding

Da Krista Schildt erwürgt worden war, hatte man im Labor in Greifswald schnell die DNA des mutmaßlichen Täters extrahiert. Den identischen Code fand man auch auf der Leiche von Paula Kische. Die Staatsanwaltschaft hatte Anträge für entsprechende Tests in Trent und in Sassnitz auf dem Tisch. Dass es sich zweifelsfrei um ein und denselben Mann handeln musste, stand nun fest. Ansonsten – Fehlanzeige. Keine Stoff- oder Farbreste, keine Fingerabdrücke, keine verwertbaren Fußspuren im Bereich des Tatorts. Und wie es zu erwarten war, fanden die Polizisten auch in der Datenbank keine Übereinstimmung. Der Mörder blieb vorerst ein Phantom.

Schwinka und Schobel diskutierten jedes Detail, jede halbwegs interessante Aussage aus bisherigen Vernehmungen. Sie suchten nach dem einen Hinweis, der ihnen zum Ende dieser Woche noch einen schmalen Weg aufzeigen würde. Und der kam mit der Auswertung digitaler Daten.

Kriminalhauptmeister Christoph Putersen entpuppte sich als Held des Tages. »In Trent gab es zum Zeitpunkt des Mordes an Krista Schildt keine ortsfremde Person, die mit ihrem Handy in einem Netz angemeldet war«, sagte der Mann, nachdem er das Büro der zwei Ermittler betreten hatte. »Entweder war der Mörder ein Trenter oder er hatte kein Handy dabei.«

Schwinka und Schobel sahen sich an und grinsten vielsagend.

»Sassnitz?«, fragte Schwinka

»Verworrener«, entgegnete der Hauptmeister aus Anklam. Im weiteren Umkreis gibt es da eine ganze Menge. Wenn wir das aber auf die Tatzeit einschränken und so nah wie möglich an den Wald herangehen, ist da nicht viel zu holen. – Hier habe ich die Liste der Handy-Besitzer. Vielleicht muss man das aber noch einmal durchgehen.«

Karsten Schwinka schaute sich die Tabelle an. ›Er wird kein Telefon dabeigehabt haben‹, dachte der Ermittler. ›Das bringt nichts.‹

»Naja, aber eines haben wir doch«, sagte Putersen nach einer Pause.

»Was denn?«, fragten Schwinka und Schobel gleichzeitig.

»Es gibt eine ganz kurze Kamerasequenz, die unseren Jogger zeigen könnte.«

»Ihr hättet alle Köche werden sollen!«, grummelte Schwinka. »Jedes Mal werden einem erst die ungenießbaren Hauptgerichte kredenzt, bevor der leckere Pudding auf den Tisch kommt. Wie wär's damit, künftig nur den Nachtisch anzubieten?«

»Sie sollen doch sehen, dass alles abgearbeitet wurde«, antwortete Putersen verletzt.

»Jaja, ist ja schon gut«, entgegnete Schwinka ungeduldig. »Jetzt wischen Sie sich die Träne aus dem Auge und zeigen uns die Aufnahme!«

Und als der Kollege zögerte, weil er das mit der Träne unfair fand, bekräftigte der Kripo-Chef seinen Wunsch mit einem »Los, los!«. Putersen übergab den USB-Stick und Schobel steckte diesen in seinen Laptop. Im entsprechenden Ordner befanden sich an die 30 Video-Sequenzen, von der eine *Jogger* hieß. Die klickte Schobel an.

Sie sahen das Schwarzweißbild vom äußeren Bereich eines Parkplatzes. Ein Auto fuhr aus einer Lücke und bewegte sich ruckartig, als würde es hüpfen. Drei Sprünge nach hinten, zwei nach vorn – und weg war es. Derweil liefen bzw. sprangen drei Personen durchs Bild.

»Der zweite war's«, meinte Schwinka.

»Ja, das könnte er gewesen sein«, bestätigte Schobel.

»Puuuh, schwierig«, befand der Chef-Ermittler. »Außer seinem Look ist da nichts zu erkennen. Oder könnt ihr da noch was rausfiltern?«, fragte er, Putersen zugewandt.

»Ein Kollege ist bereits dran«, erwiderte der. »Aber es wird äußerst schwierig. Der Einkaufsmarkt hat die billigste Technik installiert. Ein Wunder, dass die Kameras überhaupt bewegte Bilder aufzeichnen.«

»Okay, ich lass mich überraschen«, sagte Schwinka und wandte sich Schobel zu. »Und wir werden im Umfeld des Marktes mal Büros und Wohnungen abklappern.«

»Heute noch?« Der Hauptmeister war überrascht.

»Quatsch! Du darfst übers Wochenende schön brav eine Liste erstellen, die alle Büros und Wohnungen im Umkreis von 300 Metern enthält. Und ich möchte auch gleich wissen, wer da arbeitet und wer die Leute sind, die da wohnen.«

»Wow, das ist sportlich.«

»Hier geht es nicht nur darum, den Mörder der Frauen zu finden, sondern mal eben einen dritten Mord zu verhindern.«

»Geht klar!«

Wie eine Sklavin

Freitagabend zog Nadine bei Schwinka ein. Vorübergehend. Damit sie sich überhaupt zu Gesicht bekamen – jetzt, wo der Polizist bis in die späten Abendstunden zu tun hatte. Nadine zeigte viel Verständnis. Und tatsächlich: Sie spürte die Leichtigkeit. Es machte ihr überhaupt nichts aus, einfach nur für diesen Mann da zu sein. Sie hatte, was sie wollte – die Zweisamkeit mit jemandem, den sie mochte, ja verehrte. Liebte? Nadine erschrak bei dem Gedanken. ›Nicht schon wieder‹, ging es ihr durch den Kopf. ›Wenn es schiefgeht, bin ich völlig am Boden zerstört.‹ Aber sie wollte so gern. Es war so schön, sich zu verlieben. Und dann noch schöner, die Wallungen der Liebe zu bemerken. So wie jetzt. Vielleicht würde es ja mal länger so bleiben als nur ein paar Wochen.

Sie schlief schon vor dem laufenden Fernseher auf der Wohnzimmercouch, als Karsten Schwinka nach Hause kam. Er hatte ein wohliges Gefühl, als er sie da so liegen sah. Sie atmete ganz still und hatte den friedlichen Gesichtsausdruck eines kleinen Mädchens – nicht solch eine typische Tiefschlafgrimasse, wenn der Mund offen stand und womöglich Speichel herauslief. Es waren die kleinen, unwichtigen Momente, die das Schicksal manchmal in die ein oder andere Richtung lenkten. So, wie Nadine dort schlummerte, fand er sie sehr anziehend. Wer weiß, wie er es empfunden hätte, wenn sie dort halb verrenkt über der Couch gehangen hätte.

Er ging zu ihr, hob ihren Kopf sanft in die Höhe, schob sich darunter und legt ihn in seinen Schoß. Nadine schlief weiter. Schwinka begann sie zu streicheln. Die ersten Sekunden ganz bewusst, danach immer mechanischer, weil seine Gedanken zu den beiden toten Frauen in Trent und Sassnitz abdrifteten. Er stellte sich vor, was wohl geschehen sein mochte und was der Täter getan haben könnte – und wo sich Situationen hervortaten, in denen der Mörder Spuren hinterlassen haben könnte. Dabei nickte er nach ein paar Minuten immer mal wieder ein, bis er ganz einschlief. Die Woche hatte an ihm gezehrt. Er war erschöpft.

Als Horst die Tür zur Wohnung aufschloss, hörte er Gabi mit Jason schimpfen. »... und immer dasselbe«, blaffte sie, als er in den Flur trat und leise den Türdrücker betätigte. Seine Frau und sein Sohn mussten in der Küche zugange sein. »Du bist doch keine Fünf mehr. Mit Acht solltest du langsam kapieren, dass es Regeln einzuhalten gibt. Und eine davon heißt: Bleib mit deinen Scheißschuhen draußen und renn damit nicht in deinem Zimmer herum! Ich bin doch nicht eure Putze.«

Jason kam mit Eimer und Wischer um die Ecke. Er sah scheu aus – sein typischer Gesichtsausdruck. Seinem Vater nickte er zu, als er ihn an der Tür stehen sah, und verschwand in seinem Zimmer. Er würde die nächste Viertelstunde den Teppich scheuern und den Boden wischen.

Gabi trat in den Rahmen der Küchentür und schaute ihren Mann an. »Da bist du ja«, sagt sie emotionslos.

»'n Abend«, entgegnete Horst.

Gabi verschwand wieder in der Küche.

Horst zog die Schuhe aus, hängte sein Sakko, das er über dem Arm getragen hatte, an der Garderobe auf und ging mit einem Plastikbeutel Richtung Bad.

Da war schon wieder Gabis Kopf im Rahmen der Küchentür zu sehen. »Was ist das?«, fragte sie scharf.

»Mein Anzug, den ich mitbringen sollte«, sagte Horst.

»Leg die Sachen auf den Stapel vor der Waschmaschine!«, befahl Gabi und verschwand wieder in der Küche.

»Mach ich«, sagte ihr Mann. Er ging ins Bad, holte Jacke, Hose, Hemd und Socken aus der Tüte und stopfte sie mitten in den Wäscheberg.

Horst hatte für die Säuberung seiner Sachen die einfachste Variante gewählt: Als alle in den Feierabend verschwunden waren, war er ins Bad gegangen, um dort die von Blutspritzern übersäten Kleidungsstücke zu waschen. Dabei hatte er feststellen müssen, dass das nach einigen Tagen doch recht schwierig geworden war. Obendrein wäre es wohl besser gewesen, alles vorher einzuweichen. Am Ende war es dem Ingenieur gelungen, die Intensität der Verschmutzung zu minimieren. Würde Gabi bei einer Kontrolle feststellen, dass alles verdreckt war, wollte Horst eine heruntergefallene Druckerpatrone anführen. Sekretärin Petra würde er als Übeltäterin benennen, die das neue Teil im Schrank hatte fallen lassen. So was kann durchaus Spuren auf Sachen erzeugen, die dann wie Spritzer aussahen. Zur Trocknung hatte Horst den Fahrtwind genutzt. Er klemmte die Sachen zwischen die hinteren Scheiben, sodass die Kleidungsstücke währen der Rückkehr nach Trent wie Fußball-Fan-Schals flatterten und klatschend gegen den Pkw schlugen. Das war zwar eine auffällige Methode, wurde von Badegästen aber immer wieder mal verwendet. Und als er in Trent angekommen war, die Sachen hereinholte, waren sie bis auf die Socken nicht einmal mehr klamm. Dass er schließlich ohne Taschenkontrolle bis ins Bad hatte vordringen können, wertete Horst schon als Riesenerfolg. Alles andere würde sich ergeben.

»Was ist?«, rief Gabi, der Horsts Aufenthalt im Badezimmer schon wieder entschieden zu lange dauerte.

»Was soll sein?«, fragte der Mann fast ein wenig spitz zurück. Schickte aber schnell ein »Ich komme« hinterher.

»Hier«, sagte Gabi und drückte Horst Teller und Besteck in die Hände, als der in die Küche kam. »Heute gibt's Rührei.«

›Toll‹, dachte Horst. ›Mal was ganz Besonderes.‹ Er hatte Spaß daran, die Äußerungen seiner Frau im Kopf ironisch zu kommentieren. Das verleitete ihn manchmal zu lächeln. Aussprechen würde er so was aber nie.

Als sie wenig später zu dritt am Tisch in der Essecke des Wohnzimmers saßen – Jason hatte sein Zimmer pikobello sauber gemacht, was Gabi mit einem Nicken quittiert hatte –, kündigte die Frau den Ablauf des Wochenendes an. Das war eigentlich üblich. Doch diesmal war einiges anders. »So, ich werde mich morgen nach dem Frühstück ins Auto setzen und mal einen Ausflug machen«, sagte Gabi, ohne dabei ihren Mann und den Jungen anzusehen. Sie aß stoisch ihr Rührei und biss zwischendurch von einer Butterstulle ab.

Horst hätte gern sofort zwei, drei Fragen gestellt, wartete aber lieber ab, denn ihm schwante, dass das noch nicht alles sein würde.

»Ich werde auch über Nacht wegbleiben«, sagte Gabi kalt und mit einer Bestimmtheit, die keine Widerrede zuließ.

»Och, Mami. Was machen wir denn dann?«, fragte Jason.

»Dein Papa wird sich schon etwas einfallen lassen, nicht wahr Horst?«

»Es soll ja gutes Wetter werden«, erwiderte der.

»Sonntagnachmittag bin ich zurück«, setzte Gabi ihre Informationsansprache fort. »Im Kühlschrank ist genug.«

Horst hatte das Essen unterbrochen und starrte auf das Rührei. Er war nicht wütend oder ungehalten. In ihm regte sich auch keine Eifersucht oder Sorge. Vielmehr rang er damit, nach dem Grund für Gabis »Ausflug« zu fragen. Dass dies völlig legitim wäre, wusste er. Allerdings drohte trotzdem ein Donnerwetter. Und das wiederum hing davon ab, wie er die Frage stellen würde. »Du möchtest sicher ein bisschen ausspannen«, erschien ihm als die beste Idee.

»Wieso? Darf ich nicht?«, fragte Gabi scharf zurück.

Und Horst wunderte sich, dass er sich so getäuscht hatte mit der vermuteten Harmlosigkeit seiner Frage. »Doch, doch, doch«, beeilte er sich, zu entgegnen.

»Ich schufte hier jede Woche wie eine Sklavin, da werd ich ja wohl auch mal an mich denken dürfen«, setzte Gabi zu einer Schimpftirade an. »Jeden Tag im Laden stehen, ist kein Zuckerschlecken. Erst recht nicht bei dieser Hitze. Und dann muss ich morgens dafür sorgen, dass Jason zu Schule kommt. Du stehst auf, drehst dich drei-, viermal vorm Spiegel und kannst nach Sassnitz fahren. Und abends muss ich euren Dreck wegsaugen und aufräumen, was ihr überall rumliegen lasst. Und dann rennt der Bengel auch noch mit seinen Straßenschuhen durch die ganze Wohnung. Manchmal denke ich, es hakt. Und essen wollt ihr auch …«

Horst hörte nicht mehr zu. ›Deinen Drecksfraß kannst du dir sonst wohin schieben‹, dachte er amüsiert. ›Und hässlich bist du wie die Nacht. Wenn ich wollte, könnte ich dich jetzt einfach töten.‹ Sein kaum merkliches Lächeln erstarb auf seinen Lippen. ›Töten, töten, töten …‹, pochte es in seinem Kopf. ›Ich bin ein Mörder.‹ Ihm wurde warm, als sich dieser kurze Satz in seinen Gedanken Platz schaffte. Er fühlte sich groß. Sogar jetzt, in Gegenwart seiner Frau, die sonst meist solange auf ihn einredete, bis er sich demütig verkroch.

»… und du sitzt immer nur da und glotzt wie ein Affe«, zeterte Gabi. Es schwang so etwas wie Verzweiflung in ihren Worten mit. »Wenn du doch mal etwas Vernünftiges zu unseren Gesprächen beitragen könntest?! Dein Sohn wird schon genauso blöd.«

Jason schaute verschüchtert auf seinen Teller und stocherte im Rührei herum. Er hatte einen Kloß im Hals und war kurz davor, still ein paar Tränen zu vergießen. Aber er wusste, dass er das nicht durfte. Seine Mutter würde ihn dann anschreien und ins Kinderzimmer jagen. Also kämpfte der schmächtige Junge mit seinem Kummerkloß, der so heftig stach, dass er beinahe alle zehn Sekunden schlucken musste.

›Zum Glück ist der Junge hier‹, hing Horst weiter seinen Gedanken nach. ›Sonst würde ich dich jetzt wohl töten.‹

Diana Chupaski hatte Training. Die Frauen vom SVV, dem Stralsunder Volleyball-Verein, trafen sich in der Diesterweg-Halle jeden Dienstag- und jeden Freitagabend für 90 Minuten. Schon in der Umkleide war Chupaski auf die Ereignisse auf Rügen angesprochen worden. Und wie sonst auch, wenn man sie nach ihrer Polizeiarbeit fragte, war sie wortkarg geblieben. Sie könne darüber nicht viel berichten, unterliege einer Schweigepflicht, und überhaupt sei während der Ermittlungen über selbige nichts nach außen zu tragen.

Während des Trainings powerte sich die Polizistin aus wie selten. Trotzdem war sie häufig nicht bei der Sache und hing den Fällen auf der Insel nach. Chupaski sah die beiden toten Frauen vor ihrem geistigen Auge, dachte an einige der Vernehmungen und konnte das Gefühl der Ohnmacht nicht verscheuchen.

Als sich die Sportlerinnen am späten Abend dann wieder umgezogen hatten und den Heimweg antraten, wurde die Kriminalpolizistin von Yvette Gröner aufgehalten. Das war die Vorzimmerdame des Stralsunder Oberbürgermeisters, ungefähr so alt wie Chupaski und genau wie sie seit drei Jahren in der Mannschaft. Drucksend offenbarte Gröner, dass sie die Ex-Freundin von Jochen Teichert sei und mit diesem einen losen aber freundschaftlichen Kontakt pflege. Und so habe dieser sie im Laufe des Tages angerufen und über Paula Kische gesprochen. Scheinbar habe er sein Herz ausschütten wollen. Dabei offenbarte er, dass er seine Partnerin jüngst mit jemand anderem gesehen habe und deswegen gar nicht so unglücklich darüber sei, dass sich das Beziehungsproblem auf diese Art gelöst hatte. »Solch eine Aussage ist doch furchtbar, nicht wahr?«, sagte Gröner, die das sehr zu belasten schien.

»Sicher ist das nicht besonders schön, aber nichts Ungewöhnliches«, entgegnete Chupaski. »Im Zwischenmenschlichen gibt es so viele Facetten … Da gehört auch Abneigung dazu, wo man eigentlich Zuneigung vermuten würde.«

»Ist er es gewesen?«

»Aber Yvette. Nur weil jemand so etwas äußert, ist er noch lange kein Mörder. Die Wenigsten, die solche Dinge sagen, wären auch tatsächlich dazu in der Lage, sie in die Tat umzusetzen.«

»Es hat mir trotzdem Angst gemacht …«, sagte Gröner leise. »Kriegt er Ärger?«

»Wir prüfen das Ganze«, sagte Chupaski. »Mach dir aber keine Sorgen! Du bleibst außen vor. Und vergiss nicht: Es muss nichts zu bedeuten haben. Wir müssen aber jedem Hinweis nachgehen. Das verstehst du doch?!«

»Ja … ich denke schon.«

Aufmarschgebiet

Alexander Suffig kam Freitagabend sehr spät nach Hause. Ungewöhnlich für ihn, liebte er es doch, ab 20 Uhr den Tag vor dem Fernsehgerät ausklingen zu lassen. Seine Frau hatte mit dem Abendbrot gewartet. Als er dann aber auch nicht ans Telefon gegangen war, hatte sie es aufgegeben und etwas gegessen. Nun beschäftigte sie sich mit dem Sortieren von Urlaubsbildern auf einem Notebook. »Was war denn los, Alex?«, fragte sie ihren Mann, als der zur Tür hereinkam und seinen Hut ablegte.

»Ach, lass mal«, sagte der. »Nichts weiter. War in der Stadt unterwegs, hab mich mit ein paar Leuten von früher getroffen.«

»Ist es wegen des Artikels?«

›Ich habe eine kluge Frau‹, dachte er.

Plötzlich schepperte es im Hof ohrenbetäubend, als wäre eine leere Regentonne umgekippt und unmittelbar danach eine Fensterscheibe zu Bruch gegangen. Suffig und seine Frau stürzten sofort durch Diele und Wohnzimmer zum Wintergarten. Weder er noch sie dachten an mögliche Gefahren.

Als sie in den kleinen Anbau platzten, sahen sie den Fußboden von Scherben übersät. Die gesamte Glasfront zur westlichen Seite war zerborsten. Einige Reste brachen gerade ab und fielen klirrend herab.

»Oh, mein Gott«, rief Marlies Suffig und legte die Hände über Wangen und Mund. »Was ist denn passiert?«

Ihr Mann verbarg seinen Schreck ebenso wenig, ahnte aber, dass die Scheiben weder von allein, noch zufällig zu Bruch gegangen waren. »Komm, Marlies!«, sagte Suffig nach Luft ringend. Er packte seine Frau bei den Schultern und schob sie aus dem Wintergarten durch die Wohnzimmertür bis in die Couchecke. »Bleib hier sitzen!«, ermahnte er sie. »Ich sehe draußen nach, ob dort noch jemand herumstreunt, dann rufe ich die Polizei.«

»Sei bloß vorsichtig!«, sagte Marlies und wollte sich von der Couch erheben.

»Bleib sitzen!«, befahl Suffig energisch.

»Soll ich die Polizei anrufen?«, fragte sie.

»Nein, das mach ich. Und du: Bleib sitzen!«

Alexander Suffig ging auf den Hof, nahm dabei aber nicht den Weg durch den Wintergarten, sondern eine Tür, die direkt aus dem Wohnzimmer nach draußen führte. Da es jetzt gegen 22 Uhr schon dunkel war, hatte Suffig Mühe, überhaupt etwas zu erkennen. Lampen mit Bewegungsmeldern fehlten, denn der Mann hielt nichts von diesen Lichtquellen. Zum einen fand er das ständige aus und ein nervig. Zum anderen hielt er diese aus seiner Sicht merkwürdige Art von Sicherheitsbedürfnis der Leute für vollkommen übertrieben. Also tasteten sich die Suffigs oft spät abends oder des nachts über einen stockfinsteren Hof. Oder sie nahmen eine Taschenlampe mit. Die stand aber im Wintergarten.

Suffig lauschte angespannt ins Dunkel. Auch versuchte er, eventuell eine Bewegung zu erkennen. Aber alles blieb still. Der Hof war nicht eingezäunt. Auch konnte nicht wirklich von einem Hof gesprochen werden, selbst wenn das Rentnerehepaar den hinteren Außenbereich seines opulenten Eigenheims so nannte. Die 280 Quadratmeter große Fläche war von einer Garage, einem schmalen Schuppen, in den sich der Senior zum Werkeln manchmal zurückzog, und einem ziemlich kleinen Bungalow begrenzt. Dazwischen standen Büsche und Bäume. Für jemanden, der sich unbemerkt dem Haus nähern wollte, war das ein ideales »Aufmarschgebiet«.

Alexander Suffig ging noch weiter ins Dunkel hinein und lauschte. War da nicht was? Hatte es da links hinter der Werkstatt nicht geraschelt? Er blieb stehen und starrte angestrengt in die Richtung, aus der er ein Geräusch vernommen haben wollte.

»Sei gewarnt!«, zischelte plötzlich eine Stimme.

Sie verriet eine gewisse Erregung, trieb dem Hausbesitzer aber trotzdem einen kalten Schauer über den Rücken. »Wer ist da?«, rief er laut. Sicher wollte er den ungebetenen Besucher einschüchtern – aber vor allem sich selbst Mut machen.

Als Antwort bekam er nur ein Rascheln und Schurren von Füßen im Sand. Dieses Geräusch entfernte sich sehr schnell, bis es nach wenigen Sekunden völlig erstarb.

Suffig machte kehrt und sah zu, dass er wieder ins Haus kam. Ihm war gar nicht wohl zumute. Vor allem, weil er sich einbildete, jemand sei ihm auf den Fersen.

»Hast du was gesehen?«, fragte seine Frau immer noch aufgeregt.

»Nein, Marlies.«

»Dann ruf jetzt bitte schnell die Polizei!«

»Ach was, das lassen wir mal lieber«, widersetzte er sich dem Ansinnen der Gattin. »Das war bestimmt so ein Dummer-Jungen-Streich, der eine größere Wirkung gezeigt hat, als die Burschen es für möglich gehalten hätten. Ich gehe morgen zu den Zülckes, wenn das mal nicht deren Jungs gewesen sind?! Da dann gleich mit der Polizei zu kommen, ist wohl ein bisschen unangemessen. Und wenn es die Zülcke-Bengels waren, werde ich mit denen irgendeine finanzielle Lösung finden.«

»Oh, mein Gott«, sagte Marlies, »mir ist fast das Herz stehengeblieben.«

»Keine Angst, meine Liebe«, sagte Suffig, setzte sich zu seiner Frau auf die Couch und umarmte sie. »Ich werde dich beschützen. Was da auch immer kommen mag.«

Über die Stränge schlagen

Der Sonnabend versprach Abkühlung. Der Wetterbericht hatte von einer Gewitterfront gesprochen, die sich über Norddeutschland entladen wollte. In den Morgenstunden sah der verhangene Himmel auch ganz danach aus, als ob es nach so langer Zeit der trockenen Hitze endlich mal wieder regnen würde. Aber schon gegen 9 Uhr hatten sich alle Wolken verzogen und die Sonne glühte wie die ganze Woche zuvor von einem strahlend blauen Himmel auf die Erde herab.

Viele Rügenurlauber waren schon unterwegs zu den Stränden. Sie meinten wohl, dass es sich bei diesem Wetter nur direkt am Wasser aushalten ließe, begaben sich entgegen ihrer Vermutungen allerdings genau dorthin, wo die Sonne die reichste Ernte halten konnte, gab es an Rügens Stränden doch nur wenige Möglichkeiten, in den Schatten auszuweichen.

Der Wald an der Stubbenkammerstraße in Sassnitz war Freitagabend wieder freigegeben worden. Staatsanwalt Pjotr Dückert wollte das so und hatte deshalb auf eine zügige Spurenermittlung gedrungen. Schon in der Woche hatten sich an den Straßen und entlang der Flatterbänder immer wieder Schaulustige aufgehalten, die stundenlang die Arbeit der Polizisten beobachteten. Am Wochenende, wenn obendrein die vielen Kurzurlauber Rügen zusätzlich bevölkerten, wollte er mit seinen auffälligen Spurensuchteams der Polizei aus dem Fokus der Bevölkerung verschwunden sein. Tag und Nacht hatten die Beamten vom Erkennungsdienst alles von unterst zu oberst gekehrt, und so konnte die Truppe nach nur vier Tagen abgezogen werden.

Karsten Schwinka hatte zu bedenken gegeben, dass bei sich verändernder Faktenlage der Tatort unter Umständen erst nach längerer Zeit seine Geheimnisse offenbaren könnte. Dückert hielt davon nichts und wies die Räumung an. Damit schuf er Fakten, die nicht mehr rückgängig gemacht werden konnten. Der Tatort würde damit für immer zerstört werden.

Bereits im Morgengrauen krochen die ersten Neugierigen durch das Dickicht. Im Laufe des Vormittags nahm die Zahl zu. Was sie zu finden hofften, wussten die meisten selbst nicht. Vermutlich ging es um den Grusel, den man empfand, wenn man sich unmittelbar am Ort eines Verbrechens befand. Erst recht, wenn es nur wenige Tage zurücklag.

Karsten Schwinka hatte vorgesorgt: Den gesamten Sonnabend hielten sich zwei Polizisten in Zivil unter den Schaulustigen auf. Sie beobachteten genau, was die einzelnen Personen taten, wie sie sich verhielten. Irrten sie nur hektisch umher? Genossen sie den Horror des Moments? Nahmen sie eine akribische Suche vor? Und steuerten sie die beiden wichtigsten Stellen – den Tatort und den Leichenfundort – womöglich gezielt an, obwohl nichts mehr auf die beiden Plätze hinwies?

Wenn ihnen schon der Tatort als mögliche Quelle von Informationen verloren ging, wollte Schwinka wenigstens das Maximale aus der Situation der Freigabe des Waldstücks herausschlagen. Denn er hielt es für gar nicht so abwegig, dass der Täter zurückkommen würde. Gründe dafür gab es einige. Zum Beispiel die Erinnerung an das Gefühl des Tötens. Oder einfach nur, um sich zu vergewissern, was die Polizei untersucht und damit gefunden haben könnte.

Verdächtige Personen sollten die zwei Anklamer Kollegen heimlich fotografieren. Das hatte zwar etwas von einer Guerilla-Aktion, aber für gewöhnlich bildeten die Beamten einer Mordkommission in der Zeit der Ermittlungen eine derart aufeinander eingeschworene Gemeinschaft, dass unerlaubte Methoden der Beweisbeschaffung meist nicht nach außen drangen. Und Schwinka nannte solche Maßnahmen auch nicht »Regelverstoß«, sondern »über die Stränge schlagen«.

Gegen 14 Uhr schlug das Wetter um. Wie aus dem Nichts überzog sich der Himmel mit fast schwarzen Wolken, ein Sturm fegte übers Land, Blitz und Donner regierten und es ging ein Regen nieder, als sollte es zur nächsten Sintflut kommen. Spätestens jetzt war der Tatort endgültig im Eimer. Sogar für die Neugierigen blieb nichts mehr zu entdecken. Die Wege wurden ausgewaschen, das Laub verwandelte sich in einen breiigen Sumpf. Und Schwinka gestand Staatsanwalt Dückert im Stillen ein glückliches Händchen zu. Oder vielleicht hatte er auch einfach nur dem Wetterbericht geglaubt.

Während Danilo Schobel den ganzen Sonnabend Namen und Adressen zusammentrug, Chupaski zu Hause ihre sämtlichen Vernehmungen fast Wort für Wort noch einmal durchging und selbst Michael Neumann von Unruhe gepackt im Revier weiter den alten Fall von 1997 studierte, wollte Karsten Schwinka doch tatsächlich Pause machen. Das hatte er sich so fest vorgenommen, dass er sich seit dem Aufstehen beinahe verbissen nur auf all die kleinen Banalitäten konzentrierte: Frühstücken, Kuscheln, Schwatzen, Zeitung lesen … aber da hörte es schon auf. So sehr er sich auch bemühte, die Gedanken kreisten trotzdem immer nur um die Ereignisse der zurückliegenden sechs Tage.

Nadine Pollwitz bemerkte das. Vor allem, wenn sie sich mit dem Kripo-Mann unterhielt, ertappte sie ihn bei Unkonzentriertheiten. Manchmal musste sie etwas wiederholen, weil er mit »Wie bitte?« oder »Mmh?« offenbarte, dass er wohl gerade aus einer Abwesenheit zurück ins Jetzt rutschte. Die Binzerin war Schwinka nicht böse. Sie hatte sich eh gewundert, dass er mit ihr ein freies Wochenende machen wollte. »Wenn du sowieso nicht hier bist, kannst du ruhig deinem Antrieb folgen und dich um den Fall kümmern«, sagte sie liebevoll, als sie zu Mittag aßen.

»Wieso? Bin ich nicht hier?«, fragte er ehrlich überrascht.

»Nein, nur ab und zu mal«, antwortete sie. »Die meiste Zeit bist du mit deinen Gedanken sonst wo – nur nicht hier und nicht bei uns.«

»Ach verdammt, es tut mir leid.«

»Muss es nicht«, blieb sie sanft. »Für mich ist es nicht wichtig, dass du mich am Wochenende beschäftigst oder für Unterhaltung sorgst. Ich möchte einfach nur Normalität. Und dazu zählt für mich zuallererst das Gefühl, dass wir zusammengehören. Alles andere ergibt sich aus dem Alltag. In einer Situation wie jetzt kannst du dich gar nicht uns zuwenden.«

»Du scheinst keine Frauenzeitschriften mehr zu lesen«, grinste Schwinka.

»Warum?«

»Da wird garantiert nicht dafür geworben, sich mit dem geringsten Zustand zufriedenzugeben.«

»Mach ich ja gar nicht«, sagte Nadine und wollte noch »Du bist für mich das Größte« hinzufügen. Ließ es aber bleiben. Mit solchen Liebesbekundungen hatte sie schon jeden anderen Mann verjagt. Glaubte sie zumindest.

Schwinka bemerkte nicht, dass nach dem »Mach ich ja gar nicht« noch etwas fehlte, und ging zu dem über, was ihm zurzeit jeden Sinn für Leichtigkeit raubte. »Wir treten auf der Stelle«, sagte er. »Und das tun wir schon seit Montag – also von Anfang an. Ich suche nach der Tür, die uns auf einen Weg führt, der uns das Zepter des Handelns in die Hand gibt.«

»Und hast du eine Idee, wie du das anstellen willst?«

»Ich müsste nach Trent fahren«, sagte er, machte eine Pause und schaute Nadine an.

Die sagte nichts.

»Ich will zum ersten Tatort. Vielleicht sind wir schon mit unseren ersten Schritten in eine falsche Richtung abgebogen, verstehst du?«

»Ich denke schon«, sagte Nadine verständnisvoll. »Dann musst du das tun.«

»Willst du mit?«

»Nein, lass mal. Du würdest im Auto eh nicht mit mir reden. Und in Trent würde ich vermutlich die letzte noch nicht entdeckte Spur zertrampeln. Also fahr!«

Die ganzen Billionen

Michael Neumann zitterte. War das der entscheidende Moment in seinem Fallstudium? Er klappte den Ordner zu, lehnte sich zurück und atmete tief durch. ›Den Täter haben wir damit noch nicht‹, dachte der Kommissar, ›aber das ist doch so eindeutig! Dass wir das damals übersehen haben, ist sträflich!‹ Er schlug die Mappe wieder auf und las sich so ruhig es ging die Vernehmungspassage noch einmal durch. Dabei handelte es sich um eines der Protokolle, die von den Dialogen mit dem Ex-Taxi-Unternehmer Knut Schwabe angefertigt wurden.

Ich hab ihr davon erzählt, war da zu lesen. *Diese Verbrecherbande! Alle erschießen! Das Pack.*

Wovon haben Sie ihr erzählt?, fragte richtigerweise der verhörende Beamte.

Die ganzen Billionen. Ich hab mit denen gearbeitet. Außerirdische haben die zuerst entführt, weil sie das meiste Geld hatten. Und damals hatten die sich ja angekündigt. In den USA war schon ein Raumschiff gelandet.

Von welchen Billionen reden Sie? Und wer sind »die«?, hatte der Polizist nicht lockergelassen.

Das ist eine Verschwörung, faselte Schwabe. *Diese ganzen Billionen und Zillionen. Und unsere Bonzen haben das alles. Ich habe mit denen gearbeitet.*

So ging das in dem Protokoll noch gut eine Seite weiter, ohne dass Knut Schwabe noch mehr Erhellendes hinzugefügt hätte. Aber Neumann hatte das Gefühl, dass sich hinter dem wirren Gerede des Bergeners mehr verbergen könnte als nur der eingebildete Unsinn eines Verrückten. Vor allem, weil Schwabe damals wichtig zu sein schien, dass er »ihr«, also Traude Weikath, davon erzählt habe. Die Kollegen hatten damals aufgehört, die Vernehmungsprotokolle mit Knut Schwabe noch einmal auszuwerten. Viermal war der geistig instabile Mann bis zu zwei Stunden verhört worden, da er eine Zeit lang dringend tatverdächtig war. Als sich diese Vermutung allerdings zerschlug, fielen seine Aussagen dem kollektiven Desinteresse anheim. Vermutlich ein Fehler, allerdings konnte Neumann das gut nachvollziehen, immerhin arbeiteten die Kripo-Leute damals fieberhaft an der Aufklärung eines, später zweier Morde. Warum sich da noch groß mit dem Geplapper eines Schwachsinnigen beschäftigen?

Allerdings hatte Michael Neumann schon in den Mitschriften der vorangegangenen Vernehmungen von Schwabe herausgelesen, dass der Mann von Zeit zu Zeit sehr lichte Momente bekam. Dann beantwortete er die Fragen der Polizisten sehr präzise, konnte sogar vernünftige Zusammenhänge herstellen. An anderen Stellen wiederum driftete er völlig ab, bekam seine Gedanken nicht sortiert. Dabei gehörte es noch zu den harmloseren Erscheinungen, wenn er den Inhalt seiner Aussagen einfach nur durcheinanderbrachte. Schlimmer wurde es immer dann, wenn er Bedrohungen durch Außerirdische oder den bevorstehenden Einmarsch der Russen thematisierte. War er bei diesen Themen angekommen, konnte ihn der Vernehmungsbeamte fragen, was er wollte, Schwabe kam immer wieder auf den Kern seiner verschrobenen Fantasien zurück. Und trotzdem: Für Neumann steckte in den Aussagen über die »Bonzen« und »Billionen« ein Hinweis. Das kam nicht von ungefähr. Vor allem, da Schwabe das in einer Passage geäußert hatte, in der er mit seinen Gedanken ganz gut zurechtgekommen war. Also hielt Neumann es für falsch, das alles für das Gefasel eines geistig Verwirrten abzutun.

›Geh ich damit gleich zu Schwinka oder …?‹ Er mochte den Faden gar nicht zu Ende spinnen. ›Oder versuche ich es erst einmal auf eigene Faust?‹, tat er es dann doch. Er hatte Zeit. Nicht unendlich. Aber die nächsten Tage könnte er sich ganz in Ruhe überlegen, was er tun würde.

Michael Neumann schlug den Ordner wieder auf und las weiter. Er war noch längst nicht alle Niederschriften durchgegangen. Wer weiß, was ihn da noch erwarten würde. Er zitterte jetzt zwar nicht mehr, eine latente Erregung mit klopfendem Herzen blieb aber. Das war sein Fall. Er wollte und würde ihn lösen. Und dann würde er es am Ende doch noch allen beweisen.

Auf den Knien

Marlies Suffig hatte das Frühstück vorbereitet und begonnen, im Wintergarten aufzuräumen. Sie hatte sehr schlecht geschlafen. Erst war sie gar nicht zur Ruhe gekommen, weil sie sich vor einem Einbrecher fürchtete, dann hatte sie von Mord und Totschlag geträumt und war alle halbe Stunde aufgewacht.

Ihrem Mann war es da besser ergangen. Er war nach der Aufregung sofort in einen tiefen Schlaf gefallen, aus dem er erst gegen 9 Uhr vormittags hochschreckte. Alexander Suffig hörte es klirren und scheppern. Ihm war sofort klar, dass seine Frau unten für Ordnung sorgte. Er stand auf, zog sich einen Morgenmantel über und ging die sieben Stufen aus dem Obergeschoss hinunter zu dem kleinen Anbau.

Marlies saß auf den Knien und schob mit einem Handfeger das Glas auf eine Kehrschaufel. Als sie ihren Mann sah, fing sie an zu schimpfen. »Drei Scheiben sind zerbrochen. Das wird teuer«, sagte sie. »Und die kleinen Scherben sind in die Ritzen hinter den Bänken gerutscht. Die kriege ich nicht einmal mit dem Staubsauger raus. Wenn das die Bengels waren, können die was erleben! Vielleicht sollten wir doch lieber die Polizei einschalten.«

»Nein, nein, lass mal!«, sagte ihr Mann. »Das kläre ich.«

Suffig beunruhigte die Aktion. Nach dem gestrigen Telefonat und dem Treffen in der Stadt hatte er sich eigentlich gut gefühlt. Das Nötigste war geklärt. Wer also glaubte, ihn bedrohen zu müssen? Wieso ausgerechnet ihn, der noch am wenigsten von damals wusste?

Er versuchte den Tag über entspannt zu wirken. Eine halbe Stunde nach dem Mittagessen gab er vor, zu den Zülckes gehen zu wollen, um das mit deren Jungs zu klären. Stattdessen wanderte er wie planlos durchs das Eigenheimviertel und telefonierte. Überraschenderweise musste er hören, dass es noch auf zwei weitere Familien Anschläge gegeben hatte. Einmal war ein kleiner Werkzeugschuppen in Brand gesteckt, ein anderes Mal eine Terrassenverglasung zerstört worden. Eigentlich dachte er, dass die Ereignisse von vor 20 Jahren der Vergangenheit angehörten und er nie mehr damit konfrontiert werden würde, doch alle, die damit zu tun hatten, wurden nun in eine latente Unruhe versetzt. Das war viel gefährlicher, als alles seinen Lauf nehmen zu lassen.

Als er den Teil der Rugardstraße entlang ging, der in die Siedlung führte, begegnete ihm ein Radfahrer. Dass dieser Suffig auffiel, lag vor allem an dessen langsamer Fahrweise. Der Radler stand fast und balancierte wackelnd sein Gefährt, als wolle er darauf jeden Moment einen Handstand machen. Das lag dem jungen Mann, der sein Basecap tief in die Stirn gezogen hatte, aber offensichtlich fern. Vielmehr schaute er zu Suffig herüber, bremste sanft und setzte seine Füße auf den Boden. Unmerklich huschte ein Lächeln über das Gesicht unter der Kappe.

Suffig bemerkte das, blieb stehen und blickte den Fahrradfahrer an, der ungefähr 15 Meter von ihm entfernt ausharrte. Dann steckte er sein Smartphone ein, behielt den Radler im Blick und ging weiter.

Der junge Mann stieg im selben Augenblick wieder in seine Pedale und kam auf den Rentner zu. Als sich beide in einem Abstand von nur knapp zwei Metern begegneten, sahen sie sich an.

›Den kenn ich‹, dachte Suffig. Gleichzeitig empfand er eine nicht definierbare Bedrohung. Aber vielleicht bildete er sich nach den Zeitungsberichten und dem Vorfall von gestern Abend auch viel zu viel ein.

Er schlug den Heimweg ein und dachte darüber nach, ob er die Dinge einfach geschehen lassen oder aktiv werden sollte. Aber was, wenn alle, die damals in die Sache verwickelt waren, diese Gedanken hatten und sich schließlich für eine Aktivität entschieden? Nicht auszudenken, was da dann alles passieren könnte. Suffig wusste, dass er dagegen nichts tun konnte. Die gesamte Angelegenheit bekam eine Eigendynamik, der man sich besser nicht in den Weg stellte. Man konnte von der anrollenden Lawine umgerissen werden.

»Das war er«

Als Schwinka mit seinem Auto in Trent ankam, stürmte es immer noch. Schon bei der Abfahrt aus Putbus hatte es wie aus Kannen gegossen. Und eigentlich hätte ihn das dazu bewegen müssen, wenigstens noch eine Jacke mitzunehmen. Aber das vergaß er. Und jetzt saß er hinterm Lenkrad, Sturmböen rüttelten den Wagen durch und der Regen fiel so dicht, dass auf 50 Metern kaum noch etwas zu erkennen war. »Scheiß drauf!«, sagte Schwinka. Obwohl er nur Sekunden brauchte, um auszusteigen und die Fahrertür wieder zuzuwerfen, wurden Sitz und Lenkrad nass. Auf den ersten Metern in Richtung Kirche zog der Kriminalpolizist den Kopf zwischen die Schultern. Da diese Haltung wegen ihrer Verkrampftheit aber anstrengte und wahrlich keinen Schutz vor Wind und Regen bot, ließ Schwinka wieder locker und ging entspannt weiter.

Am Tatort angekommen, spulte er im Kopf ein mögliches Szenario ab. Denn dass es der Mörder war, der hier seine Notdurft verrichtet hatte, wussten sie mittlerweile. ›Wenn er also hier gesessen hat‹, Schwinka stand vor dem Gebüsch mit der festgetretenen Freilichtklo-Ecke, ›dann wird die Schildt aus dieser Richtung gekommen sein.‹ Er drehte sich leicht nach links, was vom Täter aus die rechte Seite gewesen sein musste. ›Also konnte sie ihn nicht sehen, bevor sie direkt vor ihm stand.‹ Wieder drehte er sich zum Notdurftgebüsch, stellte sich direkt daneben und ging in die Hocke. ›Okay‹, dachte er. ›Wenn mich so jemand entdeckt, ist mir das hochnotpeinlich.

Was tue ich also? Weggucken? Einen Witz machen? Aufstehen und sie erschlagen? – Keine Ahnung, aber sie auf jeden Fall nicht umbringen.‹ Schwinka stand auf. Schmatzend lösten sich seine Schuhe aus dem Modder. Der Regen, der in Putbus noch warm herabgeprasselt war, hatte sich durch den Sturm zu einem kalten Wasserguss entwickelt. Der Polizist spürte das nicht. Zu sehr beschäftigte er sich mit den möglichen Ereignissen des Tatabends. ›Der Hund wird ihn gereizt haben‹, fiel Schwinka ein. ›Warum hatte er Zeit, seine Attacke auszuführen? Ob die beiden sich kannten und womöglich miteinander sprachen?‹ Schwinka stellte sich jetzt rücklings vor das Gebüsch und holte zum Schlag aus. Er sprang zwei, drei Meter voran und simulierte Fausthiebe ins Gesicht einer imaginären Person. Das war ein mächtiger Satz, der die Wucht des Schlages sowohl verringern als auch verstärken konnte – je nach Geschick. Und laut Obduktion soll schon der Auftakthieb zur Ohnmacht des Opfers geführt haben. ›Ich glaube, dass wir da richtig liegen: Das muss jemand sein, der Sport treibt oder Kampfsportler ist, oder Boxer.‹

Schwinka ging zurück zu seinem Wagen, holte aus dem Kofferraum eine blaue Plastikplane und breitete sie an der Stelle aus, an der die Tote gelegen hatte. Der Chef-Ermittler legte sich darauf und schaute in den dunkelgrauen Himmel. Zumindest versuchte er es, denn der Regen rauschte mit solch einer Heftigkeit in seine Augen, dass er unentwegt blinzeln musste. ›Er stürzt sich auf sie, würgt und würgt, der Hund bellt – vermutlich …‹ Dann schaute Schwinka liegend nach links, rechts und kopfüber. ›… und läuft permanent Gefahr, von allen Seiten gesehen zu werden.‹ Für den Kripo-Mann stand außer Frage: Der Mörder handelte in jedem Fall impulsiv. Der ging nicht los, um jemanden zu töten. Das geschah einfach. Es brauchte Auslöser, die dazu führten, dass er tötete.

Schwinka stand auf und war komplett durchnässt. Das spielte aber keine Rolle. Er hob die Plane auf und drehte die verschmutzte Seite in den Regen, um sie abzuspülen. Dabei schaute er kurz auf und sah in vielleicht 60 oder 70 Metern Entfernung die Umrisse einer Gestalt. Die stand ganz still und schien in seine Richtung zu blicken. Karsten Schwinka rührte sich nicht und wartete. Etwa sieben, acht Sekunden. In dieser Zeit bewegte sich auch die Person dort hinten nicht. »Hey«, rief er, »sind Sie aus Trent?«

Sturm und Regen verschluckten seine Worte. Der Mann da an der Dorfstraße – denn um solch einen handelte es sich ganz offensichtlich – rührte sich keinen Zentimeter.

»Hey«, rief Schwinka noch einmal – und da viel lauter.

Der Mann wandte sich ab und ging gelassen davon. Schon nach drei Schritten verschwand er nach rechts aus Schwinkas Blickfeld, der die Plane zu Boden warf und loslief. Als er in nur wenigen Sekunden an der Straße ankam, war niemand zu sehen. Alles lag wie ausgestorben da, wären nicht die ohrenbetäubenden Geräusche von Sturm und Regen gewesen. Schwinka lief noch ein paar Hundert Meter in jene Richtung, in die der Mann gegangen war. Dabei schaute der Polizist beiderseits zur Straße auf Gehöfte und in abgehende Wege. Seine spontane Suche blieb erfolglos. »Scheiße, scheiße, scheiße!«, zischte er zwischen den Zähnen hervor. »Das war er!«

Zur Jagd geblasen

Horst war triefend nass, als er zur Tür hereinkam. Sein erster Blick ging zum Boden, um den grünen Läufer zu erwischen, auf den sich die Familienmitglieder zu stellen hatten, wenn sie sich ihrer Jacken oder Mäntel entledigten. Die Schuhe waren sowieso draußen auszuziehen, was Horst auch wie gewohnt erledigt hatte.

Als er auf dem Läufer stand und das Wasser auf diesen herabtropfen sah, fragte er sich, wieso er sich an diese bescheuerten Regeln selbst dann hielt, wenn Gabi gar nicht da war. Am liebsten wollte er sich die nassen Klamotten vom Leib reißen und in der Wohnung umherwerfen. – Er tat es aber nicht. Denn Gabis Abwesenheit war nicht das Ende. Wenn sie morgen wiederkam, würde sie jede Veränderung und jeden Rückstand einer Unachtsamkeit bemerken. Und dann bräche das Höllenfeuer über ihn und Jason herein. Das musste er nicht provozieren. Also rief er nach seinem Sohn, dass dieser ihm doch ein Handtuch bringe – und zog sich auf dem grünen Läufer aus.

Nachdem er sich abgetrocknet hatte, ging er nackt ins Schlafzimmer, machte einen großen Schritt über den Schachbrettmusterteppich und klaubte aus dem Schrank frische Sachen zusammen, die er gleich hier anzog. Dann ein Satz zurück und er stand auch schon wieder im Flur.

Der Schlafzimmerteppich war ein Heiligtum. Gabi hatte das Teil einst bei einem Versandhändler bestellt, der nicht gerade mit Discounterpreisen lockte. Der Clou des Schachbrettkunstwerks: Je nachdem, in welche Richtung die Fasern gestrichen wurden, zeigte der Teppich einen kräftigen Schwarzweiß-Kontrast oder statt dem Schwarz eine silbergraue Schattierung. Um den richtigen Effekt zu erzeugen, lag Gabi manchmal eine geschlagene Stunde auf dem Fußboden herum und richtete die Fasern aus. Nun, und da die Arbeit so aufwendig war, mussten die Familienmitglieder den Teppich überspringen, wenn sie ins Schlafzimmer gingen.

Jason spielte in seinem Zimmer. Er machte nie Lärm. Das hatte seine Mutter ihm schon ausgetrieben, als er noch ganz klein gewesen war. Schrie er damals, hatte sie ihm so lange den Mund zugehalten, bis er kaum noch Luft bekommen hatte. Irgendwann begriff auch das kleine, unfertige Gehirn, dass es besser war, nicht zu schreien, dafür aber frei atmen zu können.

Horst öffnete die Tür zu Jasons Zimmer. Weil er so in sein Spiel vertieft war, bekam er das nicht mit. Der Vater steckte den Kopf durch den Spalt und sah zu, wie sein Spross um sich herum aus Legosteinen eine Stadt baute. Dabei sagte er ab und zu etwas, das wie Anweisungen an Bauarbeiter klang. In Momenten wie diesen fragte sich Horst, warum er für den kleinen Kerl keine tiefe Liebe empfand. Ja, natürlich. Hatte Jason Erfolge oder machte der Junge etwas besonders gut, freute er sich mit ihm. Aber in ihm als Vater kam dann nie das Bedürfnis auf, den Kleinen zu knuddeln oder zu herzen. Er streichelte ihm bestenfalls über den Kopf. Das war's dann aber auch. Schon als Jason noch ein

Kleinkind gewesen war, hatte er den innigen Kontakt vermieden. Wollte der Junge für das Spiel »Hoppe, hoppe Reiter« auf den Schoß, verwies er ihn meist zuerst an die Mama. Wollte die auch nicht – und das war fast immer der Fall gewesen – bekam Jason zwei oder drei Einheiten zugestanden. Dann stellte Horst den Kleinen wieder auf den Boden und gab irgendeine absurde Begründung ab. Vielleicht hätte der Junge mehr Zuneigung verdient, dachte Horst. Aber es fiel ihm schwer, körperlich zu werden. Also warum sich quälen.

Horst schlich sich auf den Balkon. Draußen brüllte der Sturm, der Regen rauschte. Es war nicht gerade eine Wonne, hier zu rauchen. Aber in der Wohnung war das grundsätzlich nicht möglich. Er benötigte mit seinem Feuerzeug sieben Flammen, um die Zigarette anzubekommen. Er zog den Rauch tief in die Lunge und entspannte innerlich. ›Wer mag das gewesen sein?‹, dachte er. Jetzt erst nahm er sich die Zeit, über den Mann nachzudenken, der sich offensichtlich mit Krista Schildts Tod beschäftigte. ›War bestimmt ein Polizist. Nur – wieso kommen die noch einmal hier heraus, wenn es draußen stürmt und regnet? Und wieso robbt der da mitten durch den Schlamm? Verrückte Welt!‹

Horst konzentrierte sich darauf, die Ereignisse von Sonntagabend Sekunde für Sekunde zu rekapitulieren. Denn er fragte sich nicht zum ersten Mal, ob er in der Erregung Spuren hinterlassen hatte, die seine Jäger zu ihm führen könnten. Bei dem Gedanken »Jäger« musste er schmunzeln. Aber es war genau das: Die Polizei hatte zur Jagd auf ihn geblasen. Und er musste jetzt zusehen, dass sie ihn nicht erwischte.

Der Sonnabendnachmittag veränderte Horsts Herangehensweise und sein Denken nachhaltig. Er würde sich nicht einfach so »ermitteln« lassen. Und er wollte auch nicht darauf warten, bis die Gesetzeshüter bei ihm vor der Tür standen, um ihn festzunehmen. Nun, und dann diese Sache mit dem Töten. Wie es passieren konnte, wusste er bis heute nicht zu sagen. Er hatte nicht die geringste Ahnung, welcher Impuls diese Handlungen bei ihm ausgelöst hatte. ›Ich muss das mal planen!‹, dachte er. ›Vielleicht ist das besser und ich kann es mehr genießen. Auf jeden Fall muss ich diese spontanen Ausbrüche vermeiden.‹ Er wollte darüber nachdenken.

Messer in den Rücken

Theodor Schwahn hatte die Ereignisse von damals längst vergessen. Die täglichen Herausforderungen der politischen Auseinandersetzungen hatten ihn schon nach wenigen Wochen wieder vollumfänglich in Anspruch genommen. Es ging um Kommunal- und Landtagswahlkämpfe und schließlich setzte das Ringen um Plätze im Bundestag, der 2001 wieder neu gewählt worden war, schon zwei Jahre vorher ein. Intern zumindest. Das waren so die Scharmützel, die fernab der Öffentlichkeit geführt wurden. Man musste sich Fürsprecher suchen, Mehrheiten beschaffen, andere diskreditieren oder bloßstellen – und dann galt es, am Tag der Aufstellung der Kandidaten für das höchste Regierungsgremium in Deutschland körperlich und geistig voll da zu sein. Schwahn hatte damals gute Arbeit geleistet. Seine Genossen nominierten ihn als Direktkandidaten für den Wahlkreis Rügen – den er dann zwar an den Mitbewerber der CDU verlor, über die Kandidatenliste der Linken am Ende aber noch in den Bundestag einzog. Da saß er heute noch. Theodor Schwahn hatte sich in den zurückliegenden fast 20 Jahren eine goldene Nase verdient, denn die Bezüge eines Bundespolitikers waren üppig. Stellte man es geschickt an, konnte man monatlich mit bis zu 15000 Euro nach Hause gehen. Netto wohlgemerkt. Und er war ein sparsamer Mensch, sodass sich auf der hohen Kante ein gehöriges Sümmchen angesammelt hatte.

Merkwürdigerweise waren genau das die Gedanken, die ihn seit den Zeitungsartikeln vom Freitag umtrieben, in denen an die Frauenmorde auf Rügen von 1997 erinnert worden war. Eine der Toten – Beate Saul – hatte seiner Partei angehört und war obendrein als ganz heiße Kandidatin für den Bundestagswahlkreis Rügen gehandelt worden. Und hätte den Zuschlag wohl auch bekommen. Immerhin war sie Rüganerin gewesen, hatte eine enorme Lobby in der Partei besessen und die Frauenquote bedient. Was hätte er, der aus Greifswald stammte und ein eher konturloser Politiker war, dem schon entgegenzusetzen gehabt.

Schwahn saß auf der Veranda seines Eigenheims in einer Randsiedlung der Hansestadt und rauchte Pfeife, als das Unwetter losbrach. Die Überdachung hätte ihn sicher vor dem heftigen Regen geschützt, der Sturm wirbelte aber auch bei Schwahn alles durcheinander, sodass er ins Hausinnere fliehen musste.

Dort saß seine Frau vor dem Fernseher und löste nebenbei Kreuzworträtsel. Theodor Schwahn hätte sich von ihr längst getrennt, wenn sie beide materiell nicht so eng verkettet gewesen wären. Vor 20 Jahren war es noch die Gattin gewesen, die mit ihren Einkünften als Geschäftsführerin das große Geld mit nach Haus gebracht hatte. Und ohne ihren Rückhalt wäre sein Aufstieg als Politiker sicher auch nicht so geradlinig verlaufen. Also hatte er sich mit der Situation abgefunden und sämtliche Trennungsgelüste in das Reich der frommen Wünsche verbannt. Das funktionierte auch insofern ganz gut, als dass er, der mittlerweile auf die 70 zuging, in Berlin eine Zweitwohnung besaß und sich dort seit vier Jahren mit einer Affäre das Leben versüßte. Dabei handelte es sich um eine 54-jährige Lehrerin, die sexuell extrem aktiv war und ihn nicht mit Alltagssorgen nervte.

Als Theodor Schwahn die Terrassentür hinter sich schloss, sah seine Frau nicht einmal auf. Der Mann ging eine Wendeltreppe hinauf in die zweite Etage, setzte sich in seinem Arbeitszimmer – zumindest war es für das Finanzamt als solches deklariert – vor den Laptop und schaltete das FIFA-Computerspiel ein. Damit vertrieb er sich zu Hause in Greifswald häufig die Zeit, um nicht zu oft seiner Frau zu begegnen. Jetzt fiel es ihm schwer, sich zu konzentrieren. Die Rügener Geschichte hatte seine ganze Aufmerksamkeit.

Als er damals vom Tod der Konkurrentin gehört hatte, konnte er seine Freude nur schwer verbergen. Natürlich war das gemein gewesen. Aber was sollte er machen? So ist das in der Politik. Man hatte keine Freunde. Deren Anzahl stieg erst proportional zur Bedeutung innerhalb der Partei. Jetzt besaß er unzählige … und 90 Prozent von denen würden ihm lieber heute als morgen ein Messer in den Rücken rammen. Und weil er das wusste, beunruhigte ihn das Aufflackern der Geschichte von damals. Was, wenn die Polizei den Fall noch einmal aufrollte? Und dann womöglich gründlicher vorging, was zwangsläufig zu ihm führen würde? Nicht auszudenken. Ab sofort musste er wach sein, wie nie zuvor. Hinter jeder Ecke konnte jemand lauern, der ihm ein Bein stellen wollte. Vielleicht machte er auch nur die Pferde scheu, denn noch wusste er ja nicht, ob es wegen der Saul wirklich noch einmal Ermittlungen geben würde.

Schwahn konnte seine Gedanken nicht recht sortieren. Am Ende tröstete er sich damit, dass es im Moment nur um Zeitungsartikel ging, in denen der »Schnee von gestern« noch einmal aufgewärmt wurde. Noch stand kein Polizist vor seiner Tür, der ihm dumme Fragen stellte. Und vielleicht würde das ja auch nie geschehen.

Funkloch

Schwinka packte die Plane in den Kofferraum. Das erwies sich als schwierig, da ihm in jenem Moment, als er das Teil über die Öffnung hob, eine Sturmbö die Unterlage fast aus den Händen riss. Bevor er in den Wagen stieg, zog er sein T-Shirt aus. Kalt war ihm sowieso schon. Er drückte kurz das Wasser aus dem Kleidungsstück und ließ sich so durchnässt , wie er war, in den Fahrersitz fallen. ›Da hab ich von zwölf bis Mittag gedacht‹, schmunzelte er in sich hinein. ›Aber wäre ich nicht ausgerechnet bei diesem Sauwetter hergekommen, hätte es diese Begegnung niemals gegeben.‹ Auch wenn es eine geringe Wahrscheinlichkeit gab, dass jemand aus dem Dorf ausgerechnet bei Sturm und Regen zum Ort des Verbrechens pilgerte, der damit überhaupt nichts zu tun hatte, war sich Schwinka sicher, dass er dem Mörder begegnet war. Damit bekamen die Ermittlungen eine neue Dynamik: Sie konnten sich auf Trent konzentrieren.

Schwinka suchte im Display der Freisprechanlage nach Schobels Nummer. Der Kripo-Kollege ging sofort ran. »Wie läuft's?«, fragte Schwinka.

»Mühselig. Die Liste wächst aber«, entgegnete Schobel.

»Ich war gerade in Trent und habe mir noch einmal die Gegebenheiten am Tatort angeschaut.«

»Moment … also bei mir gießt es wie aus Kannen und die Bäume verneigen sich, als wären sie zur Audienz bei der Queen geladen.«

»Ach hübsch, welch ein schönes Bild. Wusste gar nicht, dass du eine poetische Ader hast?!«

»Hab ich auch gar nicht, fiel mir nur so ein. – Aber ist denn in Trent die Unwetterfront schon durch?«

»Keineswegs«, sagte Schwinka. »Als ich zu Hause losgefahren bin, regnete es nur … Außerdem hat es was gebracht!«

»Echt?«

»Ich bin unserem Killer begegnet.«

»Wie jetzt? – Den wir suchen?«

»Genau dem.«

»Ähm, und wie … ähm, wo … Komm schon, erzähl mal!«

»Ich suhlte mich gerade im Schlamm, da sah ich einen Mann in 100 Metern Entfernung an der Straße stehen. Ganz starr, manch einer würde das als unheimlich bezeichnen. Als ich ihn fixierte und mein Schlammbad unterbrach, wandte er sich zur Seite und ging langsam weg.«

»Und was macht dich so sicher, dass …?«

»Wärst du da gewesen, würdest du dir genauso sicher sein«, unterbrach Schwinka die zweifelnde Nachfrage Schobels.

»Okay, hast du versucht, an ihn ranzukommen?«

»Na, was denkst du? Habe einen exzellenten Schlechtwettersprint hingelegt, er war aber wie vom Erdboden verschluckt. Was mich übrigens darin bestärkt hat, dass er nicht zufällig zum Beispiel aus Putgarten mal eben Trent einen Besuch abgestattet hat, sondern die Örtlichkeiten bestens kennt.«

»Dann können wir uns voll auf Trent konzentrieren.«

»Richtig. Und auf Sassnitz.«

»Ähm, wieso Sassnitz?«

»Versuche schon mal herauszubekommen, wer von den Leuten, die du da auflistest, in Trent wohnt.«

»Verdammt«, platzte es aus Schobel heraus. »Das kann der Durchbruch sein, wenn deine Ahnung dich nicht trügt.«

»Das könnte es wirklich.«

»Ich checke die alle noch mal. Es wird aber lückenhaft bleiben, denn auch wenn ich alle Kanäle anzapfe, sind bei einigen Firmen und Gewerbetreibenden die Meldungen lückenhaft.«

»Versuch dein Bestes!«, entgegnete Schwinka. Natürlich könnte der Oberkommissar alle in Sassnitz arbeitenden Trenter in Bergen antreten lassen. Was aber, wenn es doch nicht so einfach war? Was, wenn seine Theorie sich als völliger Humbug herausstellte? Was, wenn der Mann zwar tatsächlich in Trent lebte, in Sassnitz aber keiner meldepflichtigen Arbeit nachging? Was, wenn er gar nicht in Sassnitz arbeitete, sondern aus vollkommen anderen Gründen in die Hafenstadt fuhr? Und wenn es womöglich umgekehrt war: Der Mann lebte in Sassnitz und verkehrte aus privaten Antrieben in Trent? Eine weitere Option: Er lebte sonst wo, arbeitete in Sassnitz und verbrachte sein Wochenende in Trent. Der Unwägbarkeiten gab es Unzählige.

Dem Chef Ermittler rauchte buchstäblich der Kopf, da klingelte das Telefon. Viel zu laut, fand Schwinka, der sich erschrocken und reflexartig auf die grüne Hörertaste auf dem Display gedrückt hatte. »Ja, Schwinka«, sagte er kurz.

»Hi, grüß dich!«, sagte am anderen Ende Karla, seine Ex.

›Verflucht!‹, dachte der Polizist. ›Habe ich wegen des Klingellärms nicht auf den Namen geachtet.‹ – »Hi!«, sagte er.

»Wie geht's?«

»Gut.«

»Was macht die Arbeit?«

»Alles paletti …«

Schwinka wollte noch ein »Arbeite gerade an einem neuen Fall« hinterherschicken, da unterbrach ihn Karla auch schon wieder. »Schön, dass es dir gut geht. Dann kannst du die Jungs ja im September auch wieder nehmen.«

›Mist!‹, dachte er. ›Ich wusste, dass sie damit kommen wird.‹

»Gern, aber …«

»Was ›aber‹, nix ›aber‹!«, unterbrach ihn Karla sofort wieder.

»Doch ›aber‹!«, blieb der Polizist ganz ruhig.

»Wieso ›aber‹? Keine Lust?«

»Doch, natürlich …«

»Also, was ›aber‹?« Karla war schon wieder ordentlich geladen. Solche Dialoge kannte Karsten Schwinka noch aus den letzten Jahren ihrer Ehe. Anfangs war er nur genervt gewesen, dann war die Phase der Einsicht gekommen, als er bemerkte, dass er zu wenig Zeit mit der Familie verbrachte – inklusive diverser Versuche, Karla zu verstehen. Und schließlich waren sie beide in jede Konfrontation gegangen, die seine Frau meist sehr aggressiv und lautstark geführt hatte.

»Kann ich jetzt langsam mal ausreden?«, fragte er gedehnt.

»Bitte!«

»Das Aber hängt mit einem aktuellen Fall zusammen …«

»Oh Mann, ich dachte es mir schon«, zischte Karla gereizt. »Hab drüber gelesen. Selbst die Dresdner hat davon etwas geschrieben. Hast dich ja wieder schön aus der Affäre gezogen.«

Früher war er auf solche Spitzen eingegangen und hatte über Argumente versucht, seinen Standpunkt zu erklären. Für den hatte sich Karla aber schon seit Jahren nicht mehr interessiert, weshalb die absurdesten Situationen zu Streitereien führten.

»Nun ja ...«, sagte Schwinka wieder etwas gedehnt. Wohl wissend, dass es Karla gar nicht darum ging, ihm tatsächlich seine Arbeit vorzuwerfen. Sie ärgerte sich einfach, dass er noch nicht geschrieben hatte; dass er in absehbarer Zeit die Jungs nicht nehmen könnte; dass er offenbar mit der Trennung ausgezeichnet zurechtkam; dass er sie nicht anschrie – und was es sonst noch so alles gab.

»Oktober?«, fragte sie hastig.

»Ich bin mir ziemlich sicher«, entgegnete Schwinka.

»Termin?«

»Nehmen wir einfach das letzte Wochenende des Monats.«

»Natürlich, alles schön nach hinten schieben. Und dann wird's im November auch nichts, und damit die Kinder überhaupt bei dir sind, bestehst du auf Weihnachten.«

Die Verbindung wurde schlechter, Karla war nur noch abgehackt zu hören. »Hey Karla ...«, rief Schwinka. »Kann sein, dass du ...« Und da war die Verbindung auch schon unterbrochen. Funklöcher, wie jenes bei Lietzow, das Schwinka gerade durchquerte, gab es auf der Insel reichlich. Manchmal waren sie aber hilfreich, denn dass er Karla nicht zurückrufen würde, war logisch.

Aber auch seine Ex meldete sich nicht noch einmal. Es war ja auch alles gesagt.

»Haltet Ordnung!«

Als Gabi erwachte, fühlte sie sich wie gerädert. Ihr Nacken schmerzte, die Augen taten ihr weh und sie war müde. Dabei hatte sie sich gestern schon gegen 22 Uhr in ihr Hotelbett gekuschelt und war zügig eingeschlafen.

Als sie sich Sonnabendfrüh nach dem wortlosen Frühstück eine Tasche gepackt und an der Tür von ihren beiden »Männern« mit einem »Haltet Ordnung!« verabschiedet hatte, hatte es noch in ihr gebrodelt. Sie wollte sich einen tollen Tag machen und es am Abend so richtig krachen lassen. Am Ende war ein langweiliges Schlendern durch Cafés und Gaststätten daraus geworden, in denen sie immer verzweifelter darüber nachsann, wie sie einen Schlussstrich ziehen und einen Neuanfang starten könnte.

Gabi Schuster hatte sich im Arkona Strandhotel in Binz eingemietet. Ganz unkompliziert. Als sie die 362 gegen 11 Uhr betrat, fühlte sie sich befreit, euphorisch, aufgeregt. Als sie gegen 17.30 Uhr zurückkam, war sie abgekämpft, frustriert, schlecht gelaunt, durchnässt, frierend und müde. Es war doch nicht so einfach, wie Juliane Werding sich das vorstellte. Man konnte nicht einfach aus seinem Leben abhauen und alles auf den Kopf stellen. Gabi prügelte in Gedanken auf alles ein, das sie daran zu hindern schien, mal eben neu abzubiegen: ihr Mann, der Sohn, der Job, die finanzielle Situation, die Insel, miese Bekannte, schlechtes Wetter, die Ostsee … Die Person Gabi Schuster gehörte allerdings nicht dazu. Sie kam nicht auf die Idee, dass sie selbst sich ändern musste, um die Reset-Taste drücken zu können. Diese Selbstreflexion hatte sie nie gelernt.

Aufgewachsen war sie in Glowe mit ihrer Mutter und zwei Geschwistern – einer vier Jahre älteren Schwester und einem knapp zwei Jahre jüngeren Bruder. Die Große, ein fast schon krankhaft eitles Mädchen, entwickelte zu der Jüngeren nie so etwas wie Zuneigung. Alle Aufgaben wälzte sie auf Gabi ab, Rückschläge lastete sie ihrer kleinen Schwester an – und ab und zu setzte es was. Ihre Mutter, die sich von ihrem Mann scheiden ließ, als Gabi drei war, arbeitete als Zimmermädchen in einem mittleren Hotel. Der Bruder zeigte früh ein sehr verletzliches Wesen, weinte viel, blieb schmächtig und wurde irgendwann von allen drei »Frauen« im Haushalt getriezt. Gabi erlebte in den heimischen vier Wänden jeden Tag einen Kampf um Bedeutung und Stellenwert. Als der Nachzügler in die Pubertät kam, nahmen die Handgreiflichkeiten sogar noch zu. Zwischen allen Familienmitgliedern untereinander. Die schmale, gut gewachsene und geradezu hübsche Gabi trug den Konkurrenzkampf nach außen, maß sich unentwegt mit Klassenkameradinnen, schmiedete Intrigen gegen ihr überlegenen Altersgenossen, verspottete unterlegene, ließ sich ab 14 Jahren mit den Jungs ein, die in ihren Augen zu den Anführern gehörten, lag in ihrer Einschätzung diesbezüglich häufig daneben und war in jenem Jahr, als sie Horst beim Tanz in Stralsund kennenlernte, in vieler Munde. Ohne, dass sie selbst wusste, wovor sie weglief, wollte sie damals dem täglichen Stress entfliehen, dem sie ausgesetzt war. Sie sehnte sich nach Ruhe, nach Ankommen, nach Geborgenheit.

Tragischerweise war sie zu keinem Zeitpunkt in der Lage, das auch zu formulieren – nicht einmal in ihren Gedanken. Am Ende überlagerte ihr fast schon wahnhaftes Streben nach Bedeutung jede Lebenssituation. Den Stress wurde sie nicht los. Nein, er wurde sogar noch schlimmer. Ihr Kopf suchte unbewusst nach einer Kompensation – also fing sie an, exzessiv zu putzen.

Gabi brauchte Hilfe. Vielleicht hätte ein mit sich selbst im Reinen befindlicher Ehemann schon einiges bewirkt. Aber da war sie an den Falschen geraten. Schon wieder. Und diesmal so richtig. Das war so ziemlich die einzige Erkenntnis, die sie realistisch aus dem Chaos in ihrem Kopf zu separieren wusste: Der Mann passte nicht. Aber Gabi hatte das zu spät erkannt.

Als die unbeholfen aufgebrezelte, niedergeschlagene Frau am gestrigen Abend an der Hotelbar gesessen hatte, hatte sie genau jenes Bild abgegeben: das einer schlecht geschminkten, deprimierten Frau, die sich ein paar Drinks einhalf. Nicht ein Mann hatte sich zu ihr gesellt, um ein Gespräch zu beginnen oder ihr vielleicht ein Getränk auszugeben. Als sie hinauf ins Zimmer gegangen war, fühlte sie sich alt, hässlich, langweilig, dumm, vertrocknet, unerotisch und gedemütigt. Sie hatte unendlichen Hass auf Horst gefühlt, der in ihren Augen an allem schuld war. Der ihr das Leben verdorben hatte, der so öde war.

Sonntagmorgen hätte Gabi ausgeschlafen sein müssen. Sie fühlte nach den Sekunden des Wachwerdens genau die gleichen Minderwertigkeitskomplexe wie am Abend zuvor, als sie mit dem Fahrstuhl von der Bar in ihr Zimmer gefahren war. Und sie hasste.

Urlaub ist Kapitalismus

Michael Neumann hatte alles genau geplant. Er wusste, dass Knut Schwabe immer noch in der Bergener Straße der DSF eine kleine Zweizimmerwohnung in der untersten Etage bewohnte. Der einstige Gewerbetreibende, der seit fast einem Vierteljahrhundert vom Sozialamt lebte, war in den vergangenen 20 Jahren für die Polizei immer wieder mal von Interesse gewesen. Wenn es bei ihm so richtig aushakte, kam Schwabe auf die verrücktesten Ideen.

Da war dieser Kot-Reigen durch Bergens Bankautomatenräume gewesen, ein anderes Mal lief er splitterfasernackt die Dammstraße hinunter und sang »Alle Vögel sind schon da«, dann gab es den Angriff auf Blumenrabatten, die er über Nacht dem Erdboden gleichmachte – und schließlich erst vor ungefähr vier Monaten die Zweckentfremdung verschiedener Gemüsesorten als Wurfgeschosse. Knut Schwabe hatte im Rewe in Bergens Innenstadt einen Einkaufwagen bis zum Überlaufen mit Tomaten, Kohlköpfen, Möhren, Selleriestangen usw. bestückt, sich unmittelbar gegenüber des Supermarkteingangs postiert und jeden mit den Lebensmitteln beworfen, der hineinging oder herauskam. Für die Einlieferung in eine Geschlossene hatte das aber offensichtlich bis jetzt nicht gereicht. Wohl auch, weil Familienangehörige weiter eine ambulante Pflege finanzierten. Aus der Vernehmung zum Gemüsebombardement wusste Neumann, dass Schwabe immer noch klare Phasen hatte, in denen dieser sogar in der Lage war, über seine Aussetzer zu lachen und diese als Verrücktheiten einzuordnen. Zwar redete er per se ein bisschen durcheinander, in Bergen kannten ihn die Leute jedoch. Sprach er Einheimische an, stieß er nur ganz selten auf eine barsche Zurückweisung. Man redete mit ihm. Wenn auch ein bisschen wie mit einem Kind.

Neumann hatte die ganze Nacht darüber nachgedacht, wie er die Sache anpacken sollte. Mit den Stunden, in denen er wach lag, waren die ersonnenen Szenarien immer abenteuerlicher geworden. Der Schlaf übermannte den Polizisten erst, als es draußen schon langsam hell wurde.

Er sprach mit niemandem über seine Pläne. Weder mit seiner Frau, noch mit Steffen Dorvitz. Und wäre Knut Schwabe nicht leicht neben der Spur, würde er diesen Schritt auch nicht wagen. Denn mit der Idee, den Mann eigenmächtig zu den Ereignissen von 1997 zu befragen, verstieß er gegen mehrere Vorschriften. Aber die Aussicht, sich mit dem entscheidenden Hinweis durch Schwabe einen Vorteil für die weiteren Ermittlungen zu verschaffen, reizte Neumann so sehr, dass er alle Bedenken über Bord warf. Schlimmstenfalls setzte er seinen Job aufs Spiel, aber im Falle eines Super-GAUs hoffte er auf das Prinzip Aussage gegen Aussage, und da hatte der Ex-Unternehmer die schlechteren Karten.

Es war Sonntag, fast 15 Uhr. Michael Neumann klingelte. Wenn Schwabe Mittagsschlaf hielt, dürfte er damit jetzt durch sein. Vorerst geschah aber nichts. Also klingelte Neumann ein weiteres Mal – und wartete. Wieder nichts. Im Kripo-Mann stieg eine zornige Enttäuschung herauf.

Das dritte Mal hielt Neumann den Klingelknopf gut 20 Sekunden lang gedrückt.

Da ging die Haustür auf. Schwabe war aus seiner Wohnung die eine Treppe heruntergekommen, um zu sehen, wer da so hartnäckig nach ihm verlangte. »Was ist?«, fragte er unfreundlich.

»Guten Tag, Herr Schwabe, ich bin Herr Neubert von der Bergener Kriminalpolizei«, entgegnete Neumann und hielt dem sehr alt wirkenden Ex-Taxi-Unternehmer seinen Dienstausweis unter die Nase.

Natürlich konnte Schwabe weder den von Neumann bewusst modifizierten Nachnamen noch den Inhalt des Dokuments erfassen. »Kriminalpolizei« hatte genügt. »Oh, bitte!«, sagte er weinerlich. »Ich war doch gar nicht dabei.« Und wurde um gut fünf Zentimeter kleiner.

»Darf ich reinkommen?«, fragte Neumann. »Ich habe ein paar Fragen an Sie.«

»Ja, bitte! Aber ich war nicht dabei. Ich bin die ganze Zeit zu Hause gewesen. Sie suchen den Falschen.« Schwabe trat beiseite und ließ dem Polizisten den Vortritt.

Neumann sah zu, dass er zügig in die Wohnung huschte. Als deren Bewohner die Tür hinter sich zuzog, drängte der Kripo-Mann ihn, rasch zum Wohnzimmer durchzugehen und sich zu setzen.

»Bitte!«, stammelte Schwabe schon wieder.

Michael Neumann sah sich um. ›Wo hinsetzen?‹, dachte er. Die rote Couch war mit Fettflecken übersät, die Federn durchgesessen. Der einzige Sessel lud mit seinem zerrissenen Bezug und der feuchten Lehne ebenso wenig zum Platz nehmen ein. Der Tisch war mit Geschirr vollgemöhlt, der Teppich starrte vor Schmutz, der Fernseher lief, das Licht brannte. An den Wänden hingen Fotos aus besseren Tagen, darunter der Meisterbrief. ›Ich denke, seine Familie pflegt ihn?‹, überlegte Neumann mit Blick auf die verdreckte Wohnung. Schließlich setzte sich der Polizist neben Schwabe auf die Couch, nachdem er mit der Fernbedienung den Fernseher ausgeschaltet hatte.

»… nicht dabei gewesen«, wimmerte Schwabe immer noch.

»Herr Schwabe, ich bin nicht hier, weil Sie irgendetwas ausgefressen hätten«, sagte Neumann, der hoffte, auf eine ganz besonders helle Phase des Mannes zu stoßen. »Wir wollen Sie noch einmal zu den Ereignissen von vor 20 Jahren befragen. Können Sie sich erinnern?«

»Sie meinen die toten Frauen«, entgegnete Schwabe, der auf Schlag aus dem Gejammer in einen betont strengen Ton wechselte.

Neumann war überrascht. »Genau, die meine ich«, sagte er. »Ich kann mich an ein Gespräch auf unserem Revier erinnern. Da haben Sie sehr konkrete Hinweise gegeben, denen wir damals nicht sofort nachgegangen sind.«

»Welche Gespräche? Ich weiß doch heute nicht mehr, wer vor … Wie viele Jahre sagten Sie? 25? 30? … wer da was gemacht hat. Das ist alles vorbei … Aufwendig. Und tragen Sie sich nicht mit Verwachsungen auf Gedanken herüber, wenn es auch bleiben kann. Ich stelle zähe Brüche in das

Geraune, weil alles unreflektiert auf jegliche Erhabenheit offeriert werden muss …«

»Stopp, Herr Schwabe!«, rief Neumann, der ob des Redeschwalls seines Nebenmannes Angst bekam, es könnte sich das einzige offene Tor in die Vergangenheit jetzt gerade schließen. »Bleiben Sie bitte bei mir und dem Thema!«

»Bleibe ich doch«, hielt Schwabe dagegen und machte große Augen, aus denen der Irrsinn sprach. Obwohl er wie 80 wirkte, hatte er vermutlich höchstens die 70 Jahre erreicht. Sein Haar, grau durchzogen, zeigte immer noch an vielen Stellen das einstige tiefe Schwarz. Schwabe sah zwar unordentlich aus, schien sich aber wenigstens regelmäßig zu waschen.

»Ich habe da ganz konkrete Anhaltspunkte«, versuchte Neumann es wieder mit Ernsthaftigkeit und gespieltem Respekt. »Sie brachten damals gewisse Bonzen, die sich die ganzen Billionen einsacken würden, mit den Morden an den beiden Frauen in Verbindung. Können Sie sich erinnern, was Sie damit gemeint haben?«

»Haben Sie die Bonzen immer noch nicht in den Knast gesteckt?«, fragte Schwabe. »Scheiß Polizei!« Er wurde unruhig, rieb sich die Hände, als würde er sie sich waschen, und schaute hektisch im Zimmer umher.

»Nein, leider nicht. Ich hoffe, Sie können uns da helfen«, blieb Neumann dran.

»Diese Schweine-Bonzen! Haben mir alles weggenommen. Konnten mich aber nicht umbringen, diese Schweine-Bonzen. Urlauber? Ich lach mich kaputt! Alles Vieh, das

Geld auskotzt. Sie können gleich alle in den Knast stecken! Die ziehen jeden ab, der nicht mitspielt. Und egal, welche Regel sich im Selbst auflöst, sie wird es auf der Schienenversiegelung aufgebracht der Lässigkeit entfernen …«

»Herr Schwabe!«

»Ja!«

»Sie reden vom Tourismus, von Leuten, die hier auf Rügen damit zu tun haben.« Neumann musste die Gedanken des Verwirrten unbedingt wachhalten.

»Sie nicht?«, fragte Schwabe. »Ich rede über nichts anderes mehr, seit sie mir alles zerstört haben. Urlaub ist Kapitalismus! Damit kommst du an Billionen. Und schon Karl Marx hat gesagt, dass man dann über Leichen geht.«

»Herr Schwabe, helfen Sie mir! Ist es der Tourismusverein?«

»Der Verein, die Zentrale, die Info – alles Blutsauger. Und wenn Sie nicht aufpassen, werden Sie gefressen!«

»Haben Sie einen Namen?« Neumann brach der Schweiß aus.

»Namen? Welche Namen? Hat die Krake einen Namen? Ist der Drache getauft? Was wollen Sie denn für Namen, wenn alles im Sumpf zusammenfließt. Es ist Urlaub auf Kapitalismus in seiner Erschwernis zum tragenden Weib grandioser Selbstherrlichkeit. Erleben Sie es! Gehen Sie hin! Lassen Sie sich hineinziehen in den Sog der versinkenden Krake, die immer größer geworden ist. Da nützen zwei tote Weibsbilder überhaupt nichts. Es ekelt mich auf derselben Strecke, wie der Berg es ohne gleichlautende Untergangsszenarien aufgibt. Ob Einstein oder Marx, die Erkenntnis opfert sich der angeordneten Unwahrheit. Machen Sie doch Urlaub, dann sterben Sie den gleichen Tod … Sie Polizist, Sie!«

Michael Neumann hatte sich das hier alles ganz anders vorgestellt. Mit mehr Ruhe und in der Hoffnung, fokussiert einem Ziel nachgehen zu können. Jetzt war er wie ein Ertrinkender an einen Steg gestrampelt, der obendrein zu wackeln schien. Aber er glaubte, eine Richtung zu haben.

Es wäre ganz bestimmt besser gewesen, das Gespräch mit Schwabe langsam ausklingen zu lassen. Der alte Mann geriet aber mehr und mehr auch ungefragt ins Brabbeln, was Neumann eine neue geistige Auszeit des bedauernswerten Herrn ankündigte. Deshalb verabschiedete sich der Kriminalist, wobei er darauf achtete, dass Schwabe ganz bewusst von ihm Abschied nahm.

Als sich hinter Neumann die Haustür in der Straße der DSF geschlossen hatte, atmete er tief durch. Nicht nur, um nach der muffigen Luft in der Wohnung jetzt den Sauerstoff in die Lungen zu lassen. Sondern eher, weil er sich befreit fühlte. Ihm schien da etwas gelungen zu sein, was Schwinka und Konsorten nicht in zwei und auch nicht in drei Wochen bewerkstelligt hätten.

Die Lunte an der Bombe brannte.

Lehmann-Brüder

»Kein Feuer!«, rief Manuel Lehmann aus dem Fenster im Dachgeschoss seinem Bruder Carlos zu, der unten auf dem Hof in einem der vier Autos herumkroch.

»Wieso nicht?«, brüllte der Jüngere ebenso lautstark zurück und schob seinen Kopf zwischen Dach und leicht geöffneter Wagentür hindurch, um zu Manuel hinaufzuschauen.

»Keine Ahnung. Wir sollen nich', schreibt er.«

»Dann nich', wir haben eh genug zu tun.« Damit verschwand Carlos wieder im Wageninneren.

Unten schob sich im selben Moment der Kopf der Mutter durch eines der beiden kleinen Küchenfenster. »Was habt ihr schon wieder angestellt?«, kreischte sie.

»Nix«, rief Manuel verwundert zu ihr hinunter.

Und der Haarschopf von Carlos schob sich erneut neben der Autotür in die Höhe. »Wieso denn?«, fragte er laut.

»Ihr habt einen Anruf«, kreischte Mutter Lehmann weiter. »Komm runter, und nimm dein verdammtes Handy mit! Ich bin nicht eure Telefonistin. Wie oft soll ich euch das sagen?«

»Wer is 'n dran, Muddern?«, schrie Manuel.

»Komm runter, Bengel!« Die Stimme der alten Lehmann überschlug sich fast. Sie war wütend geworden.

Manuels Kopf verschwand aus dem Rahmen im Dach und wenig später stand er neben seiner Mutter in der Küche. Die reckte ihm mit ausgestrecktem Arm das Smartphone entgegen, als hielte sie einen vergifteten Gegenstand.

Manuel nahm es und sagte nur kurz »Ja?«, als er es ans Ohr hielt. Der Mann am anderen Ende redete aufgebracht. Das war Mutter Lehmann schon aufgefallen, als er lediglich nach ihren Söhnen verlangt hatte. Manuel schien keinen Mithörer zu wünschen, weshalb er wieder die Treppe hinauf zu seinem Zimmer ging, bevor er das erste Mal etwas sagte: »Ich kann da nich' viel zu sagen.« – »Sie müssen auch nich' so aufgeregt sein!« – »Ich kann da nix sagen.« – »Na, weil ich nix weiß.« – »Werden Se mal nich' so pampig!« – »Wat weiß ich?« – »Wat geht mich Ihr Arsch an?« – »Gehaben Se sich wohl!« Und Manuel drückte das Gespräch weg. Er war für jede Schandtat zu haben, solange die Kohle stimmte. Und gegenüber seinen Auftraggebern hielt er sich grundsätzlich an einen respektvollen Ton, selbst wenn diese sich mal in selbigem vergriffen. Das sah er ihnen nach, denn wer sich der Lehmanns bediente, führte meist Böses im Schilde und war in der Regel wahnsinnig aufgeregt. Aber das, was sich der Typ da am Telefon gerade herausgenommen hatte, ging gar nicht. Erst recht nicht, da der ganze Schmus schon 20 Jahre zurücklag. Was hatten er und sein Bruder mit dem Mist zu tun? Er sah sich weder als Seelsorger, noch als jemand, der die Patzer anderer wieder ausbügelte.

Als Manuel hinunter zu Carlos und seiner Mutter ging, hatte er deshalb das Telefonat auf der halben Treppe schon wieder vergessen. Allerdings lag er mit seiner Lässigkeit diesmal falsch. Auf Rügen entstand gerade ein Sog, der die beiden Lehmann-Brüder mit herunterzuziehen drohte. Ihre Ära schien sich dem Ende zuzuneigen.

Heul nicht

Gabi Schuster war keinen Schritt weitergekommen. Gefühlt hatte sie sich nicht einmal von der Stelle bewegt. Dessen war sie sich bewusst, als sie am Sonntag nach dem Frühstück ausgecheckt hatte und nun mit Horsts Auto auf der Insel ihre Runden drehte. Sie würde so lange fahren, bis der Tank fast leer wäre, dachte sie. ›Dann muss er morgen früh erst einmal zur Tankstelle!‹

Sie fuhr von Binz nach Bergen, weiter nach Altefähr und wieder zurück. Dann nach Sassnitz, von dort hoch bis Putgarten – und wieder zurück. Das ging so circa drei Stunden, bis sie ihr Tun anzuöden begann. Kurz hinter der Abfahrt nach Hagen fuhr sie rechts ran und stoppte. Sie schaltete den Motor aus, senkte den Kopf aufs Lenkrad und fing an, bitterlich zu weinen. Zeitweise ging sie in ein zorniges Heulen über. Sie tat sich unfassbar leid. ›Womit habe ich das nur verdient? Womit?‹, dachte sie. ›Solch ein scheiß Leben!‹ Dabei überkam sie erneut das Gefühl der absoluten Ausweglosigkeit.

Plötzlich dachte sie an Selbstmord. Sie hörte auf zu weinen. »Ja, mein Gott? Was wäre, wenn?« Dabei lächelte sie leicht und hob wieder den Kopf. Vor sich sah sie die düstere Straße, beiderseits gesäumt von dunklen Buchenwäldern. Wenn sie ihrem Dasein hier ein Ende setzen würde, würde man sie vermutlich gar nicht so leicht finden. Naja, das Auto. Das fänden sie natürlich sofort. Und damit logischerweise auch sie. Aber war es nicht völlig gleichgültig, was nach ihrem Ableben passierte? Hauptsache erlöst.

Dann sah sie das Gesicht ihres Mannes vor ihrem geistigen Auge. Und das machte sie wütend. So wütend, dass sie mit den flachen Händen mehrfach aufs Lenkrad schlug. Das tat weh. Aber auch gut. ›Nein‹, dachte Gabi, ›ich werde dem nicht das Feld überlassen. Bevor ich abtrete, mach ich ihm sein Leben noch so richtig zur Hölle! Und vielleicht sollte ich ihn umlegen, bevor ich mir etwas antue?!‹

Jason kam ihr nicht eine Sekunde in den Sinn.

Als Gabi gegen 15.30 Uhr wutschnaubend in die Wohnung stürmte und Horst sie stehend im Rahmen der Wohnzimmertür willkommen heißen wollte, sprang sie ihn unvermittelt an und stieß ihn in den Raum, dass er rücklings auf den Tisch krachte. Die Tonschüssel darauf ging zu Bruch. Und als sich Horst berappelte und auf die Beine kommen wollte, brach der Tisch unter ihm zusammen.

»Du Ratte, du Loser, du ekelhafte Kreatur!«, schrie Gabi. »Du hast mir alles genommen. Du Waschlappen …!«

Horst stand wieder vor ihr, seine Augen flackerten wild. »Bist du bescheuert?«, brüllte er so laut, dass in das Wort »bescheuert« ein Kiekser rutschte.

Gabi fand das merkwürdigerweise urkomisch. Hysterisch riss sie den Mund auf und lachte, als hätte sie gerade den besten Witz der Menschheitsgeschichte gehört.

Da griff Horst zu und umschlang ihren Hals mit seinen Händen.

Gabi wand sich, schlug auf ihn ein, traf ihn an der Schläfe, der Nase, mehrfach am Mund und an den Wangen, schlug auf die Augen – Horst ließ aber nicht locker. Gabi rang nach Luft, zappelte, trat nach ihm – bis sie ihr rechtes Knie in seine Hoden rammte. Da lockerte sich der Griff, Horst gab sie frei. Beide standen sich schnaufend gegenüber und starrten vor sich hin. Gabi griff sich an den Hals. Horst sank zu Boden und biss die Zähne zusammen. Der Schmerz in den Lenden wurde gerade unerträglich.

»Wolltest mich wohl umbringen?«, japste Gabi. »So viel Courage hätte ich dir gar nicht zugetraut.«

»Ach, halt's Maul!«, stöhnte Horst. Er drehte sich auf die Seite und versuchte weiter, gegen den Schmerz anzugehen.

Gabi setzte sich auf die Couch. Mit pochendem Herzen schaute sie auf die demolierte Einrichtung. »Alles kaputt«, sagte sie traurig.

Horst quälte sich hoch und hielt sich dabei an der Couchlehne fest. Er ließ sich neben seiner Frau nieder und schnaufte erschöpft. Ihm taten jetzt, nachdem der Hodenschmerz nachließ, langsam auch die anderen Körperstellen weh, an denen Gabi ihm zugesetzt hatte. Am Schlimmsten war es im Gesicht. Eine Augenbraue hatte einen tiefen Riss. Am Mund entwickelten sich zwei Schwellungen, eine davon blutete. Horst bemerkte, wie Blut in sein rechtes Auge floss, die aufgeplatzte Lippe schmeckte er.

»Wir müssen hier aufräumen«, sagte Gabi kalt.

»Ich bringe den Tisch in den Keller«, entgegnete Horst und erhob sich schon wieder.

»Wo ist Jason?«, fragte Gabi.

»In seinem Zimmer.«

»Jaiiiiiiison!«

Der Junge kam zur Tür heraus und weinte.

»Heul nicht!«, fuhr Gabi ihn an. »Hilf deinem Vater beim Aufräumen! Dem war der Tisch im Wege.«

Schluchzend ging er Horst ohne Widerrede zur Hand, der sich erst noch mit seinem Stofftaschentuch die blutenden Stellen im Gesicht abgetupft hatte. Jason sah ihn nicht an, auch die Mutter nicht. Er kannte solche Ausbrüche bereits. Und der Instinkt des Kleinen sagte ihm, dass es besser wäre, sich zurückzuhalten und niemanden zu reizen.

Horst hob die Tischplatte an, Jason nahm die zwei abgebrochenen Beine auf. Dann brachten beide die hölzernen Teile des Wohnzimmertisches hinunter.

Gabi erhob sich. Sie ließ die Arme baumeln, den Kopf hängen. »Alles scheiße!«, sagte sie. Dann bereitete sie Eimer, Wischlappen, Reinigungsmittel, Desinfektionsspray, Staubsauger und Putztücher vor und begann, die Wohnung zu reinigen. Sie fing wie immer mit dem größten Raum an. Der war wegen der Rangelei diesmal auch am meisten verschmutzt. Als Horst und Jason nach gut einer Viertelstunde zurückkamen – sie hatten sich im Keller noch ein bisschen Zeit gelassen und die Regale sortiert – war Gabi wieder mitten in ihrer Routine. »Wohnzimmer ist tabu«, rief sie. »Und wer noch einmal auf Toilette will, sollte das jetzt tun.«

Jason und Horst gingen beide nacheinander. Danach zog sich der Junge in sein Zimmer zurück und räumte auf. Seine

Mutter hasste es, wenn beim Putzen ständig Spielsachen im Weg standen. Die zertrat sie dann oder warf sie einfach weg. Um das zu vermeiden, hatte Jason damit begonnen, sonntags in seinem Zimmer für perfekte Ordnung zu sorgen.

Horst schnappte sich seine Zigaretten sowie eine Zeitung und flüchtete auf den Balkon. Dort hielt er tatsächlich über zwei Stunden durch. Womöglich auch, weil er für fast 45 Minuten eingenickt war. Raus musste er heute nicht mehr. Höchstens vorm Schlafengehen zum Pinkeln. Aber selbst das umging er schon lange so gut wie möglich, indem er den ganzen Sonntag fast nichts trank.

Als alle drei dann gegen 19 Uhr am Abendbrottisch saßen – sonntags war Gabi diesbezüglich wegen ihres Putzprogramms flexibel –, drehte sich die knappe Konversation nur um das Essen. Danach wusch Jason sich und ging zu Bett. Gabi und Horst stellten ihre Getränke jeweils auf einen ins Wohnzimmer geholten Küchenstuhl, setzten sich pünktlich zum »Tatort« vor den Bildschirm und schauten den Kriminalisten schweigend beim Ermitteln zu. Zwischendurch hörte sie ihn ab und zu vom Bier leise rülpsen, und er nahm wahr, wie sie schlürfte und tiefe Seufzer von sich gab.

Als der Abspann lief, senkte sie betrunken ihren Kopf in seinen Schoß, er zog die Schlafanzughose runter und kam heute schon nach nur drei Minuten.

Wie Hänsel und Gretel

Die Morgenkonferenz der Mordkommission in Bergen stand im Zeichen der weiteren Vorgehensweise. Zuerst berichtete jedoch Danilo Schobel von seiner Wochenendtätigkeit. Nach den Meldeinformationen aus der Datenbank konnte er die in Büros oder Gewerbebetrieben arbeitenden Teams im Umfeld der von der Kamera aufgenommenen Szenen am Discounter zusammentragen. Ein paar Trenter waren auch dabei. Damit könnte die gesamte Befragungsrunde durch zwei Ermittlerteams an einem Tag zu packen sein.

Michael Neumann gab sich enthusiastisch. Auch er erzählte von neuen Erkenntnissen aus dem Studium der alten Akte an den beiden freien Tagen. Er sprach von aufschlussreichen Inhalten, die jedoch noch nicht vollständig ausgewertet seien. Der Kommissar strahlte aber Zuversicht aus.

Diana Chupaski unterrichtete die Kommission von ihrer Begegnung mit der Sekretärin des Stralsunder Oberbürgermeisters, die ihr von schweren Zerwürfnissen in der Partnerschaft des zweiten Opfers, Paula Kische, berichtet habe.

Karsten Schwinka wies darauf hin, dass es berechtigte Gründe zu der Annahme gab, dass der Mörder aus Trent stammen könnte. »Wir werden trotzdem heute in Sassnitz beginnen«, sagte er der versammelten Mannschaft. »Wir werden dort, wie Hauptmeister Schobel mitteilte, auf Personen stoßen, die in Sassnitz zwar arbeiten aber aus Trent stammen. Damit könnten wir möglicherweise einen entscheidenden Schritt getan haben. – Kriminalpolizeihauptmeister Urban?« Schwinka richtete seine Ansprache direkt an einen Anklamer Kollegen, der bisher die Lebensläufe der Trenter Einwohner durchleuchtete. »Sie und Hauptmeister Chupaski begleiten uns heute nach Sassnitz!«

Als im Büro des Bergener Kripo-Chefs das Quartett wenig später zusammensaß, ging Schwinka ins Detail. »Ich bin froh gewesen, dass sich heute niemand vorlaut nach den ›berechtigten Gründen zur Annahme‹ erkundigt hat«, schmunzelte der Oberkommissar. »Es ist im Moment noch extrem wichtig, dass diese Gründe nicht ins gesamte Team getragen werden, sondern vorerst in diesem Kreis bleiben. Und zwar können wir davon ausgehen, dass sich der mutmaßliche Täter am Sonnabendnachmittag während des Unwetters in die unmittelbare Nähe des Trenter Tatorts begeben hat. Das wiederum bestärkt mich in meiner Vermutung, dass er aus dem Dorf stammt.«

»Ist nachvollziehbar«, sagte Jens Urban.

Der Hauptmeister war Schwinka nicht unbekannt, hatte er doch schon beim Störtebeker-Fall in der Kommission mitgearbeitet und einen überdurchschnittlichen Eifer an den Tag gelegt. Darüber hinaus wäre Urban nach Chupaski Schirners zweite Wahl für das Ermittlerteam gewesen, das Schwinka anfangs sowieso gern auf vier Polizisten aufgestockt hätte. Jetzt war er also dabei. Jens Urban gehörte zu jenen Polizisten, bei denen alles in bester Ordnung schien. Perfektes Familienleben, exakte Erledigung sämtlicher Aufgaben, hohes Fachwissen, Lerneifer, höfliches und respektvolles Auftreten, konfliktvermeidend. Bei so viel Sonne würden vermutlich bei den meisten Vorgesetzten die Alarmglocken schrillen, denn stille Wasser sind tief und dreckig. Aber Schwinka hielt es grundsätzlich für möglich, dass es vollkommen ausbalancierte Lebensumstände gab. Warum denn auch nicht?

»Ich glaube nicht, dass sich jemand von außerhalb ausgerechnet den Sturm auswählt, um den Ort seines Verbrechens noch einmal aufzusuchen«, fügte der 38-jährige Urban hinzu.

»Darf ich fragen, woher die Information kommt?«, meldete sich Diana Chupaski zu Wort.

Schwinka lächelte. »Von mir«, sagte er

»Wie, von Ihnen?«, wunderte sich die junge Polizistin.

»Nun, ich war da.«

»Im Sturm?«

»Tja, ich weiß nicht genau, was das über mich aussagt, wenn ich bedenke, dass ein Frauenmörder womöglich auf die gleiche Idee gekommen ist wie ich – aber ja, im Sturm«, entgegnete Schwinka.

Chupaski zeigte ein fröhliches Lächeln, dass ihre Zähne blitzten. Auch die beiden anderen Männer konnten sich eine amüsierte Grimasse nicht verkneifen.

Schwinka erläuterte Chupaski und Urban noch den Grund dafür, warum er sich beinahe sicher war, es mit dem Gesuchten zu tun gehabt zu haben. Ebenso setzte er sie davon in Kenntnis, wie die Begegnung abgelaufen war.

»Wissen Sie, Herr Schwinka, wenn ich an Ihrer Stelle wäre, würde ich diese Begegnung vorerst auch für mich behalten«, sagte Urban. Und das ganz ohne Ironie. »Ich würde sogar so weit gehen und Trent ein paar Tage ruhen lassen, damit unser spezieller Freund den Eindruck gewinnt, dass dieses Aufeinandertreffen ihm keinen Nachteil gebracht hat.«

»Das ist durchaus ein guter Gedanke«, meinte Schwinka. »Allerdings müssen wir verhindern, dass sich der Mörder ein weiteres Opfer sucht. Und das können wir nur, wenn wir jeden Tag in Windeseile jedem Hinweis nachgehen.«

»Und was machen wir nun mit Trent?«

»Genau das, was Sie eben gesagt haben, Herr Urban: Wir lassen es ruhen. Aber nicht, um den Gesuchten in Sicherheit zu wiegen, sondern um so schnell wie möglich jene Männer zu durchleuchten, die da in Sassnitz ihr Tagewerk verrichten, aber eigentlich in Trent zu Hause sind. Ich habe bisher drei Namen, die Hauptmeister Schobel in unseren allwissenden Datenbanken fand. Denen schauen wir ganz genau ins Gesicht, und die werden als Zeugen vernommen. Wir besprechen das noch ein bisschen genauer vor Ort.«

Während Schobel, Chupaski und Urban zum Dienstwagen gingen, bog Schwinka noch in ein Büro ab, in dem die beiden Polizisten arbeiteten, die sonnabends im Wald an der Stubbenkammerstraße die Fotos und Filme gemacht hatten.

»Ganz dünne Ausbeute«, sagte der größere der beiden Beamten. »Es waren vor allem Pärchen dort, die in dem Waldstück herumirrten wie … nun wie …«

»Wie Hänsel und Gretel?«, fragte Schwinka.

»Ja, genau – wie Hänsel und Gretel. Völlig orientierungslos. Die meisten zogen auch sehr schnell enttäuscht weiter. Sie hatten sich wohl mehr Grusel versprochen.«

»Gab es überhaupt etwas Verwertbares?«

»Sehen Sie hier!«, sagte der Große und machte an seinem Computer Platz für Schwinka, indem er mit seinem Stuhl ein wenig nach hinten rollte.

Der betrachtete auf dem Bildschirm die Fotos zweier Personen, die sich jeweils äußerst neugierig über jene Stelle beugten, an der der Mord an Paula Kische geschehen war.

»Die wirkten beide sehr schrullig und kamen unmittelbar hintereinander – als hätten sie sich abgelöst.«

»Waren Sie darüber hinaus auffällig?«

»Nun, ein bisschen schon«, sagte der Anklamer Polizist weiter. »Sie gingen sehr langsam, als würden sie etwas hören oder wittern, das niemand anderes sonst wahrnahm.«

»Hinweise auf ihre Identitäten?«

»Ja, die Namen und Adressen.«

»Ups, können Sie zaubern?«

»Nö, aber beide waren mit Autos angereist, sodass wir ihre Identität über die polizeilichen Kennzeichen herausbekommen haben.« Der Große griente breit.

Und Schwinka freute sich, bei der Wahl der Männer für diese doch recht heikle Aktion offenbar ein glückliches Händchen gehabt zu haben.

»Beide sind aus Sassnitz«, sagte der Wortführer, dessen Kollege während des Gesprächs weiter seiner Tätigkeit am Computer nachging. »Maik Bukwitz, 36 Jahre alt, alleinstehend, arbeitslos seit sieben Jahren, lebt bei der Mutter, mit 7364 Euro verschuldet, ansonsten bisher nicht mit dem Gesetz in Konflikt gekommen. Der andere heißt Thomas Müller, ist nicht Stürmer beim FC Bayern, stammt aber aus dem Allgäu, lebt seit zwölf Jahren auf Rügen, arbeitslos, CDU-Mitglied und – Achtung, jetzt kommt's – stand schon mal in Verdacht, kinderpornografisches Bildmaterial verbreitet zu haben. Die Ermittlungen gegen ihn wurden aber aus Mangel an Beweisen eingestellt. Das war aber alles noch im Süden. Unmittelbar nach der Einstellung des Verfahrens zog er hierher.«

»Interessant«, sagte Schwinka. »Was wir hier auf der Insel alles so für Leute zu laufen haben?!«

»Man steckt nicht drin.«

»Ich brauche die Anschrift des Allgäuers!«, verlangte Schwinka. »Und schicken Sie mir mal alles rüber, was da im Zuge der Ermittlungen zusammengetragen wurde. Der Mann macht mich neugierig.«

»Wird erledigt!«

Schobel, Chupaski und Urban waren im Auto in ein Gespräch vertieft, als Schwinka endlich zu ihnen stieß. »Wir haben gerade die Möglichkeit am Wickel, dass unser Täter ja tatsächlich jeden Tag sein nächstes Opfer suchen könnte«, sagte Schobel zusammenfassend und startete den Wagen, nachdem der Chef zugestiegen war.

Und während dieser den Wagen rückwärts aus Parklücke lenkte, sagte Urban: »Das ist eine extrem beschissene Situation. Irgendwie bekommt man das Gefühl, nichts richtig machen zu können. Denn wenn tatsächlich noch jemand stirbt, findet man doch ständig Dinge, die man hätte besser machen können und die dann womöglich den Tod eines weiteren Menschen verhindert hätten.«

»Da sind mir viel zu viel ›hätte‹ in der Aussage«, erwiderte Schwinka. »Die Kriminaltechnik ist zwar schon sehr weit, in die Zukunft gucken können wir leider noch nicht.«

»Aber tun wir wirklich alles, um ihn so schnell wie möglich zu kriegen?«

»Das kann ich Ihnen versichern, Herr Urban«, sagte Schwinka. »Und trotzdem: Selbst wenn wir mit 180 fahren, kann er uns überholen.«

»Dann müssen wir mit 200 fahren!«

»Dafür reicht im Moment das Benzin noch nicht.«

Gekränkte Eitelkeit

Pjotr Dückert kam schon Montagvormittag kaum dazu, seiner eigentlichen Tätigkeit nachzugehen. Unentwegt klingelte das Telefon. Pressevertreter erkundigten sich nach dem Stand der Ermittlungen im Fall der zwei toten Frauen auf Rügen. Dabei stellte Dückert fest, dass einige der Journalisten nicht einmal wussten, worum es ging. Sie hatten weder bereits erschienene Beiträge gelesen, noch seine verschickte Mitteilung zu Gesicht bekommen. Langsam fiel es ihm schwer, Ruhe zu bewahren.

Wieder düdelte der digitale Ton seines Bürotelefons. »Oberstaatsanwalt Dückert, Staatsanwaltschaft Stralsund. Guten Tag!«, betete er herunter, als er den Hörer ans Ohr hielt.

»Ja? Hallo? Bin ich da bei der Staatsanwaltschaft in Stralsund?«, fragte ein hörbar abgelenkter Mann am anderen Ende der Leitung.

»Sind Sie, aber das sagte ich bereits«, entgegnete Dückert.

»Ach ja … naja … Sempershoven, FAZ. Ich rufe Sie wegen ihres Serienkillers in Rügen an«, sagte der Journalist. Deutlich vernehmbar zog er an einer Zigarette und blies den Rauch noch lauter wieder aus.

»Wir haben keinen Serienkiller und Rügen ist eine Insel.« Dückert drehte mit den Augen.

»Wie? Eine Insel? – Jaja, ich weiß. Ist das von Belang?«

»Es heißt ›auf‹, nicht ›in‹.«

»›Nichtin‹, welche ›Nichtin‹? – Sorry, verstehen Sie mich nicht? Ich rufe wegen des Serienkillers an …«

»Doch, ich verstehe Sie sehr gut.« Dückert wurde energisch. »Aber Sie scheinen mir nicht zuzuhören. Und wer mir nicht zuhört, bekommt von mir auch keine Auskunft.«

»Moment mal, Herr Staatsanwalt ...!«

»Oberstaatsanwalt, so viel Zeit muss sein.«

»Oberstaatsanwalt eben ... Hören Sie! Sie sind der Öffentlichkeit gegenüber zur Auskunft verpflichtet – und ich verkörpere die Öffentlichkeit. Es wäre also nicht ratsam, mir diese Auskunft zu verweigern!«

»Mooooment!« Dückert wurde jetzt sehr laut. »Sie wollen mir zu etwas raten? Gaaanz vorsichtig, würde ich da mal sagen! Von Ihnen werde ich definitiv keine Ratschläge annehmen. Und wenn ich Ihnen etwas raten darf: Wenn Sie etwas wissen wollen, verlange ich ein Mindestmaß an Höflichkeit. Kriegen Sie das nicht auf die Reihe, können Sie sich Ihre Informationen woanders holen.«

»Ha!« Bei dem Reporter war die gekränkte Eitelkeit allein in diesen beiden zusammengefügten Buchstaben herauszuhören. »Na, da werde ich mir meine Informationen mal woanders holen. Auf Sie bin ich nicht angewiesen. Vielleicht haben Sie nicht mitbekommen, mit wem Sie es gerade zu tun haben – ich bin von der FAZ.«

»Ist mir egal, ich lese diese Zeitung nicht«, unterbrach Dückert den Journalisten.

»Na dann, schönen Tag noch!«, bellte der Mann am anderen Ende und legte auf, ohne einen Gruß Dückerts abzuwarten.

Der meinte beim Auflegen nur: »Na, mal sehen, was du dir zusammenklaubst.«

Der Oberstaatsanwalt, mit der Leitung der Ermittlungen im Falle der Tötungen von Krista Schildt und Paula Kische betraut, war heute von den Presseanrufen genervt, hatte er doch ganz andere Baustellen. Die erste war der DNA-Reihentest für Trent. Der zuständige Richter hatte schnell reagiert und diesen mit Vorbehalten abgelehnt. Die Faktenlage für solch einen Eingriff in die Persönlichkeitsrechte der Einwohner sei noch zu dünn. Und zähneknirschend musste Dückert dem Richter innerlich recht geben. Trotzdem vertrat er genau wie der Chef-Ermittler der Kripo in Bergen, dieser Schwinka, die Ansicht, dass der Massentest in Bezug auf das Trenter Verbrechen einer raschen Aufklärung sehr förderlich sein könnte. Allerdings fehlten ihm schlagende Argumente, denn die Gefahr einer weiteren Tat hatte Dückert schon angebracht.

Und Karsten Schwinkas Antrag zur Wiederaufnahme der Ermittlungen im Fall der beiden auf Rügen getöteten Frauen von 1997 lag ihm vor. ›Typisch Polizisten‹, dachte Dückert. ›Die wollen mal wieder irgendwo rumstochern und ich soll dann begeistert ›Ja‹ sagen. Liegen neue Erkenntnisse vor? Nein! Gibt es Zeugenaussagen, die einen neuen Aspekt eingebracht haben? Nein! Gibt es Neues aus den Laboren? Nein! – Aber mal eben so ein altes Ermittlungsverfahren wieder aufnehmen, nachdem selbst die dringend Tatverdächtigen wieder in Ruhe gelassen werden mussten. Schwinka muss liefern, vorher geht da nichts.‹

Pjotr Dückert startete seinerseits eine Telefonrunde, was ihn vorerst von lästigen Journalistenanfragen befreite. Seine erste Intervention brachte nichts. Der zuständige Richter blieb bei seiner Entscheidung und betonte noch einmal, dass er die Dringlichkeit für einen Massentest nicht sehe. Danach folgten Anrufe im Labor der Rechtsmedizin in Greifswald und bei der Mordkommission in Bergen, um sich über aktuelle Entwicklungen unterrichten zu lassen. Es hätte ja etwas dabei sein können, was bei der Argumentation gegenüber dem Richter hilfreich gewesen wäre. Und so völlig frei von Illusionen Dückert sein Gespräch mit den Kollegen auf Rügen in Angriff nahm, so überrascht war er über die Fülle an neuen Informationen, die ihm durch Schwinkas Stellvertreter Ralf Hortung übermittelt wurden. »Tatsächlich? Es gibt da Verdachtsmomente in Richtung des Lebensgefährten der Toten aus Sassnitz?«, fragte Dückert nach dem kurzen Bericht des Kriminalkommissars. »Das ist ja ein Ding. Sind Sie da dran?« – »Noch niemand? Wieso denn nicht?« – »Einen Trenter wollen Sie einkreisen? Macht das Sinn?« – »Klingt nach einer Sisyphusarbeit« – »Kriegen die Kollegen …« – »Kriegen die Kollegen das heute noch hin?« – »Ich brauche die Infos auf dem schnellsten Wege. Sagen Sie ihm das! Egal wann, er kann mich auch nachts anrufen. Wenn wir die Reihenuntersuchung wollen, müssen wir Argumente liefern. Und schnappen Sie sich diesen Teichmann!« – »Wie? Teichert?« – »Dann eben Teichert.« – »Und sagen Sie ihm, ich will mit ihm auch wegen der Wiederaufnahme von 1997 reden.« – »Alles klar? Na, denn!«

Die nächsten Stunden galten vor allem erneut der Pressearbeit. Eine Mitteilung würde er vor Ende der Woche auf gar keinen Fall schreiben wollen. Wenn die Presseleute Informationen benötigten, riefen sie ja sowieso an. Und sogar wieder dieser Typ aus Frankfurt.

»Sempershoven, FAZ. Herr Oberstaatsanwalt?«

»Ja, am Apparat.«

»Wollen wir noch einmal von vorn anfangen?« Der Reporter hatte mit seiner alternativen Recherche offenbar nichts erreicht und klang jetzt bedeutend freundlicher.

»Sie können es ja versuchen«, entgegnete Dückert, der Situationen, in denen andere zu Kreuze krochen, über alles liebte.

»Sie haben ja diese Morde da auf ihrer Insel … Wie ist denn der Stand der Ermittlungen?«

»Kennen Sie meine Mitteilung aus der letzten Woche?«

»Ja … ähm, ja … zwei ermordete Frauen.«

»Nun, das war nicht meine Mitteilung«, sagte Dückert, der sich darüber amüsierte, wie unvorbereitet diese Journalisten großer Zeitungen oft waren. »Aber fragen Sie mich!« So leicht wollte er es dem Reporter nun auch wieder nicht machen.

»Haben Sie schon Untersuchungshaft gegen einen bestimmten Verdächtigen angeordnet?«

»Nein, habe ich nicht.«

»Gibt es überhaupt schon jemanden, auf den Sie ihren Fokus legen?«

»Das ist etwas, was ich Ihnen aus ermittlungstaktischen Gründen nicht sagen kann.«

»Mmh. Gibt es Erkenntnisse darüber, wie die Frauen zu Tode gekommen sind?«

»Dass es zwei Frauen waren, haben Sie gesagt. Aber ich bin gnädig und bestätige Ihnen das hiermit. Und ja, wir haben Erkenntnisse über die Todesart, werden darüber aus ermittlungstaktischen Gründen aber nichts an die Öffentlichkeit geben.«

»Wird es einen DNA-Massentest geben?«

»Weiß ich nicht.«

» …«

»Nein, tatsächlich. Das kann ich Ihnen zum jetzigen Zeitpunkt nicht sagen, weil es dazu keine Entscheidung gibt.«

»Aber Sie haben vor, einen zu machen?!«

»Es böte sich an.«

Sempershoven holte tief Luft. Er ärgerte sich über die Art des Oberstaatsanwalts, selbst wenn er etwas sagte quasi nichts zu sagen. Und er hatte von der Chefredaktion die Aufgabe erhalten, tiefer als alle anderen zu gehen – Informationen anzubieten, die wirklich neu waren. Derzeit sah es diesbezüglich schlecht aus. »Herr Oberstaatsanwalt, können Sie mir unter Umständen einen Tipp geben, an wen ich mich auf Rügen wenden könnte, der mir ein Stimmungsbild zeichnet oder …?«

»Nein, kann ich nicht, Herr Sempershausen. Haben Sie sonst noch irgendwelche Fragen?«

»Ähm, vielen Dank! – Nein habe ich nicht.«

»Na dann …!« Dückert legte auf. ›Soweit kommt es noch, dass ich einem Arsch wie dir irgendwelche Tipps gebe!‹, dachte der Oberstaatsanwalt und presste sein dünnes Haar mit kräftigem Druck nach hinten.

Leben und leben lassen

Michael Neumann hatte Mühe, seine Aufregung zu unterdrücken. Während Steffen Dorvitz an diesem Montagmorgen mit leuchtenden Augen seinen Computer anschaltete und voller Enthusiasmus weiter an die Sichtung der Dokumente von 1997 ging, blickte Neumann auf seinen Bildschirm wie auf eine Scheibe aus blindem Milchglas. Der Polizist hatte eins und eins zusammengezählt und war überzeugt davon, dass sich Schwabes Zorn gegen führende Touristiker der Insel richtete. Damit könnte der Schlüssel zur Aufklärung der Morde genau bei denen zu suchen sein. Also spulte er in seinem Kopf alle Leute aus der Tourismusbranche herunter, die er gut kannte. Das begann schon mit dem Geschäftsführer der Rügener Tourismusvereinigung, Wolfgang Perkert, der diese Funktion seit acht Jahren innehatte. Neumann, der grundsätzlich jede Gelegenheit nutzte, sich mit Funktionsträgern anzufreunden, war natürlich auch mit dem Mann recht vertraut. Und der Kriminalpolizist wäre taub und blind gewesen, hätte er in den vergangenen Jahren nicht mitbekommen, dass da bei den Tourismusorganisierern von Rügen so einiges nicht mit rechten Dingen zuging. Aber Neumann agierte zuerst nach dem Prinzip »Leben und leben lassen«, und danach kam bei ihm gleich »Eine Hand wäscht die andere«. Allerdings – was konnte Perkert mit möglichen Unregelmäßigkeiten von vor 20 Jahren zu tun gehabt haben? Da war der noch ein aufstrebender Pensionsbetreiber und bestenfalls ein unbedeutendes Mitglied im Vorstand. Wenn überhaupt. Michael Neumann spielte zwei Optionen durch. Zum einen konnte er Perkert den Tipp geben, dass er in Kürze damit rechnen musste, Besuch von der Kriminalpolizei zu bekommen. Die würden dann seine Geschäftsgebaren durchleuchten. Zum anderen könnte er den Hotelier ins offene Messer laufen lassen, indem er, Neumann, in angeblich vertraulichen Unterhaltungen Informationen zusammentrug, die für die Lösung des Falls vielleicht entscheidend waren. Dann rollte aber auch Perkerts Kopf. Und würde er den Touristiker nicht vielleicht doch noch irgendwann brauchen? Sein Entschluss stand fest.

Michael Neumann packte zusammen, räumte den Computertisch auf, schaltete sein Gerät aus und stand auf.

Dorvitz verfolgte das Treiben seines Kollegen verwundert. »Hey, was ist los?«, fragte er.

»Ich habe heute noch ein paar Termine«, entgegnete Neumann. »Privater Natur. Wenn Hortung fragt, sag ihm, ich bin wegen ganz furchtbarer Schmerzen beim Zahnarzt, okay?«

»Klar, warum nicht«, meinte Dorvitz. »Aber warum sagst du ihm das nicht selbst?«

»Der fragt immer so viel.«

»Kommst du noch mal wieder?«

»Nee, glaube nicht. Also rechne nicht mit mir. Über Neues unterhalten wir uns morgen früh.«

Michael Neumann nahm seinen privaten Wagen. Zwar waren die Dienstfahrzeuge sowieso unterwegs, aber selbst, wenn noch eines der Autos vor dem Reviergebäude gestanden hätte, wäre er mit seinem eigenen losgefahren. Aus dem Auto rief er Perkert in dessen Hotel in Glowe an. Glück gehabt, Wolfgang Perkert war da – und er nahm sich Zeit für den Polizisten, hatte der doch von dringenden Angelegenheiten gesprochen.

Neumann genoss es, vom Personal wie ein Bundeskanzler behandelt zu werden: Einer der Angestellten übernahm seinen Wagen und fuhr ihn auf den Hotelparkplatz, ein zweiter bot ihm sofort etwas zu trinken an, der nächste bemühte sich sogar, ein belangloses Gespräch mit ihm zu führen, um die Zeit bis zu Perkerts Eintreffen zu überbrücken und eine Servicekraft machte im Foyer einen kleinen Tisch zurecht, als wollte Neumann ein Fünf-Gänge-Menü verzehren.

Als sich Wolfgang Perkert nach circa zehn Minuten endlich dazugesellte, hatte Neumann seinen Kaffee ausgetrunken und sogar noch zusätzlich ein Stück Torte verzehrt, das ihm auf der Zunge zergangen war. Die hauseigene Konditorei hatte es drauf. »Na, Herr Neumann, was ist denn so dringend? Sie klangen geradezu aufgeregt«, kam Perkert gleich zur Sache, der den Polizisten zwar nicht leiden konnte, diese Verbindung mit ihm aber vorteilhaft fand.

»Erst einmal danke für die zuvorkommende Behandlung«, katzbuckelte der Kommissar.

»Oh, das ist gar kein Problem«, sagte der Hotelier. »Immer wieder gern«, log er.

»Sie sind wirklich sehr freundlich«, setzte Michael Neumann noch hinzu, weil er glaubte, dem Geschäftsmann damit zu gefallen und dass man das in dessen Kreisen so machte. Dabei wirkte der Polizist bemitleidenswert unbeholfen.

Perkert hob gönnerhaft die Rechte, kniff die Augen zusammen und schüttelte leicht den Kopf, was so viel wie »Keine Ursache« heißen sollte.

»Nun gut, Herr Perkert«, begann daraufhin Neumann, »es ist ein sehr pikantes Thema. Und ich möchte von ihnen keineswegs missverstanden werden. Betrachten Sie mich als Ihren Freund.«

»Oh, danke für dieses liebenswerte Angebot«, wurde Perkert ein klein wenig ironisch.

Neumann bemerkte es nicht. Er konzentrierte sich ganz auf sein Anliegen und darauf, wie er es dem Touristiker rüberbringen konnte. »Wissen Sie, Herr Perkert, wir haben doch derzeit auf der Insel zwei Todesfälle«, sagte der Kripo-Mann.

»Nun ja, ich las davon.«

»Im Zuge der Ermittlungen dazu ist noch einmal ein 20 Jahre alter Fall hochgekommen, der damals nicht gelöst werden konnte.«

Perkert stutzte. Er wusste sofort, worum es ging. Und er begriff ebenso schnell, dass der Weg des Polizisten nicht durch Zufall in sein Haus geführt hatte. »Mmh, mmh«, murmelte er nur und lächelte etwas aufgesetzt.

»In diesem Fall sind neue Erkenntnisse zutage getreten«, redete Neumann weiter. »Und diese führen zu den Touristikern der Insel.« Der Polizist hatte soeben eine Grenze überschritten, die ihn nicht nur seine Stellung in Bergen, sondern sogar den Job kosten konnte. Aber das hatte Neumann schon am Sonntag und in den wachen Nächten erfolgreich verdrängen können.

»Ach so?«, sagte Perkert. »Und warum kommen Sie da ausgerechnet zu mir?« Dem Hotelier kroch der Schweiß aus den Poren. Sollte er sich so sehr in diesem Neumann getäuscht haben? Der war scheinbar gar nicht der sich überall anbiedernde Emporkömmling, sondern womöglich ein Mann, der alles mit Berechnung tat.

»Ich bin hier, um Ihnen zu versichern, dass ich diese Verdächtigungen für absurd halte«, sagte Neumann.

Perkert stutzte erneut. Was sollte er davon halten?

Neumann gab die Antwort. »Es wird mit großer Wahrscheinlichkeit nicht zu umgehen sein, dass meine Kollegen auch in Ihrer Branche ermitteln. Allerdings werden jene, die zum richtigen Zeitpunkt die richtigen Schritte tun, definitiv einen Vorteil haben …« – ›Ob er diesen Wink wohl verstanden hat?‹, dachte Neumann und schaute sein Gegenüber mit großen Augen an.

Perkert saß locker in seinem olivgrünen Sessel, den linken Arm auf der Lehne, als hätte er ein Mädchen im Arm. Das dunkelblaue Jackett hatte er offen, sodass sein weißes Hemd einen kleinen Bauchansatz preisgab. Die Beine waren übereinandergeschlagen, die baumelnde Fußspitze wippte leicht wie im Rhythmus eines imaginären Liedes. Das glattrasierte Gesicht mit den jugendlichen Zügen und der leicht schiefen Nase blieb entspannt. Natürlich hatte er verstanden. Wenngleich der Mann sich immer noch fragte, aus welchen

Beweggründen der Beamte diese Unterhaltung führte. Denn bisher fand Perkert die Vorgehensweise des Polizisten ziemlich plump. »Nun, ich habe natürlich nichts dagegen, dass Ihre Kollegen ihre Arbeit tun«, sagte der Geschäftsmann deshalb. »Allerdings muss ich doch darum bitten, diskret vorzugehen. Denn wenn publik wird, dass die Polizei in einigen der Häuser des RTV Ermittlungen durchführt, könnte sich das auf die Buchungen auswirken.«

»Vielleicht könnten ein paar Häuser verschont werden, wenn es uns in Bezug auf andere Häuser etwas leichter gemacht wird. Verstehen Sie?«

Auch das verstand Perkert. Allerdings konnte er sich beim besten Willen nicht vorstellen, dass dieser Polizist vor ihm tatsächlich erwartete, er möge andere Pensionsbetreiber oder Hoteliers anschwärzen, um selbst ohne Blessuren aus einer Ermittlung herauszukommen, die es bisher noch nicht einmal gab. »Nun, ich verstehe durchaus«, sagte er. »Nur, sagen Sie mir Herr Neumann: Was hat das alles mit mir zu tun? Reden Sie mit mir hier über die zwei Frauenmorde von 1997, und wollen Sie mir sagen, dass das irgendetwas mit der Hotel- und Gastronomiebranche auf Rügen zu tun hat? Ich verwehre mich gegen solche Anschuldigungen!«

»Niemand beschuldigt jemanden«, sagte Neumann, der sich in diesem Augenblick ganz auf sein Ziel fokussieren konnte. »Aber glauben Sie mir, Herr Perkert, unsere Erkenntnisse sind von solch erstaunlicher Detailliertheit, dass die Kollegen schnell zum Ziel gelangen werden, wenn sie erst mal losgelegt haben.«

›Oh, das klingt jetzt ein bisschen wie eine Drohung‹, dachte Perkert. ›Sollte ich diese Ratte wirklich so unterschätzt haben?‹ – »Aber was wollen Sie dann von mir?«, forschte Perkert weiter nach dem Motiv des Polizisten.

»Ihnen helfen.«

»Ich wusste gar nicht, dass ich Hilfe benötige.«

»Ich bin als Freund zu Ihnen gekommen. Aber, bitte, Herr Perkert, überlegen Sie sich gut, ob Sie bei möglichen Ermittlungen alles dem Zufall überlassen wollen. Ich biete Ihnen meine Hand – und Sie brauchen sich über möglichen Ärger im Zuge polizeilicher Aktivitäten keine Gedanken mehr machen.« Neumann verunsicherte die gelassene Art des Touristikers. Vielleicht hatte der verrückte Schwabe ja doch nur dummes Zeug gefaselt, und er war hier vollkommen falsch. Aber wenn Perkert schon nicht wegen neuer Untersuchungen zum Doppelmord von einst Muffensausen bekam – warum erinnerte er sich nicht daran, dass er mit Neumann aus einer Bierlaune heraus schon über illegale Geschäfte geredet hatte, deren Aufdeckung einigen durchaus den Kopf kosten konnte?

Perkert pokerte hervorragend, war über die klaren Worte Neumanns aber trotzdem verwundert. »Wissen Sie, Herr Neumann, Sie sagten, Sie seien mein Freund, nicht wahr?«

»Das bin ich auch, Herr Perkert.«

»Warum kommen Sie dann aber hierher und drohen mir?«

Neumann hob beide Hände und neigte seinen Kopf wie entschuldigend leicht nach unten. »Das ist ein Irrtum, Herr Perkert«, sagte der Polizist. »Lassen Sie es mich auf den

Punkt bringen: Ich weiß, dass beim RTV das ein oder andere nicht ganz so läuft, wie der Gesetzgeber es vorsieht.«

»Wollen Sie jetzt etwa von mir Ihnen gegenüber im Vertrauen getätigte Aussagen gegen mich verwenden?«

»Nein, auf gar keinen Fall! – Verstehen Sie doch, Herr Perkert. Ich schweige wie ein Grab. Aber im Zuge der Ermittlungen kann der ein oder andere Beamte auf Dinge stoßen, die er für bestrafenswert hält. Wir haben doch diesen neuen Chef … Sie kennen sicher seinen Namen. – Er heißt Schwinka.«

»Ja, kenne ich.« Perkert nickte.

»Und glauben Sie mir: Wenn der Witterung aufnimmt, kennt der weder Verwandte noch Freunde.«

»Gut.« Perkert straffte sich, nahm den Arm von der Lehne, rückte das Jackett zurecht und beugte sich leicht nach vorn. »Was wollen Sie? Was wollen Sie vor allem von mir?«

»Nehmen Sie sich aus der Schusslinie!«, sagte Neumann. »Geben Sie mir ein paar Hinweise zu Leuten, die in diese Unregelmäßigkeiten verstrickt sind – und Sie werden nicht einmal Besuch von der Polizei bekommen.«

»Warum wollen Sie dieses Spiel spielen?«

»Weil ich Ihnen freundschaftlich zugetan bin.«

»Mmmmh.« Der RTV-Geschäftsführer wusste immer noch nicht, was er von diesem Neumann halten sollte. »Gut«, sagte er noch einmal. »Was immer Sie bei uns vermuten, und wovor immer Sie glauben, mich schützen zu müssen – ich würde gern über unser Gespräch nachdenken und Sie in den nächsten zwei Tagen anrufen.«

»Mmmmh«, brummte seinerseits Neumann. »Ich habe nichts dagegen, dass Sie sich darüber noch einmal Gedanken machen. Aber bitte versichern Sie mir, dass dieses Gespräch vollkommen unter uns bleiben wird!«

»Sie haben mein Wort, Herr Neumann.«

Weitere Freundlichkeiten tauschten die beiden nicht aus. Perkert sagte, er habe jetzt noch einen Termin, weshalb er losmüsste und dass sich Neumann noch einen Kaffee ordern könne.

Der Kommissar begriff, dass es diesmal die reine Floskel war. Also ging er lieber, denn wie ein Bundeskanzler fühlte er sich gerade nicht mehr. Er nahm seine Autoschlüssel in Empfang und verabschiedete sich an der Rezeption.

Perkert schaute von der Empore der zweiten Etage, wo sich Bar und Sitzecken zum Herumlümmeln befanden, dem Kripo-Mann hinterher. ›Ist das ein korrupter Mistkerl!‹, dachte der Hotel-Chef. ›Naja, will ich mal hoffen, dass er wirklich so korrupt ist. Wenn nicht, dann spielt der besser als jeder Schauspieler.‹

Neumann empfand Ablehnung, als er mit seinem Wagen zurück auf die Hauptstraße fuhr. Aber wie so oft, musste er das Risiko mit dem möglichen Gewinn ins Verhältnis stellen. Und da schlug die Nadel der Waage eindeutig in Richtung Gewinn aus. Wenn alles so klappen würde, wie er es sich wirklich gut überlegt hatte, könnte er nicht nur Schwinka von der Insel fegen, sondern obendrein diesen alten Fall lösen.

Unangenehmer Abgang

Friseur, Reisebüro, Bauingenieure, Versicherung, Zeitschriftenladen, Bäckerfiliale, Souvenirgeschäfte und beinahe auch noch ein Hotel – im weiteren Umfeld des Discounters, an dem die ominösen Aufnahmen eines Herrn gemacht worden waren, der irgendwie nach einem Jogger aussah, befanden sich eine Reihe von Gewerbebetrieben. Die galt es, an einem Tag abzuarbeiten, um unter den Mitarbeitern und Angestellten unter Umständen einen Trenter zu finden, der dem Gesuchten ähnelte. Allerdings hieß es auch: Wach bleiben! Denn sollte der Mörder unter den heutigen Begegnungen sein, aber gar nicht aus Trent stammen, galt es, die feinsten Nuancen in den Gesprächen wahrzunehmen.

Schobels Vorarbeit lieferte gute Informationen. Die drei Trenter, die im Umfeld des Discounters arbeiteten, hätten nach den Fotos in der Datenbank gut und gerne der Jogger gewesen sein können. Ebenso viel sprach aber auch dagegen. Also blieb nur die alte Methode des Vis-à-vis-Gesprächs.

Auf Schwinkas und Schobels Liste standen unter anderem die Versicherung und das Reisebüro. Dort war jeweils ein Mitarbeiter tätig, der täglich zwischen dem Wittower Dorf und der Hafenstadt pendelte.

Urban und Chupaski sollten neben Bäcker und Friseur auch das Baubüro Mario Goroschka unter die Lupe nehmen. Für sie war dort ebenfalls ein Einwohner aus Trent unter den Bauingenieuren ausgemacht worden. Deshalb machten sie dort den Anfang.

Herr Goroschka sei nicht da, meinte die Sekretärin, als die zwei Polizisten sich vorgestellt hatten. Und auch der Ingenieur Kauz sei zu einer Baustelle unterwegs. Aber immerhin könnten Herr Schuster, die Architektin Sommer und Herr Traber Auskunft geben.

»Nun, wenn Ihr Chef nicht kann, würden wir zuerst gern kurz mit Ihnen reden«, sagte Jens Urban.

»Oh, ich glaube nicht, dass ich das darf«, entgegnete Petra eingeschüchtert.

»Daran kann Ihr Chef Sie nicht hindern.«

»Oh, ich glaube auch nicht, dass ich Auskunft geben möchte. Zumindest solange nicht, bis Herr Goroschka wieder da ist. – Aber fragen Sie doch einen der Kollegen …!«

»Worum geht's?«, unterbrach lautstark und streng die Architektin den Dialog des Polizisten mit Petra.

»Sie sind wer?«, fragte Urban streng zurück.

»Wer möchte das wissen?«

»Mein Name ist Jens Urban, ich bin von der Kriminalpolizei Anklam und habe ein paar Fragen zu den hier arbeitenden Menschen.«

»Da sind Sie bei mir an der richtigen Stelle«, sagte die Architektin wichtig, die sich immer wieder gern in den Vordergrund spielte.

Urban hätte am liebsten gefragt, ob sie wirklich eine Architektin sei, denn das Erscheinungsbild dieser Berufsgruppe war im Allgemeinen ein anderes, als das, was diese Frau verkörperte. Aber als sie die Polizisten in den Beratungsraum bat und die Sekretärin nicht protestierte, gab Jens Urban sich mit dem Prinzip »Ausnahmen bestätigen die Regel« zufrieden.

›Schwangeren- oder Drogenberatung‹, dachte Urban, als die Mittdreißigerin den Tisch von Plänen und Mitschriften befreite und nach der Sekretärin rief.

»Peti, mach mal Kaffee für drei Personen! Sie trinken beide doch einen Kaffee?«, wandte sie sich an die Beamten.

Urban nickte.

Chupaski sagte: »Ja, sehr gern.«

Die Architektin hatte einen Kurzhaarschnitt, war ungeschminkt, trug eine grünlich-verwaschene Leinenbluse und hellbraune Leinenhosen, die so weit waren, dass sie dem kleinen Muck alle Ehre gemacht hätten. Aber – und das nahm Urban wohlwollend zur Kenntnis – die Frau war gertenschlank, fast ein wenig zu dünn und durchaus hübsch. Trotz oder vielleicht auch wegen der Naturbelassenheit.

»Sie kommen bestimmt wegen der Toten aus dem Wald«, sagte sie, als Petra die Tassen ausgeteilt, den Kaffee eingegossen und den Raum wieder verlassen hatte.

»So ist es, Frau … Wie war Ihr Name?«, fragte Urban.

»Sommer«, entgegnete sie.

»Ach, Frau Sommer – na Sie beehren uns in diesem Jahr ja recht lange.« Der Polizist grinste die Architektin an.

»Wie meinen Sie das?«, fragte Sommer verwirrt.

»Na wegen Ihres Namens … ach vergessen Sie's! Es war nur ein Scherz.« Urban war peinlich berührt. Vor allem, weil er bemerkt hatte, wie Chupaski mit den Augen drehte.

»Sie sind also zu Scherzen aufgelegt …«, meinte Sommer streng.

»Ähm, warum nicht?«

»Naja, Sie haben doch vermutlich einen Mord aufzuklären. Oder war das da im Wald keiner?«

»Wir können Ihnen über unsere Ermittlungen nichts erzählen«, entgegnete Urban. »Und wenn das so unter Umständen in der Zeitung steht, handelt es sich nur um ein Gerücht – aber meist ist an Gerüchten etwas dran.« Der Hauptmeister zwinkerte der Kurzhaarigen zu.

›Hä, flirtet der etwa mit dieser Frau?‹, fragte sich Chupaski. »Wir müssen ja nicht den ganzen Tag griesgrämig herumlaufen«, sprang sie ihrem Kollegen bei. »Auch wenn wir es meist mit der dunklen Hälfte der Menschheit zu tun haben, dürfen wir unseren Humor nicht verlieren.«

»Wie machen Sie das? Haben Sie psychologische Betreuung oder so was?«, fragte Sommer.

»Bei besonders schlimmen Fällen schon«, entgegnete Urban. »Manch einer sucht dann Beistand bei einem Psychologen. Es gibt auch Seelsorger. Für mich war das noch nie ein Thema. Ich bin mit meinen Fällen immer sehr gut zurechtgekommen.«

Diana Chupaski horchte erneut auf. ›Was macht der denn hier? Das klingt voll nach dicker Hose.‹

»Was war denn Ihr schlimmster Fall?«, verfiel die Architektin mehr und mehr in einen Plauderton.

»Immer, wenn es um Kinder geht. Sie können sich gar nicht vorstellen, was Menschen Kindern manchmal antun.

Da haben sie das Gefühl, sie befänden sich inmitten der Hölle.«

»Oh Gott, ja, das kann ich mir vorstellen.«

»Haben Sie Kinder?«, fragte Chupaski, die nur scheinbar in das Thema mit einstieg, aber eigentlich den zweiten Versuch startete, das Gespräch auf eine sachliche Ebene zurückzuführen. Dabei wollte sie auf keinen Fall Urban brüskieren, denn sie hatte einen langen Vernehmungsmarathon vor sich. Da war es wichtig, miteinander zu arbeiten, nicht gegeneinander.

»Nein, habe ich nicht«, sagte Sommer offenherzig. »Kinder passen im Moment auch nicht in mein Lebenskonzept. Vielleicht in fünf oder sechs Jahren. Und wenn es nichts wird, dann ist das auch kein Beinbruch, denn ich bin nicht so die klassische Mutter.«

»Ich kann mir Sie als ganz liebevolle Mutter vorstellen«, schleimte Urban.

›Kotz‹, dachte Chupaski.

»Na, ich weiß nicht«, sagte Sommer.

»Sind Sie denn schon verheiratet?«, fragte Urban plötzlich.

»Ähm, nein …«

»Lebensgefährten?«

»Gehört das jetzt schon zur Vernehmung?«, fragte die Architektin stirnrunzelnd.

Jens Urban konnte seine Enttäuschung ob der Frage nicht verhehlen, hatte er doch geglaubt, die schlanke Frau empfände ihm gegenüber so viel Sympathie, dass sie sich auf eine weiterführende Plauderei eingelassen hätte. »Nein, natürlich nicht«, sagte er deshalb schnell. »Ich war nur neugierig.«

»Aha«, sagte Sommer. »Aber wenn Sie es schon so genau wissen wollen: Ich habe mich gerade von meiner Lebenspartnerin getrennt.«

Chupaski grinste und beobachtete aus den Augenwinkeln ihren Kollegen.

Dem war dieser Moment offensichtlich recht unangenehm, weshalb er mit der rechten Hand über den Tisch wischte, als würde er Kuchenkrümel herunterstreichen. »Ach so?« Urban klang verunsichert. »Nun ja … nicht schön … sicherlich. Solche Trennungen bereiten einem immer Kummer.«

»Oh, Herr Kommissar, keineswegs«, beantwortete Sommer auch diesen Einwurf mit einer Abfuhr. »Ich hatte die Beziehung viel zu lange aufrechterhalten. Jetzt musste ein Schlussstrich gezogen werden. Man kann also sagen: Ich habe mich von ihr befreit.«

»Aha … so also … so kann man das auch sehen …«

»Sie wohnen doch hier in Sassnitz, Frau Sommer«, beendete Chupaski Urbans Gestammel.

»Ja, hier in Sassnitz«, sagte sie. »Warum fragen Sie das?«

»Jetzt sind wir bei jenen Fragen angekommen, die etwas mit unseren Ermittlungen zu tun haben«, sagte die Polizistin und blickte dabei streng auf ihren Kollegen.

Der lächelte versöhnlich.

»Was habe ich mit dem Tod der Frau im Wald zu tun?«

»Fragen an Sie, sind nicht gleichbedeutend mit einer Verbindung zu der toten Person, Frau Sommer«, erläuterte Chupaski. »Seien Sie versichert, dass wir jede mögliche Information benötigen, um den Todesfall aufzuklären.«

»Aha, interessant ... Wollen Sie eigentlich noch einen Kaffee?«, fragte sie, als Urban den letzten Schluck aus seiner Tasse nahm.

Beide Polizisten verneinten.

»Haben Sie am vergangenen Montag vor Ihrem Büro oder auf der Straße oder sonst wo in Sassnitz eine männliche Person gesehen, die wie ein Jogger aussah?«

»Ich sehe jeden Tag einige Jogger.«

»Auch abends?«

»Jetzt eher nicht mehr. Aber die Urlauber im Sommer joggen auch in den Abendstunden.«

»Wie war es vergangenen Montag?«, blieb Chupaski beharrlich. »Wenn Sie Ihre Gedanken mit Blick auf jenen Abend allein auf einen Jogger fokussieren, können Sie sich da an etwas Auffälliges erinnern?«

»Nein, wahrhaftig nicht. Ich habe schon mehrfach überlegt, da das ja offenbar alles tatsächlich irgendwie am Montag passiert sein muss. Aber mir will beim besten Willen nichts einfallen.«

»Wie steht es mit Ihrem Chef, dem Herrn Goroschka?«, kam Urban ins Gespräch zurück.

»Wie soll es mit ihm stehen?«

»Ich meine, hat der mal etwas in einem Gespräch erwähnt?«

»Nein, gar nichts«, entgegnete Sommer – um dann etwas unsicherer zu werden. »Zumindest glaube ich das. Wir unterhalten uns über alle möglichen Dinge, was wir so am Wochenende unternehmen zum Beispiel. Auch über die Morde haben wir geredet, schon wegen Schuster. Weil der ja aus Trent ist. Herr Goroschka wohnt übrigens auch in Sassnitz – nur, falls das von Belang ist.«

»Das wissen wir, Frau Sommer«, entgegnete Urban sachlich.

»Obwohl er irgendwie auch noch was in Juliusruh hat. Aber das können Sie ihn ja auch noch selbst fragen.«

»Wie steht es mit Ihren Kollegen? Da haben wir den Herrn Kauz.«

»Der pendelt jeden Tag zwischen Binz und Sassnitz«, sagte die Architektin. »Da hat er auch einen Garten und ein Boot. Aber der hat auch nichts gesehen, dass er zumindest uns gegenüber für berichtenswert hielt.«

»Dann gibt es da noch den Herrn aus Sagard ... Wie hieß er noch?« Urban schaute auf einem Zettel nach.

Sommer kam ihm zuvor. »Traber«, sagte sie. »Der weiß auch nichts.«

Auf dem Flur rumorte es. Eine Stimme wurde laut.

»Nun, und zu guter Letzt gibt es bei Ihnen noch Herrn Schuster. Der wohnt laut Melderegister in Trent ...«

Goroschka platzte rein. »Bei allem Respekt meine Herren – oh, Verzeihung, eine Dame haben wir ja auch dabei.« Der Unternehmer war sehr laut aufgetreten, durch die Anwesenheit von Diana Chupaski in seiner Ansprache aber sofort gedrosselt worden. Mit einer Frau hatte er nach Petras Information, die Polizei befrage die Kollegen, nicht gerechnet.

»Sie sind sicher Herr Goroschka?!«, sagte Urban.

»Sicher, das bin ich. Aber bei aller Liebe: Ich bin empört darüber, dass Sie hier in meinen Räumen meine Kollegen vernehmen, als seien sie Verbrecher. Und so sehr ich unsere Polizei wertschätze, möchte ich Sie doch bitten, zu gehen!« Mario Goroschka sprach fest und energisch. Er fühlte sich übergangen. Und er konnte es auf den Tod nicht ausstehen, wenn jemand nicht anzuerkennen schien, dass er es war, der in diesem Bauingenieursbüro das Sagen hatte.

»Niemand ist ein Verbrecher …«, versuchte Urban zu entgegnen.

Goroschka schnitt ihm aber das Wort ab. »Das spielt jetzt erst einmal auch keine Rolle. Ich glaube nicht, dass Sie das Recht haben, hier so einzudringen und meine Angestellten zu befragen. Auch die Polizei muss sich an Regeln halten. Und wenn es die Regeln der Höflichkeit sind. Die haben Sie ernsthaft verletzt. Und darum bitte ich Sie, zu gehen!«

»Naja, wir sind soweit ja auch fertig«, sagte Urban. Zum einen glaubte er das tatsächlich, zum anderen wollte er den Geschäftsführer ein wenig provozieren.

Der ließ sich aber nicht noch einmal hochtreiben. Allein die Tatsache, dass sich die zwei Polizisten von ihm aus dem Büro komplimentieren ließen, verschaffte Goroschka Befriedigung. »Sie können mich gern anrufen und einen Termin ausmachen!«, sagte er gönnerhaft.

»So arbeiten wir nicht, Herr Goroschka«, mischte sich Diana Chupaski wieder ein. »Manchmal platzen wir halt einfach in Büros. Und manchmal nehmen wir dort dann sogar Leute mit, die das eigentlich gar nicht wollen.«

Da war die junge Frau zu weit gegangen.

Urban zuckte zusammen.

Jetzt hing alles von Goroschka ab. Der hatte sich aber erstaunlicherweise so sehr beruhigt, dass er die boshafte Anspielung gar nicht als so boshaft wahrnahm. »Bei uns ist nichts mitzunehmen«, sagte er und schob Urban sanft zum Ausgang.

»Wir würden gern noch mit Ihrem Herrn Schuster reden«, sagte Chupaski.

»Der ist nicht mehr da«, rief Petra von hinten.

»Ich sag doch: Machen Sie sich einen Termin und alle werden da sein«, lächelte Goroschka.

»Mist!«, fluchte Urban draußen im Treppenhaus. »Das war ein unangenehmer Abgang. Dieser Goroschka scheint ein sehr überheblicher Patron zu sein.«

»Das ist er gewiss«, sagte Chupaski nachdenklich. »Aber was ich viel blöder finde ist, dass wir nicht mit dem Schuster geredet haben. Der wäre eigentlich am Wichtigsten gewesen. Aber du musstest ja unbedingt mit der Sommer quatschen.«

»Erstens hatte sie sich angeboten, und zweitens ist das genau jene Art von Höflichkeit, die der Goroschka eingefordert hat«, sagte Urban gekränkt.

»Wieso hast du mit der geflirtet? Die hatte doch gar nichts.«

»Ich bin eben zu Frauen höflich … Bitte sehr!« Urban öffnete die Tür, die nach draußen führte und ließ Diana Chupaski den Vortritt.

»Haben Sie Angst?«

Schwinka und Schobel saßen mit Andreas Krichel in einem abgeschotteten Beratungsraum für Versicherungsgespräche und redeten mit ihm über die Tote aus dem Wald. Oder zumindest über das, was davon derzeit in Sassnitz kursierte.

Irgendwann fragte Schwinka unvermittelt nach Krista Schildt. »Kannten Sie die Frau?«

»Wieso? Natürlich … also, natürlich … die meisten Trenter kannten sie.«

»Wann haben sie Krista Schildt zum letzten Mal gesehen?«

»Weiß nicht … vor zwei Wochen vielleicht … Aber warum fragen Sie, bin ich jetzt ein Verdächtiger?«

»Haben Sie Angst, wir könnten Sie verdächtigen?« Schwinka sprach frostig, betonte die Worte kaum.

»Nein … ja … natürlich möchte ich nicht verdächtigt werden. Es gibt ja auch Justizirrtümer. Zum Glück haben wir keine Todesstrafe mehr.« Krichel hatte zwar einen gedanklichen Faden, brachte in seiner Aussage diesen aber nur in Fragmenten heraus.

»Kannten Sie die Tote im Sassnitzer Wald?«, fragte Schwinka, wieder urplötzlich Ort und Situation wechselnd.

»Äh, wieso … nein … wieso denn jetzt die andere auch noch?«

»Was halten Sie davon, wenn Sie uns einfach die Fragen beantworten, die wir stellen?«

»Äh, mach ich doch …«

»Und warum stellen Sie uns dann andauernd Gegenfragen?«

»Mach ich das?« Krichel zeigte Nerven. »Aber so wie Sie mich befragen, scheine ich ja im unmittelbaren Kreis der Verdächtigen zu stecken.«

Schwinka hatte bestimmt keine Lust auf eine Diskussion. Also ging es weiter. »Wo waren Sie am Montagabend?«

»Da, sehen Sie, schon wieder so eine Frage …«

Jetzt drehte Schobel mit den Augen. »Boah, wir können Sie auch mit aufs Revier nehmen«, sagte er.

»Aber wieso denn? Was habe ich denn gemacht?«

»Wo waren Sie am Montagabend?«, fragte Schwinka weiter kühl.

»Oh Gott!« Krichel zog sich am Kragen. Ihm schien die Luft knapp zu werden. »Montagabend … Nach der Arbeit bin ich nach Hause gefahren. Ganz normal alles. Abendbrot, Kinder ins Bett und so.«

»Wann waren Sie zu Hause?«

»Naja, so gegen 17.30 Uhr.«

»Wer kann das bestätigen?«

»Meine Frau.«

»Rufen Sie sie an!«

»Wie bitte?«

»Sie sollen Ihre Frau anrufen!«

Krichel fingerte zitternd sein Smartphone aus der Innentasche im Sakko und tippte den Schnellruf einer Nummer. »Jana?« – »Ja, hallo? Ja, ich bin's.«

»Geben Sie mir das Telefon!«

Krichel reichte es Schwinka anstandslos rüber.

»Frau Krichel? Hier ist Oberkommissar Schwinka von der Kriminalpolizei. Ich möchte Sie bitten, mir ein paar Fragen zu beantworten!« – »Ja? Geht? Gut. Wann kam Ihr Mann am vergangenen Montag nach Hause« – »Nein, hat nichts ausgefressen …« Schwinka nahm das Gerät runter, drückte es auf den Oberschenkel und sagte zu Schobel: »Was haben die denn alle immer für eine Angst vor der Polizei?«

Beide grinsten.

Schwinka hob das Telefon wieder an sein Ohr. »Bitte, beantworten Sie einfach …!« – »17.30 Uhr, okay. Und wie lief der Abend ab?« – »Mmh … mh … mhmh … alles klar. Ich danke Ihnen.« Schwinka reichte das Telefon an Krichel zurück.

»Hallo? Jana?« – »Nein, alles gut … die wollten wohl nur mein Alibi überprüfen.« – »Nein, ich bin kein Verdächtiger.« Zu Schwinka gewandt: »Bin ich doch nicht, oder?«

Schwinka schüttelte den Kopf.

»Nein, bin ich nicht«, sagte Krichel ins Telefon. »Ja.« – »Ja … ich muss.« – »Ja … Tschüs!«

»Sehen Sie Herr Krichel, ist doch alles gar nicht so schlimm«, sagte Schwinka, hatte aber gleich noch eine unvermittelte Frage: »Ach so! Joggen Sie eigentlich gern?«

»Äh, nein … Mit Sport sieht es bei mir schlecht aus.«

»Gut«, beendete Schwinka die Unterhaltung.

Auf dem Weg zur nächsten Adresse auf der Liste meinte Schobel, dass er sich bei Krichel nicht sicher sei.

»Streichen!«, sagte Schwinka. »Oberflächlich betrachtet – wobei ich dir ganz bestimmt keine Oberflächlichkeit unterstelle – hat sich dieser Krichel verdächtig gemacht. Aber mit dem, was wir über den Täter wissen, ist der das genaue Gegenteil. Er hat in allen Belangen völlig normal reagiert. Und das nicht etwa, weil er sich gedacht hat, es sei clever, so zu reagieren.«

»Nehmen wir an, wir treffen auf den Mörder«, sagte Schobel. »Wie wird er deiner Meinung nach reagieren?«

»Ich weiß es nicht. Aber eines kann ich dir mit Sicherheit sagen: Er wird sich nicht verdächtig machen. Vielleicht werden wir ihn nicht einmal erkennen.«

Was der Mensch aushält

Als Horst mitbekommen hatte, dass sich zwei Polizisten im Büro befanden, hatte er nicht den Hauch von Unruhe empfunden. Niemals würden sie ihn kriegen! Davon war er überzeugt. Sollten sie ihn doch befragen. Er würde sie schon zu nehmen wissen. Dass zuerst die Sommer mit den Beamten im Beratungsraum verschwunden war, hatte ihn gewundert. Denn dass die Polizisten sich ganz besonders für ihn interessieren würden, war so sicher wie das Amen in der Kirche. Im Stillen bewunderte er die Bergener Kripo, bei der man offenbar sehr schnell Schlüsse aus den Zeiten und Orten gezogen hatte. Aber da den Beamten der Plausch mit der Architektin wichtiger gewesen zu sein schien, hatte er sich ja nicht auf dem Tablett präsentieren müssen. Also hatte er seinen Computer ausgeschaltet, sein Jackett angezogen und sich bei Petra verabschiedet, um sich eine Salbe für die Schwellungen am Mund zu besorgen, wie er sagte. In einer halben Stunde wollte er zurück sein. Die Sekretärin hatte ihn zwar noch ermahnt, dass er sicher den Polizisten zur Verfügung stehen müsse. Horst hatte aber abgewunken: Wenn die was wollten, sollten sie ihn anrufen! Er war zu seinem Auto gegangen, eingestiegen, hatte durchgestartet und war zum Schiffsausrüster gefahren. Ohne lange zu suchen, hatte er dort eine Gummihose und -jacke in den Einkaufswagen gelegt und billige Gummistiefel dazugetan. Dann zurück zum Wagen, angelassen und los. Ziel: die Piratenschlucht.

Mit dem Auto waren es bis zu diesem kleinen Stück der Steilküste keine zehn Minuten.

Als er gerade auf Höhe des Ausflugsziels ankam, stellte er sein Auto nahe der Straße auf einem Waldweg ab. Hier stand wie verlassen ein 26er Damenrad. Es hatte eine am Lenker eingravierte Nummer, was es als einen Gegenstand auswies, der zu einem Hotel oder einem Fahrradverleih gehörte. Ruhig aber zügig zog er sich Hose, Stiefel und Jacke an und steckte sich einen Hammer in die linke Innentasche der Joppe. Den hatte er von zu Hause mitgenommen. Dann ging er zielstrebig einen Wanderweg hinab in Richtung Piratenschlucht und bog auf halber Strecke ins Unterholz ab. Von hier aus war es möglich, beide Richtungen auf große Entfernung einzusehen. Nach knapp zehn Metern blieb Horst stehen, drehte sich zurück in Richtung Weg und wartete.

Innerhalb der nächsten zehn Minuten kam niemand. Danach zwei ältere Herren in kurzen Hosen mit Rucksäcken. Vier weitere Minuten vergingen, als Horst aus Richtung Ostseeufer eine junge Frau kommen sah. Sehr jung. Vielleicht erst 18 Jahre, vielleicht auch noch jünger. Er überlegte nicht. Dachte weder daran, dass ihr womöglich noch Familienmitglieder oder Freunde folgen könnten. Verdrängte auch, dass der Wanderweg immer noch in unregelmäßigen Abständen frequentiert wurde. Während er sich langsam in Richtung der schmalen Waldschneise zurückbewegte, blickte er kontrollierend in jene Richtung, aus der er gekommen war. Dort tat sich nichts. Auch hinter dem Mädchen, das schon auf ungefähr 30 Meter herangekommen war, schien niemand zu kommen. Horst betrat den Weg und ging ihr entgegen. Noch acht Schritte – er griff in seine Innentasche. Noch sechs Schritte – er umfasste den Stiel des Hammers. Noch vier Schritte – das Mädchen schaute ihn an und lächelte, Horst lächelte zurück. Noch zwei Schritte – sie sagte »Hallo«, Horst zog den Hammer heraus und schlug der jungen Frau mit voller Wucht unmittelbar über der Stirn auf den Schädel. Er sah beim Ausholen für den Bruchteil einer Sekunde ihren entsetzten Blick und hörte ein leises »Ah« – dann fiel die Unbekannte wie ein gefällter Baum zur Seite ins Unterholz. Horst schaute wieder in beide Richtungen des Weges. Niemand zu sehen, nichts zu hören. Nur das Rauschen der Ostsee und Vogelgezwitscher. Er steckte den nur geringfügig mit Blut beschmierten Hammer zurück in die Jacke, sprang über sein Opfer hinweg ins Gestrüpp, griff dem Mädchen unter die Achselhöhlen und zog es tiefer in den Wald hinein. Als er 30 oder 40 Meter mit seiner Last zurückgelegt hatte, sah er ein paar Urlauber den Pfad Richtung Piratenschlucht nehmen. Er hielt inne. Niemand bemerkte ihn. Danach schleifte er das Mädchen noch gut weitere 30 Meter tiefer in den Wald hinein. Als Horst vom Weg aus nicht mehr zu sehen war, ließ er den Körper in das feuchte Laub sinken. Hatte er sie etwa schon totgeschlagen? Er beugte sich über das Mädchen und lauschte konzentriert, ob sie atmete. Ganz leicht war ein warmer Hauch zu spüren, ihr Brustkorb bewegte sich unter der grünen Sommerjacke sanft auf und ab. Die Wunde war schlimm. Vermutlich hatte Horst ihren Schädel verletzt. Das Blut sickerte nur spärlich. ›Mist, war zu doll‹, dachte er. Vorsichtig rüttelte er sein Opfer. Keine Veränderung. Er pustete ihr auf die geschlossenen Augen. Auch darauf reagierte sie nicht. Dann hielt er ihr die Nase zu, und ihre Lebensgeister begannen sich zu regen. Ihre Lunge verlangte Sauerstoff, weshalb sich der Körper aufbäumte – dabei kehrte ihr Bewusstsein zurück. Sie öffnete die Augen, die sich erst einmal irrational verdrehten. Dann blieben sie stehen und schauten Horst direkt ins Gesicht. Der erkannte aber, dass das Mädchen völlig benommen weder die Situation noch das Gesicht des Mannes, der da über ihr kniete, wahrnahm. Sie stöhnte. Horst erhob sich, schaute ihr zu und wartete. Das Stöhnen wurde lauter. Das Mädchen begann, sich zu winden. Mit Mühe griff ihre rechte Hand zur Stirn mit der schweren Wunde. »Hast du Schmerzen?«, fragte Horst. Das darauffolgende Stöhnen wertete er als Antwort. »Ich kann dich jetzt einfach töten, wenn ich will«, sagte er fast liebevoll. Das Mädchen begann zu schluchzen. Sie schien es begriffen zu haben, war aber immer noch nicht richtig bei Sinnen. Horst hockte sich nieder und streichelte ihr übers Haar. Sie ließ es geschehen und weinte. Nach einer Minute versuchte sie ein »Aaah«. Das blieb aber kläglich und erstarb in ihrer Kehle. »Du bist hübsch«, sagte Horst. »Und noch so jung.« Sie weinte still vor sich hin. Die Verletzung lähmte sie mindestens genauso stark wie die Angst, die sie spürte.

Horst erhob sich lächelnd, holte tief Luft, hielt sich mit der linken Hand an einem dünnen Baum fest und hob das rechte Bein. Plötzlich verzerrte sich sein Gesicht zu einer Fratze, er fletschte die Zähne – und trat zu. Immer mitten in das

Gesicht seines Opfers. So heftig, wie er konnte. Fünfmal. Das Mädchen wollte ausweichen. Siebenmal. Sie versuchte zu schreien. Elfmal. Das Nasenbein knackte. 15-mal. Der Kiefer zerbrach. Sie bewegte sich nicht mehr. 20-mal, 30-mal – Horst hielt inne. Er schnaufte. Der Schweiß rann ihm unter den Achselhöhlen hinab. Er setzte sich wieder in die Hocke und kam langsam zur Ruhe. Neugierig betrachtete er sein Werk. ›Sie ist bestimmt tot‹, dachte er und senkte seinen Kopf soweit hinab, dass er ihren Atem hätte hören können. Da war aber nichts. – Halt! Doch. Etwa jede halbe Minute atmete sie ganz flach. ›Was der Mensch alles so aushält‹, dachte Horst wieder, ließ sich auf die Knie fallen und griff zum Hammer. Sechsmal schlug er ihr mit all seiner Kraft in die Schädeldecke. Jedes Mal blieb das Werkzeug wie in einem feuchten Baumstamm kurz stecken. Beim ersten Hieb starb die Unglückliche endlich. Doch Horst wollte das Gefühl des Zuschlagens auskosten. Und wenn der Stahlquader ins Gehirn eindrang und dabei ein schmatzendes Geräusch erzeugte, bekam er eine Gänsehaut.

Der Mörder hörte Kinderlachen. Eine Mutter rief ihre Schützlinge zur Ordnung. Und Horst genoss es, keine 100 Meter entfernt einen Menschen erschlagen zu haben. Er legte sich neben das Mädchen wie neben eine Geliebte und schaute sie liebevoll an. Oder besser das, was übrig war: ein völlig deformiertes Gesicht und ein oben offener Schädel, aus dem das Gehirn quoll. Horst drehte sich zu ihr, legte seine rechte Hand auf ihren Bauch, schloss die Augen und lächelte. ›Wenn sie mich so sehen könnte‹, dachte er. ›Sie würde vor Angst erstarren. Sie hätte solche Angst vor mir, dass sie sich jedes Mal, wenn sie mich nur sieht, in den Staub legen würde. Und wenn sie sich nicht weit genug hinabneigt, würde ich ihr mit meinem Fuß in den Nacken treten. Und dann würde ich sie vögeln. Von hinten. So lange ich durchhalten könnte. Und danach würde ich ihr alles reinstecken, was ich in die Finger bekäme. Bis sie bluten würde wie ein abgestochenes Schwein. – Ach, vielleicht sollte ich sie einfach gleich abschlachten.‹

Horst stand auf, zog sich die Gummihose runter und mit den Gedanken an Gabi pinkelte er auf das tote Mädchen. Dann zog er sich wieder an und mit einem letzten Blick auf die Leiche bewegte er sich langsam und leise wieder Richtung Wanderweg. Zwischendurch blieb er stehen, lauschte. Nichts zu sehen, nichts zu hören. Ohne Eile aber strammen Schrittes ging Horst zurück zu seinem Auto.

Dort öffnete er den Kofferraum, zog die Gummisachen aus, schlüpfte zurück in die Halbschuhe, setzte sich an sein Lenkrad und blickte an sich herab. Keine Spuren. »Gut vorbereitet«, sagte er zu sich selbst und drehte den Rückspiegel so, dass er sich sehen konnte. Da, ein paar winzige Blutspritzer an der rechten Wange. Horst holte sein Stofftaschentuch hervor, leckte es an und wischte die verräterischen Punkte aus seinem Gesicht. Zwischen seiner Abmeldung bei Petra, der Sekretärin, bis jetzt, als Horst den Wagen anließ, war keine Dreiviertelstunde vergangen. ›Okay, ein bisschen überzogen‹, dachte er. ›Aber das ist nicht von Belang.‹

Er wollte gerade den Rückwärtsgang einlegen, da fiel ihm das Fahrrad ein. Das könnte dem Mädchen gehört haben, denn wie sollte es sonst hierher gefahren sein. Also stieg er noch einmal aus – ließ dabei den Motor laufen – und wuchtete das Rad in den Kofferraum. Das ging nicht ohne Weiteres. Horst probierte es, indem er das Vorderrad zuerst in den Heckraum schob, dann anders herum, mal schlug er den Lenker links, mal rechts ein – aber immer blieb ein Teil des Rades draußen. Schließlich klappte der Mann einen der Rücksitze nach vorn, sodass er ein kleines Stück des Fahrrads bis auf die Sitzbank durchschieben konnte. Als das erledigt war, stieg er ein und fuhr los.

Auf der kurzen Fahrt wiederholte er gedanklich jede kleinste Nebensächlichkeit der Begebenheit von eben. Das hatte ihm gefallen. Jetzt noch verspürte er ein wohliges Kribbeln im Bauch, wenn er an die Tritte und die dadurch verursachten Geräusche dachte. Und dann die Sache mit dem Hammer – einfach wunderbar.

Als er das Büro betrat, begrüßte ihn Petra: »Glück gehabt!«

»Wieso?«, fragte Horst.

»Die Polizei hätte noch so gern mit dir geredet – aber du warst ja nicht da. Der Chef hat die beiden einfach rausgeschmissen.«

»Ich würde nie jemandem Umstände bereiten, wenn mir von Anfang an die Situation klar ist«, entgegnete der Ingenieur wie immer ausweichend.

»Freitag Termin, Horst«, rief Goroschka aus seinem Büro, dessen Tür immer offen stand. »Wir treffen uns an der zukünftigen Kita in Samtens. Jetzt geht's ans Eingemachte!«

Vermisstenanzeige

Ahmad Schachtir aus Braunschweig hatte schon zum sechszehnten Mal bei seiner Freundin angerufen. Sie ging einfach nicht ans Telefon. Wenn Ahmad eines nicht abkonnte, dann war es Ignoranz. Und wenn Brigitte, deren Name französisch ausgesprochen wurde, stundenlang nicht erreichbar war, machte ihn das wütend. Allerdings kam das selten vor. Und wenn, dann war Brigitte mit Freundinnen unterwegs und vielleicht mal eine oder anderthalb Stunden abgelenkt. Aber heute ließ sie schon seit über drei Stunden nichts mehr von sich hören.

Ahmad, sein Kumpel Aykút und dessen Freundin Celine saßen genauso lange im Earl, dem Restaurant des Hotels Schloss Ranzow. Von hier aus war Brigitte mit dem Rad gestartet. Sie wollte zur Piratenschlucht, das wären circa 45 Minuten gewesen. Zurück noch einmal die Zeit. Aufenthalt 30 Minuten. Alles in allem zwei Stunden. Brigitte war eine Radfahrerin aus Leidenschaft, ihren drei Freunden ging dieser Freizeitspaß völlig ab. Deshalb schnappte sie sich im Rügen-Urlaub jeden Tag das Rad und fuhr bestimmte Ziele an, die sie sich vorher aus Prospekten herausgesucht hatte. Für Ahmad eigentlich kein Problem, wenn sie erreichbar blieb. Allerdings war ihre letzte Nachricht eben jene drei Stunden her, die das Trio nun schon alkoholische Getränke in sich hineinfließen ließ. Dabei hatte man sich die Köpfe heiß geredet.

Ahmad und Aykü t, beide schon knapp über 20 Jahre alt, waren immer lauter geworden, während bei Celine Alkoholrausch die gegenteilige Wirkung erzeugte – sie wurde stiller.

»Sie macht so was nich', Digga«, tönte Ahmad auf Ayküts Vermutung, dass Brigitte vielleicht noch zu einer Party eingeladen worden sei und mitgefahren war. »Sie is' treu, Digga.«

»Viellaaicht is' was passiert. Unfall oder so«, mutmaßte Aykü t.

»Ruf mal die Polizaai an, Digga! Die weiß das. Is' ja hier nich' anders als baai uns.«

Aykü t nahm sein Smartphone vom Tisch und wählte die 110.

»Jaaa … hier Aykü t Gerü t … Wir sind aus Braunschwaaig und suchen unsere Freundin.«

»Maaine, Digga!«, rief Ahmad dazwischen.

»Wie? Ob wir sie als vermisst …« – »Klar, als vermisst …« – »Wo? Na, in Rügen.«

Ahmad riss seinem Kumpel das Telefon aus der Hand. »Hallo?«, brüllte er hinein. »Die fehlt schon saait vier Stunden.« – »Waaas? Zu kurz?« – »Das is' schon draai Stunden zu lang, Digga!« – »Waaas?« – »Revier?« – »Wo? Satznick? Kenn ich nich'.«

»Sassnitz«, piepste Celine in die laute Konversation.

»Ah ja, waaiß schon.« – »Ja … ja … geht, Digga.« Ahmad rief die Kellnerin, die sehr schnell auf die Ansprache reagierte, da die beiden Männer sonst jedes Mal noch lauter wurden. Das wollte sie unbedingt vermeiden, hatte es doch schon Beschwerden anderer Gäste gegeben.

Sie zahlten eine Rechnung von fast 100 Euro, orderten sich ein Taxi und fuhren ins Polizeirevier nach Sassnitz. Dort gab es reichlich Reibereien, weil Ahmad und Aykut alles viel zu langsam ging und sie wegen ihres alkoholisierten Zustands auch eher kein Verständnis für bürokratische Abläufe hatten. Zwischendurch versuchte Ahmad weiter, seine Freundin zu erreichen. Allerdings meldete sich jedes Mal nur die Mailbox, was den jungen Mann so wütend machte, dass er im Warteraum der Sassnitzer Polizei sein Mobiltelefon an die Wand warf.

Celine, 16 Jahre alt wie ihre Freundin Brigitte, saß meist ruhig da, beobachtete das Geschehen, kicherte vor sich hin und schwieg. In ihrem Kopf drehte es sich immer dann am stärksten, wenn sie sich bewegte. Also versuchte sie, ganz ruhig dazusitzen. Sie kannte das ja: Wenn sie nicht weiter Alkohol auf das Drehen im Kopf goss, ließ das irgendwann nach. Meist nach 40 bis 60 Minuten. Und die waren jetzt bald rum.

Nach dem Telefonwurf ermahnte ein Sassnitzer Beamter Ahmad, Ruhe zu halten, was den noch aggressiver machte. Allerdings schritt in dieser Situation Aykut ein und versuchte, dem anderen zu erklären, dass man sich von der Polizei doch helfen lassen wolle und es blödsinnig sei, sich mit den Uniformierten anzulegen. Das schien Ahmad langsam zu begreifen. Vielleicht war es aber auch die sich allmählich verändernde Wirkung des Alkohols, die ihn von einem wutschnaubenden Stier zu einem wimmernden Schoßhund werden ließ. Als er begann, verzweifelt die Geschichte seiner Liebe zu Brigitte vor sich her zu schimpfen, rollten ihm die Tränen übers Gesicht. In dieser Stimmung blieb der Urlauber auch noch, als ein Beamter eine Vermisstenanzeige aufnahm. Da Brigitte erst 16 Jahre alt war, musste die Polizei unverzüglich handeln.

»Wir werden einen Streifenwagen zur Piratenschlucht schicken«, sagte der Diensthabende. »Wenn wir sie dort nicht finden, fahren wir alle Strecken ab, die man zwischen Sassnitz und Lohme mit dem Rad nehmen kann. Ihnen empfehle ich, in ihrem Hotel zu warten, bis Sie von uns neue Informationen bekommen.«

Eine zweistündige Suche blieb erfolglos. Als Ahmad den Anruf der Polizei auf Ayküts Smartphone entgegennahm, rastete er aus und demolierte einige Möbel im Hotelzimmer. Das wiederum führte dazu, dass die Hotelleitung die Sassnitzer Polizei informierte, die sich dann direkt zum Schloss begab.

Ahmad hatte sich allerdings wieder beruhigt, als die Beamten im Hotel eintrafen. Er gelobte Besserung und bat unter Tränen, die Polizei möge alles tun, um seine Freundin zu finden.

Zu jenem Zeitpunkt war bereits ein Großeinsatz ausgelöst. Feuerwehr, Höhenrettung und Polizeikräfte suchten land- und wasserseitig von der Piratenschlucht bis runter zum Sassnitzer Hafen Steilküste und Uferzone ab.

Es kommt noch schlechter

Die Nachricht über ein vermisstes Mädchen erreichte das Bergener Ermittler-Quartett, als es auf der Rückfahrt in die Dienststelle war. Das Ganze ploppte bei allen Vieren mit unterschiedlichen Tönen in ihren Smartphones auf.

Jens Urban machte den ersten Spruch: »Na, wieder eine Urlauberin, die die Warnhinweise nicht richtig lesen konnte.«

»16«, sinnierte Diana Chupaski. »Gefährliches Alter. Da sind Mädchen sehr anfällig für Dummheiten.«

»Du meinst Selbstmord?«, fragte Schobel.

»Nicht auszuschließen«, sagte die Polizistin.

»Dann werden sie sie bald finden«, entgegnete Schobel, der gerade durch jenen Wald kurz vor der Abfahrt nach Ralswiek fuhr, in dem vor ein paar Jahren vier Jugendliche bei einem Verkehrsunfall ums Leben gekommen waren. Sie hatten einem betrunkenen Raser ausweichen müssen, der die Kurve schnitt.

Karsten Schwinka schwieg und dachte nach.

»Na, Herr Schwinka, haben Sie eine Theorie?«, fragte Urban ein wenig frech zu einer Plauderei aufgelegt.

Der Chef-Ermittler lächelte. »Da gibt es keine Theorie, Herr Urban«, antwortete er. »Warten wir ab, ob das Mädchen heute noch gefunden wird.«

Zur Auswertung der Vernehmungen im Hauptrevier in Bergen ließ sich Schwinka von Chupaski und Urban kurz schildern, mit wem sie gesprochen hatten und was dabei herausgekommen war. Als Urban in einem Nebensatz salopp erwähnte, dass sie Horst Schuster nicht befragt hätten, glaubte er im ersten Moment, sich verhört zu haben.

»Wie bitte?«, unterbrach Schwinka den Redefluss des Anklamers scharf.

»Nun, er war verschwunden, als wir von dem Geschäftsführer unsanft aufgefordert wurden, zu gehen«, sagte Urban entschuldigend. Er begriff sofort, worauf sich der Zwischenruf Schwinkas bezog.

»Und dann sind Sie nicht noch einmal zurückgegangen?«

»Naja, hinten raus war die Zeit schon recht weit fortge…«

»Wollen Sie mir jetzt damit kommen, Sie hätten keine Zeit gehabt, mit einer der wichtigsten Personen zu reden?«

Jens Urban wurde es unbehaglich. Der kalte, scharfe Ton des Bergener Kripo-Mannes irritierte ihn. »Naja, keine Zeit nicht …«, wand er sich.

»Was dann?«

»Wir hatten schon viele Hinweise zusammengetragen, sodass …«

»Also nicht wichtig genug?«

»Doch … doch wichtig genug …« Urban begriff langsam, dass er einen Riesenfehler gemacht hatte.

»Also!«

»Er ist ein Bauingenieur, Familienvater …«

»Interessiert mich nicht.« Schwinka blieb unnachgiebig. Urbans Worte prallten an ihm ab, wie an eine Wand geworfene Tennisbälle.

»Wir wollten zurück«, sagte Chupaski kleinlaut.

»Dann ist das irgendwie durchgerutscht«, ergänzte Urban.

»›Durchgerutscht‹ also«, echote Schwinka. »Ich hatte Ihnen beiden eine klare Anweisung gegeben. Und Schuster war unbedingt zu befragen.«

Die zwei Gemaßregelten schwiegen. Chupaski hatte sogar ein wenig den Kopf gesenkt.

»Ich erwarte von Ihnen akribisch aufgeschriebene Protokolle über alle Vernehmungen. Außerdem will ich einen schlüssigen Bericht über ihr Versäumnis, mit einem der wichtigsten Zeugen zu sprechen. Heute noch!«

Jens Urban stand der Mund offen. »Heute noch?«, fragte er ungläubig. »Wenn wir das vernünftig machen wollen, brauchen wir dazu drei, vier Stunden. Wenn nicht länger.«

»Schwang da eben die Ankündigung mit, es um der lieben Zeit Willen oberflächlich machen zu wollen?«, fragte Schwinka. Und es klang bedrohlich.

»Nein, natürlich nicht«, sagte Urban, immer noch überrascht, denn auf derart viele Überstunden war er gar nicht eingestellt.

»Also dann. An die Arbeit!«

Chupaski und ihr Kollege verließen das Büro des Kripo-Chefs wie geprügelte Hunde. Während sie sich unheimlich schämte und fürchtete, eine Chance vertan zu haben, sich für weitere Ermittlungen zu empfehlen, schob er auf Schwinka einen gehörigen Frust. »Mein Gott«, begann Urban noch auf dem Flur. »Man kann es auch übertreiben. Dieser Schuster läuft uns doch nicht weg.«

»Unser Fehler …«, sagte die Hauptmeisterin.

»Den kriegen wir aber auch nicht damit wieder ausgebügelt, indem wir die halbe Nacht im Revier verbringen. Ist ja wie im Kindergarten. Man kann es wirklich übertreiben.«

»Er stand aber als zu vernehmender Zeuge auf der Liste.«

»Ja, weiß ich doch.«

Sie betraten beide eines der Büros, die den Mitgliedern der Mordkommission zur Verfügung standen. Hier saß noch ein weiterer Kollege, der in seine Arbeit vertieft war.

»Also, Protokolle liegen mir nicht«, sagte Urban laut. »Die erledigst du, Diana! Ich kümmere mich um den Bericht.«

Chupaski stutzte.

Der Mann am Computertisch hob seinen Kopf. »Na, ihr zwei«, sagte er. »Erfolgreich gewesen in Sassnitz?«

»Klar doch«, sagte Urban. »Brisante Angelegenheit. Wir werden das heute noch alles zu Protokoll geben müssen. Die Zeit drängt.«

Diana Chupaski fehlten die Worte. Tagsüber dachte sie noch, die angeberische Art ihres Kollegen würde mit seinem eigenen Stil der Befragung zusammenhängen. Mittlerweile kapierte sie aber, dass sich Urban permanent in den Vordergrund spielte. Und wie er eben die Aufgaben verteilt hatte, hätte eigentlich eine unmissverständliche Antwort verdient gehabt. Da die Polizistin heute aber noch vorankommen wollte und mit dem Schreiben von Protokollen überhaupt keine Probleme hatte, beließ sie es bei einem »Ich kann die Protokolle gern schreiben, denn der Bericht stellt ja eine echte Herausforderung dar«.

Diese Reaktion missfiel Urban zwar, als er aber sah, dass der andere Kollege davon keine Notiz nahm, zuckte er nur mit den Schultern.

Auch Schobel saß bereits seit zwei Stunden an den Niederschriften der Sassnitzer Gespräche, als Schwinka zu ihm ins Büro kam.

»Schon gehört?«, fragte er sofort. »Die haben das Mädchen nicht gefunden.«

»Nee, noch nicht«, sagte Schobel und griff nach seinem Smartphone, um die polizeiinterne Information zu lesen. »Da haben die aber richtig aufgefahren«, kommentierte er nach zwei Minuten das Gelesene. »Komisch, dass es keine Spur von ihr gibt. – Vielleicht ist sie ja abgehauen?! Gehört sie zu einer Familie?«

»Sind zwei Pärchen im Schloss Ranzow«, sagte Schwinka. »Ihr Freund ist ein arabischstämmiger Braunschweiger, der ihrer Freundin kommt aus einer deutsch-türkischen Familie. Die Mädchen sind gerade erst 16, die Männer 22 und 23 Jahre alt.«

»Oh, Minderjährige mit ihren Freunden auf Urlaub? Da fangen die Schwierigkeiten ja schon an«, sagte Schobel und ließ von seiner Arbeit ab.

»Diese Konstellation würde die These stützen, dass sie sich tatsächlich aus dem Staub gemacht hat. In dem Alter werden partnerschaftliche Streitigkeiten ja schnell mal zum Drama. Allerdings ist sie nicht erreichbar. Weder von ihrem Freund noch von ihren Eltern, die informiert wurden.«

»Das hört sich gar nicht gut an«, meinte Schobel.

»Pass auf! Es kommt sogar noch schlechter«, sagte Schwinka, der sich auf einen der leeren Bürostühle setzte. »Es gibt zwischen der Piratenschlucht und Schloss Ranzow mindestens drei in Nuancen unterschiedliche Strecken, die mit dem Fahrrad gefahren werden können und im Wesentlichen von Wäldern gesäumt werden …«

»Ich ahne etwas …«

»… und der Weg zwischen der Straße und der Piratenschlucht ähnelt dem im Wald an der Stubbenkammerstraße außerordentlich.«

»Ach du jeh, du meinst also, sie könnte …«

»Genau das meine ich«, sagte Schwinka. »Wenn das Mädchen mal nicht unsere Nummer drei ist?!«

»Das wäre eine ausgewachsene Katastrophe …«

»Wir müssen morgen in aller Herrgottsfrühe noch einmal eine Suche starten«, kündigte Schwinka an. »Und vielleicht genügt es ja, diese im Umfeld der Piratenschlucht durchzuführen.«

»Was ist eigentlich mit ihrem Fahrrad? Da wo das Rad ist, da ist vermutlich auch das Mädchen.«

»Wie vom Erdboden verschluckt.«

Keine guten Gedanken

Horst lag wach und starrte an die Decke. Neben ihm schnarchte Gabi. Der Abend war verlaufen wie jeder andere auch: ein kurzer Dialog mit Jason, Abendbrot, Waschen und Zähneputzen, Fernsehgucken und dann zu Bett. Unterbrochen wurde dieser Ablauf lediglich von Gabis kleinen Sticheleien.

Er konnte nicht schlafen. Diesmal rumorte es in ihm. Das Herz pochte immer mal wieder heftig, er bekam Schweißausbrüche, der Magen schmerzte – und es zog in den Lenden. Natürlich nicht alles zusammen. Die Symptome wechselten aber recht häufig und in kurzen Abständen. Manchmal spürte er Angst, dann war es Lust, ja Mordlust gar. Er schwamm auf einer Welle der Euphorie und stürzte in nur wenigen Sekunden plötzlich in ein tiefes Loch der Traurigkeit. Das Mädchen von gestern hatte in ihm endlich all jene Emotionen ausgelöst, die er all die Jahre gesucht hatte. Dabei konnte er sich nicht einmal mehr an ihr Gesicht erinnern. Aber darum ging es gar nicht: nicht um ihre Augen oder ihren Mund, nicht um ihre Figur oder ihren Geruch, auch nicht um ihr Alter oder darum, ob sie hübsch oder hässlich war. Was er gewollt hatte, war die komplexe Verschmelzung aus Akt, Fantasie und Befriedigung. Diesmal hatte es funktioniert: Jeden Schlag, jeden Tritt hatte er genossen. Jedes Geräusch war ihm durch und durch gegangen. Und wie sich ihm Gabis Gesicht und ihr entsetzter Blick aufgedrängt hatten – das war der ultimative Moment. Als er neben der Toten gelegen hatte, war so viel Zufriedenheit über ihn gekommen, dass er das Mädchen für den Bruchteil einer Sekunde über alles liebte.

Er schaute rüber zu Gabi, die mit offenem Mund dalag und leise röchelte. Wenn er ihr jetzt das Kissen aufs Gesicht drücken würde, um sie zu ersticken, wäre sie danach zwar tot, es hätte aber keinen Effekt. Er konnte sich im Moment nichts Langweiligeres vorstellen, als seine Frau umzubringen. Aber irgendwann würde er es tun. Und diese Entscheidung träfe er dann ganz für sich allein. Noch gewährte er ihr die Gnade des Lebens. Gabis Zeit auf Erden lief allerdings ab. Und er war es, der den Moment des Finales bestimmen würde. ›Wenn ich wollte, könnte ich dich jetzt einfach töten‹, dachte Horst, als er noch einmal seine Frau ansah. ›Ich will aber gerade nicht.‹

Er drehte sich auf die Seite und wandte sich von seiner Frau ab. So gedemütigt er sich auch jeden Tag fühlte, so sehr er unter ihrem krankhaften Regime litt – er wurde sich endlich seiner Macht bewusst, fühlte sich frei und unbeschwert. Nur schlafen, schlafen konnte er heute Nacht deshalb aber immer noch nicht.

Alexander Suffig wälzte sich seit Stunden hin und her. In den letzten zwei Tagen hatte die Kommunikation zwischen Personen, die sich zum Teil schon seit 20 Jahren nicht mehr gesehen, nicht einmal gesprochen hatten, enorm zugenommen. Alle redeten von einem Thema, aber niemand sprach es aus. Suffig grübelte. Dabei wiederholten sich seine Gedankenspiele mehrfach und blieben bis ins letzte Detail gleich. Das war völliger Unsinn, raubte ihm den Schlaf, brachte ihn aber kein Stück weiter. Also versuchte er, sich dagegen zu wehren und mit Gewalt an schöne Dinge zu denken. Das funktionierte aber immer nur Minuten – und schon drehte sich in seinem Kopf alles wieder um die entstandenen Probleme.

Alle offenbarten Angst. Angst vor dem sozialen Kollaps, Isolation, Ächtung, finanziellem Verlust. Sie waren einfach zu alt, um zu kämpfen. Die Zeit der Intrigen und Ränkespiele war vorbei. Nur die Hoffnung, dass es bei Weitem nicht so schlimm werden würde, wie es werden konnte, bewahrte Suffig davor, buchstäblich die Wände hochzugehen. Seine Frau neben ihm drehte sich ebenfalls ständig von der einen auf die andere Seite. Dabei wusste sie nicht einmal die Hälfte von dem, was ihn jetzt belastete. Schlief sie überhaupt? »Marlies«, flüsterte Suffig. »Marlies.«

Sie atmete ruhig und sorglos.

Und so sollte es auch in Zukunft bleiben. Suffig wollte alles dafür tun.

›Ein furchtbares Jahr‹, dachte Wolfgang Perkert, der Geschäftsführer der RTV, als er durch sein kleines Hotel wanderte. Es war still im Haus, die meisten Gäste schliefen kurz nach Mitternacht schon. Aber Perkert konnte heute kein Auge zutun. Die Begegnung mit dem Polizisten machte ihm zu schaffen. Das, was sich da Stück für Stück vor ihm aufbaute, war eine Wand aus Problemen. Und die bedrohten in Teilen seine Existenz. Noch sah er genügend Auswege, die dunklen Wolken abzulenken. Allerdings mehrten sich seit Wochen jene Ereignisse, die er nicht beeinflussen konnte. Das hatte mit den Störtebeker-Morden angefangen, als nach der Absage der Festspiele auch ihm reichlich Buchungen wegbrachen. Dann gab es plötzlich tote Frauen auf der Insel, die sich auch nicht gerade als touristische Werbeträger eigneten. Und heute Abend sollte schon wieder eine junge Frau verschwunden sein. Das wusste er vom Glower Wehrführer, der mit seiner Truppe zur Suche mit ausgerückt war.

Aber wie dem auch sei, der Kripo-Mann war wie aus dem Nichts aufgetaucht und stellte sich nun mal eben als größte Bedrohung dar. Wie Perkert damit umgehen würde, wusste er noch nicht. Sich dem Drehbuch des Polizisten zu unterwerfen, war extrem gefährlich. Vor allem konnte der Hotelier nicht einschätzen, ob dieser Neumann nicht womöglich mit gezinkten Karten spielte. Vielleicht wäre es besser, die Flucht nach vorn anzutreten und sich beim Vorgesetzten dieses vorlauten Beamten zu beschweren?! Denn das, was der hier heute abgezogen hatte, war alles andere als eine legale Ermittlung.

Perkert streifte durch die Flure und spielte immer wieder die gleichen Szenarien durch. Als ihm das zu anstrengend wurde, ging er hinter den Bartresen. Er schenkte sich Whiskey, Gin und einen Wodka ein und trank alle drei Gläser kurz hintereinander mit jeweils einem Ruck leer. Ihm wurde warm um Bauch, Kopf und Herz. Er würde hier noch etwas verweilen, das wusste er. Denn an Schlaf war heute Nacht nicht mehr zu denken.

Nadine Pollwitz saß im Bett. Neben ihr lag Schwinka. Der schlief tief und fest. Die Binzerin hatte schon wieder Liebeskummer. Grund war die abweisende Art des Polizisten, der heute Abend kaum mit ihr gesprochen hatte. Diese Situation kannte sie noch vom letzten Mal, als sich ihre Zweisamkeit langsam in ein belangloses Nebeneinander aufgelöst hatte. Sie hatte sich so viel Mühe gegeben, eine verständnisvolle Partnerin zu sein. Aber ihre Grübeleien überlagerten mehr und mehr Realität und Vorhaben. Warum wollte er ihre Anstrengungen nicht anerkennen? Zwar meinte er, es habe nichts mit ihr zu tun, der Fall beschäftige ihn zu sehr. Glauben konnte sie das aber langsam nicht mehr. Womöglich hatte er sich auf Arbeit mehr und mehr Gedanken darüber gemacht, dass ihm das Zusammenleben mit ihr doch nicht so behagte, wie er es selbst anfangs glaubte. Was sollte sie nur tun? Was könnte sie anders machen, damit er sie liebte – so sehr liebte, dass er sie in allen Lebenslagen wollte. Auch, wenn ihm die Probleme über den Kopf wuchsen. Dann sollte er mit ihr reden. Sie war eine gute Zuhörerin. Aus Selbstmitleid rann ihr eine Träne die linke Wange hinunter. Sie hatte es doch endlich verdient, glücklich zu sein. Warum klappte das nicht?

Sie nahm das Smartphone vom Nachtschrank und fing an, im Netz zu surfen. Schlafen konnte sie nicht mehr.

Auf den Geschmack gekommen

Da Schwinka nicht mal eben nach Lust und Laune Feuerwehr und Suchtrupps alarmieren konnte, damit sie einen Wald durchkämmten, den sie womöglich schon durchstöbert hatten, setzte er Dienstagmorgen auf einen Alleingang. Sobald Oberstaatsanwalt Dückert erreichbar sein würde, wollte Schwinka ihn anrufen und über die veränderte Situation unterrichten. Oder besser – über seine Vermutungen. Dann konnte man zur Not immer noch ein Großaufgebot auffahren.

Schwinka und Schobel trafen sich bereits gegen 6 Uhr in Bergen, bestiegen den Dienstwagen und fuhren zum Wanderweg, der zur Piratenschlucht führte. Als sie dort eintrafen, war es noch ziemlich dunkel. Aber gegen 6.40 Uhr sollte die Sonne aufgehen. Vorerst blieben sie im Auto sitzen.

»Was, wenn sie das dritte Opfer ist?«, fragte Schobel.

»Dann wissen wir, dass unser Mörder jetzt endgültig auf den Geschmack gekommen ist«, sagte Schwinka schmunzelnd.

»Das ist aber nicht gerade sehr erhellend …«

»Sicher nicht«, sagte Schwinka beschwichtigend. Sein Kollege sollte nicht das Gefühl bekommen, nicht ernst genommen zu werden. »Leider würde das aber meine Theorie bestätigen, dass der Täter von der Willkürlichkeit der ersten beiden Verbrechen zu einer Planung übergeht.«

»Wieso das?«

»In Trent und in Sassnitz sind ihm die Frauen vermutlich über den Weg gelaufen. Und er entschloss sich im Augenblick der Begegnung, sie zu töten. Hat er die Urlauberin auf dem Gewissen, ist sie diesmal ausgesucht worden.«

»Warum? Weil sie nicht zu finden ist?«, wunderte sich Schobel über Schwinkas Schlüsse.

»Auch das«, meinte der Chef-Ermittler. »Aber sieh doch selbst, wo wir uns befinden. Hier musst du gezielt herfahren. Und während in Trent und im Wald in Sassnitz ständig Leute vorbeikommen konnten, ist der Publikumsverkehr hier draußen doch recht überschaubar. Und wenn du dein Opfer dann in einem unbeobachteten Moment sogar erst einmal nur kidnappst, kannst du mit ihm irgendwohin in den Wald fahren und es genüsslich töten.«

»Dann werden wir sie hier doch nicht finden.«

»Das ist durchaus möglich«, sagte Schwinka. »Aber zuerst möchte ich die Möglichkeit ausschließen, dass es zum Teil nicht doch so abgelaufen ist wie in Sassnitz. Was, wenn er sich nicht die Mühe gemacht hat, dass Mädchen fortzuschaffen, sondern alles hier erledigt hat. Die Unebenheiten in der Landschaft verschaffen dir unzählige Winkel, um dich zu verbergen. Und dass unser Mörder nicht zu langen Kämpfen aufgelegt ist, haben wir ja nun schon zweimal gesehen.«

Draußen war es heller geworden. In einem Umkreis von 150 Metern konnte man schon viel erkennen. Also begaben sich Schobel und Schwinka auf die andere Straßenseite, wo der Weg zur Piratenschlucht begann. Langsam schritten sie den Trampelpfand ab und achteten auf jede noch so kleine Auffälligkeit. Als sie nach einer halben Stunde am Steilufer anlangten, meinte Schobel, dass es wohl doch nichts zu holen gäbe.

»Los, noch mal zurück!«, sagte Schwinka. »Vielleicht haben wir etwas übersehen.«

Und tatsächlich. An einer Stelle, an dem der Weg eine Biegung machte und in beide Richtungen sehr gut einsehbar war, entdeckte Schwinka eine sich im Waldboden abzeichnende leichte Vertiefung. Da es bereits hell war, konnte der Chef-Ermittler in circa zehn Metern Entfernung eine weitere Senke sehen, in der jemand oder etwas Laub und Erde aufgewühlt hatte. »Komm!«, sagte Schwinka ohne weitere Erklärung und folgte der Spur in den Wald hinein.

Die beiden Polizisten gingen zügig einfach geradeaus, ohne lange nach weiteren Hinweisen zu suchen.

Nach ungefähr 150 Metern blieb der Oberkommissar plötzlich stehen. »Nicht hier«, sagte er und blickte zurück. »Wir müssen etwas nach links.« Schon war er wieder in Bewegung.

Schobel hinter ihm her. Sie brauchten keine weiteren 30 Meter zu gehen, als sie den Körper sahen.

»Scheiße«, rief Schobel und verfiel in einen holprigen Laufschritt. Vor der Toten blieb er abrupt stehen und blickte entsetzt auf den Boden zu seinen Füßen.

Als Schwinka sich neben ihn stellte, hörte er seinen Kollegen tief atmen, als würde ihm die Luft knapp. »Alles klar, Danilo?«, fragte der Oberkommissar.

»Es geht«, antwortete dieser. »Es ist nur … Mit was für einem perversen Monster haben wir es denn hier zu tun?«

Schwinka antwortete nicht gleich. Dann sagte er leise: »Mit einem Familienvater. Das ist der nette Kerl von nebenan. Und seine Opfer sitzen hier auf der Insel in einer Falle.«

Teufels Küche

Michael Neumann und Steffen Dorvitz arbeiteten an diesem Dienstagmorgen schweigsam. Das ging vor allem von dem Kommissar aus, der auf Dialogversuche von Dorvitz jedes Mal kurz angebunden reagierte. Ihn beschäftigte viel zu sehr sein Plan, den Fall von 1997 an Schwinka vorbei aufzuklären. Obwohl – einen richtigen Plan hatte Neumann gar nicht. Er stocherte im Nebel umher und hoffte, dass er an irgendeiner Stelle den Degen in einen Widerstand stieß. Bei seinem neuen Chef schien das ja auch ständig zu klappen. Mit seinem Griff nach der Rügener Tourismusvereinigung RTV konnte er richtig liegen. Tat er das nicht, war alles verloren. Und das machte Neumann Angst. Noch war es möglich, eine Kehrtwende einzuleiten. Wie die aussehen würde – ob er einfach alles auf sich beruhen ließ und die Ergebnisse der Aktensichtung unkommentiert weiterreichte oder ob er Schwinka an seinen Gedanken teilhaben ließ –, sei mal dahingestellt. Zumindest schienen die bisher von ihm begangenen Verfehlungen aus seiner Sicht erklärbar zu sein. Und jedes Mal, wenn Neumann im Kopf an eben dieser Stelle ankam, durchströmte ihn Erleichterung. Die wurde dann aber sofort von Rachegedanken und verbissenem Ehrgeiz erdolcht. Dem folgte dann zwar wieder das Gefühl des auf der Brust liegenden Mühlsteins, aber er war nicht hier, um mit Blumen im Haar und einem Lied auf den Lippen durch die Gegend zu hüpfen. Er wollte etwas bewegen – für andere und für sich natürlich. Vor allem sah er die Zeit längst gekommen, auf der Karriereleiter ein paar Stufen hinaufzuklettern. ›Hätte ich nur diesen scheiß Stellvertreterposten angenommen!‹, dachte er. ›Schwinka ist doch gar nicht der Typ, der sich lange Zeit irgendwo festsetzt. Außerdem hätte ich dann viel leichter daran arbeiten können, ihm das Leben schwer zu machen.‹ Und bei den riskanten Aktionen, die der Chef-Ermittler immer wieder startete, hätte Neumann ihm sicher irgendwann eine unverzeihliche Verfehlung nachweisen können. ›Scheiße!‹, dachte der Kommissar wieder. ›Was mache ich jetzt am Richtigsten?‹ Neumann schaute über seinen Computerbildschirm hinweg auf Dorvitz.

Der bemerkte das und ließ es ein paar Sekunden geschehen, bevor er noch einmal eine Kommunikation versuchte. »Was ist denn?«, fragte er.

Neumann schreckte unmerklich auf und senkte den Blick wieder auf den Bildschirm.

»Komm schon, Michael!«, sagte Dorvitz nachdrücklich. »Du bist im Vergleich zu Freitag heute vollkommen ausgewechselt. Was ist denn am Wochenende passiert?«

»Nichts«, antwortete der Angesprochene fahrig.

Dorvitz, dem die Atmosphäre schon die ganze Zeit nicht zusagte, blieb dran. »Das stimmt nicht. Ich kenne dich lange genug. Du bist kein Schweiger. Es sei denn, dich bedrückt etwas oder du heckst etwas aus.«

»Mmh«, sagte Neumann. Und »Oh Mann!«.

»Los!«

»Ich glaube, ich kann mich auf dich nicht mehr verlassen.«

»Hä? Warum das denn?«

»Du bist jetzt dicke mit dem Schwinka.«

»Quatsch!

»Doch.«

»Wieso denn?«

»In deinen Augen ist alles, was der macht, vernünftig.«

»Dass er ein guter Polizist ist, hat er ja nun eingehend bewiesen.«

»Siehst du, sag ich's doch«, unterbrach ihn Neumann. Er wollte dabei zwar selbstbewusst klingen, hörte sich aber eher wie ein bockiges Kind an.

»Aber Michael«, sagte Dorvitz, »das eine hat nichts mit dem anderen zu tun. Man kann doch anerkennen, dass er seinen Job gut macht. Deswegen muss ich doch nicht gleich in ihn verliebt sein.«

»Ach …« Neumann winkte ab.

»Ist es das?«

»Auch.«

»Was denn noch? Du kannst doch reden. Wir sind doch ein Team.«

»Sind wir das?«

»Ich würde dich nie in die Pfanne hauen. Und sei es noch so schlimm – auf mich kannst du dich hundertprozentig verlassen.«

Neumann schaute seinen Kollegen scharf an, als wollte er ihn mit seinen Blicken durchdringen, um etwas hinter ihm an der Wand zu erkennen. ›Ich brauche jemanden, mit dem ich das bereden kann‹, dachte er. ›Ich komme da sonst nicht weiter. Aber ist Dorvitz der Richtige? Ein Fachmann – sicher. Aber ein Mann für Geheimnisse?‹

Dorvitz schaute ebenso eindringlich zurück, wenngleich bei ihm dieser Blick ein wenig geschauspielert war. Er fand die Situation gerade etwas kurios.

»Gut«, sagte Neumann langsam, »lass uns mal was probieren.« Er lehnte sich zurück, verschränkte die Arme vor der Brust und wackelte mit seinem Bürodrehstuhl sanft hin und her.

»Gut«, entgegnete Dorvitz.

»Nach allem, was du aus den Unterlagen erlesen hast: In welche Richtung würdest du dich wenden, wenn du mit den Ermittlungen wieder beginnen müsstest?«, fragte Neumann.

»Mmh.« Dorvitz überlegte und lehnte sich seinerseits im Bürostuhl bequem zurück. »Das ist im Moment noch schwer zu sagen. Auf jeden Fall geht es da offensichtlich nicht um Mord aus niederen Beweggründen, glaube ich.«

»Gut.«

»Gut? Weißt du schon mehr?«

»Probier es weiter!«

»Nun, die Swinger-Geschichte ist eine Sackgasse, würde ich sagen. Und auch so finde ich im privaten Umfeld der beiden Frauen nur wenige Ansätze, um dort den Täter ausmachen zu können. Weikaths Familie ist sicher ein bisschen komisch, aber trotz der Geldsorgen und der zwischenmenschlichen Zerwürfnisse muss das nicht zwangsläufig in einem Mord enden. Und selbst wenn Weikaths Mann von dem Swinger-Kram erfahren hat, hätte das – so vermute ich – für ihn nicht gereicht, sie umzubringen. Dafür waren die beiden emotional viel zu weit voneinander entfernt.«

»Alkoholrausch?«

»Das ist so eine Sache … Hätte er dann die Kraft und den Verstand gehabt, sie am Nonnensee abzulegen?«

»Sicher nicht. Also, was denkst du?«

»Ich habe den Eindruck, dass unsere Kollegen damals das gemeinsame berufliche Umfeld der beiden Frauen etwas vernachlässigt haben. Und der politische Background, vor allem der der Saul, wurde meiner Meinung nach auch zu wenig beleuchtet. In Ansätzen – ja. Aber ich finde, da hätte man noch mehr wühlen müssen.«

»Du liegst gut«, sagte Neumann anerkennend. »Ich habe da eine ähnliche Richtung.«

»Aha?!«

»Und ich bin da auch schon einigen Sachen nachgegangen.«

»Wie meinst du das?«

»Ich habe recherchiert.«

»Im Netz?«

»Nein, vor Ort.«

»Wie? An den Auffindeorten?«

»Nein, ich habe Leute vernommen.«

»Au, verdammt«, sagte Dorvitz ehrlich betroffen, »du weißt, dass du das nicht darfst. Erst recht nicht, da die Wiederaufnahme der Ermittlungen noch nicht einmal genehmigt wurde.«

»Ich weiß das«, entgegnete Neumann und wurde in seinem Ton härter. »Ich erzähle dir das auch nicht, um von dir gemaßregelt zu werden. Vielmehr will ich dich einweihen, damit wir beide an dieser Sache arbeiten. Und wenn es nur ist, dass du zuhörst, Schlüsse ziehst und Ideen mit mir austauschst.«

»Oh Gott, Michael!«, sagte Dorvitz sichtlich entsetzt. »Du kommst in Teufels Küche. Und ich gleich mit.«

»Wenn wir es geschickt anstellen, kommt niemand in Teufels Küche.«

»Verdammt, Michael! Ziehe mich da bitte nicht mit rein! Und du solltest auch lieber die Untersuchungsergebnisse übermitteln und warten, wie die da oben es sehen und ob das Ganze dann noch einmal aufgerollt wird. Vielleicht werden wir dann ja trotzdem mit einem Teil der Ermittlungsarbeit betraut.«

»Eben, genau das möchte ich ja vermeiden«, schimpfte Neumann, »mit einem Teil der Ermittlungsarbeit beauftragt zu werden. Das ist eigentlich unser Fall. Ich habe ihn wieder ausgegraben und wir beide leisten die wichtigste Arbeit. Uns steht mehr als nur ein Teil der Ermittlungen zu!«

»Das ist doch ganz normal.« Jetzt hatte Dorvitz Neumann unterbrochen. »Irgendein Beamter muss die alten Ermittlungsunterlagen doch durchgehen. Und das, was wir da alles schon herausgefunden haben, macht uns alle Ehre.«

»Eben … eben … genau das sage ich ja.« Neumann war richtig laut geworden. »Wir machen die Arbeit und Schwinka heftet sich dann am Ende wieder das Erfolgsabzeichen ans Revers.«

»Aber …« Dorvitz wusste nicht recht, wie er darauf reagieren sollte. Oder besser – er wusste es schon. Nur wollte er

Neumann nicht pampig kommen. Also versuchte er es mit Diplomatie. »Wir müssen als Polizei doch zusammenarbeiten«, sagte er ganz ruhig. »Es geht doch um den Schutz der Bevölkerung. Und es geht darum, Verbrecher aus dem Verkehr zu ziehen. Da ist es doch wichtig, wenn wir an einem Strang ziehen.«

»Siehst du. Und das ist es, was ich meine. Seit der Schwinka mich aussortiert hat, willst du mit dem an einem Strang ziehen.«

»Aber Michael. Kein Mensch fragt mich, ob ich das will. Es ist aber unsere Aufgabe. Und Alleingänge sind kreuzgefährlich. Nicht nur für dich und deine Mitwisser ...« Dorvitz riss die Augen auf und machte eine kleine Pause. Dann fuhr er fort: »... sondern auch für den Fall selbst. Du weißt doch gar nicht, ob du damit etwas kaputtmachst. Vielleicht ist der Täter gewarnt und verwischt von nun auch noch die letzten Spuren. Oder verschafft sich ein spätes Alibi.«

»Das weiß ich alles selbst«, ärgerte sich Neumann. Dorvitz enttäuschte ihn. Hätte er bloß nichts erzählt.

»Komm schon, Michael!«, versuchte es der Polizeiobermeister noch einmal versöhnlich. »Ist es dein Frust auf Schwinka wirklich wert, alles kaputtzumachen? Überleg doch mal, was da alles dranhängt!«

Neumann schwieg. Er ärgerte sich über die Zurechtweisung des anderen mindestens so stark, wie er dessen Anteilnahme genoss. Der Kommissar war vollkommen zerrissen. Und gerade jetzt, wo sich die Dinge extrem zu verkomplizieren schienen, wusste er kaum noch, wie es weitergehen könnte. »Ich glaube, du verstehst das einfach nicht«, brummte Neumann.

»Ich weiß nicht, ob das wirklich so ist«, meinte Dorvitz, der bemerkenswert ruhig blieb und gar nichts von seiner sonst so typischen Nervosität an sich hatte. »Ich kann total nachvollziehen, dass du mit Schwinka einfach nicht zurechtkommst. Denn auch ich glaube, dass du dort auf diesen Stuhl gehörst.«

»Wirklich?« Neumann legte in seine Skepsis obendrein ein wenig Süffisanz hinein.

»Ja, absolut«, versicherte Dorvitz und riss seine Augen auf. Die lässige Sitzhaltung hatte er schon längst aufgegeben. »Du bist einer der besten Polizisten, die wir hier haben. Und schon deswegen darfst du dem Neuen nicht andauernd Gründe liefern, dich zu bremsen.« Und sich zu Neumann hinüberneigend und die Stimme senkend: »Warte doch lieber auf deine Chance! Erzwinge sie nicht! Und wenn es ein oder zwei Jahre dauert. Mensch, Michael, wir sind doch noch im besten Alter.«

»Das ist schwer«, gab Neumann zu. »Abwarten und so tun, als wäre man domestiziert – das macht mir zu schaffen.«

»Du schaffst das! Nicht noch ein Fehltritt. Dann bist du womöglich weg vom Fenster. Und Schwinka hat hier freie Bahn.«

»Und ich dachte immer, du wärst mittlerweile komplett auf seiner Seite.«

»Quatsch! Ich bin auf deiner Seite. Wir sind hier durch dick und dünn gegangen. Der ist nur ein Emporkömmling.« Steffen Dorvitz sah die Dinge bei Weitem nicht so, wie er sie Neumann gerade darlegte. Er hatte nämlich überhaupt kein

Problem damit, unter einem Kripo-Chef zu arbeiten, von dem alle im Revier ganz offensichtlich noch einiges lernen konnten. Aber er wollte Neumann unbedingt von dessen fixer Idee abbringen, das '97er Verbrechen im Alleingang lösen zu wollen. Nicht nur wegen Neumann selbst, sondern vor allem auch, um die neuen Ermittlungen nicht zu gefährden. Würde der Fall nämlich neu aufgerollt, konnten es sich die Bergener Kriminalisten nicht noch einmal leisten, diesen ungelöst ad acta zu legen. Ihr guter Ruf wäre komplett ruiniert. Sie hatten die Pflicht, den Täter von damals aufzuspüren. Auch wenn dies jetzt schwerer werden würde, als es vermutlich damals gewesen wäre.

»Gut«, sagte Neumann, der wieder etwas in sich gekehrt nachgedacht hatte. »Ich folge deinem Rat. Lass uns Schwinka die Ergebnisse auftischen! Ich werde ihm auch die beiden Vernehmungen mitteilen müssen. Vielleicht lasse ich sie eher unter die Rubrik ›unverbindliche Unterhaltung‹ fallen. Kann mir ja keiner nachweisen, mit welcher Motivation und unter welchen Umständen ich die Gespräche geführt habe. Du musst aber sagen, dass ich dich eingeweiht hatte …«

›So ein Mist‹, dachte Dorvitz und lächelte Neumann schüchtern an. ›Jetzt muss ich meinen Kopf hinhalten für etwas, dass ich nicht einmal bei völliger Umnachtung tun würde.‹ – »Na gut«, sagt Dorvitz zögerlich.

Neumann nickte.

Dankbar? Eher nicht. Dieses Nicken galt dem Ende des Gesprächs. Und dem Fakt, dass es jetzt so laufen würde, wie er, Neumann, es festgelegt hatte.

Der letzte Baustein

Schwinka und Schobel funktionierten wie ein Uhrwerk: Der Oberkommissar alarmierte den Erkennungsdienst, Schobel rief Unterstützung aus dem Sassnitzer Revier, Schwinka besprach den weiteren Tagesablauf mit seinem Stellvertreter Hortung, Schobel sicherte den Zugang zum Wanderweg und verwehrte ersten Urlaubern den Zutritt, Schwinka nahm die Sassnitzer Kollegen in Empfang und ordnete die weiträumige Sperrung an, Schobel machte derweil erste Fotos von Leiche, Weg, Zugängen und Parkflächen.

Und dann bekam der Chef-Ermittler einen Anruf. Oberstaatsanwalt Dückert.

›Mist!‹, dachte Schwinka. ›Das ging ja schnell.‹

Dückert war überhaupt nicht in Plauderlaune und beorderte den Kriminalisten zu sich nach Stralsund. Der ärgerte sich über dieses erneute Muskelspiel, kosteten ihn diese Fahrten nebst Rapport doch wertvolle Zeit, die er gern anderweitig genutzt hätte. Und es wäre in jedem Fall sinnvoller gewesen, Dückert wäre mit raus zum Tatort gekommen, um sich ein Bild von der Situation zu machen. Denn immerhin oblag es dem Oberstaatsanwalt, die Ermittlungsrichtung festzulegen. Schnell wurden dabei auch mal falsche Entscheidungen getroffen.

Schobel blieb an der Piratenschlucht, als sich Schwinka gegen 10.30 Uhr nach Stralsund aufmachte. Der Hauptmeister würde schon wieder irgendwie nach Bergen kommen.

Pjotr Dückert sprang hinter seinem Schreibtisch sofort auf, als der Oberkommissar das Büro betrat. »Ich bin erschüttert«, sagte er bissig.

»Ich auch«, antwortete Schwinka.

»Von Ihnen habe ich ehrlich gesagt auch keinen vernünftigeren Beitrag erwartet«, blieb der Oberstaatsanwalt distanziert. »Allerdings erwarte ich von Ihnen jetzt und hier einen detaillierten Bericht über die aktuellen Ereignisse und den Ermittlungsstand.«

»Darf ich mich setzen?«, fragte Schwinka, der zwar keinen Wert auf ein Begrüßungsritual legte, die angespannte Stimmung aber trotzdem gern etwas lösen wollte.

»Bitte!«, bellte Dückert und setzte sich ebenfalls wieder.

»Die Tote von heute Morgen war nicht zu vermeiden gewesen«, sagte Schwinka nüchtern.

»Wie bitte?«, polterte Dückert. »Sind Sie von Sinnen?«

»Keineswegs.« Der Polizist blieb ruhig. »Wenn ich die Möglichkeit bekomme, erläutere ich es Ihnen.«

»Na, da bin ich aber gespannt ...«

Schwinka setzte sich etwas aufrechter hin. »Vieles ist in diesem Fall immer noch sehr spekulativ ...«

»Das merke ich«, warf Dückert ein, um jenen Moment auszukosten, in dem er Schwinka mit dem Rücken an der Wand vermutete. Denn bei allem Respekt, den er dem Kriminalisten nach den Störtebeker-Morden zugestanden hatte, blieb Dückert ein Mann, der für das eigene Selbstwertgefühl die Zurücksetzung anderer Personen benötigte. Schwinka war da wie eine emotionale Wertanlage: Konnte er den zum Kniefall zwingen, verschaffte es ihm, dem Oberstaatsanwalt, gleich mehrere Tage der Zufriedenheit.

Schwinka überhörte die Unterbrechung und sprach weiter. »Es gibt aber einige Zusammenhänge, die bereits für ein ziemlich klares Bild sorgen …«

»Da bin ich aber gespannt«, giftete Dückert erneut dazwischen. Dass er sich fast wortwörtlich wiederholte, bestätigte Schwinka in seiner Vermutung, dass der Oberstaatsanwalt die momentane Konfrontation künstlich heraufbeschwor.

»Die beiden vorangegangenen Morde beging unser Täter aus Impulsen heraus – ohne Planung, ohne Absicherung. Die Tatorte und die Leichen zeigen uns das. Wenn allerdings jemand dazu in der Lage ist, total impulsiv derart brutale Verbrechen zu begehen, hat er einen inneren Antrieb. Der wurde in Gang gesetzt, musste jetzt aber noch kanalisiert werden. Heißt – will der Täter noch weitere Morde begehen, ohne erwischt zu werden, muss er seine Taktik ändern beziehungsweise überhaupt erst mal eine entwickeln. Dass dies nur eine Woche dauern würde, war natürlich nicht abzusehen. Allerdings lief bei unserem Gesuchten seit dem Mord im Wald alles darauf hinaus, dem nächsten Opfer nicht durch Zufall zu begegnen, sondern es bewusst zu wählen.«

»Wie kommen Sie auf diese Theorie?«, fragte Dückert, der schon aus Prinzip skeptisch blieb.

»Wie ich schon sagte: Alles bisher Geschehene lässt genau diese Schlüsse zu. Und der Mord an dem Mädchen ist der letzte Baustein. Ich war vorhin bestimmt etwas provokant, als ich sagte, ihr Tod sei nicht zu vermeiden gewesen.

Vielleicht hätte er es nicht sein müssen. Aber diese Entscheidung traf der Mörder ganz allein. Er hätte auch vier oder sechs Wochen brauchen können, um sich klar darüber zu werden, wie er weiter vorgehen wollte. Allerdings scheint er nicht nur intelligent zu sein, sondern einen so extrem starken Antrieb zu haben, dass er keine Zeit verlieren will. Und das – so ungern ich das feststelle – gilt auch für ein womöglich viertes Opfer.«

»Wollen Sie mir hier jetzt die nächste Tote ankündigen, um vom eigenen Unvermögen abzulenken?«, fragte Dückert empört, wenngleich sein Ton an Schärfe verlor.

»Sie wissen selbst, dass es hier nicht um das Kaschieren von Unvermögen geht. Wir sind lange genug in unseren Jobs, um den Realitäten ins Auge schauen zu können. Und dazu gehören weitere Tote …«

»Herr Schwinka, bitte verschonen Sie mich mit weiteren Toten!«, sagte Dückert. Und es klang tatsächlich ein wenig flehend.

»Nichts, was ich lieber täte«, sagte der Kripo-Mann. »Dann lassen Sie mich weiter in die Richtung ermitteln, die ich eingeschlagen habe!«

»Oh, ganz dünnes Eis«, meinte Dückert, stand auf, kam um den Schreibtisch herum und stellte sich vor Schwinka hin, indem er mit dem Gesäß an der Tischkante lehnte. Dabei verschränkte er die Arme vor der Brust. »Sie sind ja offensichtlich nicht vorangekommen. Stattdessen haben wir die dritte erschlagene Frau. Ich würde vorschlagen, registrierte Sexualstraftäter und Totschläger unter die Lupe zu nehmen. Vermutlich ist unser Mörder dort eher zu finden. Auch sollten Sie sich bei Ihren weiteren Ermittlungen verstärkt auf Sassnitz und Umgebung konzentrieren, statt an diesem Trent zu hängen. Mir sieht es doch eher danach aus, dass der Mörder an dem besagten Sonntag zufällig – um in Ihrem Duktus zu bleiben – dieses Dorf aufsuchte, ansonsten aber sein Lebensumfeld auf der Halbinsel Jasmund hat.«

»Und ich sage Ihnen, er lebt in Trent.«

»Warum sind Sie sich da so sicher?«

Schwinka erzählte Dückert von seiner Begegnung am Sturmsonnabend und musste sich noch einmal Vorwürfe anhören, warum er das Phantom denn nicht sofort gestellt hatte. Der Oberstaatsanwalt fing allerdings schon wieder an, dem Polizisten im Stillen wegen seines Arbeitseifers und seines Scharfsinns zu bewundern. »Wenn Sie diese Schiene weiterfahren wollen, müssen Sie aber damit leben, den DNA-Massentest nicht zu bekommen. Dem Richter wird Ihre unheimliche Begegnung der dritten Art nicht genügen«, vermutete Dückert.

»Das ist nicht das Problem, wenngleich das Ganze die Lösung des Falls enorm beschleunigen könnte«, sagte Schwinka. »Viel wichtiger wäre mir eine Genehmigung zur Wiederaufnahme der Ermittlungen zum Mord an den beiden Frauen von 1997. Das erfordert zwar einen immensen zusätzlichen Aufwand, ich denke aber, dass es sich lohnen wird. Glauben Sie mir: Der Täter, so er denn auf Rügen lebt, wird spätestens seit den Presseberichten vom Freitag aufgeschreckt sein. Er muss damit rechnen, dass wir den Fall noch einmal anfassen und am Ende doch noch auf ihn kommen. Er wird Fehler machen, oder sich vielleicht sogar selber stellen.«

»Sagen Sie mir, dass die drei aktuellen Morde nach dem gleichen Muster geschahen, wie vor 20 Jahren und dass Sie vermuten, es mit demselben Täter zu tun zu haben – dann klingt das erfolgversprechend und Sie kriegen mein Okay.«

»Mmh, das zu sagen, ist nicht das Problem«, sagte Schwinka. »Wir würden dann allerdings in eine völlig andere Richtung ermitteln, da es definitiv nicht derselbe Täter ist. Die Geschichte von damals hat völlig andere Hintergründe. Nur wissen wir halt noch nicht so recht, welche.«

Dückert befand sich mittlerweile in einer sehr versöhnlichen Stimmung. Die Schilderungen des Ermittlers klangen erneut sehr überzeugend. Und er konnte nicht umhin, dem Mann von der Insel ein Gespür für ungewöhnliche Lösungsansätze zuzugestehen. »Das Zauberwort ist bei diesen ungelösten Fällen ›erfolgversprechend‹«, sagte der Oberstaatsanwalt. »Also?«

»Oh, total – total erfolgversprechend«, reagierte Schwinka sofort. »Also neue Ermittlungen sind so was von erfolgversprechend, da möchte ich fast ein Erfolgsversprechen abgeben.« Schwinka grinste.

Dückert lachte kurz auf. »Gut, dann legen Sie los!«, sagte der Oberstaatsanwalt. »Haben Sie schon eine Richtung?«

»Berufliches und politisches Umfeld.«

»Klingt unspannend.«

»Ist es aber gar nicht. Ich kann Ihnen morgen Vormittag höchstwahrscheinlich mehr Informationen geben.«

»Gut, dann verlasse ich mich da mal drauf.«

»Fahren Sie heute noch raus?«, wechselte Schwinka unvermittelt das Thema.

»Sollte ich?«

»Wenn Ihnen der Anblick der Kische in Sassnitz gereicht hat, rate ich ab. Das Mädchen im Wald ist noch schlimmer zugerichtet.«

»Ach Gott, ernsthaft?« Dückert war betroffen.

Schwinka nickte.

»Jetzt kommt der Kerl wohl in Fahrt«, mutmaßte Dückert.

»Wie ich schon sagte ...«, fügte Schwinka an.

»Heute Nachmittag schaue ich mir das Ganze mal an.«

Danach ließ sich der Oberstaatsanwalt noch die Ergebnisse aus den jüngsten Vernehmungen mitteilen und besprach mit Schwinka die nächsten Schritte. Dückert entwickelte dabei geradezu Zutraulichkeit und kam ins Plaudern.

Das war zwar ganz nett und Schwinka hätte sich zu jedem anderen Zeitpunkt auch sicher darauf eingelassen, heute drängte aber die Zeit, weshalb er sich an dem Dialog schließlich nur noch wortkarg beteiligte. Da Dückert diese Zeichen nicht zu deuten wusste, wies der Polizist nach einiger Zeit auf noch anstehende Verpflichtungen hin.

Dückert war es sichtlich unangenehm, so brüsk aus seiner Unterhaltung gerissen worden zu sein. Er ließ Schwinka aber ohne Zorn ziehen. Natürlich blieben Zweifel, denn Schwinka konnte sich trotz der Stärke seiner Argumente irren. Dückert hoffte aber, dass er sich auf diesen Mann verlassen konnte. Und seine Hoffnung besiegte die Zweifel.

Blackout

Im Revier trommelte Schwinka sofort alle zusammen, die mit dem aktuellen Fall beschäftigt waren. Bevor er allerdings in den Versammlungsraum gehen konnte, um die Lage zu besprechen und Aufgaben zu verteilen, klopfte es an seiner Bürotür. Auf sein etwas ungeduldiges »Herein!« steckte Michael Neumann seinen Kopf durch den Spalt.

»Herr Oberkommissar?«

»Ja, was gibt es Neumann?« Das klang nicht freundlich.

»Haben Sie noch kurz fünf Minuten?«

»Versammlung.«

Neumann trat trotzdem ein und schloss die Tür. »Es wäre aber eben genau für diese Versammlung wichtig, wir würden kurz reden.«

Schwinka schnappte sich seine Unterlagen, setzte sich halb auf die Schreibtischkante und sagte: »Fünf Minuten.«

»Okay«, suchte Neumann einen Übergang.

Schwinka verwunderte die fast schüchterne Zurückhaltung des Kommissars. Diese Seite kannte er an Neumann noch nicht.

»Es gibt aus meiner Sicht einen Ermittlungsansatz bei den beiden alten Morden.«

»Ach, tatsächlich?«

»Ja, ist so. Es gibt diesbezüglich Hinweise in Vernehmungsprotokollen, die damals nicht noch einmal gecheckt wurden.«

»Na dann, sagen Sie kurz, wohin die Reise geht!«

»Vielleicht Erpressung, vielleicht Steuerhinterziehung, vielleicht Betrug – auf jeden Fall könnte es mit einer riesigen Menge Geld zusammenhängen.«

»Und das haben Sie aus Vernehmungsprotokollen herausgelesen?« Schwinkas Interesse war geweckt. Vor allem, weil Neumanns Worte seine eigenen Überlegungen zu bestätigen schienen. Er ging zurück auf seinen Drehstuhl und gebot Neumann, Platz zu nehmen.

»Ja, zuerst«, sagte Neumann. Dann druckste er. »Und ich habe Gespräche geführt.«

»Wie jetzt ... Gespräche ... mit Zeugen?«

»Ja ... ähm ... kann man so sagen.«

Schwinka holte tief Luft, ließ seinen Kopf nach unten sinken, sodass er kurz mit der Stirn die Schreibtischplatte berührte. »Neeeeuuuumannnnn!«, sagte er gedehnt und schaute wieder hoch. Schwinka stand auf, ging zur Tür und rief einem vorbeigehenden Beamten zu, dass die Sitzung erst in einer halben Stunde stattfinden würde. Dann schloss er die Tür wieder und setzte sich zurück auf seinen Stuhl. »Na dann, erzählen Sie mal!«

Michael Neumann sprach offenherzig. Ihm war anzumerken, dass er sich eine Last von der Seele redete. Dabei verlor er zum ersten Mal vollkommen die lauernde Distanz zu Schwinka, die ihm seine Abneigung gegen den Vorgesetzten bei jeder Begegnung aufzwang. Der Oberkommissar dachte nur für wenige Sekunden daran, dass Neumann diese mitteilsame Art lediglich als Mittel zum

Zweck der Absolution vorspielen könnte. Vielleicht hatte der Kriminalist begriffen, dass sein Alleingang zu schwerwiegenden Konsequenzen führen konnte und zog deshalb jetzt die Reißleine. In solchen Situationen war die Flucht nach vorn oft das beste Mittel, um eigene Fehlleistungen abzufedern.

Nach gut zehn Minuten, als der Kommissar anfing, sich bei dem ein oder anderen Gedanken zu wiederholen, unterbrach Schwinka ihn. »Einiges klingt ja ganz gut«, sagte der Chef-Ermittler. »Und ich finde die Abläufe auch irgendwie schlüssig. Nur – warum haben Sie überhaupt angefangen, mit den Zeugen zu sprechen? Die Ermittlungen sind offiziell noch gar nicht wieder aufgenommen worden.«

»Tja, ähm … wie soll ich sagen? Nun, ich wollte mit handfesten Sachen antreten können«, druckste Neumann.

»Also, da finden Sie in den alten Vernehmungsprotokollen einen geradezu sensationellen Hinweis, der damals unberücksichtigt geblieben ist, und wollten mit diesen illegalen Vernehmungen für ›handfeste Sachen‹ sorgen? Das klingt für mich wiederum nicht sehr logisch.«

»Ich hatte diese Hinweise wohl nicht als so – wie sie sagen – sensationell bewertet.«

»Blödsinn! Die Informationen haben Sie doch sofort handeln lassen«, sagte Schwinka ernst. »Das zeigt mir doch, dass Sie sehr wohl wussten, wie brisant sie sind.«

»Ich war mir nicht sicher …«

»Neumann!«

»Na, eben weil die Ermittlungen noch nicht wieder aufgenommen wurden, dachte ich, es wäre nicht schlecht, schon mal ein paar weitere Fakten zusammenzu…«

»Nee«, beendete Schwinka die Ausführungen des anderen rigoros. »Damit kämen Sie auch bei einer internen Untersuchung des Vorfalls gegenüber den ermittelnden Kollegen kein Stück weiter. Solch ein Verhalten traut man bestenfalls einem jungen Polizisten zu, der gerade seinen Abschluss gemacht hat und in der Etappe versucht, sich zu profilieren. Sie sind aber ein gestandener Beamter, der ganz genau zu werten weiß, welche Hinweise von Bedeutung sind und welche nicht. Und das, was dieser Schwabe da erzählt hat, hätte eigentlich sofort bei mir auf den Tisch kommen müssen. Das wäre unser Türöffner für die erfolgversprechende Wiederaufnahme der Ermittlungen gewesen.«

»Ich hatte da wohl so was wie einen Blackout.«

»Neumann, hören Sie!« Schwinka schlug einen vertraulichen Ton an. »Um als Kriminalisten gut zusammenzuarbeiten, müssen wir uns an den Wochenenden nicht gegenseitig zum Mittag einladen. Es genügt, wenn jeder von uns erst einmal die Situation akzeptiert, wie sie ist. Dann kommt vielleicht noch hinzu, dass man es schafft, sich gegenseitig zu respektieren. Im schlechtesten Fall stehen wir uns nicht mehr im Weg, im besten verbannen wir Kapitalverbrechen von der Insel Rügen.«

›Geschafft‹, dachte Neumann. So offen er in das Gespräch gegangen war, so sehr gefiel er sich in diesem Moment darin, Schwinka erneut zur Nachsicht bewegt zu haben. »Da haben Sie womöglich recht«, sagte der Kommissar und lächelte dabei ein wenig.

Schwinka schaute auf die Uhr. »Ich werde jetzt wieder die Beratung einberufen«, sagte er. »Dort werden Sie Ihre Erkenntnisse detailliert darlegen. Auch die aus den Gesprächen. Weiß ja keiner, dass die ohne Rücksprache erfolgten.«

»Oookay«, bemerkte Neumann und spielte den Erstaunten.

Auf dem Flur, als die Kollegen an ihm vorbei in den Beratungsraum strebten, straffte sich Neumanns Haltung. Seine Selbstsicherheit kehrte zurück. Er glaubte sogar, derart gut zu sein, dass es ihm gelungen sei, Schwinka zu manipulieren. Das Gefühl der Hilflosigkeit, der Abhängigkeit vom Wohlwollen eines anderen, war völlig verflogen. ›Meine Zeit wird kommen‹, dachte er siegessicher und begab sich zu den anderen.

Private Mätzchen

Rügens Online-Plattformen für aktuelle Ereignisse berichteten seit den frühen Morgenstunden von der vermissten jungen Frau. Das meiste hatten sie den Facebook-Auftritten der Freiwilligen Feuerwehren entnommen, die Montag bis in die späten Abendstunden hinein an der Suche beteiligt gewesen waren. In den Kommentarfunktionen spekulierten die Nutzer, was das Zeug hielt. Meist bekamen die *bescheuerten* oder *überheblichen Urlauber* ihr Fett weg. An zwei, drei Stellen tauchten aber auch Mutmaßungen auf, dass die Gesuchte – mit Hinweis auf die zwei toten Frauen auf Rügen – ja auch ermordet worden sein könnte. Zum Glück für Polizei und Staatsanwaltschaft entstanden daraus aber keine größeren Debatten, weshalb wohl überregionale Medien bisher kaum reagierten.

Die Ostsee-Zeitung wollte allerdings einen ihrer üblichen Beiträge vom Stapel lassen, in denen es um mögliche Gefahren an den Steilküsten und die zu ergreifenden Maßnahmen gegen weitere Unfälle gehen sollte. Der recherchierende Journalist musste aber auf die spekulativen Kommentare zu einem Tötungsverbrechen gestoßen sein, weshalb er Pjotr Dückert anrief und bohrte.

Das wiederum nahm der Oberstaatsanwalt zum Anlass, eine Pressemitteilung verfassen zu lassen, die im vorderen Teil salbungsvoll die erfolglose Suche nach der Vermissten beschrieb und am Ende den Fund einer weiblichen Leiche bestätigte. Dem Journalisten der Ostsee-Zeitung versprach er, ihn eine halbe Stunde vor Veröffentlichung der Pressemitteilung über deren Inhalt zu informieren. Damit trug der Oberstaatsanwalt Rechnung, dass die Lokalzeitung den Anstoß zur Verlautbarung gegeben hatte. Dückert schuf sich mit der Absprache die Möglichkeit, die Information der Medien allgemein bis in die Feierabendstunden zu schieben. Gegen 17.30 Uhr ging die Vorabinformation an die Regionalredaktion auf Rügen, zehn Minuten nach 18 Uhr gab sie der Oberstaatsanwalt in den Verteiler. Und da die Ostsee-Zeitung zwischen Information und Online-Veröffentlichung fast eine Stunde benötigte, klappte alles wie geplant: Weitere Presseanfragen hielten sich in Grenzen. Die Welle der Berichterstattung kam nur langsam ins Rollen. Dückert war aber klar, dass am Mittwoch die Leitungen glühen würden.

An der Piratenschlucht konnten die Spurensucher schon bald nachzeichnen, dass das Mädchen auf dem Weg niedergeschlagen, in den Wald gezogen und dort auf bestialische Art ermordet worden war. Auch ein erster Tatzeitraum wurde geliefert: Montag, zwischen 8 und 15 Uhr.

Nach der Versammlung im Bergener Revier gab es kein Schlendern mehr. Die Mitarbeiter der Mordkommission begaben sich zügigen Schrittes in ihre Büros, alle mit neuen Aufgaben betraut.

Chupaski und Urban fuhren nach Sassnitz, um Jochen Teichert, dem Lebensgefährten des zweiten Opfers, erneut auf den Zahn zu fühlen. Denn von ihm standen noch verdächtige Äußerungen seiner Ex gegenüber im Raum.

Außerdem sollten sie die beiden geheimnisvollen Spurensucher abklären, die an dem Sonnabend vor dem großen Unwetter so zielsicher Tat- und Auffindeort angesteuert hatten. Kein Hinweis durfte unter den Tisch fallen.

Neumann und Dorvitz sollten die Geschäftsgebaren der RTV der letzten 25 Jahre durchleuchten.

Schwinka und Schobel fuhren nach Trent. Dort gab es noch drei Männer, die beruflich oder durch ein Hobby mit Sassnitz in Verbindung gebracht werden konnten. Für Schwinka bedeutete das Hopp oder Top. Stellten sich diese drei Vernehmungen als Sackgasse heraus, würde er seine Strategie ändern müssen.

Während der Fahrt suchte Schobel das Gespräch mit Schwinka. Die verkündeten Erkenntnisse aus Neumanns und Dorvitz' Aktenstudium beschäftigten ihn. Auch, dass es da wohl schon die ersten Gespräche gegeben haben sollte. »Also, ohne die Leistung unseres Kommissars schmälern zu wollen – wieso konnte der Leute vernehmen, wenn wir in der Sache offiziell doch noch gar nicht wieder in der Spur sind?« Schobel schaute seinen Vorgesetzten, der hinter dem Lenkrad seines neuen Jaguars saß, aus den Augenwinkeln an.

»Tja, was soll ich sagen? Im Moment ergehe ich mich in Schadensbegrenzung«, erwiderte Schwinka. Es entstand eine Pause.

»Kann ich noch mehr fragen?« Schobel war ratlos.

»Ich glaube, das brauchst du gar nicht«, sagte der Oberkommissar. »Ich werde dich einweihen, brauche aber deine absolute Diskretion.«

»Ich schweige wie ein Grab.«

»Wie gut Neumann ist, sieht man daran, dass er das Gestammel dieses Verrückten über Geld und Bonzen als ernst zu nehmenden Hinweis wertete. Allerdings fürchte ich, dass sein – nennen wir ihn mal Scharfsinn – besonders dadurch angeregt wird, dass er in einigen krummen Dingern drinsteckt. Das verschafft ihm manchmal den zweifelhaften Vorteil, Ereignisse oder Aussagen anders einordnen zu können, als wir es täten. Kannst du mir folgen?«

»Moment! – Du meinst also, Neumann reagierte auf diese Aussage deshalb so gezielt, weil er um kriminelle Machenschaften in diversen Kreisen der Touristiker weiß? Da muss ich dich enttäuschen. Dass wir auf Rügen durch einen Sumpf an Korruption, Vetternwirtschaft und Betrug waten, ist Allgemeinbildung.«

»Oh, ich meine auch weniger die Ahnung oder meinetwegen das Wissen um Machenschaften«, entgegnete Schwinka. »Ich rede davon, mittendrinzustecken, dazuzugehören, ins Vertrauen gezogen zu sein.«

»Bestechlichkeit? Vorteilsnahme?«

»Das hatten wir in kleiner Form bei Neumann ja schon, du erinnerst dich?!«

»Ja, stimmt.«

»Das geht auch größer. Warum soll Neumann plötzlich Skrupel haben, sich mit Schurken gemein zu machen, die am oberen Ende der Nahrungskette stehen?«

»Mir wird da jetzt allerdings ein bisschen übel, wenn ich mir ausmale, welche Dimensionen das haben könnte«, sagte

Schobel. Und das war weniger theatralisch, als es klang: Dem Hauptmeister wurde tatsächlich flau im Magen.

»Ich habe anfangs geglaubt, Neumann sei ein verbissener Karrierekonkurrent«, sagte Schwinka und wich von seinen Erläuterungen ab. »Und die Schummeleien bei den Ordnungswidrigkeiten hätte ich als etwas abgehakt, dass sich einschleichen kann. Wenn du als Polizist zu lange in ein und demselben Revier arbeitest, und das obendrein in dem Ort, an dem du wohnst und aufgewachsen bist – manche Leute werden schwach, verlieren die Distanz. Da ist Neumann nicht einmal eine Ausnahme …«

»Ich glaube, Revierleiter Uhlmann weiß eine Menge«, sagte Schobel gedankenverloren. Er blickte starr durch die Frontscheibe auf die Fahrbahn, als hätte er sich festgeguckt.

»Ja, das mag sein«, entgegnete Schwinka. »Aber das ist im Moment nicht mein Problem. Ich mache gerade den größten Spagat, der mir in meiner gesamten Dienstzeit abverlangt wurde. Brutal ausgedrückt, müsste man den Neumann einsperren. Aber stell dir mal vor, ich würde jetzt, wo wir zwei dermaßen öffentlichkeitswirksame Fälle aufzuklären haben, auch noch polizeiinterne Ermittlungen in Gang bringen.«

»Oh Gott!«, entfuhr es Schobel.

»Wenngleich ich eigentlich nicht drum herumkomme.«

»Wieso?«

»Nun ja – Neumanns Befragungen waren illegal …«

»Ach!«

»… und er hat mich über das Zustandekommen und die Inhalte auch belogen.«

»Wieso? Du machst es aber spannend.«

»Wenn du nicht ständig mit deinem ›Wieso‹ dazwischenplatzen würdest, könnte ich ja am Stück erzählen.« Schwinka reagierte etwas heftig. Allerdings war das weniger Schobels Zwischenfragen geschuldet. Vielmehr wurde dem Chef-Ermittler mehr und mehr bewusst, dass seine Nachsicht Neumann gegenüber stark nach vertaner Liebesmüh roch.

»Ja, okay, ich halte meine Klappe.« Schobel bemühte sich um einen humorvollen Ton.

»Neumann wusste ganz genau, was er tat. Wenn es stimmt, dass er bei diesem Schwabe so weit gekommen ist, spricht das natürlich für ihn. Und schade, dass er seine Fähigkeiten an seine privaten Mätzchen vergeudet. Aber der Gang zu dem Glower Hotelier – ich habe den Namen vergessen …«

»Perkert«, half Schobel aus.

»Ja, genau, der – jedenfalls hat das Gründe, die ich im Moment noch nicht durchschaue. Diese Unterhaltung muss dazu geführt haben, dass Neumann kalte Füße bekam.«

»Du meinst, das war der Auslöser, dass er überhaupt von seinen Erkenntnissen berichtete?«

»Ja, ich muss davon ausgehen. – Scheiße, was für eine beschissene Baustelle! Dieser Neumann ist ein Arsch wie er im Buche steht. Ich habe echt andere Dinge, um die ich mich täglich kümmern muss. Da kann ich solch einen hinterfotzigen Querulanten nicht gebrauchen.« In Schwinka stieg Zorn auf, der nach außen drängte. Dabei wirkten die Kraftausdrücke wie Ventile, durch die Überdruck abgelassen wurde.

»Warum bist du dann so nachsichtig?«

»Weil ich bescheuert bin.« Schwinka war immer noch dabei, Dampf abzulassen.

»Okay«, sagte Schobel gespielt eingeschüchtert.

Beide Männer mussten lachen.

»Aber mal im Ernst«, setzte Schwinka wieder an, »dass Neumann jetzt glaubt, mich eingewickelt zu haben, finde ich ja gar nicht mal so schlimm. Allerdings bräuchte ich allein für diesen Typen zwei Beamte, die ihn überwachen. Keine Ahnung, was der so alles in seinem stillen Kämmerlein ausbrütet. Was gegen mich geht, kriege ich abgewehrt. Allerdings kann der uns die gesamten Ermittlungen torpedieren.«

»Da sind wir ja schon wegen Neumann gezwungen, uns enorm zu beeilen.«

Schwinka ging darauf nicht ein. Er verfolgte seinen Gedanken weiter: »Er hätte zwar etwas davon, wenn ich scheitern würde, steckt im Moment aber zu tief in den Ermittlungen mit drin. Bleiben die Fälle ungelöst, wirft das auch einen Schatten auf ihn. Und da er abartig ehrgeizig ist, wird er diesmal eher voranpreschen – was er ja schon auf eine gewisse Art gemacht hat …«

»Vorsicht, hier kommt ein Blitzer! – Oh!«

»Scheiße! Man soll im Auto auch keine tiefgründigen Gespräche führen!« Schwinka hatte die Geschwindigkeitskontrolle an der Schaabe mit circa 20 Kilometern pro Stunde zu viel durchfahren. Schobels Warnung war zu spät gekommen.

»Ich fahre nur noch mit Tempomat«, sagte Schobel.

»Klugscheißer!«, sagte Schwinka und grinste.

»Zu Befehl!«

Wieder mussten die beiden Polizisten herzlich lachen.

»Ich lass dich mit dem Mist jetzt in Ruhe«, wurde Schwinka wieder sachlich.

»Nein, nein – ich bin dir total dankbar, dass du diesbezüglich deine Gedanken mit mir teilst.«

»Ich komme im Moment aber nicht weiter«, sagte der Kripo-Chef. »Wir können das noch einmal in Ruhe analysieren. Jetzt ist Trent wichtiger. Ich möchte endlich mal ein Stück vorankommen.«

Die wilda Männ'r

Wolfgang Perkert, der Geschäftsführer der Rügener Tourismusvereinigung, ging nicht zur Polizei. Und er beschloss, nicht auf Michael Neumanns Vorschlag einzugehen, sondern lieber eine Allianz aus Hoteliers und Vereinsmitgliedern zu schmieden. Noch war ihm das Hemd näher als die Hose. Am Dienstagabend gab es in seinem kleinen Hotel in Glowe ein Treffen, das es so eigentlich nie mehr hätte geben sollen. Die Silberrücken des Rügener Tourismus trafen auf den adretten Nachwuchs, der in den vergangenen zehn Jahren den Staffelstab übernommen hatte. Auch die graue Eminenz war gekommen: Rainer Schorfeleit, schon stattliche 82 Jahre alt. Nach der Wende als gescheiterter Betreiber einer kleinen Hotelkette in Baden-Württemberg nach Rügen gekommen, hatte er auf brachiale Art binnen zwei Jahren das Konzept des sogenannten »Sanften Tourismus« durchgesetzt. 1991 zum Vorsitzenden der Tourismusvereinigung gewählt, hatte er schon 24 Monate später die Geschäftsführung übernommen und auf den Leiterposten mit Kurt Timm einen Mann gesetzt, der Schorfeleit loyal verbunden war. Timm verdankte Schorfeleit damals seine gesamte Existenz und sang schon deshalb in jeder Note dessen Lieder. Timm war 2012 an Lungenkrebs gestorben. Sanfter Tourismus hieß jedenfalls von da an: ungebremste Erhöhung der Bettenkapazitäten durch Hotel- und Resort-Bauten überall dort, wo sich die Gemeinden ihre Flächen aus den Rippen leiern ließen. Die Gemeinden hatten sich schon 1993 zu einer Tourismusabgabe für Vermarktung und Infrastrukturentwicklung verpflichtet, die dem Verein fortan Millionenbeträge in die Kassen spülte. Kein Wunder, dass es mittlerweile zum guten Ton gehörte, dazuzugehören.

»Und mir solla jedzd vor der Allmachd der Bolizei ziddern, od'r was?«, fragte der korpulente Schorfeleit in die Runde, nachdem Perkert den Inhalt der Unterredung mit dem Kriminalpolizisten wiedergegeben hatte. »War der Kerle b'soffa, od'r wie? Erschdens hedd sich dahana kein'r ebbes vorzukeia. Ond zwoidens: Was han mir noh mid diesa beida Weiba vo 1997 zu dun? Der muss b'soffa g'wesa sai.«

»Er scheint ja zumindest Informationen zu haben, die ihn vermuten lassen, die Tourismusvereinigung würde angeblich Gelder nicht normgerecht verwenden«, sagte Peter Dubwirtz, Hotelier aus Thiessow.

Die Anwesenden lachten. Außer Schorfeleit. »Natierlich isch des zom Lacha«, sagte der in schwäbischem Dialekt, den er sich nie abgewöhnt hatte. Für ihn stand außerfrage, dass sich die anderen ihm anzupassen hatten. Wer seiner Mundart nicht mächtig war, sollte sich gefälligst mehr Mühe geben, sie zu verstehen. »Ab'r i möchde oinawäg ned, dess dir in unsera Büchern, Kassa, Wirdschafdschbläna ond Rechenschafdsberichda herumschdöbern.«

»Was sollen die schon finden?«, meldete sich wieder Dubwirtz zu Wort, der zu den touristischen Nachwuchstalenten zählte und von der Insel stammte. »Von denen kapiert eh keiner, was da alles drinsteht. Diese Zahlenwerke können ja gerade mal so unsere Buchhalter und Anwaltskanzleien lesen.«

»Das mag sein«, meinte Perkert. »Kriegt das allerdings die Presse spitz, kann es ungemütlich werden.«

»Die kapieren doch noch weniger«, platzte Erich Zork aus Sassnitz dazwischen. Mit seinen 74 Jahren gehörte er zu den ältesten Pensionsbetreibern auf Rügen.

»Nichts zu kapieren, hält diese Schmierfinken aber nicht davon ab, etwas zu schreiben und eigene Schlüsse zu ziehen«, sagte Sandro Neuenstedt – Betreiber der drei Surfschulen auf Rügen. »Und wenn die hören ›Tourismusgeschäfte und Doppelmord‹, ziehen die ordentlich vom Leder. So war es doch immer – alles schlechtschreiben, was auf der Insel an Innovationen geboren wird.«

»Nach dem, was Wolfgang gesagt hat, werden wir wohl nicht von Schnüffeleien verschont bleiben«, sagte Zork wieder.

»Drodzdem isch oi Zusamm'narbeid mid dem Kribo-Mo koi Obzion«, sagte Schorfeleit. »Des will i dahana oi für allemol feschdhalda!«

»Nee, natürlich nicht«, versicherte Perkert beflissen. »Trotzdem bleibt die Frage, wie wir dem begegnen. Denn einfach nur zugucken und abwarten, dass der Kelch an uns vorübergehen möge, ist meiner Meinung nach gefährlich. Wir würden uns dem Schicksal ausliefern. Dabei war unsere Stärke doch bisher, dass wir dem Schicksal auf die Sprünge halfen.«

»Nix Unüberlegdes macha!«, legte Schorfeleit fest. »I werd zuerschd mai Verbindunga nudza, um den Scheißdregg vo uns fern zu halda. Danach könna mir äwwl no die wilda Männ'r markiera. Naja – ihr vor allem.«

»Wollen Sie mich retten?«

Katja Zeisler wartete schon über eine Viertelstunde. Sie hatte Gabi Schuster schon zweimal angerufen. Nun fuhr sie los. Diese Frau war ja nicht ihre Freundin. Warum sollte sie sich also Gedanken darüber machen, wie ihre Mitfahrgelegenheit nach Trent kommen würde.

Gabi hatte ihre Rückfahrt von Breege absichtlich versäumt. Das grausige Wochenende steckte ihr noch in den Knochen. Und sie wusste nicht, wie sie das Gefühl der Wertlosigkeit loswerden sollte. Auf keinen Fall damit, in Trent die Wohnung zu betreten und ihrem Mann Horst zu begegnen. Das wäre wie der Versuch, bei Niedergeschlagenheit eine Beerdigung aufzusuchen. Wenngleich das bei manchen Menschen ja sogar helfen soll. Sie war aber anders gestrickt. Gabi brauchte Leben, Ablenkung, Unterhaltung, Aufmerksamkeit.

Das war das Schlimmste. Niemand schenkte ihr mehr Aufmerksamkeit. Es gab zum Beispiel Situationen im Laden, in denen sie sich direkt daneben stellte, wenn ihre Kollegin mit Kunden sprach – und niemand nahm Notiz von ihr. Die Kollegin konzentrierte sich auf die potenziellen Käufer und diese wiederum betrachteten die Auslagen oder schauten der Frau, die da gerade mit ihnen sprach, ins Gesicht. Gabi wurde dabei keines Blickes gewürdigt. Nicht einmal abschätzig, was wenigstens signalisieren könnte, dass sie den sich gerade Unterhaltenden lästig war. Doch selbst das blieb aus.

Gabi Schuster saß auf einer Bank unmittelbar am Strandzugang. Urlauber flanierten vorbei, oft waren es Pärchen oder Familien. Sie dachte darüber nach, ob ihr dieses Bild gefiel. – Zurzeit eher nicht. Denn Mann und Kinder bedeuteten Arbeit und Verantwortung. Und davon hatte sie jetzt erst einmal genug. Am liebsten wäre es ihr, ein Kerl wie David Duchovny oder Keanu Reeves käme vorbei, würde sie in den Arm nehmen und ihr ins Ohr flüstern, wie schön sie doch sei. Dann würde er sie fragen, warum sie hier so einsam auf der Bank säße und ob sie nicht Lust hätte, ihn zu begleiten – und sie würde einfach mitgehen. Sie kappte dann alle Verbindungen in ihr früheres und jetziges Leben und würde für alle Ewigkeit verschwinden.

Gabi konnte sich von den Aussteigergedanken nicht mehr lösen. Sie hatten vollends Besitz von ihr ergriffen. Sie waren mittlerweile so präsent, dass sie körperliche Schmerzen empfand, wenn sie daran dachte, wieder in den alltäglichen Trott einzusteigen. Gleichzeitig wurde die Ohnmacht, nichts an ihrem Leben ändern zu können, immer größer. Das ließ sie verzweifeln und fing an, sich in Handlungen zu manifestieren. So wie jetzt: Sie saß in Breege auf einer Bank und wusste nicht, wie sie wieder nach Hause kommen sollte. Ein Taxi kam für sie jedenfalls nicht infrage. Noch nicht.

Gabi stand auf, zog sich die Schuhe aus, nahm sie in die linke Hand und ging hinunter zum Wasser. Die Wellen rollten heran und umspielten ihre Füße. Das war zwar gerade ganz angenehm, gleichzeitig blähte sich in ihr wieder diese Angst vor der Unüberwindbarkeit der Ostsee auf. ›Eine

Falle‹, dachte sie. ›Die hat irgendwann zugeschnappt und lässt mich jetzt nicht mehr los.‹ Das machte sie so traurig, dass ihr unwillkürlich Tränen aus den Augen rollten. Selten hatte sie aus Traurigkeit geweint. Das letzte Mal lag vermutlich über 25 Jahre zurück. In der Zeit danach musste sie meist Tränen der Wut und Verzweiflung vergießen. Da war dieses traurige Weinen fast schön. Sie ging weiter jenen Strandabschnitt entlang, der immer wieder mal von den Wellen berührt wurde und hing ihren Gedanken nach – als jemand sie ansprach. Gabi hatte das anfangs gar nicht wahrgenommen und reagierte erst beim dritten Ruf.

»Hallo, Sie sind doch sicher von hier?«, hörte die Frau gerade noch und blickte halb rechts hinter sich. Da ging ein Mann neben ihr, der ganz besorgt dreinschaute.

»Oh, äh ja … ähm, ja, das bin ich«, sagte Gabi überrascht und wischte sich die Tränen aus dem Gesicht.

»Sie sehen aber traurig aus«, meinte der Mann voller Mitleid und blieb stehen.

»Suchen Sie etwas?«, fragte Gabi, die ihre kleine Wanderung ebenfalls unterbrach.

»Ja, durchaus«, sagte der Mann.

Er war unverkennbar Urlauber: braun gebrannt, in einem fast lächerlichen Freizeitlook mit weiter Wadenhose und hellgrünem T-Shirt. Anfang 50, schätzte Gabi. Aber gut gehalten. Keine grauen Haare, vermutlich gefärbt. Muskulös, schmales Gesicht und – ach ja – mit einem leicht sächselnden Dialekt. So was fand Gabi generell schrecklich. Jetzt war es ihr aber gerade egal.

»Ich wollte mal jemanden von der Insel Rügen fragen, ob man tatsächlich einfach so bei Strandspaziergängen Bernsteine finden kann«, sagte der Mann und lächelte.

»Und da fragen Sie ausgerechnet mich?«

»Natürlich«, entgegnete er – und fügte eine entscheidende Erklärung hinzu. »Sie sind mir sofort aufgefallen, als Sie hier so allein entlang flanierten. Ich habe Sie einen Moment beobachtet, weil ich mir sagte, dass so eine attraktive Frau doch gewiss nicht ohne Begleitung am Strand spazieren geht. Als aber niemand kam, dachte ich, spreche ich Sie einfach mal an.«

»Und da fragen Sie mich ausgerechnet nach Bernsteinen?« Gabi hatte es verlernt, zu flirten. Ihre Frage klang fast empört.

»Ja, warum nicht«, sagte der Urlauber. »Irgendwie muss man doch einen Anfang machen.«

Gabi schaute den Mann an und fragte unvermittelt: »Wollen Sie mich retten?«

Der Tourist war überrascht. »Ähm … ja, warum nicht? Wenn Sie gerettet werden möchten.«

»Ja, bitte!«, sagte Gabi sanft. »Ich suche mit Ihnen auch Bernsteine – oder was Sie sonst tun wollen heute Abend.« Sie hatte plötzlich das Gefühl, David Duchovny oder Keanu Reeves hätte sie angesprochen und in den Arm genommen. Natürlich wusste sie, dass der Mann weder der eine, noch der andere war. Aber war es nicht schicksalhaft, dass sie eben noch wünschte, aus ihrer Lethargie gerissen zu werden? Und plötzlich stand da jemand neben ihr, der sie ansprach, weil er sie attraktiv fand?

Der Urlauber war baff. Natürlich hatte er nach einem Abenteuer gesucht. Und seine Erfahrungen sagten ihm, dass traurige, verhärmte und einsame Mittvierzigerinnen die dankbarsten Flirts waren, die man sich überhaupt vorstellen konnte. Aber so leicht wie hier war es ihm noch nie gefallen. ›Die hat es ja echt nötig‹, dachte er. ›Ist aber ein Glücksgriff. Erotische Stimme und tolle Figur. Da spielt es keine Rolle, dass sie potthässlich ist.‹ – »Na, dann lade ich Sie doch einfach mal ganz spontan zu einem Glas Wein ein«, sagte der Mann. »Und wenn Sie Lust haben, essen wir auch gleich zu Abend.«

»Ich würde mich gern vorher noch irgendwo frischmachen«, sagte Gabi.

»Wohnen Sie hier im Ort? Wollen Sie denn noch einmal kurz nach Hause?«

»Nein!« Gabi schaute ihren Prinzen durchdringend an.

»Sie können auch gern kurz auf meinem Hotelzimmer … also, ohne Ihnen nahetreten zu wollen.«

»Lassen Sie uns gehen!«

Und so ging Gabi mit dem Mann, der ihr wie vom Himmel gefallen vorkam und dem sie so dankbar war, dass er sie attraktiv fand. Und der Mann nahm die Frau mit, die nach seinen Kriterien unter den bisherigen sechs Eroberungen auf Rügen mit Abstand auf dem untersten Level rangierte, deren Reaktion allerdings einen unvergesslichen Abend versprach. Auf dem Weg zum Hotel tauschten sie beide ein paar Banalitäten aus. Sie interessierten sich kein bisschen füreinander, keiner wollte irgendetwas über den anderen wissen. Und als sie auf seinem Zimmer waren und er die Tür hinter sich schloss, drehte sich Gabi zu ihm um und zog etwas umständlich ihr Kleid aus. Auch er entledigte sich seiner Sachen, half ihr bei Slip und BH – und dann fielen beide übereinander her, als gelte es, dem jeweils anderen etwas zu beweisen.

Gabi blieb bei dem Mann bis zum Morgen. Nein, sie war nicht in seinen Armen eingeschlafen. Sie hatten einfach nicht aufgehört. Und er stillte den Hunger dieser fremden Frau mit Wonne.

Atmosphäre des Misstrauens

Joachim Kottwitz, Horst Schuster und Simon Paul. Drei Männer aus Trent, die noch im Fokus der Kriminalpolizei standen. Nach Schwinkas Theorie könnte einer von ihnen der gesuchte Mörder sein. Allerdings basierte diese Annahme allein auf der harmlosen Tatsache, dass sie in Trent lebten aber in Sassnitz arbeiteten.

Als Schwinka und Schobel vor Pauls Haus aus dem Auto stiegen, durchfuhr den Bergener Kripo-Chef für den Bruchteil einer Sekunde der Gedanke, wie absurd ihr Tun doch eigentlich war.

Schobel schien Ähnliches gedacht zu haben. Denn er sagte »Verrückt!«, als er auf die Frontfassade des Paul'schen Eigenheims schaute.

Nachdem sie geklingelt hatten, öffnete eine pausbäckige Mittvierzigerin mit tiefliegenden Augen und Bubikopf-Frisur.

›Wie unpassend‹, war Schwinkas erster Gedanke, als er die Frau sah.

»Guten Tag!«, sagte diese, ohne eine Anrede abzuwarten.

»Guten Tag, Schwinka, Kriminalpolizei Bergen. Das ist mein Kollege, Hauptmeister Schobel«, erwiderte der Chef-Ermittler den Gruß.

»Ach«, sagte die rundliche Frau, »jetzt sind wir also dran.« Dann wendete sie sich ab und rief: »Simon! Die Polizei.« Und den Beamten zugewandt: »Kommen Sie doch rein!«

Simon Paul kam den Polizisten in der Diele entgegen. »Ach, die Polizei«, sagte er. »Schlimm, dass hier so etwas passiert.« Er drehte sich ehrfurchtsvoll zur Seite, streckte den linken Arm aus wie einen Wegweiser und begleitete diese Geste mit einem »Bitte die Herren, nach Ihnen!«.

Die Ermittler Schwinka und Schobel betraten ein Wohnzimmer, das den Charme der Achtzigerjahre verströmte. Es war allerdings nicht geschmacklos eingerichtet, sauber und gut gelüftet. Die beiden Besucher nahmen auf der Couch Platz, Simon Paul setzte sich in einen Sessel genau gegenüber.

»Ich kann Ihnen schon gleich zu Beginn unserer Unterhaltung sagen, dass wir am Tag des Überfalls auf Frau Schildt gar nicht in Trent waren und somit auch keine Aussage machen können.«

›Der also nicht‹, dachte Schwinka gleich, überließ aber Schobel noch ein kleines Frage-und-Antwort-Spiel. Dabei kam heraus, dass in dem kleinen Dorf in nur wenigen Tagen eine Atmosphäre des Misstrauens entstanden war. So recht schien wohl doch niemand die Touristen-Theorie zu glauben. Man vermutete den Täter in der Nachbarschaft. Jedenfalls sei das Dorf in den Abendstunden noch einsamer, als zuvor. Und Frauen blieben gleich mal ganz in ihren eigenen vier Wänden.

Pauls Gattin servierte den Polizisten noch Kaffee, den beide tranken, und Kekse, bei denen nur Schobel zugriff. Dann gab es nach einer knappen halben Stunde ein paar Höflichkeitsfloskeln und der Besuch war beendet. Schwinka würde das Alibi noch überprüfen lassen, war sich aber sicher, dass das Paar die Wahrheit sprach.

Zu den Mehrgeschossern gingen Schwinka und Schobel zu Fuß. Hier wohnte Horst Schuster. Den hatten Urban und Chupaski in dem Sassnitzer Bauingenieurbüro verpasst. Auf dem Weg zu Schusters Wohnung schwiegen die beiden Polizisten.

Auf Schwinka wirkte diese Sprachlosigkeit sogar etwas peinlich. ›Liege ich falsch?‹, fragte er sich. ›Habe ich mich in eine fixe Idee verrannt und damit wertvolle Zeit vergeudet? Mann, wie kann ich nur glauben, dass ein abartiger Mistkerl mal eben mit ein paar Hausbesuchen zu finden ist.‹

Sie standen unten an der Tür zum Hausaufgang. Schobel zeigte auf das Namensschild und klingelte.

»Ja, wer ist da?«, schallte aus der Gegensprechanlage eine sympathische Männerstimme.

»Hallo, Herr Schuster?«, fragte Schobel.

»Ja, bitte! Wer ist da?«

»Ja, hier sind Hauptmeister Schobel und mein Vorgesetzter, Oberkommissar Schwinka, von der Bergener Kriminalpolizei. Können wir kurz zu Ihnen rauf kommen? Im Rahmen von Ermittlungen haben wir ein paar Fragen an Sie.«

»Ja, warten Sie! Ich öffne Ihnen die Tür.«

Der Summer ließ das Schloss aufschnappen und die Beamten traten ein. Schwinka und Schobel schauten sich kurz an und gingen hinauf.

Oben stand Horst auf dem Abtreter vor der Wohnung und erwartete die Polizisten. ›Da sind sie also‹, dachte er. ›Das ging alles viel schneller, als ich es erwartet habe. Irgendeiner von denen hat scheinbar einen guten Riecher.‹

Die beiden Kriminalisten hatten die letzte Stufe vor Schusters Wohnung erreicht und kamen auf Horst zu.

Der hatte noch seine Anzughose und das weiße Hemd von der Arbeit an und war gerade dabei gewesen, für sich und den Jungen Abendbrot zu machen. Wie schon Simon Paul trat auch Horst aus dem Rahmen der Wohnungstür heraus, um den Polizisten beim Eintreten in den Korridor den Vortritt zu lassen. »Ich möchte Sie aber bitten, Ihre Schuhe auszuziehen!«, sagte Horst, als er den beiden Männern folgte und die Tür schloss.

Schwinka und Schobel gehorchten und streiften sich die Schuhe von den Füßen.

»Und hier bitte, hier können Sie Ihre Jacken hinhängen!«, gab Horst den nächsten Verhaltenshinweis.

»Ich würde meine Jacke gern anlassen«, sagte Schobel.

Schwinka schwieg und machte ebenfalls keine Anstalten, sich seiner Jacke zu entledigen.

»So warm ist es ja auch nicht«, meinte Horst und ging diesmal ins Wohnzimmer voran. Dort saß Jason auf der Couch und wartete. Spielen in der guten Stube war bei Schusters nicht erlaubt. »Jason, geh doch bitte in dein Zimmer!«, sagte Horst ruhig zu seinem Sohn. »Ich habe mit den beiden Herren einiges zu besprechen. Wenn wir essen, hole ich dich.«

Jason stand wortlos auf und ging.

Schwinka und Schobel setzten sich auf die mit einem weißen Bettlaken bedeckte Couch.

›Komische Sitte‹, dachte Schwinka, ohne sich darüber zu wundern, hatte er doch immer wieder mal Wohnungen betreten, in denen die darin lebenden Menschen das Inventar so schonend behandelten, dass sie sich daran weder erfreuen noch es in vollem Umfang nutzen konnten. Das musste er nicht verstehen.

»Kann ich Ihnen etwas anbieten?«, fragte Horst, der immer noch stand.

»Nein, im Moment nicht«, sagte Schwinka.

»Wir haben gerade in Ihrer Nachbarschaft Kaffee getrunken«, fügte Schobel hinzu.

Schwinka senkte dezent den Kopf und presste die Lippen aufeinander. ›Anfängerfehler‹, dachte er. ›Wie kann er ihm erzählen, dass wir im Nebel stochern.‹

Horst hörte den Einwurf des Hauptmeisters mit Wohlwollen. ›Also sind sie nicht allein meinetwegen hier‹, dachte er. ›Das ist gut, denn das zeigt, dass sie nichts gegen mich in der Hand haben.‹ Er lächelte unmerklich.

Schwinka sah das.

»Gut«, sagte Horst, »ich stehe Ihnen voll und ganz zur Verfügung.«

»Danke, Herr Schuster«, sagte Schwinka. »Sie können sich sicher denken, warum wir hier sind?!«

»Ich habe bei Gesprächen mit anderen Dorfbewohnern immer wieder gesagt, dass die Polizei ihre Arbeit machen muss.«

Das wertete Schwinka als ein »Ja«. Er kannte auch das: Es gab Menschen, die konnten beim besten Willen nicht einfach ja oder nein sagen, sondern beantworteten selbst die simpelste Frage salbungsvoll in Sätzen. »Sind sie verheiratet, Herr Schuster?«, fragte Schwinka weiter.

»Meine Frau ist heute Abend bei einer Freundin in Neustrelitz zu Besuch. Morgen erwarte ich sie zurück.«

»Da ich davon ausgehe, dass der Junge eben Ihr Sohn war – haben Sie noch weitere Kinder?«

»Wir haben in den vergangenen Jahren immer wieder mal darüber gesprochen, uns noch weitere Kinder zuzulegen. Aber im Moment wollen wir damit noch warten.« Horst lehnte sich im Sessel zurück, ohne dabei eine lässige Haltung einzunehmen. Er schlug die Beine übereinander und verschränkte die Hände vor seinem Bauch. Die gerade gestellten Fragen wertete er als eine Art Abtasten, was er im Stillen belächelte. Denn eigentlich müssten erfahrene Polizisten wissen, dass sich intellektuell bewanderte Menschen durchaus denken können, welche Möglichkeiten der Informationsbeschaffung die Polizei heutzutage besaß. Somit wusste dieser Beamte natürlich, dass er verheiratet war und nur einen Sohn hatte.

»Kannten Sie Krista Schildt?«, fragte Schwinka ohne Übergang.

Schobel begann, Notizen auf seinem Block zu machen. »Es ist schrecklich, was der armen Frau widerfahren ist. Jeder in Trent fragt sich, wer wohl zu so etwas imstande sein mag.«

»Kannten Sie die Frau?« Schwinka klang dezent energischer.

»Frau Schildt lebt schon lange im Dorf. Leider ist sie erst vor knapp einem Jahr von ihrem Mann verlassen worden.«

»Gewiss«, unterbrach Schwinka den Ingenieur erneut, »das wissen wir auch alles schon. Viel interessanter fände ich es, wenn Sie uns sagen könnten, ob Sie die Frau kannten?«

Der Ingenieur blieb für ein paar Sekunden stumm und schaute den Oberkommissar an.

Obwohl in Horsts Gesicht nicht ein Muskel zuckte, sah Schwinka in dessen Augen, dass er heftig mit sich rang.

Sein Gegenüber stieß ein leises aber gepresstes »Ja« hervor. Er begriff, dass er sich mit seiner psychischen Störung um Kopf und Kragen reden könnte und realisierte, dass es mal wieder an der Zeit war, alle Sinne beisammen zu nehmen, um so normal wie nur irgend möglich einen Dialog zu führen.

»Wie gut?« Schwinka verzichtete jetzt auf unnütze Worte. Er bemerkte, dass Horst Schuster aus irgendeinem Grund Mühe hatte, präzise Antworten zu geben. Der Polizist wollte ihm keine Zeit lassen, seine Gedanken zu sortieren.

»Sie war eine nette Nachbarin«, antwortete Horst.

»Wie nett?«

»Ich verstehe Ihre Frage nicht, Herr Oberkommissar?«, sagte Horst ganz ruhig.

»Was heißt bei Ihnen ›nett‹?«

»Ich bitte Sie, mir nachzusehen, wenn ich auf Sie ein wenig unkonzentriert wirke«, sagte Horst, der einem schnell geführten Dialog nicht gewachsen war. Üblicherweise entzog er sich solch einer Situation. Hier ging es aber um ihn.

Er konnte nicht ausweichen, musste sich auf die Fragerei einlassen – und dabei obendrein souverän bleiben. »Ich hatte einen äußerst aufreibenden Tag auf Arbeit«, fügte er hinzu. »Da bleibt manchmal nichts mehr für den Abend.« Horst lächelte. Es war ein freundliches und offenherziges Lächeln.

Schwinka lächelte zurück.

»Also«, setzte Horst noch einmal an, »sie war sehr freundlich, mitteilsam und aufgeschlossen. Wenn man sich mit ihr unterhielt, sprach man über Gott und die Welt oder übers Wetter. Näher kannte ich sie aber nicht.« Das klang zwar wie abgelesen, wurde von Horst trotzdem völlig unaufgeregt vorgetragen.

»Gut, Herr Schuster«, sagte Schwinka, »lassen Sie uns einfach weitermachen. Wir werden berücksichtigen, dass sie abgespannt sind. – Was haben sie am vorletzten Sonntag gemacht? Wo waren Sie zwischen 17 und 21 Uhr?«

»Wir haben in unserer Familie immer dieselben Abläufe am Wochenende.«

»Dann schildern Sie mir doch diese Abläufe am konkreten Beispiel des besagten Sonntags.«

Horst konzentrierte sich. »Es geschieht nicht viel an solch einem Sonntag«, sagte der Bauingenieur langsam. »Frühstück, Spaziergang, Fernsehen, Computerspiel, Lesen, Abendbrot, Zu-Bett-geh-Ritual beim Jungen, ›Tatort‹ gucken und schlafen.«

»Und genau so war es an dem Sonntag, nach dem ich gefragt habe?«

»Wir sind nicht die Familie, die wer weiß wie viel unternimmt. Bei uns spielt sich das meiste zu Hause ab.«

»Wann sind Sie Frau Schildt das letzte Mal begegnet?«

»So oft läuft man sich ja nicht über den Weg …«

»Das letzte Mal!«

Horst blieb ein paar Sekunden still und stieß dann ein leises »Donnerstag, vor zwei Wochen« hervor.

Den Kampf, den er kämpfte, um so präzise zu antworten, sah nur Schwinka.

Schobel saß mittlerweile mit offenem Mund da, starrte Horst an und vergaß dabei das Mitschreiben.

»Herr Schuster …« Schwinka versuchte es mit einem Weckruf. Vielleicht brauchte der Befragte ja auch nur jedes Mal ein paar Sekunden, um im Kopf die richtige Schublade zu öffnen.

»Ja, Herr Oberkommissar?«

»Erinnern Sie sich an den Montag vor anderthalb Wochen?«

Horst wartete ein paar Sekunden, konzentrierte sich und sagte: »Ja.«

»An jenem Montag wurde eine Frau in Sassnitz getötet. Ist Ihnen etwas aufgefallen, das Sie ungewöhnlich fanden?«

»Ich halte mich nicht lange in Sassnitz auf, wenn Feierabend ist«, sagte Horst.

Schwinka staunte. Dieser Mann konnte tatsächlich nicht eine Frage einfach nur beantworten. Und das war keine Masche. Dafür blieb der Familienvater viel zu gelassen. Für den war es selbstverständlich, so zu reden, wie er es eben gerade tat. Wollten sie aus dem etwas herausbekommen, müssten sie womöglich einen Psychologen konsultieren. Oder unendlich viel Zeit einplanen. Und die würde Schwinka investieren, wenn er nur den Hauch eines Verdachts spürte. »Was haben Sie an dem Montag gemacht, als Sie nach Feierabend das Büro verließen?«

Horst schwieg ein paar Sekunden und holte zweimal tief Luft. »Ich bin nach Hause gefahren«, presste er heraus.

»Wann waren Sie hier?«

Wieder schnaufte Horst leise. »Gegen 18 Uhr.«

»Wann war Feierabend?«

»Warten Sie bitte!«, bat Horst, stand auf, trank ein Schluck Wasser und sagte dann: »Knapp eine halbe Stunde vorher.«

»Sagen Sie, Herr Schuster, wo waren Sie gestern zwischen 10 und 14 Uhr?«

»Wir haben im Büro fließende Pausenzeiten«, sagte Horst unbefangen. »Das gilt für die Mittagszeit ebenso wie für unsere Raucher, die sich nicht etwa ausstempeln müssen, wenn sie mal vor die Tür wollen.«

»Wo waren Sie?«

»Mal bin ich über Mittag beim Bäcker, mal esse ich Mitgebrachtes, manchmal gehe ich auch zu einem Imbiss …«

»Gestern, Herr Schuster!«

Und es wiederholte sich der innere Anlauf, bevor Horst den bildlichen Sprung in die Sandgrube machte. »Zum Bäcker im Netto«, presste er hervor.

Schwinka schaute Horst durchdringend an. Vielleicht war es eben genau diese Störung, die den Mann entlastete. Zumindest machte sich der Chef-Ermittler gerade vor allem Gedanken darüber, wie es im Kopf dieses Herrn Schuster wohl aussehen mochte. »Sagen Sie, wo haben Sie die Verwundungen in Ihrem Gesicht her?«, fragte Schwinka ohne Übergang.

»Nun …« Horst zögerte – und tat dann das einzig Richtige. Er dachte sich keine Geschichte aus. »Ich würde nie eine Frau schlagen, weshalb man als Mann manchmal Blessuren erfährt, die aus etwas intensiveren Konflikten herrühren.«

›Sehr intensiv‹, dachte Schwinka. ›Aber jeder, wie er möchte.‹ – »Ich möchte gern in den Kofferraum ihres Autos schauen«, sagte er ebenso unerwartet.

»Haben Sie einen Durchsuchungsbeschluss?«, lächelte Horst freundlich, schob aber unverzüglich ein »Aber bitte!«, hinterher. Er erhob sich und bat die Polizisten mit einer einladenden Geste, voranzugehen.

Der Wagen stand unmittelbar vor dem Block. Horst öffnete die Kofferraumklappe, wies mit der linken Hand hinein und sagte: »Bitte, alles sauber.« Schwinka dankte, Horst warf die Klappe sanft ins Schloss und die Beamten verabschiedeten sich.

Als Schwinka und Schobel ein Stück gegangen waren, platzte es aus dem Hauptmeister heraus. »Was war das denn?«

»Erstaunlich, nicht wahr!«, sagte Schwinka ruhig. »Ich kenne solche Symptome. Ich hatte damit mal in einem Fall in München zu tun. Der Mann litt unter einer seltenen Form des Autismus. Ich würde meinen rechten Arm verwetten, dass der Schuster auch so etwas hat. Nur scheint das bei ihm noch nicht diagnostiziert worden zu sein. Er hat nämlich keine vernünftige Strategie, damit umzugehen.«

»Ich dachte, ich werde wahnsinnig«, sagte Schobel ganz aufgelöst. »Mit solchen Leuten kannst du dich ja überhaupt nicht unterhalten.«

»Oh doch«, sagte Schwinka, »rede mit dem über seine Arbeit oder sein Hobby! Leute wie Schuster haben meist ein technisches Hobby. Dann textet der dich zu, dass du denkst, du sitzt in der Vorlesung an einer Uni.«

Schobel schüttelte den Kopf und lächelte. »Jetzt haben wir noch den Kottwitz«, sagte er dann.

»Nee, das lassen wir mal!«, widersprach Schwinka.

»Oh, warum denn?«

»Ich nehme mir noch mal den Schuster vor.«

»Ach, wieso?«

»Ich brauche unbedingt einen Hausdurchsuchungsbeschluss.«

»Oh Gott, was ist denn los?«, fragte Schobel irritiert.

»Ich fand ihn anfangs beinahe mitleiderregend. Als er jedoch den Kofferraum öffnete, hat er einen Fehler gemacht. Schuster ist im Moment unser Hauptverdächtiger.«

Mediale Vulkanausbrüche

Mit den Jahren hatte sich Schwinka angewöhnt, mediale Vulkanausbrüche aus der Ferne zu betrachten. Die Mechanismen waren immer die gleichen: Wurden die Umstände eines grausamen oder spektakulären Verbrechens ruchbar, stürzten sich zeitgleich die Pressevertreter aller territorial relevanten Medien auf die Informationen und versuchten sich in den zusätzlichen Detailinformationen zu überbieten. Seit der Online-Dominanz war das kein rauschender Blätterwald mehr, sondern das Grollen einer stürmischen See.

So schnell, wie das ganze aufkam, verflog es aber auch wieder. Konnte man vor gerade mal 20 Jahren noch davon ausgehen, dass einige Zeitungen die Ermittlungen akribisch begleiteten und manchmal auch erhellende Zusatzgeschichten recherchierten, war heutzutage nach der Sturmflut erst einmal Ruhe. Bei der Masse an Nachrichten war mit den reißerischen Aufmachern am Ereignistag aus Sicht der Journalisten meist alles gesagt. Nachberichte speisten sich später vor allem aus Informationen, die sich die Presseleute direkt bei der Staatsanwaltschaft holten.

Als am Mittwoch zuerst die Online-Portale deutschlandweit voll waren mit Berichten über die dritte Tote auf der Insel Rügen, und die Vertreter der Printmedien nicht nur die Stralsunder Staatsanwaltschaft, sondern auch das Bergener und Sassnitzer Revier mit Anrufen regelrecht bombardierten, versuchte Schwinka anfangs abzuschalten. Nachdem er die ersten Sachen gelesen hatte und die aus dem Boden sprießenden Spekulationen mitbekam, meinte er, sich das Ganze wie üblich vom Leib halten zu können.

Bis Michael Neumann kurz vor der Lagebesprechung bei ihm in der Tür stand. »Haben Sie das schon auf ›Rügen total‹ gelesen?«, fragte der Kommissar.

»Nein, gibt es denn etwas Besonderes?«

»Na, dann schauen Sie sich das mal an!«, sagte Neumann.

Schwinka öffnete die Facebook-Seite von »Rügen total« und schaute allen Ernstes zwei Frauengesichter an: Traude Weikath und Beate Saul. Nichts gepixelt, volle Namen, beschriebene Verletzungen, Fundorte … Und dass die Polizei einst jämmerlich versagt habe, stand da noch. Natürlich kam der Beitrag nicht aus der hohlen Hand, sondern wurde noch etwas vage mit der aktuellen Mordserie in Verbindung gebracht:

›*Im Moment fragen sich alle Rüganer: Gibt es auf der Insel einen wahnhaften Frauenmörder, der sein Werk vor 20 Jahren begann und jetzt zurückgekehrt ist?*‹, war da zu lesen. ›*Oder haben wir es etwa schon mit zwei Verrückten zu tun? So wie damals hat die Polizei auch heute keine Antworten. Stattdessen hat man in Bergen und in Stralsund angefangen, die getöteten Frauen zu zählen. Hier mal als Hilfestellung: Es sind fünf an der Zahl. Nach Informationen unserer Redaktion will die Bergener Kriminalpolizei den Fall von damals noch einmal aufrollen.*‹

›Woher wissen die das denn?‹, dachte Schwinka und schaute kurz zu Neumann. Dem traute er mittlerweile alles zu.

›*Vielleicht werden diesmal endlich auch jene Männer in den Fokus genommen, die ein Interesse am Tod der beiden Frauen hatten, die sich auf Rügen im Tourismus engagierten. Da gab es damals wie heute einen Sumpf trockenzulegen. Dort mal einen Stock hineinzustecken, wagte vor 20 Jahren niemand. Und so verliefen die Ermittlungen im Sand.‹*

»Mmh«, machte Schwinka, »interessant. Man könnte meinen, Sie und der Schreiber kennen sich, Herr Neumann.«

»Nur weil der das Tourismusding bringt?«

»Deckt sich mit Ihren Mutmaßungen …«

»Das ist gar nicht so unbekannt«, sagte Neumann. »Aber wenn Sie wissen, wer da alles das Sagen hatte und hat, können Sie sich garantiert vorstellen, dass man da nicht ohne Weiteres eindringt.«

»Sie haben die Namen doch bestimmt parat.«

»Kennen Sie Rainer Schorfeleit?«

»Ja, kenne ich«, sagte Schwinka. »Dem bin ich sogar schon mal bei der Staatsanwaltschaft in Stralsund begegnet. Da saß er im Rollstuhl.«

»Anfang des Jahres hat er wohl wegen Nierenproblemen ein paar Wochen im Krankenhaus gelegen«, sagte Neumann.

»Oh, Sie kennen sich aber aus!«

»Irgendjemand berichtet immer etwas von ihm. Schorfeleit ist seit der Wende einer der wichtigsten Leute auf der Insel. Alles, was an touristischen Großprojekten aus dem Boden gestampft wurde, hat der zu verantworten. Auch die neue B96 soll ganz wesentlich auf seinen Einfluss hin gebaut worden sein.«

»Dann hat er der Insel ja ordentlich seinen Stempel aufgedrückt.«

»Und Unsummen umgesetzt«, sagte Neumann. »Deswegen komme ich auch zu Ihnen.« Der Kommissar legte Ausdrucke und Kopien vor Schwinka auf den Tisch. »Wenn ich Ihnen das mal erläutern darf?«

»Bitte!«, sagte Schwinka, den Neumanns Eifer überraschte, amüsierte und logischerweise auch freute.

»Verfolgt man die Berichterstattung seit Gründung von Rügens Tourismusvereinigung, zieht sich der Name Schorfeleit wie ein roter Faden hindurch. Seien es positive oder kritische Beiträge. Ab und an kratzen ein paar Journalisten auch an der Oberfläche und fragen, wo die ganze Kohle hinfließt, die der Verein aus der Rügen-internen Tourismusabgabe, den Fördergeldern sowie aus Beteiligungen an vermittelten Großprojekten einnimmt. Bei Letzteren wurde übrigens immer wieder versucht, es ins Reich der Gerüchte zu verbannen. Ich kann Ihnen aber versichern, dass da was dran ist.« Neumann stockte kurz und Schwinka schaute ihn aus den Augenwinkeln an. »Jedenfalls – hier.« Der Kommissar holte ein paar Blätter aus dem Stapel nach oben. »Dort haben wir Summen in den Wirtschaftsberichten, die meiner Ansicht nach so nicht ausgegeben worden sein können. Da: *Vermittlung Beratergesellschaft, Umbau Block IV, Prora: 275 324 Euro.* Frage ich mich: Was kostet bei einer Vermittlung so viel Geld? Hier: *Messeauftritt ITB, Berlin: 2,431 Millionen Euro.* Ohne weitere Ausführungen. Da müsste der Stand – oder meinetwegen auch die Stände – das Aussehen von Erdogans Palast gehabt haben. Und hier: Der Bau des Baumwipfelpfads wurde mit rund 374 000 Euro unterstützt. Eingeworben wurden dafür von Land und Bund aber allein 650 000 Euro. Wo ist der Rest? Das könnte ich jetzt beliebig fortsetzen. Und ich bin längst nicht mit allen mir zugänglichen Unterlagen durch.«

»Das wurde alles immer mal so eben durchgewunken?«, wunderte sich Schwinka.

»Das Problem solcher Vereine ist, dass das Fußvolk von dem ganzen Finanzkram keinen blassen Schimmer hat«, erklärte Neumann. »Das ist in den Gemeinde- oder Stadtvertretungen ähnlich. Da sitzen zwei, drei Leute, die den Durchblick haben, dann gibt es noch zwei, drei die spitzfindige Fragen stellen können, weil sie alte Krümelkacker sind und entdecken, wenn sich der Kämmerer bei kleinen Summen verrechnet hat. Der Rest lässt sich berieseln und hebt die Hände.«

»Meine Worte …«

»Wie?«, fragte Neumann, der sich unterbrochen fühlte.

»Ach, nichts Wichtiges«, meinte Schwinka. »Habe zu jemandem schon mal ähnliche Sachen gesagt.«

»Wenn ich da mal eine Überlegung äußern darf?«

»Nur zu!«

»Schorfeleit brauchen Sie nichts fragen. Der ist unantastbar. Das weiß der auch. Der erzählt nichts. Außerdem versteht man ihn kaum, da er irgend so einen Dialekt aus dem Westen spricht. Es gibt da aber ein paar Jung-Hoteliers, die im Vorstand mitarbeiten. Denen wird echt die Muffe gehen, wenn wir denen auf die Pelle rücken.«

»Okay, lassen Sie uns darüber mit den anderen reden!«, sagte Schwinka mit Verweis auf die anstehende Konferenz. »Mal sehen, was da noch so für Ideen kommen.«

Subversive Gedanken

Ideen kamen weniger. Eher Bedenken. Und die waren nicht unangebracht. Denn wenn niemand bereit wäre, auszupacken, müssten einige Polizisten versuchen, wie Buchhalter nachzuweisen, was aus den Geldern geworden war, die in merkwürdigen Zahlen in den Wirtschaftsberichten und Haushalten auftauchten. Das war Sisyphusarbeit und würde sowieso von einem Team übernommen werden, das sich ausschließlich mit Wirtschaftskriminalität befasste. Mit den Morden hatte das eigentlich nichts zu tun.

Natürlich kam die Überlegung zur Sprache, dass die Frauen daran gehindert worden sein könnten, die schlimmsten Ganoven ans Messer zu liefern. Aber hatten sie überhaupt Zugang zum inneren Kreis der Tourismusvereinigung? Was, wenn die Morde zwar etwas vertuschen sollten, das womöglich mit jemandem von den namhaftesten Touristikern zu tun hatte, aber gar nicht wirtschaftskrimineller Art gewesen war? Dann stimmte schon die Richtung nicht mehr. Und die Staatsanwaltschaft würde am Ende bei einem Ermittlungskomplex aus Wirtschaftskriminalität, einem alten Doppelmord und einer aktuellen Mordserie garantiert eine Sonderkommission ins Leben rufen. Vielleicht müssten die Fälle sogar komplett voneinander getrennt bearbeitet werden. Ohne Dückert – das war Schwinka bewusst – lief jetzt gar nichts mehr.

In einem sich der Konferenz anschließenden Telefonat mit dem Oberstaatsanwalt erläuterte der Kriminalpolizist von seinem Büroapparat aus die jüngsten Entwicklungen und riss an, welche Wege zu beschreiten seien.

Dückert wirkte nervös, schob das auf die überhandnehmenden Presseanfragen und kündigte sein Kommen an.

Danilo Schobel setzte sich derweil an die Spitze einer zehnköpfigen Polizeitruppe, die zwischen Sassnitz und Trent alle Parkplätze, Einmündungen und Waldwege nach dem Fahrrad durchkämmte. Sie sollten intensiv suchen, nicht nur mal eben die Blicke schweifen lassen und dann weiterfahren. Hier und da galt es, auch mal tiefer in ein Waldstück einzudringen, illegale Abfallhaufen aufzuspüren oder von der Straße aus gut erreichbare Abhänge in Augenschein zu nehmen.

Michael Neumann wühlte sich weiter durch Papierstapel, die vor allem mit Zahlen vollgeschrieben waren – übrigens ein Gebiet, das wiederum Steffen Dorvitz gar nicht lag. Der hatte gerade die Aufgabe bekommen, eine Übersicht zu erstellen, wie alle bisher bekannten Personen im Zusammenhang mit dem Doppelmord von 1997 miteinander in Verbindung standen. Schwinka hoffte, fernab dieses ganzen Unterschlagungs- und Bereicherungsdschungels, eine Tür geöffnet zu bekommen, die es ihm ermöglichen würde, das Dickicht auf einem bisher noch unbekannten Weg zu umgehen.

Gegen 14 Uhr kam Dückert zu Schwinka ins Büro. Als er eintrat, gab er sich äußerst geschäftig – und immer noch genervt. »Sie machen mir zu schaffen, Herr Schwinka!«, sagte er und gab dem Polizisten die Hand. »SoKo oder nicht SoKo, Durchsuchungsbeschluss, DNA-Test, Wirtschaftskriminalität – können wir nicht einfach endlich nach diesem verdammten Sadisten suchen und den aus dem Verkehr ziehen?«

»Ich mag es ja gar nicht sagen, aber eine Hausdurchsuchung bei einem gewissen Schuster in Trent könnte uns wesentlich voranbringen«, sagte Schwinka, wohl wissend, dass dieses eine »könnte« in seinem Satz genau das eine »könnte« zu viel war.

Pjotr Dückert bestätigte das sofort. »›Könnte‹ reicht nicht«, sagte er und setzte sich ein wenig theatralisch auf einen der Stühle in Schwinkas Büro. »Da könnten … da haben wir es wieder: Sie könnten mich also auch gleich fragen, ob Sie den festnehmen dürfen. Das hätte die gleiche Wirkung. – Egal. Wie dem auch sei. Alles konzentriert sich auf den Mann, der gerade über die Insel wütet. Die richterliche Anordnung zu einem DNA-Test besorge ich Ihnen. Ich weiß aber nicht, ob Ihnen das etwas nützt, denn der Typ wird sich einen Anwalt schnappen, Akteneinsicht beantragen und dann dauert es eine halbe Ewigkeit. Aber wem sage ich das?! Hausdurchsuchungsbeschluss? Sie wissen das unseren Richtern diesbezüglich der Colt nicht so locker sitzt. Könnte also schiefgehen.« Dückert unterbrach sich selbst und dachte nach.

Schwinka wartete ab.

»Mir ist bei dieser ganzen Sache nicht wohl«, sagte Dückert weiter. »Überlegen Sie sich mal, was das für den Schuster – so hieß er doch, oder? – also, was das für den bedeutet, wenn wir dort mit mehreren Beamten anrücken und die Wohnung durchsuchen. Der kann doch wegziehen – also, wenn er unschuldig ist.« Wieder machte der Oberstaatsanwalt eine kleine Pause.

Schwinka hielt sich zurück. Manchmal musste man Leuten die Möglichkeit geben, ihren Gedanken freien Lauf zu lassen.

»Wenn er es aber ist, landen wir einen Punktsieg. Wie steht es denn um die Verdachtsmomente?«

»Schlecht«, gab Schwinka unumwunden zu.

»Sehen Sie, Sie machen mir echt zu schaffen«, sagte Dückert. »Was wollen Sie bei dem überhaupt finden?«

»Beweise für meine Annahme.«

»Oh Mann, Herr Schwinka ...« Der Oberstaatsanwalt rieb sich mit den flachen Händen das Gesicht, als würde er es waschen. »Haben Sie keine Idee, wie Sie selbst an Ihre Informationen kommen?«, fragte er.

»Doch, habe ich«, sagte Schwinka. »Ich glaube aber nicht, dass Sie die hören wollen.«

»Cowboy-Methoden?«, polterte Dückert. »Damit bleiben Sie mir vom Leib! Ich weiß ja, dass Sie hier draußen sowieso machen, was Sie wollen, sobald ich weg bin.« Dabei schaute er Schwinka aus den Augenwinkeln an.

Der lächelte.

Dückert erhob sich und blieb mit dem Rücken zum Oberkommissar stehen. »Die Sache mit den Touristikern lassen Sie mal!«, sagte der Oberstaatsanwalt zur Scheibe, als würde er mit sich selbst reden. »Das wird wohl zu nichts führen.«

»War dieser Schorfeleit bei Ihnen?«

»Da kann ich mit ruhigem Gewissen ›Nein‹ sagen«, brummte Dückert vor sich hin und klang dabei fast erleichtert.

Schwinka lehnte sich zurück und stieß deutlich hörbar die Luft durch die zusammengepressten Lippen.

»Da müssen Sie gar nicht so prusten, Herr Schwinka!«, bemerkte Dückert wieder deutlicher und drehte sich um. »Wenn wir mal abwägen: Frauenmörder oder Schummler – wer von den beiden ist für uns wichtiger?«

»Wenn es mal nur Schummler wären«, erwiderte Schwinka. »Dann wird sich also diesbezüglich nichts tun?«

Dückert schüttelte den Kopf.

»Naja, ich habe eh keine Kräfte dafür«, sagte der Kripo-Mann. »Das macht es uns nicht gerade leichter, den Mörder von damals zu finden.«

»Eigentlich sollen Sie davon auch die Finger lassen.«

Schwinka drehte den Kopf überrascht in Richtung Oberstaatsanwalt. »Da hat der Schorfeleit aber seine Beziehungen spielen lassen«, stellte er süffisant fest.

»Wie Sie das bewerten, überlasse ich allein Ihnen«, blieb Dückert diplomatisch. »Jedenfalls, da ich die Wiederaufnahme der Ermittlungen schriftlich verfügt habe, können Sie daran auf jeden Fall ein bisschen arbeiten. Aber alles auf Sparflamme, herauskommen muss dabei nichts. Und vor allem: Machen Sie niemanden nervös! Ich glaube, wenn hier auf Rügen ein paar Hoteliers das Zittern kriegen, dann zittern ein paar wichtige Leute in Stralsunder Amtsstuben mit.«

»Herr Oberstaatsanwalt«, rief Schwinka und benutzte die förmliche Anrede, womit er Pjotr Dückert Respekt zollte. »Sie schleppen richtig subversive Gedanken mit sich herum.«

»Ich weiß zwar nicht, was Sie meinen, aber ich kann ja nicht verhindern, dass Sie das so sehen.«

Schwinka und Dückert grinsten sich an.

Strenger Parfümgeruch

Volltreffer! Auf der gegenüberliegenden Straßenseite eines Parkplatzes an der Tromper Wiek fanden zwei Uniformierte ein Fahrrad. Eine Nummer wies es als zum Schloss Ranzow gehöriges Leihobjekt aus. Ein kurzer Abgleich ergab, dass es jenes Rad war, dass vom jüngsten Mordopfer benutzt worden war, um am Montag bis zur Piratenschlucht zu fahren.

Da Schwinka seine Ahnung bestätigt sah, fuhr er gegen 16 Uhr nach Breege, um Gabi Schuster abzufangen. Er nahm sich vor, Zurückhaltung zu wahren. Denn wenn die Leute mitbekämen, dass die Polizei anfing, sich im Zuge der Ermittlungen nach dem bisher schlimmsten Verbrecher der Insel Rügen auf eine bestimmte Person einzuschießen, hatte es sich für diese auf dem Eiland erledigt. Selbst bei einem Irrtum wäre derjenige für ein paar Jahre gebrandmarkt. Denn am Ende würde bei vielen immer die Frage bleiben: Warum ist die Polizei überhaupt erst so weit gegangen? Irgendetwas musste da doch sein.

Schwinka betrat den Schmuckladen wie ein Besucher. In Bergen hatte er sich nur kurz ein Bild von Gabi Schuster angeschaut, sodass er die Frau jetzt sofort wiedererkannte und auf sie zusteuerte. »Ich suche ein Bernstein-Collier für meine Frau«, sagte der Polizist zu Gabi.

Die schien aus Gedanken aufgeschreckt und fragte etwas abwesend: »Welche Preisklasse darf es haben?«

»Bis zu 400 Euro.«

»Dann kommen Sie!«, sagte Gabi. »Da haben wir einige schöne Stücke dabei.«

Dem Oberkommissar war sofort die raue Stimme aufgefallen, die ein wenig an Nadine erinnerte. Er ließ sich zwei Arbeiten zeigen und erläutern, bevor er Gabi in ihrem Redefluss, der eh nicht so recht in Gang gekommen war, unterbrach. »Frau Schuster, ich würde mich mit Ihnen einmal ganz persönlich unterhalten wollen. Ich bin von der Kriminalpolizei, es geht dabei um ihren Mann.«

Gabi sah Schwinka nicht an, erschrak nicht und blieb auch sonst völlig emotionslos. »Wir können gern in die Raucherecke gehen«, sagte sie und legte das Collier, das sie noch in der Hand hielt, wieder in die Auslage. »Kommen Sie mit!«

Schwinka folgte der Frau, die auf dem Weg hinaus zur Hintertür ihrer Kollegin kurz Bescheid sagte. Draußen zündete sich Gabi eine Zigarette an, entschuldigte sich dafür, begründete es damit, jetzt tatsächlich eine Raucherpause machen zu wollen, und sagte: »Ich höre.«

Karsten Schwinka beobachtete die Frau genau. Sie war bei Weitem nicht so gelassen, wie sie sich jetzt gab. Ihre Augenlider waren leicht gerötet – wie bei jemandem, der kaum geschlafen hatte. Und obwohl sie gerade inmitten des Zigarettenqualms stand, drängte sich Schwinka ihr strenger Parfümgeruch auf. »Sie sehen müde aus, Frau Schuster«, folgte Schwinka einem seiner Gedanken.

»Ich wüsste nicht, was Sie das angeht«, entgegnete sie spitz.

»Nun, ich stelle das auch nur deshalb fest, weil Sie vermutlich mit Ihrer Freundin richtig lange aufgeblieben sind.

Wenn zwei Frauen sich lange nicht gesehen haben, gibt es meist eine Menge zu erzählen …«

Gabi hatte sich ihm schon verdutzt zugewandt, als er von der Freundin sprach. Den linken Ellenbogen stützte sie mit der rechten Hand direkt unter dem Busen, sodass sie die Zigarette auf Gesichtshöhe halten konnte. Ihre Hand zitterte leicht, die Stirn legte sich in Falten. Sie wandte sich wieder von Schwinka ab und nahm einen tiefen Zug. »Sagt er das? – Ich war bei keiner Freundin. – Ich hab ja nicht mal eine.«

»Wo sind Sie denn gewesen?«

»Muss ich Ihnen das erzählen? – Ich denke es geht um meinen Mann?«

»Sie müssen nicht …«

»Gut.«

»Können Sie sich vorstellen, warum Ihr Mann uns so etwas erzählt?«

»Er wusste nicht, wo ich war.«

»Gibt es das öfter bei Ihnen?«

»Was meinen Sie? – Dass er nicht weiß, wo ich bin?«

»Zum Beispiel.«

»Eigentlich nicht.«

»Warum jetzt?«

Gabi zögerte. »Es war an der Zeit«, sagte sie versonnen.

»Haben Sie zurzeit Streit mit Ihrem Mann?«

Gabi drehte sich wieder zu Schwinka. »Sagen Sie, was soll dieses Gefrage überhaupt? Habe ich etwas verbrochen? Hat er etwas verbrochen? – Also, was soll das hier?«

»Wir ermitteln im Fall des Verbrechens an Krista Schildt«, antwortete Schwinka so unverbindlich wie möglich. »Da werden Anwohner befragt, Leute, die das Opfer kannten …«

»Wir sind weder noch …«

»Ihr Mann meinte, er habe ab und zu mit ihr gesprochen.«

»Das ist kein Kennen. – Was ist mit meinem Mann?«

»Hat sich in der letzten Zeit sein Verhalten so stark verändert, dass Ihnen das bewusst aufgefallen ist.«

»Ha«, lachte Gabi verächtlich auf, »als wenn mir bei dem was auffallen würde.«

»Ist er Ihnen gegenüber unsicherer geworden? Oder war das Gegenteil der Fall, trat er selbstbewusster auf?«

Gabi zog an der Zigarette. Danach puhlte sie mit dem Daumen und Ringfinger der linken Hand ein Haar, ein Stück Tabak oder etwas anderes, das sie störte, von der Zungenspitze herunter. Die Zigarette hielt sie dabei weiter so geschickt zwischen Zeige- und Mittelfinger, dass der Rauch ihr nicht ins Gesicht strich. »Ein bisschen frecher«, sagte sie.

»Seit wann?«

»Ich weiß nicht.« Sie dachte nach. Die Schildt war vor anderthalb Wochen gestorben. War er seitdem nicht irgendwie aufmüpfiger? Und der Streit. Die letzten heftigen Auseinandersetzungen lagen schon lange zurück. Aber irgendwie war diesmal von ihm ein Hauch von Gefahr ausgegangen.

»War Ihr Mann vorletzten Sonntagabend unterwegs?«

»Nein«, sagte sie fest. Dabei fiel ihr aber sofort sein Erleichterungsgang ein. Sollte womöglich Horst …? ›Nein‹, dachte sie. ›Das kann nicht sein. Dieser Waschlappen?‹

»Sind sie sich sicher? Denken Sie bitte noch einmal nach! Vielleicht ein Spaziergang durchs Dorf, zum Auto, Müll runterbringen, Luft schnappen.«

»Nein«, sagte Gabi. Jetzt schon fast streng. ›Horst? Die Schildt?‹ Gabi durchströmte es. Ihr Körper wurde von einer unbändigen Erregung erfasst, dass sie sich leicht schüttelte, als würde sie frieren. Und es geschah etwas, das sie nie mehr für möglich gehalten hätte: Bei dem Gedanken an Horst wurde sie feucht im Schritt. Das war ein so merkwürdiges Gefühl, dass sie die Oberschenkel dezent aneinander rieb, als müsste sie dringend auf die Toilette.

Schwinka bemerkte die Veränderung an der Frau. Er registrierte sowohl das fröstelnde Schütteln als auch das erregte Reiben. »Geht es Ihnen gut, Frau Schuster?«, fragte Schwinka. Dabei legte der Polizist eine leicht ungeduldige Note in seine Worte. Sie sollte wissen, dass er ihre inneren Wallungen bemerkt hatte.

»Ja … ja, es geht mir gut«, sagte Gabi schnell. Ihr war es unangenehm, dass sie sich so hatte gehen lassen.

»Ich möchte Sie keineswegs brüskieren, Frau Schuster, aber gibt es bei Ihrem Mann oder in dessen Familie eine bekannte psychische Erkrankung?«

»Sie stellen mir hier aber sehr merkwürdige Fragen«, sagte Gabi, die Schwinka von unten her schräg ansah. Immerhin war sie gut zwei Köpfe kleiner als der Polizist. »Ich kenne keine Erkrankung.« Sie drehte sich wieder weg.

»Hat er sexuelle Neigungen, die Sie als abseits der Norm empfinden?«

»Wissen Sie, Herr Kommissar …« Gabi machte eine Pause, warf die Zigarette zu Boden und trat sie aus. »… ich habe nicht den Eindruck, dass das hier ein Verhör ist, um eine Straftat aufzuklären. Sie sind unverschämt und ich werde mir überlegen, ob ich mich nicht bei ihrem Vorgesetzten über Sie beschwere. Wie war eigentlich Ihr Name?«

»Ich bin Oberkommissar Schwinka.«

»Oh, ein Herr Oberkommissar.« Das sagte Gabi mit viel Ironie, indem sie das »Ober« verächtlich betonte. »Und Sie können es sich herausnehmen, mit den Leuten einfach so über deren sexuelle Vorlieben zu sprechen?«

In manchen Fällen wurden Frauen extrem unsicher, wenn sie bei einer Vernehmung spürten, dass ihr Ehemann in den Fokus der Polizei geraten war. Dann wurden sie redselig, denunzierten ihren Partner gar. Manchmal trat ein Schockzustand ein, der sie lähmte und für weitere Befragungen uninteressant werden ließ. Einige entwickelten eine solidarische Haltung, die sie dazu verleitete, dem Partner jedes Alibi zu geben, das er benötigte. Wie Schwinka das binnen weniger Sekunden analysierte, war bei Gabi Schuster Letzteres passiert. Sollte sie bisher ein angespanntes Verhältnis zu ihrem Gatten gehabt haben, war das jetzt – zumindest temporär – ad acta gelegt. »Ich kann mir gut vorstellen, dass dieses Thema für Sie ein wenig befremdlich ist, Frau Schuster. Aber bei der Suche nach dem Täter müssen wir allen Hinweisen nachgehen und manchmal auch sehr unbequeme Fragen stellen.« Schwinka erklärte das alles sehr sachlich, als spräche ein Arzt mit seiner Patientin.

Gabi, die schon Anstalten gemacht hatte, einfach wieder reinzugehen, zögerte und zündete sich dann doch noch eine Zigarette an. »Das hört sich alles an, als würden Sie meinen Mann verdächtigen«, stellte sie lauernd fest.

»Würden wir jeden Menschen verdächtigen, über den wir uns Erkundigungen einholen, deren Alibis wir überprüfen oder denen wir unangenehme Fragen stellen, kämen wir mit der Unterbringung unserer Akten nicht mehr hinterher.«

»Verdächtigen Sie ihn?«

»Nein, das tue ich nicht.« Das war gelogen. Na und? Er musste als Polizist nicht den Preis für die aufrichtigste Ermittlung gewinnen, auch wurde er am Ende nicht an seiner Ehrlichkeit gemessen, sondern an den Ergebnissen – sprich, den gelösten Fällen.

Gabi rauchte schneller. »Was wollten Sie noch?«, fragte sie fahrig.

»Ob er Neigungen hat, die Sie als außerhalb der Norm betrachten würden?«

Gabi warf die Zigarette zu Boden, trat sie eilig aus und wandte sich zornig Schwinka zu. »Wissen Sie was?«, zischte sie durch ihre Zähne. »Er hat überhaupt keine Neigungen. Er ist ein stinknormaler Typ, der im Bett genauso wenige Ideen hat wie im wirklichen Leben. Genügt Ihnen das?«

»Danke, Frau Schuster!« sagte Schwinka und Gabi ging zurück in den Laden. »Fahren Sie denn heute nach Hause?«, rief er ihr noch hinterher.

Gabi zeigte ihm den Mittelfinger, ohne sich umzudrehen.

Schwinka lächelte.

Maulschelle

Langsam spielten hier alle verrückt! Seine Mutter und sein kleiner Bruder Carlos inklusive. Mittlerweile dachte Manuel Lehmann schon darüber nach, sich ein paar Leute von damals vorzuknöpfen, denn das war ihm doch ein bisschen zu viel Unruhe. Und überhaupt: Was wollten die alle von ihm. Er hatte getan, worum man ihn gebeten hatte, und zum ersten Mal richtig viel Geld kassiert. Dass er keinen Kontakt mehr zu diesem Schmierlappen von Pieper hatte – was konnte er dafür? Seinetwegen sollte sich darum die Polizei kümmern. Manuel hatte sich nichts zuschulden kommen lassen.

Der große, grobschlächtige Mann lag rücklings auf dem Bett in seinem Zimmer und starrte an die Decke, während er sich all diese Gedanken machte. Da oben hing mindestens schon seit 25 Jahren das Poster einer nackten Frau auf einem schweren Motorrad. Eine Harley, wenn er sich recht erinnerte. Zu erkennen war das auf dem ausgeblichenen, gelbgrau gewordenen Papier nicht mehr.

So wie jetzt hatte Manuel Lehmann oft gelegen. Das war seine Lieblingsposition, wenn er etwas ausheckte oder die Durchführung bestimmter Aufträge plante. So konnte er sich am besten konzentrieren. Und Konzentration war immer sehr wichtig gewesen, denn er musste für zwei denken. Sein Bruder Carlos hatte es nicht so mit dem Denken. Der handelte. Immer, wenn es galt, zu funktionieren, gab es nichts besseres, als einen folgsamen Bruder an der Seite zu wissen. Reagierte der aber zu impulsiv und handelte, ohne ihm, Manuel, wenigstens die Zeit zu lassen, um abzuwägen, wurde er manchmal zu einer Gefahr.

So auch jetzt. Nur, dass Carlos im Moment nicht durch Übereifer auffiel, sondern das Reden für sich entdeckt hatte. Neuerdings fing er an zu plaudern, wenn er sich betrank. Gestern Abend zum Beispiel. Da hatte es auf Gut Grabitz im Piratennest eine deftige Sause gegeben – und dieser verdammte Bengel hatte doch nichts Besseres zu tun, als plötzlich über das Abfackeln von Autos zu fabulieren. Manuel versuchte anfangs, seinen Bruder zu bändigen. Als Worte jedoch nicht halfen, gab es eine Maulschelle. Glücklicherweise war Carlos zu betrunken gewesen, um sich zu wehren. Sonst wäre es womöglich in eine handfeste Prügelei ausgeartet. Aber wenn Carlos jetzt anfing, im Suff zu plappern, wurde es brenzlig. Denn die einzige Möglichkeit, ihm das wieder auszutreiben, war Alkoholentzug. Tja, und das wiederum hielt Manuel für schier unmöglich.

Seine Mutter schien ebenfalls durchzudrehen: Montagabend hatte sie doch tatsächlich ein richtig ernsthaftes Gespräch mit ihm und Carlos geführt. Die Brüder sollten das Haus und den Hof mit allem Drum und Dran vollständig übernehmen. Das betraf auch die mehrere Hektar große Ackerfläche, die die Lehmanns verpachtet hatten. Sie wollte mit dem Alten eine, wie sie sagte, »angemessene Wohnung in Rambin beziehen«. »Du hast bloß Schiss, weil die Bullen hier waren«, hatte Carlos der Mutter entgegengeschleudert.

Aber Manuel wusste es besser: Die Alte konnte einfach nicht mehr. Sie befand sich immer noch in der Rolle, für eine vierköpfige Familie zu sorgen. Nein, nicht finanziell. Aber den Kummer, den er und sein Bruder ihr bereiteten, dann der Alte, der zu nichts mehr taugte und mehr Betreuung einforderte als ein Demenz-Kranker – das schaffte Muttern einfach nicht mehr.

Für Manuel kamen diese neuen Probleme zu einem erdenklich ungünstigen Zeitpunkt, sollte er doch morgen Vormittag bei Suffig in Bergen antanzen. Diesmal hatte er genervt geklungen. So kannte er den Mann gar nicht. Und wenn der schon unruhig wurde, musste an dem ganzen Affentheater, dass sich da gerade abspielte, etwas dran sein.

Letzte Chance

Wolfgang Perkert legte den Hörer seines Bürotelefons zurück in die Halterung und atmete erleichtert auf. Die Nachricht Schorfeleits hatte so unglaublich wie befreiend geklungen. Der Glower Hotelier war immer wieder fasziniert, wie weit die Beziehungen des alten Mannes reichten. Dass er es sogar hinbekam, polizeiliche Ermittlungen zu blockieren – Hut ab!

Jetzt konnte er Feierabend machen. Die Zeit war fortgeschritten, draußen wurde es dunkel. Obwohl er mit zwölf Zimmern nur ein kleines Hotel betrieb, war die Rezeption noch besetzt. In der Regel bis 22 Uhr. Den Luxus gönnte Perkert sich. Er verabschiedete sich bei der jungen Frau hinterm Empfangstresen, ging zu seinem Wagen und summte dabei die Melodie von Helene Fischers »Achterbahn«. Nicht, dass er die Sängerin wer weiß wie mochte, allerdings lief das Lied immer wieder im Radio und zwang ihm seine Melodie auf.

Darüber dachte der Touristiker aber gar nicht nach, sondern freute sich auf den ersten Abend seit einer Woche ohne Grübelei. Endlich konnte er …

Als Perkert zu sich kam, lag er auf dem Rücksitz eines Autos, das er nicht kannte, denn es roch nach kaltem Rauch. Sein Hinterkopf schmerzte so sehr, als sei er aufgerissen. Die Augen konnte der Hotelier kaum öffnen, und als er es doch tat, war um ihn herum alles verschwommen. Perkert stemmte sich hoch. Dabei bemerkte er, dass seine Hände auf dem Rücken gefesselt waren. Er war allein. ›Oh Gott‹, dachte er, ›was ist denn passiert? Es ist doch alles in Ordnung?!‹ Ihn packte die kalte Angst. ›Das kann alles nur ein Missverständnis sein‹, ging es ihm durch den Kopf.

Und noch bevor er sich dazu aufraffte, nachzuschauen, ob die Türen womöglich geöffnet werden konnten, kam jemand und riss links die hintere auf. Der Mann war dunkel gekleidet, das konnte Perkert erkennen, und er hatte eine Sturmmaske auf, die nur seine Augen freigab.

Perkert zitterte vor Angst, als ihn zwei kräftige Hände am Jackenkragen packten und hinauszogen. Draußen war es stockfinster. Sie befanden sich in irgendeinem Wald, auf irgendeinem Weg. »Bitte lassen Sie mich!«, flehte Perkert. »Das muss ein Missverständnis sein.«

Der Mann sagte nichts und zog Perkert einige Meter vom Auto weg.

»Bitte tun Sie mir nichts!«, bettelte der Hotelier. »Ich kann Ihnen Geld geben, wenn Sie wollen. Ich habe eine Menge. Wir können gleich zur Bank fahren …«

Der Mann zögerte und flüsterte dann: »Halt die Fresse!« Nach weiteren zwei, drei Metern ließ er sein Opfer fallen und kniete sich ihm auf die Brust.

»Bitte …!«, flehte Perkert mit zitternder Stimme.

»Halt dein Maul und hör zu!«, sagte der Mann ganz leise, dass die Stimme ihn nicht verriet. »Erinnerst du dich, wo die Frauen gefunden wurden? Das waren Wälder wie hier. Und du wirst der Nächste sein …«

»Oh Gott, bitte, nein, bitte, ich habe nichts getan …«

Der Mann mit der Maske rüttelte Perkert und gebot ihm, zu schweigen. »Wer sterben soll, is' dran«, sagte er. »Da kannste noch so betteln.« Der Maskierte schlug dem Unternehmer mit seiner rechten Faust, die mit einem Schlagring verstärkt war, dreimal mitten ins Gesicht. Dabei brach krachend das Nasenbein und die Schneidezähne knackten weg, dass sie am Gaumen anstießen.

Vor Schmerz drohte Perkert, ohnmächtig zu werden. Er fing an zu weinen.

Die flackernden Augen unter der Haube senkten sich zu dem Verletzten hinab. Der nahm beißenden Alkoholgeruch wahr. »Hör zu, Blödmann!«, flüsterte der Schläger. »Letzte Chance! Wenn du hier nich' für immer liegenbleiben willst, redest du nie wieder mit den Bullen! Verstanden?«

Perkert röchelte.

Der Mann mit der Mütze rüttelte ihn. »Hast du das verstanden, Blödmann?«

Der Hotelier nickte.

»Was?«, fragte die Stimme aus der Wollmütze – und sie flüsterte nicht mehr.

»Keine Bullen …«, krächzte Perkert.

»Gut«, sagte der dunkle Mann und stand auf. Er wandte sich ab, ging drei Schritte, blieb stehen und kam noch einmal zurück. Er packte Perkert am Kragen und schlug ihm so heftig von rechts ans Kinn, dass der Unterkiefer brach.

»Weil es so 'n Spaß macht«, sagte der Schläger mit deutlich vernehmbarer Stimme. Erst jetzt ließ er endgültig von seinem Opfer ab, stieg in den Wagen, startete den Motor und fuhr mit durchdrehenden Reifen davon.

Perkert lag da, mit gefesselten Händen, auf einem feuchten Waldweg, blutend, vor Schmerzen wimmernd und überzeugt davon, dass er jetzt sterben würde. Den kläglichen Versuch, sich zu bewegen, gab der Unternehmer sofort wieder auf. Die Schmerzen waren zu groß. Also blieb er einfach liegen – und dämmerte langsam weg. Es war ein Mittelding aus Ohnmacht und Einschlafen. Perkert hörte nur noch ein leichtes Rauschen, das davon kündete, dass feiner Regen auf das Blätterdach des Waldes traf.

Arsch auf Grundeis

Alexander Suffig und Manuel Lehmann hatten sich noch nie offiziell getroffen. Sie kannten sich jetzt über 20 Jahre. Damals, als der Mitarbeiter der Bergener Stadtverwaltung an den wilden Kerl aus Rambin herantrat, war der gerade mal 18 Jahre alt geworden. Aber eine Amtsperson ließ sich mit einem jungen Erwachsenen, der polizeibekannt war, nicht in Gaststätten oder mitten unter den Leuten sehen. Er lud ihn auch nicht zu sich nach Hause ein. Nein, mit solchen Subjekten traf man sich konspirativ. Meist irgendwo auf einem Parkplatz, da stieg dann der eine zum anderen ins Auto. Wie gut so etwas funktionierte, sah man daran, dass zwischen Suffig und Lehmann noch nie eine Verbindung hergestellt worden war.

Heute hieß der Treffpunkt Rügenblick – eine Toilettenrast am Rügenzubringer kurz hinter Stralsund. Manuel Lehmann kannte Suffigs Auto, das bereits in einer Parknische stand, als er eintraf. Der Rambiner hielt an, stellte den Motor ab und blickte in die Runde: Kaum Autos da, und die waren obendrein von weit außerhalb. Lehmann stieg aus und ging lässig zu Suffigs Wagen, öffnete die Beifahrertür und stieg ein. »Tach!«, sagte er.

»Hallo, Herr Lehmann!«, entgegnete Suffig.

»Was is' denn so eilig?«

»Nun …«

»'nen neuen Auftrag übernehm ich nich'.«

»Na na, immer mit der Ruhe!«

»Wat heißt: ›Immer mitte Ruhe‹? So wie jetzt alle am Durchdrehen sind, werde ich mich nich' in Gefahr …«

»Lehmann, darum geht es doch gar nicht«, unterbrach Suffig den Ganoven unwirsch. »Wir müssen über damals reden.«

»Wat, Sie jetz' auch?«, fragte der grobe Kerl.

»Wieso, wer denn noch?«

»Na, Ihre ganze Kumpanei.«

»Hatten Sie Anrufe?«

»Auch …«

»Und wer war es?«

»Weiß ich doch nich'.«

»Keine Namen?«

»Neehee, wat gibt es denn?«

»Ich muss bis ins letzte Detail wissen, was damals passiert ist.«

Manuel Lehmann brach in ein schallendes Lachen aus. Dabei klopfte er sich sogar auf die Schenkel. »Wissen Se wat, hahaha?« Lehmann konnte sich gar nicht beruhigen. »Noch nie hat einer gefragt, wat passiert is'. Hahahaha! Und der, der fragt, macht dat 20 Jahre später, hahahaha … jetz' ham Se alle Muffensausen, stimmt's?«

»Kommen Sie Manuel, wir wissen überhaupt nicht, was da noch auf uns zukommt«, antwortete Suffig verärgert. »Und Sie hängen da genauso mit drin, wie einige andere.«

»Ich?« Lehmann schüttete sich nicht mehr aus vor Lachen, kicherte aber weiter vor sich hin. »Ich habe damit nix zu tun, Herr Suffig. Und wenn ich damit wat zu tun gehabt hätte, wär'n die Weiber jetz' nich' tot, hähä ...«

»Natürlich hängen Sie mit drin«, sagte Suffig und legte in seine Stimme einen drohenden Unterton. »Einen Tipp an die Polizei und Sie sind dran ...«

»Hahahahaha!« Lehmann lachte wieder lauthals los.

›Seltsamer Humor‹, dachte Suffig.

»Sie und Tipp«, feixte Lehmann. »Da würden sich aber einige Leute ans Messer liefern. Sie erzähl'n ja ein Zeug, hahahaha! Und ich kann obendrein beweisen, dass ich damit nix zu tun hab. Mann, Herr Suffig, Sie sind vielleicht gut!«

Der Rentner verstand kein Wort. »Herr Lehmann, klären Sie mich doch verdammt noch mal auf! Wir ...«

»Nix erklär ich Ihnen.« Manuel Lehmann wurde wieder ernst. »Mir is' es völlig egal, wie es Ihnen geht oder ob Se sich jetzt alle gegenseitig ans Messer liefern. Von mir kriegen Se nix. Und kommen Se bloß nich' auf die Idee, mir die Bullen auf den Hals zu hetzen, hähähä ... das würde einigen nicht gut bekommen ... hähähä und deswegen hol'n Se mich hier raus? Ihnen muss ja ganz schön der Arsch auf Grundeis gehen.«

Alexander Suffig fand keine passende Antwort. Die ganzen Jahre hatte er sich immer obenauf gefühlt. Er war derjenige gewesen, der sich anderer bediente. Und jetzt, wo es hart auf hart zu kommen schien, konnte das ganze Kartenhaus in sich zusammenfallen. Eben weil die Dienstboten den Hausherrn in der Hand hatten. Solange alles gut ging, verschwendete man an solch ein Szenario keinen Gedanken. Deshalb traf einen der Super-GAU völlig unvorbereitet. Also blieb ihm nichts weiter übrig, als versöhnlich um Zurückhaltung zu werben. »Also, Herr Lehmann«, begann er, »lassen Sie uns das Ganze einfach aussitzen. Wenn Sie gegenüber der Polizei genauso schweigsam bleiben, wie Sie es jetzt mir gegenüber sind, kann uns ja gar nichts passieren, nicht wahr?« Suffig wollte eine Reaktion.

»Jaja, wird schon«, sagte Lehmann.

»Denken Sie, Sie können schweigen?« Wie verzweifelt das klang.

»Mach ich doch schon seit Jahren«, entgegnete der Gauner.

»Ich verlasse mich auf Sie, Herr Lehmann!«

»Dann verlassen Se sich mal …! Ich hau jetz' ab.«

»Wir hören uns, Herr Lehmann.«

»Jaja …« Manuel Lehmann stieg grußlos aus und Suffig rutschte das Herz in die Hose.

»Liebesakt« und »Vereinigung«

Horst war auf dem Weg nach Sassnitz. Er pfiff gut gelaunt eine Melodie, die wohl ausgedacht war, und wähnte sich auf Wolke sieben. Was war das für ein traumhafter Abend gewesen: Als Gabi nach Hause gekommen war, hatte sie nur freundliche Worte für ihn gehabt. Beim Abendbrot benahm sie sich zuvorkommend und bediente ihn zum Teil sogar. Und als Jason im Bett verschwunden war, hatte Gabi ihn angemacht, wie seit … Er wusste nicht, wie lange das schon her war. Jedenfalls landeten sie beide im Bett und hatten Sex. Leidenschaftlichen Sex. Und das alles hatte gut zwei Stunden gedauert.

Über Gabis Ausflug hatten sie nicht gesprochen. Das wäre bei ihrer ausgezeichneten Stimmung unangebracht gewesen. Es war ihm am Ende auch egal, wo sie sich herumtrieb. Wenn das dabei herauskam, sollte sie seinetwegen mindestens einmal die Woche ausfliegen.

Wenn Horst an das Gespräch mit den Polizisten dachte, fühlte er sich ebenfalls als Sieger. Und das in zweierlei Hinsicht: Zum einen war es ihm gelungen, mit entsprechender Konzentration einen ziemlich guten Dialog zu führen, zum anderen dürften die beiden Beamten ohne einen Verdacht wieder abgezogen sein. ›Nein‹, dachte Horst, ›ich habe denen keinen einzigen Anhaltspunkt geliefert. Warum sollten Sie auch glauben, dass ausgerechnet ich derjenige sein könnte, der solche Taten verübt.‹

Horst hatte schon wieder einen enormen Abstand zu seinen Morden entwickelt. Immerhin lag der jüngste drei Tage zurück. Er betrachtete die Dinge dann aus einer Vogelperspektive. Natürlich wusste er, dass er die Frauen umgebracht hatte. Aber in seinem Kopf mutierten die Verbrechen zu einem ästhetischen Ritual. Seit dem jungen Mädchen an der Piratenschlucht bezeichnete er die Taten als »Liebesakt«, der nichts Abscheuliches hatte. Kein spritzendes Blut, kein hervorquellendes Gehirn, kein qualvolles Sterben. Müsste er die Handlung beschreiben, würde er sie vielleicht noch »Vereinigung« nennen. Ja, es war ein Verschmelzen: sein Körper mit denen der Frauen, sein Geist mit denen der Opfer. Ihn durchflutete ein unermessliches Glücksgefühl. ›Wer hat schon die Chance, über sich als Wesen hinaustreten zu können?‹, dachte Horst. ›Ich bin gesegnet. Das ist ein Geschenk.‹

Befeuert wurde seine Erhabenheit durch den Gedanken an Gabis Sterben. Genau, es ging gar nicht um den Tod – es ging ums Sterben. Beim nächsten Mal würde er diese Phase so lange ausdehnen, wie es ihm Ort und Zeit erlaubten. Gabi würde es gewiss nicht sein. Sie sollte ganz am Schluss kommen. Sie saß jetzt in der Falle.

Am Schluss? ›Ja‹, dachte er, ›es wird einmal ein Ende geben. Sie werden mich kriegen. Und dann muss sie gehen. Aber bis dahin ist noch viel Zeit. Vielleicht sogar mehr Zeit, als ich selbst für möglich halte.‹

Er fuhr in Sassnitz am Büro vor, stellte sein Auto ab und ging pfeifend die kleine Treppe hinauf. »Hallihallo, Peti«, rief er, als er eintrat.

»Du bist ja gut drauf«, entgegnete die Sekretärin.

»Ey, Horst, jetzt geht's richtig rund«, rief Kauz hinter seinem Schreibtisch hervor. »Die Zeitungen sind voll mit Geschichten vom Rügener Ripper. Wir werden berühmt.«

Horst konzentrierte sich. »Rügen kennt jeder«, sagte er wie aus einem Buch zitierend. »Berühmt wird nur er.«

»Wenn sie ihn kriegen«, ergänzte Traber, der auf dem Schreibtisch von Kauz saß.

»Es könnte jeder sein«, meinte Petra.

»Oh ja, dolle Vorstellung«, ulkte Kauz. »Stellt euch vor, Traber schleicht sich durch die Wälder und killt die Frauen.«

»Oder ich«, sagte Horst. »Ich könnte es auch sein.«

Alle lachten.

Ärztliches Attest

Die nächste Vermisstenanzeige. Wolfgang Perkerts Frau hatte gleich frühmorgens im Sassnitzer Polizeirevier ihren Mann als vermisst gemeldet. Es war zwar nicht unüblich, dass er bis in die Nacht hinein, ja sogar bis in die Morgenstunden im Hotel blieb. Auch gab es Ausnahmefälle, wo er gleich dort schlief. Aber da er weder heimgekommen noch auf Arbeit aufgetaucht war, obwohl sein Auto dort vor der Tür stand, und auch nicht an sein Telefon ging, glaubte Perkerts Frau, ihrem Mann könnte etwas zugestoßen sein.

Wie gut Schwinkas Leute in der Mordkommission waren, wie sehr sie sich die Handlungsstränge verinnerlicht hatten, zeigte der Informationsfluss zu diesem Vorfall. Vermisst wurde schnell mal jemand. Das war in den seltensten Fällen Angelegenheit der Kriminalpolizei. Also hätte Karsten Schwinka frühestens etwas von dieser Anzeige erfahren, wenn er sich aktuelle Vorgänge des Sassnitzer Reviers gezogen hätte. Allerdings glich einer der Beamten in Schwinkas Truppe jeden Morgen sämtliche Vorgänge in Bergen, Sassnitz und Stralsund ab, um für die aktuellen Ermittlungen relevante Ereignisse wahrzunehmen. Niemand konnte voraussetzen, dass jeder Diensthabende zum Beispiel bei einem Unfall mit Fahrerflucht oder einer Körperverletzung einen Zusammenhang zu den aktuellen Morden auf Rügen herstellte – oder womöglich mit den Ereignissen von vor 20 Jahren. Der beauftragte Polizist hatte allerdings eine ausgesprochene Sensibilität entwickelt: »Hotelier«, »Glowe« und Geschäftsführer der »Rügener Tourismusvereinigung« – da schrillten die Alarmglocken.

So hatte Schwinka die ganze Sache mit allen bisher vorhandenen Informationen in seinem hausinternen E-Mail-Postfach. Bevor der Chef-Ermittler allerdings einen freundlichen Gedanken an den wachsamen Kollegen aufkommen ließ, entfuhr ihm: »Es kotzt mich an!« Man musste nicht einmal ein Kombinationsgenie sein, um zu wissen, dass dieses Verschwinden mit dem Zinnober um die Frauenmorde von 1997 und dem irgendwie damit zusammenhängenden Betrügereien in der RTV zu tun hatte. »Hoffentlich ist der jetzt nicht auch noch tot«, sagte Schwinka und griff zum Telefon. Er rief Dückert an und beantragte eine Großfahndung nach Wolfgang Perkert. »Wir müssen die ganze Insel durchkämmen«, sagte Schwinka, als er dem Oberstaatsanwalt das Problem schilderte. »Rettungseinheit, Hubschrauber, Rettungshundestaffel – jeden verfügbaren Mann. Dieser Perkert muss so schnell wie möglich gefunden werden. Am besten lebend. Aber auch, wenn er tot sein sollte.«

Pjotr Dückert erinnerte daran, dass aus einflussreichen Kreisen die Parole »Sparflamme« ausgegeben worden war. Und Perkert sei weder minderjährig noch Zeuge oder Verdächtiger. Er konnte mit den aktuellen Ermittlungen quasi nicht einmal in Verbindung gebracht werden. Vor Donnerstagabend, 24 Stunden nach dem mutmaßlichen Verschwinden des Unternehmers, sei kaum etwas in Bewegung zu bringen.

Karsten Schwinka war lange genug im Polizeidienst, um Unwägbarkeiten wie die gegenwärtige zu kennen. Immer wieder stießen die Polizisten auf Probleme bei der Strafverfolgung durch Einflussnahme von Justiz und Politik. Da war die Samthandschuh-Methode gegenüber mutmaßlichen Straftätern noch das kleinere Übel.

›Handyortung!‹ Schwinka zuckte regelrecht zusammen bei dem Gedanken. Angeschaltet war das Ding ja offensichtlich, denn laut Aussage der Ehefrau klingelte das Telefon mehrfach, bevor sich die Sprachbox einschaltete. Schwinka hatte Perkerts Gattin nach wenigen Minuten am Apparat. »Frau Perkert? Oberkommissar Karsten Schwinka hier, von der ...«

»Ich kenne Sie«, hörte der Polizist am anderen Ende.

»Gut«, sagte der. »Ich brauche Ihre Hilfe, wenn wir Ihren Mann so schnell wie möglich finden wollen, und bitte ...«

»Ich helfe Ihnen, so gut ich kann«, unterbrach die Unternehmer-Frau den Kripo-Chef. »Nur weiß ich nicht, wie.«

»Ich sag es Ihnen – und bitte, fragen Sie mich nicht nach den Gründen.«

»Ja, bin gespannt.«

»Ich brauche von Ihnen die Versicherung, dass Ihr Mann unter Depressionen leidet und selbstmordgefährdet ist ...«

»Oh Gott, warum das denn?«

»Nicht fragen, Frau Perkert!«, forderte Schwinka. »Wenn Sie wollen, dass er noch heute gefunden wird, muss ich diese verbindliche Aussage von Ihnen bekommen. Am besten schriftlich und mit Unterschrift. Und wenn Sie obendrein noch einen Arzt gut kennen, der Ihnen auf dem schnellsten Wege dafür ein Attest ausstellt, nehme ich den auch noch mit.«

»Mmh, ist das denn legal?«

»Frau Perkert, was die Polizei macht, ist alles legal. Und außerdem – lieben Sie Ihren Mann?«

»Natürlich!«

›Natürlich nicht‹, dachte Schwinka, als er die gespielte Empörung in dem eilig hingeworfenen Wort der Frau wahrnahm. »Dann tun Sie, worum ich Sie gebeten habe!«

»Ich werde es versuchen …«

»Halbe Stunde?«

»Geben Sie mir bitte eine ganze!«

»Na gut«, sagte Schwinka ungeduldig. Dann gab er der Frau noch die Nummer seines Mobiltelefons und verteilte sofort die weiteren Aufgaben. Zwei Polizisten sollten in Glowe in der weiteren Umgebung des Hotels nach dem Vermissten suchen und auf Fahrzeugspuren oder Hinweise einer Gewalttat achten. Ein weiterer Kollege aus der Mordkommission sollte herausbekommen, mit wem Perkert gestern zu tun gehabt hatte und zwischendurch immer mal wieder seine Nummer anwählen.

Langsam gingen Schwinka die Leute aus. Zu viele Baustellen taten sich auf, und eigentlich konnte er nicht jeden x-beliebigen Kollegen ständig über Kreuz auf die unterschiedlichen Fälle ansetzen. Aber das war ihm im Moment herzlich egal. Wenn er nicht genau jetzt die sich bietende Gelegenheit nutzen würde, um an Informationen zu kommen, würde sich das Zeitfenster spätestens in drei, vier Tagen wieder schließen.

Da schien eine Clique von Leuten gehörig nervös geworden zu sein. Was da alles im Hintergrund an Kommunikation lief, wer da wen bedrohte, zum Schweigen verdammte oder womöglich denunzierte, konnte Schwinka nur vage ahnen. Auf jeden Fall begannen diese Personen, Fehler zu machen.

Perkerts Frau hielt Wort. Es verging keine Stunde, da lagen Aussage und ärztliches Attest auf dem Tisch. Dückert sprach Schwinka am Telefon seine Anerkennung aus: »Chapeau, Herr Oberkommissar! Das sollte eigentlich jeden Richter überzeugen, die Handyortung zu genehmigen.«

»Danke«, sagte Schwinka nur kurz. Er hatte das Grinsen des Oberstaatsanwalts geradezu gehört. Jetzt kam es darauf an, dass die amtlichen Mühlen für einen kurzen Augenblick einfach mal ein bisschen schneller mahlen würden. Dann war die Möglichkeit gegeben, Perkert noch bis zum Abend zu finden.

Ein bisschen wie Krieg

Nadine Pollwitz pendelte neuerdings. Darauf hatte sie sich richtig gefreut. Denn mit einem eigenen Auto zwischen Putbus und Binz hin und her zu fahren, suggerierte ihr jeden Morgen und jeden Abend, zu ihm zu gehören. Leider war es nicht so schön geworden, wie sie sich das erträumt hatte. Allerdings schien die Beziehung auch nicht wie von ihr noch vor ein paar Tagen befürchtet in den Modus des Ausblendens überzugehen: Karsten Schwinka blieb freundlich, wies ihre Annäherungsversuche nicht ab und ließ sie teilhaben, wenn sie sich erkundigte, warum er abwesend wirkte. Also alles gut? Nicht für Nadine. Sie strebte nach der perfekten Zweisamkeit nach der Art, wie sie sich so etwas ausmalte. Und damit stand sich die schlanke Frau mit der rauchigen Stimme nicht zum ersten Mal selbst im Wege.

Seit noch nicht ganz vier Wochen arbeitete Nadine in der Verwaltung eines freien Trägers in Binz, der auf Rügen Kitas, zwei Jugendklubs, ein Senioren- und ein Kinderheim betrieb. Das war schon eine Menge sozialer Einrichtungen, die Marktführung hatte der Verein, dessen Stammsitz sich in Bremen befand, deshalb noch nicht erlangt. Es war aber kein Geheimnis, dass der Träger expandieren wollte. Und genau dieses Vorhaben hatte Nadine die neue Stellung ermöglicht, die bemerkenswert gut bezahlt wurde.

»Ich glaube, dass ich einfach zu viel erwarte«, sagte Nadine zu ihrer Kollegin Britta Baum, mit der sie auf der Insel für die

Koordinierung der Vereins-Kindertagesstätten verantwortlich war. Das hatte in der Stellenbeschreibung schon äußerst wichtig geklungen – Voraussetzung war aber nur der erfolgreiche Abschluss einer Facharbeiterausbildung gewesen. Die Eignung für die speziellen Aufgaben hatten zwei Mitarbeiter für personelle Fragen aus Bremen überprüft. Und da Nadine ziemlich flexibel war und sich schnell auf wechselnde Bedingungen einstellen konnte, hatte sie überzeugt.

Britta Baum war wie sie 26 Jahre alt, aber schon verheiratet und mit zwei Kindern gesegnet. Die wusste eine Menge über die Männerwelt und deren absurde Gesetze zu berichten. Dadurch waren die beiden Frauen schnell ins Gespräch gekommen. Sie hatten sich sogar ein wenig angefreundet.

»Ich sage mir immer: Verlange alles! Dann bekommst du wenigstens die Hälfte«, gab Britta Baum eine ihrer Weisheiten zum Besten.

»Das würde voraussetzen, dass mich mein Partner so unsterblich lieben müsste, dass er mir jede Macke verzeiht, jeden Wunsch von den Lippen abliest …«

»Quatsch, Nadine«, sagte Baum, »du musst ihre Knöpfe drücken! Der für Sex ist rot und am größten. Dann hat jeder noch so seine speziellen Interessen. Die musst du herausbekommen! Und immer, wenn es Zoff gibt oder du etwas Bestimmtes willst, drückst du auf einen dieser Knöpfe!«

»Hört sich zwar gut an, klingt für mich aber kompliziert.«

Britta Baum liebte es, sich mit Nadine zu unterhalten. Immer, wenn die ihre sanfte, rauchige Stimme hören ließ, liefen ihr warme Schauer über den Rücken. Nicht, dass sie lesbisch wäre. Aber Erotik war universell. Und diese Stimme war in Baums Ohren Erotik pur. Sie stand so sehr auf diesen Klang, dass sie manchmal mehrfach am Tag übers Wetter sprach, nur um die Neue zu kleinen Monologen zu bewegen. »Ist es gar nicht«, sagte Baum, deren rundliche Wangen meist rot leuchteten und die fast ausschließlich in Hosen zur Arbeit kam, die ihr obendrein immer ein klein wenig zu eng waren. »Die ersten paar Wochen sind vielleicht ein bisschen anstrengend. Da musst du halt alles machen, was er will! In dieser Zeit gilt es, alles ganz genau zu beobachten. Vor allem seine Reaktionen …«

»Ich war mal mit ihm in Stralsund, wo wir seine Frau und seine beiden Söhne abgefangen haben«, fiel Nadine ein. »Ich habe perfekt funktioniert, auf jeden Wink reagiert, die heiße Freundin gespielt, die trotzdem grundsolide ist und bestens mit seinen Jungs auskommen würde. Er war überglücklich. Vor allem, weil seine Ex wohl gekocht haben soll.«

»Stimmt, er ist ja geschieden«, erinnerte sich Baum. »Aber du weißt, was ich meine. Also, schaffe dir in den ersten Wochen eine Basis! Unterwirf dich! Egal. Wir Frauen können das. Und wenn du ihn gut genug kennst, kannst du dir dein verlorenes Terrain wieder zurückholen …«

»Klingt ein bisschen wie Krieg«, unterbrach Nadine sie.

»Ist es doch auch, Süße.« Britta Baum lächelte fast ein wenig mitleidig.

Morgen würden die Frauen einen großen Tag haben. Da ging es nach Samtens, wo eine der modernsten Kitas im gesamten Landkreis entstand. Damit würde der Träger, bei dem Nadine tätig war, endlich die Nase vorn haben. Im Rohbau stand die futuristische Konstruktion schon, mit dem Ingenieurbüro sollte allerdings noch die geplante Umsetzung von jüngst eingereichten Änderungswünschen besprochen werden.

Jedes Mal, wenn Nadine sich mit Samtens beschäftigen durfte, empfand sie eine große Genugtuung. Es war wunderschön, an solch einem Projekt beteiligt zu sein. Besonders auch deshalb, weil es in gewisser Weise das Gesicht Rügens mit veränderte. Diesmal war diese Freude jedoch getrübt. Nadine hatte im Netz schon mehrere Beiträge über die Morde auf der Insel Rügen gelesen. Da wurden zum Teil schlimme Dinge geschildert. Und immer, wenn sich der jeweilige Artikelschreiber auf die Polizeiarbeit stürzte und ihr Karsten sogar mit Namen Erwähnung fand, drückte es ihre Brust zusammen. Zum einen konfrontierten sie die Geschichten immer wieder mit der schwierigen partnerschaftlichen Situation, in der sie sich nicht selten hinter Schwinkas Arbeit zurückgesetzt fühlte. Zum anderen tat es ihr im Herzen weh, wenn die Arbeit des Oberkommissars einer zu kritischen Betrachtung unterzogen wurde. Sie wusste ja, wie sehr er sich reinkniete. Und wenn dieser Verbrecher binnen einer Woche völlig skrupellos drei Frauen tötete, zeigte das doch auch, wie abgebrüht der war. Da konnte doch wohl niemand erwarten, dass die Polizei schon nach wenigen Tagen einen Schuldigen aus dem Hut zaubern würde.

»Schlimm, nicht wahr?«, sagte Britta Baum, als sie am Drucker hinter Nadine stand und sah, dass ihre Kollegin auf dem Computerbildschirm gerade eine Seite mit einem Bericht über die Frauenmorde geöffnet hatte.

»Ganz furchtbar …«, meinte Nadine.

»Und das krasse ist: Es hätte jede von uns treffen können. Sei zum falschen Zeitpunkt am falschen Ort und du bist tot.«

»Unvorstellbar …«

»Da lässt sich doch garantiert ein Frauenhasser aus«, vermutete Baum. »Davon gibt es unter den Männern eine ganze Menge. Nur dass die uns dann nicht alle töten.« Sie kicherte.

Nadine war nicht danach. »Was soll bloß werden?«

»Was sagt denn dein Liebster? Haben sie schon einen Verdächtigen im Visier?«

»Er spricht mit mir nicht über die Fälle. Zumindest nicht über Ermittlungsergebnisse. Das darf er nicht.«

»Jaja«, meinte Britta Baum, schnappte sich die Ausdrucke und ging zu ihrem Stuhl zurück. »Verstehe schon. Mich würde das komplett wahnsinnig machen: Da habe ich den Mann bei mir im Bett, der am dichtesten am Geschehen dran ist, und erfahre von dem Rügen-Thema Nummer 1 nicht mehr als alle anderen.«

»Diese Sachen sind es ja, von denen ich mich bedroht fühle«, sagte Nadine nachdenklich.

»Tun wir das nicht alle?«, kicherte Baum. »Nein, nein, Nadine, ich verstehe schon. Geh mal davon aus, dass so was hier auf der Insel nicht alle paar Wochen passiert. Also werdet ihr noch genug Zeit füreinander finden, wenn er den Kerl gefunden hat.«

»Hoffentlich passiert das so schnell wie möglich!«

Durchrütteln

An der Piratenschlucht war der Tatort immer noch weiträumig abgesperrt. Die Erkennungsdienstler gaben sich alle Mühe, sammelten geradezu Unmengen an Hinterlassenschaften ein, von denen die ein oder andere mit ein bisschen Glück dem Täter zugeordnet werden konnte. Glücklicherweise waren auf dem Waldweg, der dem Zuweg zur Piratenschlucht gegenüber lag und in dem häufig Fahrzeuge parkten, die meisten Spuren bereits dokumentiert worden, bevor es in der Nacht zu Donnerstag heftig geregnet hatte. Unter den deutlich lesbaren Schuhabdrücken waren auch frische von Gummistiefeln festgestellt worden.

»Das könnte er gewesen sein«, sagte Schwinka unvermittelt, als er dieses Detail aus der Ermittlungsübersicht fand.

»Was?«, fragte Schobel, der bei ihm saß und die Auswertung der vergangenen zwei Tage ebenfalls am Wickel hatte.

»Die Gummistiefel«, sagte Schwinka.

»Wieso?«

»Da es sehr wahrscheinlich ist, dass er den dritten Mord vorbereitet hat, dürfte er auch für mehr eigene Sicherheit gesorgt haben – also keine Spuren hinterlassen und keine Spuren aufnehmen …«

»Wie, ›aufnehmen‹?«, unterbrach Schobel.

»Na, abkriegen … gibt es dafür denn kein Polizeideutsch? Also, er schützt sich vor der DNA des Opfers – oder halt auch einfach nur vor Blutspritzern.«

»Im Ganzkörperkondom?«

Schwinka überlegte. »Mmh, das ist kein schlechter Gedanke«, sagte er dann. »Zuerst sah ich ihn in einem Regencape oder eine Art Friesenparka – aber was, wenn er von oben bis unten in Gummi gehüllt war?«

»Wie soll das denn gehen?«

»Solch einen Schutzanzug, wie wir ihn nutzen, wird er sich kaum besorgt haben. Auffälliger ginge es ja gar nicht. Aber was, wenn er sich wie ein Angler ausstaffiert hat?«

»Ha! Gummijacke, Gummihose, Gummistiefel. Das macht Sinn«, entfuhr es Schobel.

Schwinka lehnte sich zurück und legte die Stirn in Falten. Er dachte sichtlich angestrengt nach. Nicht nur über den Look des Mörders bei dessen dritter Tat. Auch das Verschwinden des Hoteliers hatte er plötzlich wieder auf dem Schirm. Vor allem den Zeitpunkt. Und als sei ihm ein Schreck eingejagt worden, richtete er sich plötzlich auf und griff zum Telefon. Mit einem Tastendruck stellte er die Verbindung mit einem der Kollegen der Mordkommission her.

»Herr Hauptmeister? Passen Sie auf! Unterbrechen Sie Ihre Recherche und überprüfen Sie noch einmal alle notierten Vorgänge der letzten Nacht zwischen – sagen wir – 20 Uhr gestern Abend und 6 Uhr heute Morgen. Und ich brauche vor allem alles, was die allgemeine Verkehrskontrolle ergeben hat. Verstöße gleich mit Namen und Adressen!« – »Gut? Na denn.« Schwinka legte auf.

In Absprache mit Silvio Uhlmann, dem Leiter des Bergener Hauptreviers, wurden seit dem ersten Mord verstärkt

Verkehrskontrollen durchgeführt. Und das nicht nur nachts. Auch tagsüber war immer ein Duo unterwegs, um Fahrzeuge zu stoppen und die Insassen zu checken. Dabei wirkten die Gründe für das Anhalten manchmal recht hanebüchen, die Methode war aber unverdächtig. Spekulieren und behaupten könnte ein Kontrollierter eine ganze Menge, wie wollte er aber beweisen, dass es der Polizei nicht nur um die Ordnung und Sicherheit im Straßenverkehr ging? Uhlmann war keineswegs begeistert gewesen, als Schwinka ihn mit dieser Variante der Ermittlungen konfrontiert hatte. Denn auch dem Revierleiter fehlten Leute und Schwinkas derzeitige Ansätze entsprangen aus Uhlmanns Sicht vor allem fixen Ideen. Aber um des lieben Friedens willen hatte er zugestimmt.

»Los, und wir gucken mal, wo es in Sassnitz Angelklamotten gibt!«, sagte der Chef-Ermittler zu Schobel.

»Du gehst felsenfest davon aus, dass es dieser Schuster war?!«, stellte Schobel fest, als sie im Auto saßen und nach Sassnitz fuhren.

»Die Wahrscheinlichkeit ist extrem hoch«, entgegnete Schwinka. »Ich würde nicht sagen, dass ich mich an ihm festgebissen habe. Aber wir sollten alles durchleuchten, was sich in seinem Umfeld tut. Dass zum Beispiel das Fahrrad an der Schaabe gefunden wurde, schließt Schuster zumindest nicht aus.«

»Was ist denn mit einem DNA-Test?«

»Dauert zu lange«, sagte Schwinka. »Können wir machen. Er wird das aber hinauszögern bis zum Gehtnichtmehr. Dafür sind Anwälte ja da. Aber ich glaube nicht, dass wir die Zeit dafür haben. Er ist jetzt so aufgeheizt, dass er womöglich in ein paar Tagen wieder zuschlägt. Und das kann ich echt nicht gebrauchen.« Wieder zuckte Schwinka kurz zusammen und brachte die geradezu absurde Idee ins Spiel, Schuster bei einer Verkehrskontrolle etwas unterzujubeln, um an sein Auto zu kommen.

Schobel meinte vorsichtig, dass sich darauf wohl kein Beamter einließe.

»Oder das Auto klauen!«, sagte Schwinka allen Ernstes.

»Zurzeit überkommen dich häufig blitzartig Einfälle«, sagte Schobel, als spräche er mit einem Verwirrten.

»Dem ist so«, entgegnete Schwinka. »Und ich könnte mal wieder daran verzweifeln, dass wir nichts allein entscheiden können. Jeden Scheiß muss ich nachfragen, beantragen, genehmigen lassen …«

»Das sind die Gesetze«, meinte Schobel.

»Klugscheißer!«, schimpfte Schwinka. Das klang vermutlich ernster, als es gemeint war. »Die Gesetze kenne ich auch. Ich halte sie im Wesentlichen auch für richtig. Allein schon, um uns vor uns selbst zu schützen. Nehmen wir nur Leute wie unseren Freund Neumann. Was würde der nicht alles anstellen, wenn ihn Gesetze und Dienstvorschriften nicht am laufenden Band davon abhalten würden. Der setzt sich ja eh schon andauernd über Regeln hinweg.«

»Ich weiß auch, dass wir mehr behindert als unterstützt werden«, bemerkte Schobel, der sich wegen des »Klugscheißers« gekränkt fühlte.

»Immer, wenn es schnell gehen muss, sind wir am Arsch«, setzte Schwinka seinen Monolog fort. »Da hadere ich dann mit unseren Gesetzen. Nehmen wir nur den Hotelier: Vielleicht stirbt der gerade – nur weil wir nicht ohne Weiteres sein Handy orten oder mit Hubschraubern nach ihm suchen können.«

»Tja, was, wenn der fremdgeht, und gar nicht gefunden werden möchte. Oder wenn er sich mit Kumpels besoffen hat und jetzt in einem Hotelzimmer herumliegt und seinen Rausch ausschläft?«

»Ach, alles Quatsch!«, wiegelte Schwinka ab. Diesmal gab er seinen Worten trotz der rigorosen Aussage aber einen freundlichen Ton. »Sei nicht sauer, aber ich weiß, dass es anders ist. Natürlich neigen wir im Zuge solcher extrem geführten Ermittlungen dazu, schnell zu interpretieren. Aber dass dieser Hotelier nicht freiwillig von der Bildfläche verschwunden ist, liegt angesichts der momentanen Situation auf der Hand. Es springt mich förmlich an.«

»Es war auch nur hypothetisch, um die Argumente der Entscheidenden ins Spiel zu bringen, aber grundsätzlich …«

»Entscheider? Verhinderer trifft es wohl eher. Manchmal habe ich den Eindruck, dass Entscheidungen nicht getroffen werden, weil der jeweils Verantwortliche eben genau das nicht sein will – ein Verantwortlicher. Furcht vor Fehlern kann tödlich sein. Aber Fehler können das natürlich auch.«

»… aber grundsätzlich stimme ich dir zu, wollte ich sagen«, brachte Schobel seinen vor Schwinkas Unterbrechung begonnenen Satz zu Ende.

»Danke«, brummte Schwinka – und fühlte alles andere, nur keine Dankbarkeit. Er war hin- und hergerissen. Er wollte viel mehr, als ihm möglich war. Karsten Schwinka war sich so verdammt sicher, dass er am liebsten sofort zugreifen würde. Nur fehlten ihm die Beweise. Eigentlich war er gar nicht so ungeduldig. Er kreiste nicht zum ersten Mal um einen Verdächtigen, den er wegen all den zu genehmigenden polizeilichen Handlungen erst nach Wochen festnehmen konnte. Dann war aber auch nie Eile geboten. Selbst bei Gewaltverbrechern nicht. Doch diesmal hatte er das untrügliche Gefühl, dass in diesem Horst Schuster eine Bombe tickte. Dem konnten Hundertschaften auf den Fersen sein – und er würde sich trotzdem ein neues Opfer suchen.

Ein paar Kilometer hinter Lietzow fuhr Schwinka rechts ran.

»Was ist los?«, fragte Schobel, als sie standen und Schwinka durch die Frontscheibe in die Ferne starrte.

»Vielleicht muss ich einfach nur runterkommen«, sagte der Oberkommissar. »Du hast vollkommen recht. Diese Idee mit der Verkehrskontrolle ist unsinnig. Wir müssten bewusst Gesetze brechen, um an die nötigen Informationen heranzukommen. Und als Beweise wären sie nicht einmal zugelassen. Ich habe heute Vormittag schon solchen Kram veranlasst. Der Oberstaatsanwalt hat mitgespielt, weil ich ihm das als völlig legal beschafftes Material verkaufte. Er ahnte zwar, dass ich hinter den Kulissen an der Schraube gedreht habe, kann seine Hände im Falle eines Falles aber in Unschuld waschen.«

»Was war denn?«

»Die Frau des Hoteliers … Wie heißt der Typ?«

»Perkert«, half Schobel aus.

»Ja, also diese Perkert hat schriftlich erklärt, dass ihr Mann selbstmordgefährdet ist. Ein Arzt hat ihr ein Attest ausgestellt, dass der Hotelbetreiber unter Depressionen leidet.«

»Au backe«, sagte Schobel.

»›Toller Schachzug!‹, hätte mir jetzt besser gefallen statt ›Au backe‹. Ich will nämlich eine Handyortung erwirken.«

»Jaja, das ist mir schon klar …«

»War zu doll, nicht wahr?«

»Vielleicht«, gab Schobel vorsichtig zu bedenken.

»Wenn wir ihn aber heute Abend noch finden. Lebend. Und womöglich als Zeugen einer Straftat, interessiert das ›Wie?‹ keinen Menschen mehr.«

»Jaaaa, wenn wir ihn finden«, sagte Schobel skeptisch.

»Wir werden ihn finden, davon bin ich überzeugt«, sagte Schwinka, griff nach vorn und streckte die Arme, als wollte er das Lenkrad ins Armaturenbrett drücken. »Ich muss mich wieder ausbalancieren. Diese Blitzideen sind ein Zeichen dafür, dass ich drohe, den roten Faden zu verlieren. Mit Aktionismus komme ich nicht weit. Dabei sind wir auf einem guten Weg.« Das klang, wie zu sich selbst gesprochen. Und so war es im Wesentlichen auch gemeint. Schwinka betrachtete dieses Gespräch und den Stopp als Durchrütteln, das ihn wieder auf den Boden der Tatsachen zurückbrachte.

Andere Seite der Medaille

Theodor Schwahn, der für die Linke im Bundestag saß, war in den zurückliegenden Tagen zwar der politischen Alltagsarbeit nachgegangen, richtig konzentrieren konnte er sich aber nicht. Und spätestens seit der Nachricht über die dritte Tote waren die alten Ängste wieder hochgekommen. Ihm war klar, dass die erneute Untersuchung der Morde von damals unvermeidlich sein würde.

Die aktuellen Verbrechen waren auch unter den Abgeordneten eines der Hauptthemen, denn eine Straftat, die einen ganzen Landstrich in Atem hielt, eignete sich bestens, mal wieder zum Thema »Gewalt gegen Frauen« Position zu beziehen, die Polizei je nach Stimmungslage in der Bevölkerung zu schelten oder zu loben. Zu den Toten von vor 20 Jahren war aber nur wenig in den Zeitungen zu lesen.

Vielleicht sollte er eine Berlin-Pause einlegen und in den nächsten zwei, drei Wochen in seinem Wahlkreis Präsenz zeigen. Denn so schnell würde die Polizei den Täter nicht verhaftet bekommen, davon war Schwahn überzeugt.

Der Linken-Politiker, der Fördermitglied der Rügener Tourismusvereinigung war, wusste natürlich auch von den nicht immer ganz sauberen Transferaktionen, die sich Geschäftsführung und Vorstand erlaubten. Diesbezüglich hatte er nicht nur hin und wieder mal ein Auge zugedrückt, sondern durchaus auch ganz nebenbei und halblegal die Hand geöffnet. Selbstverständlich nicht ohne vorher durch Einflussnahme in Berlin der touristischen Entwicklung auf Rügen etwas Gutes getan zu haben.

Er hatte schon mit Rainer Schorfeleit telefoniert. Und der hatte ihm versichert, dass das schon seinen Gang gehen werde. Alles schön und gut. Aber er kannte das ja: Wenn das Schiff zu sinken drohte, brachten alle ihre eigenen Schäfchen ins Trockene. Da war es grundsätzlich besser, mittendrin zu sein und sein Schicksal selbst in die Hand zu nehmen.

Also brach Schwahn Donnerstagabend die Zelte in der Hauptstadt ab und verabschiedete sich in eine Woche Wahlkreisarbeit. Ging alles.

Rainer Schorfeleit war zufrieden. Wie eigentlich immer. Er hatte einen Riecher für gute Geschäfte. Zumindest, seit er in den Osten gezogen war. Davor hatte ihn das Pech verfolgt. Egal, was er anpackte – irgendwann rollten sich ihm Steine in den Weg, die er entweder nur mühselig – und damit kostenaufwendig – oder gar nicht beiseite geschafft bekam. Das hatte seinen Höhepunkt mit der von ihm gegründeten Hotelkette gefunden, die über den Status »klein« nie hinauskam, weil alles schiefgegangen war, was hätte schiefgehen können. Es begann mit in letzter Minute zurückgezogenen Baugenehmigungen und kulminierte in einem Millionenschaden nach einem Hotelbrand aus Unachtsamkeit. Er hätte sich aufhängen können.

Stattdessen war die Mauer gefallen. Und Rügen hatte Schorfeleit sofort als touristische Goldgrube entdeckt. Hier war dann alles sofort so gut gelaufen, dass er nach zwei, drei

Jahren sogar mit seinem Glück haderte. So viel konnte man davon gar nicht haben, ohne einen gehörigen Rückschlag erleiden zu müssen. Aber der kam nicht. Und dann hatte er sich daran gewöhnt, zu schalten und zu walten wie es ihm beliebte. Dass die jungen Hotelbetreiber jetzt plötzlich das Flattern bekamen, nur weil da ein paar Bullen »Wildwest« spielen wollten, entlockte ihm ein müdes Lächeln. Logischerweise galt es, wachsam zu sein. Aber Nervosität weichte die Wachsamkeit auf und provozierte Fehler. Und die wiederum konnten sie sich in der momentanen Lage nicht leisten. Jetzt musste Ruhe bewahrt werden.

Er saß breit in einem der extra für ihn angefertigten Sessel in seiner Residenz in der Randlage von Binz und rauchte eine Zigarre. Er war es mit seinen Verbindungen gewesen, der der Vereinigung, ja, der ganzen Branche auf Rügen, diese Ruhe verschafft hatte. Das machte ihn stolz und würde seine Position auf der Insel noch weiter stärken. Eigentlich konnte ihm das egal sein, denn allzu lange würde er es nicht mehr machen. War es ihm aber nicht. Wer sein Leben immer über die Macht definierte, die er über andere ausübte, der würde auch noch auf dem Sterbebett Befehle geben.

Rainer Schorfeleit war ein behäbiger Typ, der nie hektisch oder impulsiv reagierte. Heutzutage war ihm das rein körperlich schon nicht mehr möglich, da er bei einer Körpergröße von 1,74 Meter 175 Kilogramm auf die Waage brachte. Aber auch vor 30 Jahren, als er als unternehmungslustiger und drahtiger westdeutscher Macher wahrgenommen worden war, ließ er sich nie zu impulsiven Reaktionen verleiten.

Er vergaß keine Beleidigung, keinen Ungehorsam. Wann allerdings Strafe oder Rache folgten, entschied er schon damals für sich in Ruhe im Sessel. Er blieb wachsam. Auch jetzt, wo aus seiner Sicht die größte Gefahr schon gebannt war. Aber man konnte ja nie wissen, wer dem Druck nicht standhalten und plötzlich alles wieder ins Wanken bringen würde. Rainer Schorfeleit konnte es dann richten.

Alexander Suffig zeigte gegenüber seiner Frau eine schier unendliche Geduld. Jeden Tag bombardierte sie ihn mit ängstlichen Nachfragen zu »der Sache mit dem Wintergarten«, wie sie es nannte. Und jedes Mal vertröstete er sie. Mittlerweile hatte er sie soweit, dass sie eine Anzeige ebenfalls für sinnlos hielt. Heraus käme dabei nämlich nichts. Die Staatsmacht würde sich aber stundenlang in ihrem Zuhause breitmachen und womöglich noch Informationen mitnehmen, die das Ehepaar lieber nicht preisgegeben hätte.

Suffig wusste längst, dass die Anschläge so viel bedeuteten wie: »Haltet die Füße still! Wer für Unruhe sorgt, hat nicht nur einen kaputten Wintergarten.« Den meisten dürfte das nicht schwerfallen. Aber er? Er hatte nie zu denen gehört, die an eine Vorbestimmung glaubten. Er wollte immer selbst festlegen, wie etwas ablief. Und manchmal musste man nachhelfen. In seinen Positionen – erst als Geschäftsführer der Gesellschaft für Wohnungsverwaltung, dann als Amtsleiter der Bergener Stadtverwaltung – hielt er einst die Fäden in der Hand. Die anfängliche Skepsis, die Rainer Schorfeleit ihm gegenüber gehegt hatte, war schon bald einem freundschaftlichen Umgang gewichen. Dass das nichts wert war, wusste er spätestens seit seinem Eintritt ins Rentenalter: Schorfeleit hatte sich seitdem von sich aus bei ihm nicht mehr gemeldet. Dabei hatte er ein derart eng geknüpftes Netzwerk, dass er noch heute auf alte Kontakte zurückgreifen konnte – wovon die Herren aus der zweiten Reihe im RTV auch gern weiterhin Gebrauch machten.

Suffig fühlte sich in der Situation aber vor allem gekränkt. Erst der Rückzug Schorfeleits, dann die Geschichte mit dem Wintergarten, schließlich die Drohgebärde durch den Fahrradfahrer und jetzt die freche Zurückweisung durch Manuel Lehmann – hätte er nicht selbst so viel Dreck am Stecken, würde er womöglich einige Leute von damals auffliegen lassen. Überhaupt. Wäre das nicht sogar eine Möglichkeit? Er würde nur allzu gern deutlich machen, dass man seine Frau nicht ungestraft in Angst und Schrecken versetzen durfte.

Suffig erinnerte sich an Szenarien aus Kriminalfilmen. Kronzeugenregelung, Polizeischutz, Rund-um-die-Uhr-Bewachung. Nun gut, das meiste stammte aus Mafia-Streifen. Dabei handelte es sich ja um ein anderes Kaliber. Aber war das hier nicht auch ein kleines bisschen wie in einem Mafia-Film? Und er mittendrin? Darüber musste Suffig grinsen, der gerade im Wohnzimmer in seinem Lesesessel saß und die eben noch studierte Tageszeitung auf dem Schoß abgelegt hatte. Die Rügen-Mafia. Nur, wenn er das schon so sah, dann gab es da ja auch noch die andere Seite der Medaille. Und von der hatte er bereits einen Vorgeschmack bekommen: Wer ausbrach, musste sich ernsthafte Sorgen machen.

»Der Mörder ist entfesselt«

Als Schwinka und Schobel beim Schiffsausrüster in Sassnitz nach Kunden fragten, die sich in den zurückliegenden zwei Wochen vollständig mit Gummiklamotten versorgt hatten, nannte der Ladenbesitzer nach Sicht in seinem Computer drei Einkäufe. Und der Verkäufer – ein Mittdreißiger, der von der Insel stammte und hier schon seit sieben Jahren arbeitete – erkannte auf dem von Schwinka präsentierten Porträtfoto Horst Schuster als einen der Kunden wieder.

»Das war die Steilvorlage«, sagte Schwinka, als er in den Wagen stieg. »Jetzt müsste ich auch die Hausdurchsuchung durchkriegen, da wir die Stiefel finden müssen.«

»Mir fielen da zwar immer noch eine ganze Reihe Einwände ein, die man vorbringen könnte, um weder eine Hausdurchsuchung noch sonst was zu genehmigen – aber wir sollten nicht paranoid werden!«, sagte Schobel und grinste.

»Wir haben jetzt drei tote Frauen.«

Das Telefon klingelte. Chupaski.

»Und, wie steht's mit unseren Braunschweiger Urlaubern?«, fragte Schwinka gleich.

»Hallo, Herr Schwinka! Ja, was soll ich sagen: Chaotentruppe würde passen.«

»Wieso?«

»Also, das Mädchen wurde vorhin von ihren Eltern abgeholt. Alles sehr tränenreich. Aber die jungen Männer wollten partout nicht einsehen, dass sie im Moment noch hierbleiben müssten, um uns zur Verfügung zu stehen. Selbst …«

»Schicken Sie die nach Hause!«

»Na, das ist eine ausgezeichnete Nachricht. Der eine der beiden hat dermaßen viel Theater veranstaltet, dass die Sassnitzer Kollegen drauf und dran waren, ihn in Gewahrsam zu nehmen. Ich kann ja verstehen, dass er vom Tod seiner Freundin mitgenommen und in einem emotionalen Ausnahmezustand ist. Aber wenn er sich hier gegen Gott und die Welt auflehnt, wird sie davon ja auch nicht wieder lebendig.«

»Nee, lassen Sie die fahren! Wenn Sie alles haben, sind die sowieso aus der Geschichte raus.«

»Gut, ich klär das. Die werden sich freuen. Die finden Ossis sowieso – vorsichtig ausgedrückt – abscheulich …«

Schwinka drückte seine Kollegin grußlos weg, da schon der nächste Anruf reinkam. Diesmal von dem mit der Überprüfung der Nachtberichte beauftragten Kollegen aus der Mordkommission. »Ja, Schwinka.«

»Herr Oberkommissar? Seiler hier.«

»Ja.«

»Es gibt definitiv ein paar Sachverhalte, die Sie sich vielleicht mal anschauen sollten!«

»Reißen Sie bitte mal an!«

»Fahrerflucht gegen 20.15 Uhr nach Parkplatzunfall in Sassnitz.«

»Gibt's nähere Hinweise? Hat jemand etwas gesehen?«

»Leider kein Kennzeichen. Nur Autotyp und Farbe: Es war ein dunkelgrüner Renault.«

»Okay. Und sonst?«

»Zweimal Fahren unter Alkoholeinfluss. Beiden wurden die Führerscheine entzogen.«

»Wann, wo und wer?«

»Charlie Kreuser aus Stuttgart. – Ja, der heißt wirklich so. Ist Urlauber, wohnt in Sellin in einer Ferienwohnung und wurde kurz hinter Sassnitz in Richtung Binz erwischt. 1,6 Promille. Soll aus dem Auto gefallen sein.«

»Wann?«

»Ach so, ja – 21.34 Uhr.«

»Okay, und?«

»Kurz vor Abfahrt Sagard in Richtung Bergen, 23.52 Uhr, ein Typ namens Carlos Lehmann – und ja, der heißt wirklich so – aus Rambin. Jetzt kommt's: 2,4 Promille. Stand wie eine 1.«

»Okay – bleiben Sie mal dran, Herr Seiler!« Karsten Schwinka wandte sich an Schobel: »Sag mal, dieser Lehmann – gehört der nicht zu der Familie, die auf ganz individuelle Art Autos umbaut?«

»Das ist eine gute Beschreibung. Aber du hast recht.«

Schwinka nahm den Hörer wieder ans Ohr. »Herr Seiler, schicken Sie mir mal dessen Adresse aufs Handy! Danke!« Schwinka drückte den Anruf weg. »Also, weshalb der um die Zeit …?« Das Telefon klingelte erneut. Oberstaatsanwalt Dückert. »Herr Oberstaatsanwalt«, begrüßte Schwinka den Mann von der Justiz mit gespielter Begeisterung – wenngleich das durchaus etwas Freundliches hatte und von einer aufkommenden Vertrautheit kündete.

»Herr Schwinka«, echote der zurück. »Ich habe eine gute Nachricht. Handyortung wurde genehmigt, von mir ausgelöst, und der Quadrant ist auch schon eingegrenzt. Wo sind Sie jetzt?«

»In Sassnitz.«

»Hören Sie schon die Feuerwehr?«, fragte Dückert.

»Nein, noch nicht. Aber vielleicht ist sie ja auch schon durch«, entgegnete Schwinka.

»Das Telefon befindet sich wohl irgendwo im nördlichen Teil des Nationalparks Jasmund. Zwischen Lohme, Hagen, Rusewase und Werder. Alles Wald, zum Teil sehr dicht. Also, wenn Sie Lust haben, können Sie mit hochfahren.«

»Herr Oberstaatsanwalt, das ist mit Ihnen wirklich ein ganz bezauberndes Zusammenarbeiten«, sagte Schwinka, der seine Euphorie nicht verbergen konnte.

»Jaja, manchmal bin ich ein richtig Guter«, witzelte Dückert. Das war eine Seite, die zumindest von den Polizisten in den Inspektionen und Revieren bisher keiner kannte.

»Sie können da auch gleich noch einen draufsetzen.«

»Herr Schwinkaaaa …!«, sagte Dückert vorwurfsvoll und dehnte dabei den Namen des Ermittlers.

»Wir wissen mit absoluter Sicherheit, dass Schuster aus Trent sich beim Schiffsausstatter in Sassnitz am Montagvormittag komplett mit Gummibekleidung ausstaffiert hat – also Jacke, Hose, Stiefel.«

»Ist er vielleicht Angler?«, scherzte Dückert weiter, der wegen des sich gerade anbahnenden Tempos der Ermittlungen allerbester Laune war.

»Wir haben in der dem Tatort gegenüberliegenden Schneise Gummistiefelabdrücke gefunden. Das muss nichts bedeuten. Allerdings ist es nicht schwer, zwischen dem Kauf, der Tatzeit und den Abdrücken eine Verbindung herzustellen. Finden wir bei Schuster die Stiefel, können wir ihn mit dem Tatort in Verbindung bringen. Dann serviere ich Ihnen den Kerl auf einem Silbertablett.«

»Und Sie brauchen jetzt den richterlichen Hausdurchsuchungsbeschluss …?!«

»So sieht es aus.«

»Nicht vor Montag oder Dienstag.«

»Immerhin, wenngleich die Zeit wirklich drängt, denn der Mörder ist entfesselt … aber das ist ja nur so eine Spinnerei von mir.«

»Herr Schwinka, ich tue mein Bestes.«

»Danke.« Schwinka lächelte. »Wir kriegen das hin«, sagte der Oberkommissar. »Jetzt ist die Justiz ins Rollen gekommen. – Lass uns den Hotelier suchen!«

»Und was ist mit Lehmann?«, wollte Schobel wissen.

»Tja, der muss warten! Vielleicht schaffen wir es morgen. Eigentlich dürfte der Termin bei unserem Leichendoktor nicht so lange dauern.«

»Beinahe hätte ich jetzt gesagt: ›Und Lehmann kann uns ja nicht wegfahren‹«, sagte Schobel noch. »Aber ich glaube nicht, dass es den juckt, wenn der keinen Führerschein mehr hat. Und Autos stehen auf deren Hof zur Genüge rum.«

»Wer schreit, der lügt«

»Was bist du bloß für 'n Pisser!«, brüllte Manuel Lehmann. Die kraftvolle Anrede galt seinem jüngeren Bruder, der kleinlaut auf der alten, durchgesessenen Couch im Wohnzimmer der Eltern kauerte und eine Standpauke über sich ergehen ließ. »Wir haben eine klare Regel: Kein Alk im Auto!«, schimpfte Manuel.

Carlos schaute betreten auf seine Knie.

»Wenn wir weiter diesen Job machen woll'n, dürfen wir auf der Straße nich' auffall'n. Und schon gar nich' den Führerschein abnehmen lassen.« Manuel war am späten Nachmittag mit der Katastrophe aus der vergangenen Nacht konfrontiert worden. »Kriegst du jetzt endlich dein scheiß Maul auf, was du da oben im Suff gemacht hast?«, schrie er Carlos ins Gesicht, an das er bis auf 30 Zentimeter herangetreten war.

Der Jüngere zuckte zurück, als würde ihn ein starker Wind anwehen.

»Rede, du Arsch!« Manuel Lehmann betonte jede Silbe, als würde er lautstark ein Gedicht aufsagen.

»Wenn du aufhörst, zu schreien … Wer schreit, der lügt«, warf Carlos kleinlaut ein.

»Du bekloppter Vollidiot – das heißt: Wer flüstert, der lügt. Aber nich' mal dafür reicht's bei dir.«

Die Mutter der beiden saß nebenan in der Küche und wartete. Sie kannte solche Szenen. Da hielt sie sich besser raus. Sollten die Jungs doch ihre Angelegenheiten untereinander klären. Da sie sich ja eigentlich mochten und unzertrennlich waren, eskalierten solche Konflikte auch nie. Die Rangordnung war ja eh klar: Manuel bestimmte, Carlos machte mit.

»Los jetzt!«, verlieh der Ältere seiner Aufforderung verbal Nachdruck.

»Ich war auch nur einen trinken«, sagte Carlos eingeschüchtert. »Genau wie du.«

»Was, wie ich?«, wunderte sich Manuel, der die Lautstärke wesentlich drosselte.

»Na so, eben – mit einem Kumpel …«

»Was für ein Kumpel – und vor allem wo?«

»Na, in Sassnitz eben … mit dem Dippoldt.«

»Der Dippoldt? Seit wann hängst du mit dem denn ab?«

»Och, schon länger.«

Manuel Lehmann überlegte. Könnte sein. Sein Bruder war auf Rügen bekannt wie ein bunter Hund – und viel leutseliger als er selbst. Er kannte in jedem Ort Hinz und Kunz, ging öfter mal auf Kneipentour und pennte dann dort, wo er gerade umfiel. »Warum bist du nich' dageblieben – so besoffen?«, fragte Manuel.

»Hat sich so ergeben …«

»Wie ›ergeben‹? Du musst doch total einen im Turm gehabt haben, wenn dir die Bullen den Lappen wegnehmen.«

»Ja, hab wohl nich' mehr durchgeseh'n …«

»Das passiert dir grad öfters«, meinte Manuel. »Du solltest weniger saufen!«

»Mal seh'n …«

»Nix ›mal seh'n‹!« Manuel Lehmann wurde wieder lauter. »Solange es hier auf Rügen von Bullen wimmelt, fährst du mir nich' mehr alleine los! Klar?«

»Kann ich ja eh nich' …«

»Als ob dich so was jemals interessiert hat?!«

»Okay, ich mach es so.«

»Nee, nee, Brüderchen. Nich' nur das. Ab sofort kein Ausflug mehr ohne mich! Getrunken wird nur noch in meiner Gesellschaft, und ausschließlich Bier!«

»Echt?«

»Ja, echt! Wenn wieder Ruhe is', können wir das ja lockern. Aber solange wie die hier sind, bleibst du artig an der Seite von deinem großen Bruder. Verstanden?«

»Jepp.«

Irgendwie brenzlig

Sogar ein Hubschrauber kam zum Einsatz, der den Suchkräften gegen 22.30 Uhr den entscheidenden Hinweis gab: schwache Wärmebild-Aufnahmen im Bereich des Kollicker Bachs. Kurz vor 23 Uhr konnte Wolfgang Perkert gerettet werden – mehr tot als lebendig. Schwinka und Schobel warfen nur kurz einen Blick auf den Schwerverletzten, der besonders im Gesicht ganz übel zugerichtet war. Im Bergener Krankenhaus kam er sofort auf die Intensivstation. Damit fiel eine Vernehmung vorerst aus. Dabei konnte gerade die Aussage des Unternehmers ein Schlüssel zur Lösung des alten Falles sein.

Während die Polizei mit der Entdeckung des übel zugerichteten Perkerts an Zuversicht gewann, sorgte die Nachricht in den Kreisen der Insel-Touristiker für ausschließlich negative Reaktionen – wenn auch unterschiedlicher Natur. Nachdem Perkerts Frau unterrichtet worden war, hatte sie sofort eine Vielzahl von Beherbergern abtelefoniert, die ähnlich wie sie auf Kohlen gesessen hatten. Und obwohl sie niemandem etwas über die Art der Verletzungen oder wie ihr Mann sich diese zugezogen hatte, sagen konnte, reagierten die Männer und Frauen an den Telefonen ängstlich. Man fürchtete jetzt nicht mehr nur um seine Existenz, hier ging es scheinbar um die Gesundheit und das nackte Leben.

Rainer Schorfeleit bekam seine Informationen aus anderen Quellen – und wie so oft noch früher als jene, die es unmittelbar betraf. Als Schorfeleit vom Zustand des Geschäftsführers hörte, verlor er seit Jahrzehnten zum ersten Mal wieder die Fassung. Er warf das Telefon durch das Schlafzimmer, nachdem er bereits im Bett liegend den Anruf entgegengenommen hatte, und schrie wutschnaubend einfach nur laut auf, als hätte er auf eine heiße Herdplatte gefasst.

Seine Frau schrak hoch. »Rainer, was isch noh los?«, fragte sie aufgeregt und verfiel dabei in das breite Schwäbisch ihres Mannes, das sie im Alltag gar nicht mehr sprach.

»Es isch älles schäbbs g'laufa« sagte Schorfeleit erschüttert. »Aus von dene Numm'r komma mir jedzd nemma raus.«

»Was isch noh?« Seine Frau war sehr beunruhigt. Bei ihrem Mann lief nämlich sonst nichts schief.

»Jedzd han mir die Bolizei do no am Hals. Und i kann mir ned erklära, warum des ällas bassierd isch.«

»Was meinsch nur?«

»Frag ned weid'r!«, versuchte Schorfeleit seine Frau zu beruhigen, mit der er schon über 40 Jahre verheiratet war und die genau wusste, dass es für ihren Mann irgendwie brenzlig wurde. Denn dass seine Selbstsicherheit einen Knacks bekam, gehörte nicht in sein Leben. »Geschäfdliche Ding. Um di muss i mi morga kümmern.«

Schorfeleit konnte nicht wieder einschlafen. Zum einen quälte ihn der Gedanke, was da mit dem Perkert wohl schiefgelaufen war. Zum anderen bereitete er jene Schritte vor, die er morgen gehen wollte. Dann setzte der Ärger darüber ein, dass er sich noch vor dem Schlafen von den aktuellen Vorgängen hatte unterrichten lassen. Morgen früh hätte auch gereicht.

Nur drei Sekunden

Nadine schritt durch die Balkenkonstruktion und genoss den Duft des frischen Holzes. Dass das hier ein außergewöhnliches Gebäude werden würde, war jetzt schon deutlich zu sehen. Nächstes Jahr im Juni sollte die Kindereinrichtung in Betrieb genommen werden.

Nadine war mit ihrem eigenen kleinen Auto direkt von Putbus aus nach Samtens gefahren. Wie es für sie üblich war, kam sie gut eine Viertelstunde vor dem eigentlichen Treffen mit den Vertretern des Ingenieurbüros an. Die junge Frau hasste es, zu spät zu kommen. Außerdem schufen zeitliche Puffer ein entspanntes Gefühl.

Britta Baum traf wenige Minuten nach Nadine ein. Die Frauen begrüßten sich mit angedeuteten Wangenküssen. Nadine mochte diese alberne Geste. Sie sah so vornehm aus. Natürlich musste man sie richtig ausführen. Das bedeutete, dass sich die beiden Begrüßenden nicht zu nahekamen, damit sie die Möglichkeit hatten, sich ein kleines Stück nach vorn zu beugen. Das Gesicht sollte leicht nach oben gestreckt werden, dass es eigentlich eine Position hatte, als wollte man sich wirklich küssen. Und wenn beide dann den Kuss wirklich andeuteten, sah es geradezu damenhaft aus.

»Wird schön«, meinte Britta Baum, als auch sie sich unter die Balken des hallenförmigen Mittelteils begab. »Da hat sich unser Arbeitgeber was Tolles ausgedacht. Und die Bauern hier in Samtens haben sich so lange dagegen gesperrt.«

»Naja, manche Dinge müssen reifen«, sagte Nadine, die diese pauschale Verurteilung einer ganzen Einwohnerschaft nicht mochte. Immerhin wohnte eine Großtante von ihr in Samtens.

»Also, wenn das Wetter so bleibt, sind die hier locker bis Mai fertig«, plauderte Britta Baum weiter.

Da kam das dritte Auto an. Horst stieg aus. Eigentlich wollte er mit seinem Chef, Mario Goroschka, kommen. Der musste sich seit gestern Abend allerdings mit Eingaben eines Auftraggebers beschäftigen, die eindeutig darauf hinausliefen, durch das Ingenieurbüro erbrachte Leistungen nicht in vollem Umfang zahlen zu wollen. So etwas nahm in den letzten Jahren zu. Zum einen konnte davon ausgegangen werden, dass manch Auftraggeber finanziell bei Weitem nicht so gut ausgestattet war, wie er vorgab. Zum anderen entdeckten immer mehr private Bauherrn, dass man mit anwaltlicher Unterstützung mal schnell um die Zahlung beträchtlicher Summen herumkommen konnte, stellte man es nur geschickt genug an. »Hallo, Frau Baum«, rief Horst schon, als er die Tür seines Wagens noch gar nicht geschlossen hatte.

»Herr Schuster, guten Morgen!«, flötete die junge Frau zurück. »Kommt Herr Goroschka noch?«

»Ich hatte ihm sogar vorgeschlagen, den Termin zu verschieben, um mich nicht in den Vordergrund zu drängen, denn immerhin werden alle Arbeiten unter seiner Leitung erledigt«, entgegnete Horst.

»Naja, wir kriegen das ja auch allein hin«, sagte Baum strahlend. Dabei zwinkerte sie. »Das haben wir ja bei den

Planungen schon bewiesen. – Übrigens, das ist Nadine Pollwitz. Sie ist noch nicht so lange bei uns. Sie hatten aber bestimmt schon E-Mail-Verkehr miteinander.«

»Guten Tag, Herr Schuster!«, sagte die freundlich und hielt dem Ingenieur die Hand hin.

Der blieb wie angewurzelt stehen und starrte Nadine an. Das dauerte nur drei Sekunden, war aber lang genug, dass es beide Frauen als unangenehm empfanden. »Hallo«, sagte Horst.

Nadine hatte die Hand bereits wieder zurückgezogen.

Britta Baum löste die Situation endgültig auf, wandte sich zum Besichtigungsgang durch das Konstruktionsgerippe und fing an zu reden – über die Baufortschritte, die in Auftrag gegebenen Änderungswünsche und zu erfüllende Parameter.

Horst stieg darauf sofort ein und beantwortete jede Frage mit einer fachlichen Präzision, dass Nadine der Kopf zu qualmen drohte. So viele Details konnte sie nicht erfassen. Und einiges davon hörte sie gar zum ersten Mal, weshalb sie auch nicht alles verstand.

Eine merkwürdige Situation wie am Anfang wiederholte sich nicht wieder. Einzig, dass Horst sie für Sekunden anstarrte, wenn sie denn mal ein paar Worte sagte, konnte als ungewöhnlich bezeichnet werden.

Nach einer Dreiviertelstunde trennten sich die Drei wieder. Britta Baum zeigte sich durch und durch zufrieden. »Die arbeiten gut«, sagte sie. »Und dieser Schuster hat voll den Durchblick. Er kommt mir zwar ein bisschen trocken vor, aber ich muss mit dem ja nichts anfangen.« Sie kicherte.

»Ich fand ihn auch etwas komisch«, meinte Nadine.

»Ja, nicht wahr?«, bestätigte ihre Kollegin. »Und hast du gesehen, wie er dich gleich bei der Begrüßung angeglotzt hat? Vielleicht steht er auf dich.« Britta Baum kicherte wieder.

Als Nadine »Hoffentlich nicht« sagte, stimmte sie in das Lachen mit ein.

Schwinka und Schobel wurden in der Greifswalder Rechtsmedizin von einem spitzzüngigen Dr. Ingo Rausche begrüßt: »Na, meine Herren! Langsam kann ich von Ihnen Eintritt verlangen. Und wie mir gleich heute Morgen zu Ohren kam, wäre hier fast die vierte Leiche aufgebahrt worden. Bei Ihnen auf Rügen scheint der Inselkoller um sich zu greifen.«

Die Polizisten grinsten, und Rausche lüftete den Oberkörper des jungen Mädchens, das an der Piratenschlucht gefunden worden war. »Wieder eine ganz schlimme Sache«, sagte Rausche, der ungewöhnlich sanft sprach. »Der Täter scheint beim Töten jedes Mal völlig durchzudrehen.«

»Das fürchte ich auch«, sagte Schwinka in sich gekehrt, als er auf die Ermordete schaute.

»Wir haben es hier mit einem klassischen Overkill zu tun«, erläuterte Rausche. »Er hat wahrscheinlich einen Hammer oder die stumpfe Seite einer Axt benutzt, um ihr den Schädel komplett zu zerschlagen. Sehen Sie!« Der Mediziner grenzte mit dem ausgestreckten Zeigefinger an der linken Hand einen Bereich zwischen Stirn und Hinterkopf ein, der offen lag, wie eine halbierte Kokosnuss. »Hier hat der Mörder mit dem Schlagwerkzeug immer wieder hineingehackt. Ja, genau so kann man das ausdrücken. Ich konnte sogar feststellen, dass er mehrfach mit dem – sagen wir – Hammer in der Schädeldecke festklemmte. Er schlug oft zu, allerdings dürften zwei oder drei Hiebe ausgereicht haben, um sie zu töten. Der Rest zeugt von absoluter Mordlust.«

»Und ihr Gesicht?«, fragte Schwinka.

»Tja, das ist ganz perfide«, antwortete Rausche. »Das hat er quasi vorher zertreten. Und die Schuhe, die er trug, waren nicht hart genug, um sie so stark zu verletzten, dass sie gestorben ist. Wenngleich das für das Mädchen vermutlich besser gewesen wäre, dann hätte sie sich noch ein paar Minuten Leid erspart.«

»Gummistiefel?«

»Ja, wahrscheinlich. Das kann ich aber erst nächste Woche genauer sagen, da wir einige Gewebeproben erst noch im Labor untersuchen. Da könnte ich dann wohl auch mögliche Rückstände ausmachen. Aber Gummistiefel wären möglich.«

Michael Neumann war nicht wohl in seiner Haut. Als er vom Schicksal Wolfgang Perkerts hörte, dachte er unmittelbar an die Wahrscheinlichkeit, dass der Vorfall mit den Geldschiebereien in der Tourismusvereinigung zu tun haben könnte. Es war gewiss kein Zufall, dass man sich ausgerechnet den aktuellen Geschäftsführer zur Brust genommen hatte. Tja, und damit wurde der Mann zu einem heißen Anwärter für intensive Befragungen durch die Polizei. Da lag es fast auf der Hand, dass auch der Inhalt seines Vorstoßes zur Sprache kommen könnte. Perkert dürfte kaum noch etwas zu verlieren haben – jetzt, wo man ihn fast getötet hatte. Aber dann stand Aussage gegen Aussage. Eine Patt-Situation, bei der man als Beamter immer recht gute Karten hatte.

Er konnte plötzlich körperlich nachvollziehen, dass es in der organisierten Kriminalität so oft zu Morden an Zeugen kam. Die Drahtzieher hatten einfach zu viel zu verlieren. Für ihn kam so etwas natürlich nicht infrage. Außerdem – soweit reichten seine Beziehungen nun auch wieder nicht, als dass er jemanden engagieren könnte. ›Verdammt‹, dachte Neumann, ›ich kenne da doch jemanden.‹ Ihm wurde kalt und heiß. ›Nein!‹, befahl er sich sofort. ›Nie im Leben lässt du dich zu so etwas hinreißen. Worum geht es hier schon? Außerdem ist noch gar nicht raus, dass Perkert mich ins Spiel bringen wird. Aber wenn, dann bin ich endgültig erledigt.‹ Genügte nicht die Gefahr vor dem sozialen Absturz und finanziellen Ruin, um zum Äußersten zu gehen? In Neumanns Kopf drehte sich alles, als wäre er betrunken. ›Soweit ist es also mit mir gekommen‹, dachte er voll Selbstmitleid. ›Das habe ich mir einmal alles ganz anders vorgestellt. Schuld an allem ist nur dieser Schwinka.‹

Der hatte ihm erst gestern mitgeteilt, dass man bei der Ermittlung gegen die Touristiker auf Sparflamme kochen wolle. Damit arbeitete er jetzt quasi für den Papierkorb. Das Versprechen Schwinkas, trotz aller Behinderungen aus

Justiz- und Politikkreisen am Ball bleiben zu wollen, nahm er ihm nicht ab. Vielleicht hatte der sogar schon von den gedrosselten Ermittlungen gewusst, als er ihm, Neumann, die Aufgabe zur Recherche übertragen hatte. ›Das würde passen‹, dachte der Kommissar. ›So stellt man unliebsame Konkurrenz kalt. Ich bin schon wieder viel zu vertrauensselig geworden.‹

Die harte Schale der Verbissenheit, die in den zurückliegenden Tagen Risse bekommen hatte, wurde binnen Minuten wieder stabiler. Die Lücken schlossen sich. Und Neumann begann ernsthaft darüber nachzudenken, Perkert zum Schweigen bringen zu lassen, noch bevor der in der Lage sein würde, etwas auszuplaudern.

Horst pfiff vor sich hin und empfand Euphorie. Die Begegnung mit dieser Nadine Pollwitz hatte in ihm etwas ausgelöst, das nach einer Befriedigung schrie. Mit ihr wollte er die nächste »Vereinigung« anstreben.

Endlich begann sich alles zu sortieren: Krista Schildt war das Tor zu einer neuen Welt gewesen. Da wusste er noch gar nicht, wo die Reise hingehen würde. Paula Kische hatte als Orientierungsversuch herhalten müssen. Sie sollte die Frage beantworten, warum das überhaupt geschah. Sie sollte ihm zeigen, was es zu finden gab. Und das Mädchen? Es hatte den Beginn seiner großen Liebe markiert. Ja, er liebte. Von ganzem Herzen und mit jeder Faser seines Körpers. Noch nie hatte er sich zu einem Menschen so sehr hingezogen gefühlt, wie zu dem Mädchen, als es mit zertrümmertem Schädel neben ihm gelegen und nach Blut geduftet hatte. Als Nadine dann zu ihm sprach und er diese rauchige, leicht belegte Stimme vernahm, hatte es ihn wie eine Injektion ins Rückenmark bis in die Hacken getroffen: Das war die Stimme seiner Frau, als er sie kennengelernt hatte. So erotisch, so warm, so anziehend. In Horst war wieder die Liebe explodiert. Während des Rundgangs durch die Holzkonstruktion hatte er Nadine viele Male sterben sehen. Mal so, wie sie vor ihm stand, mal mit dem Gesicht seiner Frau. Oh, was würde das für eine Erfüllung sein! Horst verdrehte die Augen, dass er kurz von der Fahrbahn abkam. Er konnte aber gegenlenken und einen Unfall verhindern.

Ja, mein Gott – beinahe wäre er ohnmächtig geworden. Er war komplett erfüllt von Hingabe, Sehnsucht, Verlangen und Liebe. Hätte er gewusst, zu welchen Gefühlen er fähig sein würde, hätte er schon vor vielen Jahren mit diesen »Vereinigungen« begonnen.

Als er in Sassnitz im Büro ankam, wirkte er auf seine Kollegen wie leicht neben der Spur. Kauz und Traber machten sich lustig. Ob er wohl mit den Mädels vom Bremer Verein in Samtens gekifft hatte? Möglich sei das ja, denn, so Kauz: »Stille Wasser sind tief und dreckig.«

»Ich war's«

Schwinka und Schobel rollten mit dem Dienstwagen langsam auf den Hof der Lehmanns in Rambin. Vier halbfertige Pkws standen herum, unter einem lag ein Mann, aus der Werkstatt kreischte ein Trennschleifer. Als die beiden Polizisten ihrem Wagen entstiegen und die Türen zuwarfen, kroch der ölverschmierte Kerl unter dem Auto hervor. In der Werkstatt kreischte immer noch der Trennschleifer.

»Guten Tag, Schwinka und Schobel von der Kriminalpolizei in Bergen«, sagte der Oberkommissar, als die Zwei vor dem immer noch am Boden sitzenden Mann standen. Dass sie es hier mit Carlos Lehmann zu tun hatten, wussten sie bereits.

»Schon wieder die Bullen«, sagte Carlos, wischte sich die Hände an einem Öllappen ab und stand auf.

»Wir müssen reden, Herr Lehmann«, sagte Schwinka.

»Wegen der Suff-Fahrt? Mein' Lappen ham Se doch schon.«

»Ja, den haben wir. Aber es sind trotzdem noch einige Fragen offen. Und die konnten Ihnen in der betreffenden Nacht ja nicht gestellt werden.«

Der Trennschleifer verstummte. Manuel trat durch das Werkstatt-Tor. »Die Bullen?«, rief er rüber. »Ich hab dir's gesagt, du alter Suffkopp!« Manuel Lehmann trat näher. »Wer sind Sie?«, fragte er barsch.

»Wir sind von der Bergener Kriminalpolizei«, blieb Schwinka höflich.

»Sie kenn ich«, sagte Manuel, ohne darauf einzugehen, dass Schwinka die Namen nicht genannt hatte, und deutete auf Danilo Schobel.

»Wir sind uns bestimmt schon auf dem Revier begegnet. Und besucht habe ich Sie hier draußen auch schon mal.«

»Sie kenn ich nich'«, meinte Manuel, indem er mit dem rechten Zeigefinger auf Schwinka deutete. »Aber Se sind bestimmt der neue Oberbulle.«

»So nennt man mich wohl in einigen Kreisen«, lächelte Schwinka.

»Ich will dabei sein!«, forderte Manuel in einem scharfen Ton.

»Keine Chance, Herr Lehmann!«, wies Schwinka ihn zurück.

»Dann sagt er nix. Wir haben auch Rechte.«

»Die haben Sie natürlich. Aber seien wir mal ehrlich: Wäre es nicht besser, Ihr Bruder gibt uns die noch fehlenden Auskünfte zu seiner Alkoholfahrt und das Ganze ist vom Tisch, als dass wir uns womöglich für eine Vernehmung einen richterlichen Beschluss holen und nebenbei gleich mal ihren Hof inspizieren? Krumme Dinger machen Sie ja genug.«

Carlos stand mit offenem Mund daneben und verfolgte den Dialog.

Manuel dachte kurz nach. »Los, schnappen Se sich meinen Bruder und machen Se schnell!«

Schwinka und Schobel nahmen den jüngeren Lehmann mit zum Auto und stiegen ein. Das war zwar vergleichsweise beengt, aber sie hatten sich schon auf der Herfahrt darauf geeinigt, Carlos im Wagen zu vernehmen, um Manuel nicht die Möglichkeit zu geben, ständig ins Gespräch zu platzen. Während Schwinka hinten einstieg, nahm Schobel hinterm Lenkrad, Carlos auf dem Beifahrersitz Platz. Ein paar Sekunden herrschte Schweigen.

Lehmann wunderte das, weshalb er erst Schobel ansah und sich dann zu Schwinka umdrehte. »Und jetzt?«, fragte Carlos.

»Was ist mit Ihnen los, Lehmann?« Schwinkas Freundlichkeit war verflogen.

»Wieso? Was soll sein?« Carlos hatte diese Ansprache sichtlich verwirrt, denn nach einer Vernehmung mit allgemeinen Fragen zur Alkoholfahrt klang das gerade nicht.

»Sie wollen doch weiter Geschäfte mit illegal aufgemotzten Autos machen, oder etwa nicht?«

Der jüngere Lehmann war schon nach wenigen Sekunden in der Ecke festgenagelt. Denn was sollte er jetzt sagen? »Ja« würde bestätigen, dass sie illegal Pkws frisierten. »Nein« hieße, dass sie ihr einträgliches Geschäft nicht mehr betreiben wollten. Und womöglich war es genau das, was der Polizist von ihm hören wollte, um die Werkstatt zu schließen. Oh Gott, was sollte er nur sagen? ›Manuel …‹ Carlos schaute hilfesuchend aus dem Autofenster, aber sein großer Bruder war schon wieder in der Werkstatt.

»Also? Was ist nun?«, fragte Schwinka bissig, als würde er Lehmann jeden Moment einen Faustschlag an den Hinterkopf verpassen.

»Ich … ich … ich weiß nich', was ich sagen soll«, antwortete Carlos ehrlich.

»Lehmann, seien Sie kein Trottel!«, sagte Schwinka. »Wir wissen längst, wie ihr Geschäftsmodell funktioniert. Und wir haben genügend Anhaltspunkte, um den Laden von einer Minute auf die nächste dichtzumachen. Verstehen Sie, was ich Ihnen gerade zu sagen versuche?«

»Ähm … ich … äh, nein, nich' so richtig.«

»Dann, Herr Kommissar, zeigen Sie ihm worum es geht!« Das war ein Hinweis an Schobel. Schwinka hatte mit ihm bis ins Detail abgesprochen, wie sie Carlos Lehmann befragen wollten und welches Ziel sie verfolgten. Zu der Inszenierung gehörte auch das förmliche »Sie«, um in der Dreierrunde keine vertrauliche Stimmung aufkommen zu lassen.

Schobel öffnete eine Mappe, die auf dem Armaturenbrett lag und zeigte Lehmann fünf Fotos von fünf Fahrzeugen. Die hatte sich der Ermittler gleich morgens aus dem Internet gezogen. Es waren nichtssagende Autobilder. »Kennen Sie die?«, fragte Schobel

»Äh … weiß nich'.«

»Die sind von Ihnen entweder frisiert oder vermittelt oder verschoben worden. Dazu haben wir die jeweiligen Aussagen der Besitzer. Die liefern Sie ans Messer. Nicht nur Ihr Schuppen wird dichtgemacht, dafür kommen Sie auch in den Knast.«

»Ähm … wie jetz' … äh, ich muss darüber mit meinem Bruder reden.«

»Lehmann!«, knallte die Stimme von Schwinka nach vorn. »Jetzt reißen Sie sich doch mal am Riemen und zeigen ihrem Bruder, dass sie in der Lage sind, den Laden hier zu retten!«

»Ähm … wie denn?«

»Manchmal können auch wir von der Polizei ein Auge zudrücken. Dann müssen Sie uns aber zwingend einen Ersatz liefern. Und der liegt in den Ereignissen von Mittwochnacht.«

Carlos kratzte sich am Kopf.

»Wo waren Sie Mittwochnacht, bevor Sie in die Verkehrskontrolle geraten sind?«

»Bei einem Kumpel, wir haben gesoffen«, antwortete Carlos Lehmann schnell. Er hatte ja noch das gestrige Gespräch im Nacken.

»Guter Versuch!«, sagte Schwinka streng. »Jetzt können Sie mir dessen Namen sagen, von wann bis wann Sie dort waren und so weiter, wir checken das dann gegen und werden feststellen, dass Ihre Aussage nicht stimmt. – Also sparen Sie uns einfach diese Zeit!«

Lehmann senkte den Kopf.

»Hören Sie! Noch hat niemand den von Ihnen benutzten Wagen abgeholt. Davon haben Sie ja auch genug.«

»Ich kann ja nich' …«

»Zum Glück! Der Fußraum auf der Fahrerseite ist komplett verdreckt, als wäre der, der da gesessen hat, vorm Einsteigen durch den feuchten Boden eines Waldweges gestapft. Hat ja auch geregnet.«

»Ich …« Lehmann zögerte.

»Denken Sie an Ihre Werkstatt!«

»Ich … ich war's «, sagte Carlos Lehmann kleinlaut. »Aber erzählen Se es nich' meinem Bruder!«

Schwinka gab Schobel einen Wink. Der schaltete ein Diktiergerät ein. »Sie haben also Wolfgang Perkert überfallen und schwer verletzt.«

»Ja, kann man so sagen.«

Das war drauf. Allerdings kündigte Schwinka erst jetzt das Einschalten eines Aufnahmegeräts an. Reine Vorsichtsmaßnahme, falls Lehmann kalte Füße bekommen sollte. »Wollten Sie den Hotelier berauben? Oder was war Ihr Ziel?«

»Ich müsste erst mit meinem Bruder sprechen …«

»Denken Sie an das, was ich vorhin sagte!«, erinnerte Schwinka den Ganoven kryptisch an die angebliche Vereinbarung. Auf dem Band sollte der Trick nicht zu hören sein.

»Mein Bruder …«

»Ich denke, der soll von der Aktion mit Perkert nichts wissen?«

»Ach ja.« Carlos verzweifelte langsam.

»Los, Lehmann, packen Sie aus! Ich versichere Ihnen, wir werden das Möglichste für sie herausschlagen. Vielleicht müssen Sie ja nicht einmal in den Knast.«

›Alles gelogen‹, dachte Schobel. ›Aber bei diesen Subjekten ist es wirklich egal, was man denen erzählt. Die lügen, betrügen, verletzen. Die müssen aus dem Verkehr gezogen werden!‹

»Ich sollte den zurechtstutzen«, sagte Carlos Lehmann leise. Er rang nach Worten. »Ich sollte den warnen, ja nich' noch mal mit der Polizei zu reden. Der wollte da wohl so 'n Deal machen, andere verpetzen und selbst mit dem Arsch an'ne Wand kommen …«

»Aha«, sagte Schwinka und wartete.

»Ich bin da wohl 'n bisschen grob gewesen. War der Alkohol …«

»Aha … Herr Lehmann, ich verhafte Sie vorläufig wegen des Verdachts auf versuchten Totschlag und schwerer Körperverletzung. Danilo? Handschellen – und lies ihm seine Rechte vor!« Schwinka rief den Streifenwagen mit zwei Vollzugsbeamten zu sich, den er in weiser Voraussicht ein paar Hundert Meter vom Gehöft entfernt hatte warten lassen.

Die beiden Ermittler Diana Chupaski und Jens Urban waren in Bergen darauf eingestellt, den Delinquenten in Empfang zu nehmen und mit weiteren Vernehmungen zu beginnen. Alles war bestens durchgetaktet und die Polizei gewann wertvolle Zeit.

Mutiger Schritt

»Habe ich das richtig verstanden? – Die Polizei wollte mit ihm einen Deal aushandeln?«, fragte Schobel seinen Vorgesetzten auf der Rückfahrt.

»Ich brodle so ganz stoisch vor mich hin«, entgegnete Schwinka. »Das war Neumann. Er hat mir ja von dem Gespräch mit Perkert erzählt – und dass sich dabei einiges über die krummen Geschäfte der Touristiker bestätigt habe. Von einem Deal war aber nicht die Rede. Wenn dem aber so ist, weiß ich jetzt auch, warum unser lieber Kollege die Flucht nach vorn angetreten hat. Der Hotelier ist nämlich nicht darauf eingegangen, was Neumann in eine sehr unvorteilhafte Position versetzt haben dürfte. Dieser verdammte Mistkerl! – Nun, und unsere Schummeltouristiker vertrauen sich untereinander so wenig, dass der bloße Kontaktversuch Neumanns zu Perkert diesen in Verdacht gebracht hat. Das wiederum hat wohl diese, nennen wir es disziplinarische Maßnahme nach sich gezogen.«

Schwinka klingelte Dückert an. »Ich brauche dringend einen Hausdurchsuchungsbeschluss für das Lehmann-Anwesen in Rambin!« – »Ich hatte Ihnen von den beiden Brüdern schon erzählt. Der jüngere hat den Hotelier überfallen und fast umgebracht.« – »Vielleicht finden wir im Haus stichhaltige Hinweise auf die Auftraggeber, denn das mit dem Perkert war auf keinen Fall Carlos Lehmanns Idee.« – »Okay, danke!«

»Mensch Karsten, der Dückert ist in deinen Händen ja zu Butter geworden.«

»Wann hattet Ihr das letzte Mal solche extremen Fälle wie die Störtebeker-Morde oder den Frauenkiller?«, fragte Schwinka wie aus dem Zusammenhang gerissen.

»Vor 20 Jahren die Frauen …«

»Das ist die Antwort auf deine Verwunderung: Ich glaube einfach, dass sich Dückert komplett auf die schnelle Lösung der Verbrechen konzentriert. Und schon hat er keine Zeit mehr, Psychospielchen zu veranstalten.«

»Wir können von Glück … Oh Mann, zurzeit ist es doll mit der Telefoniererei«, unterbrach sich Schobel, da Schwinkas Telefon klingelte.

Die Nachricht passte in den Tag: Wolfgang Perkert wollte die Polizei sehen.

Im Krankenhaus wurden die beiden Beamten von Prof. Dr. Alous Sweatopoulu, dem Chefarzt der Chirurgie, empfangen. »Er ist noch sehr schwach«, sagte der aus Augsburg stammende Mediziner, der sich erst vor zwei Jahren auf Rügen niedergelassen hatte. »Und wenn er nicht so vehement darauf bestanden hätte, wäre es zu diesem Termin hier aus meiner Sicht auch garantiert nicht gekommen.«

»Wie geht es ihm prinzipiell?«, erkundigte sich Schobel.

»Er hat wirklich schlimme Gesichtsverletzungen«, sagte der Arzt besorgt. »Sein schlechter Zustand rührt aber vor allem aus der Tatsache, dass er so lange im Wald umherstreifte.«

»Wie? Er lag da gar nicht rum?«, wollte Schwinka wissen.

»Nein und ja, anfangs war er wohl von einer Ohnmacht außer Gefecht gesetzt gewesen. Nach einer gewissen Zeit ist er dann zu sich gekommen, orientierungslos umhergelaufen, hat sich schließlich verirrt und entkräftet aufgegeben.«

»Ich dachte, er sei halbtot gewesen …«

»Viel hat daran auch nicht mehr gefehlt. – Herr Perkert hat Ihnen einiges aufgeschrieben, reden kann er nicht. Er ist im Kopf aber so klar, dass er Ihnen schreibend eventuelle Nachfragen beantworten kann. – Und bitte, nicht länger als eine halbe Stunde!«

Der Hotelier lag in einem Einzelzimmer. Sein Kopf war im Stirnbereich, über der Nase und am Kinn verbunden, der Kiefer fixiert. Er saß aufrecht im Bett und hatte blutunterlaufene, dunkelrote Augen.

»Hallo, Herr Perkert«, sagte Schwinka, als die zwei Beamten neben dem Patienten standen.

Der Verletzte griff daraufhin behäbig in seinen Nachtschrank und reichte dem Chef-Ermittler zwei mit der Hand beschriebene Zettel.

Schwinka setzte sich auf einen der Besucherstühle und begann zu lesen, Schobel blieb stehen. »Darf ich laut?«, fragte Schwinka, nachdem er die ersten Zeilen überflogen hatte.

Perkert nickte vorsichtig.

»*… zeige ich hiermit folgende Personen wegen Unterschlagung an: Zork, Dubwirtz …* blablabla, blablabla, Entschuldigung Herr Perkert, aber die Namen kenne ich eh alle nicht, aber hier kommt's: *Schorfeleit.* – Sie wissen schon, dass Sie sich damit ganz weit aus dem Fenster lehnen und womöglich ein politisches Erdbeben auslösen?«

Der Glower Hotelbetreiber nickte wieder.

»Was hat Sie zu diesem Offenbarungseid bewogen?«

Perkert wedelte mit der Hand, was so viel wie »Weiterlesen!« bedeutete.

Wieder überflog Schwinka ein paar Zeilen, runzelte hier und da die Stirn bis ihm ein »Aha« über die Lippen kam. »Also: *Mit dem Versuch, mich zu töten, wurde bei mir endgültig eine Grenze überschritten. Ich möchte nie wieder in Todesangst versetzt werden, nie wieder um das Leben meiner Familie fürchten müssen. Deshalb stelle ich mich als Zeuge zur Verfügung, ungeachtet der rechtlichen Konsequenzen, die auf mich zukommen werden.* – Mutiger Schritt, Herr Perkert!«

Der nickte nur. Tränen rollten aus seinen Augen.

»Haben Sie den Mann erkannt, der Sie überfallen hat?«

Perkert schüttelte den Kopf.

»Haben Sie eine Ahnung, wer Ihnen das eingebrockt hat?«

Der Hotelier winkte Schwinka zu sich, der trat ans Bett, hielt ihm die Zettel hin und Perkert deutete auf den Namen *Schorfeleit*.

»Gut«, meinte der Oberkommissar. »Ruhen Sie sich aus! Wir werden wieder auf Sie zukommen, wenn es Ihnen besser geht.«

Der Patient nickte.

Vor dem Krankenhaus blieb Schwinka stehen und rieb sich nachdenklich das Kinn. »Wir haben Glück, dass sich die großen Gauner mit den kleinen Ganoven eingelassen haben«, sagte er.

»Wegen Lehmann?«, fragte Schobel.

»Ja, wegen Lehmann. Wenn dieser Perkert wüsste, dass er gar nicht verletzt werden sollte, würde er sein Schreiben vermutlich sofort zerreißen.«

»Naja, bedroht zu werden, kratzt die Psyche aber auch gehörig an«, gab Schobel zu bedenken.

»Ja, sicher. Aber das, was er da eine Nacht und einen Tag durchgestanden hat, zehrt ihn komplett aus. Der will jetzt nur noch Rache. Das Schlimme ist, wir können mit seinen Angaben nur wenig anfangen.«

»Das fürchte ich auch«, nickte Schobel.

»Schorfeleit kannst du, was Perkert betrifft, überhaupt nichts nachweisen. Lehmann hat seinen Auftrag von einem Mittelsmann bekommen und die schwere Körperverletzung war auf Lehmanns eigenem Mist gewachsen. Und von diesem Gewaltakt zu den Betrügereien ist es noch ein ganz langer Weg. Ich wette mit dir, dass unser armer Hotelbetreiber nach der Genesung seine Anzeige schnell wieder zurückziehen wird. Von daher lassen wir das Ding einfach mal eine Woche in der Schublade liegen – wir sollen ja eh nicht so einen Stress machen, heißt es.« Schwinka zog die Stirn in Falten und schaute Schobel gespielt einfältig an.

Der ließ ein verbittertes Lachen hören.

Dunkelrote Schlieren

Horst war wieder auf dem Weg nach Hause – und irgendwie glücklich. Das Lächeln in seinem Gesicht wollte gar nicht mehr weichen. Er dachte beinahe nur noch an Nadine, die vor seinem geistigen Auge immer wieder mit seiner Angetrauten verschmolz. Sein Unterbewusstsein spielte mit den beiden Personen: Er sah die junge Frau von heute Morgen vor sich hin schreiten, ihr Hintern wackelte wie der eines Pferdes – und wurde nach drei, vier Schritten zur Rückansicht von Gabi. Das erregte ihn, den ganzen Nachmittag schon. Und es erzeugte einen Druck, wie er ihn seit vielen Jahren nicht mehr kannte.

Horst hielt mit der linken Hand weiterhin das Lenkrad fest und griff sich mit der rechten vorn in die Hose. Er ergriff seinen schlaffen Penis und quetschte ihn. Mehrmals. Dann zog er die Hand wieder heraus und roch daran. Das war ein übler Geruch, fand er. So wie es beim und vor allem nach dem Sex immer recht ekelerregend roch. Den Akt selbst wollte er aber auf keinen Fall missen. Die Erleichterung, die er dann empfand, hatte in Ansätzen etwas von der »Vereinigung«. Als dieses Wort durch seinen Kopf schoss, zog es im Kopf, im Rückenmark und in den Hoden.

Wie ferngesteuert bog Horst kurz vor Trent in einen Waldweg ein, hielt an, stieg aus und suchte im Umfeld seines Pkw nach einem harten Gegenstand. Ein Stein wäre gut. Den fand er auch. Nicht groß, aber scharfkantig.

Horst zog sich die Hose bis zu den Knien herunter, hockte sich nieder und kratzte, ohne zu zögern, tiefe Furchen in seinen linken Oberschenkel. Dazu musste er viel Kraft aufwenden. Das Blut sickerte dick hervor. Schmerz empfand er keinen. Mit der linken Handfläche rieb er über die Wunde und betrachtete lustvoll die dunkelroten Schlieren. Dann roch er dran. Welch ein Duft! Wieder durchfuhr es ihn so sehr, dass er leicht aufstöhnte. Dabei sah er Nadines Gesicht, hörte ihre Stimme und berührte in Gedanken den geöffneten Schädel seiner Frau.

Horst lächelte. ›Wie wunderbar‹, dachte er.

Das Wochenende wollte er wie gewöhnlich über sich ergehen lassen, wenngleich er nicht wusste, ob die Veränderung in Gabis Verhalten Bestand haben würde. Montagabend wollte er versuchen, Nadines Heimweg auszukundschaften. Wo sie arbeitete, wusste er ja. Und spätestens am Mittwoch sollte es geschehen. »Oh Gott«, stöhnte er wieder, »ich bin gesegnet.«

Wischiwaschi

Kurz vor dem Feierabend tauchte Manuel Lehmann in Begleitung seines Vaters im Bergener Revier auf. Er wolle den Wagen seines Bruders holen, sagte er. »Und den Kleinen nehm ich gleich mit«, fügte er bedrohlich hinzu, als er an der Scheibe des Diensthabenden stand.

»Das wird nicht so ohne Weiteres gehen«, sagte der Polizist. Seine Stimme klang trotz des Sprechlochs in der kugelsicheren Glaswand gedämpft.

»Lassen Se mich mit ihrem Obermacker reden, dann werden wir weiter seh'n«, sagte Lehmann, dessen Vater unbeteiligt auf der Treppe verharrte, als würde er nicht dazugehören.

Der Diensthabende informierte Schwinka, dem der Besuch nicht einmal ungelegen kam.

Im Büro des Oberkommissars – der alte Lehmann war im Warteraum zurückgelassen worden – saßen sich die beiden Männer wenig später gegenüber. So unähnlich waren sie sich gar nicht: groß, schlank, kräftig. Lehmanns Muskeln zeichneten sich unter dem T-Shirt, das man zwischen der geöffneten Military-Jacke sah, aber deutlicher ab. Der 38-Jährige war durchtrainiert. Weniger wegen diverser Sporteinheiten im Fitness-Center, als vielmehr durch die tägliche schwere Arbeit an den Autos. Der größte Unterschied waren ihre Gesichter. Schwinkas Züge wirkten ebenmäßig, den schmalen Mund umspielte ein Lächeln, die grauen Augen blickten hellwach. Lehmann hatte eine stark ausgeprägte Stirn, die mit ihrer Wölbung die tief liegenden Augen im Schatten hielt. Er war unrasiert, vermutlich seit einer Woche schon. Die Lippen waren wulstig und verdeckten riesige weiße Zähne. Dass dieser Mund lächeln konnte, schien fast unmöglich.

»Was hat er verbrochen?«, fragte Lehmann ohne Übergang.

»Darüber wird er wohl lieber mit Ihnen selbst sprechen«, entgegnete Schwinka.

»Der hat nich' nur gesoffen, oder?«

»Kann man so sagen.«

»Der Vollidiot!«

»Wie Sie meinen.«

»Kann ich ihm helfen?«

»Wie denn?«

»Ich sag Ihnen was, und Sie lassen ihn in Ruhe?!«

»Ganz so funktioniert das nicht«, sagte Schwinka und bedauerte, dass er dem grobschlächtigen Kerl nicht wirklich entgegenkommen konnte.

»Wie denn?«, fragte jetzt Lehmann.

»Sie sagen mir was, und ich sehe, was ich tun kann.«

»Nee, das ist doch Wischiwaschi.«

»Ihr Bruder hat richtigen Mist verbockt«, sagte Schwinka. »Dafür wird er einziehen.«

»Der Vollidiot!«

»Die Fallhöhe ist also enorm. Und das wiederum gibt mir die Möglichkeit, tatsächlich einiges zu tun. Verstehen Sie?«

»Bleibt Wischiwaschi.«

»Versuchen Sie es doch!«

»Wischiwaschi.«

»Herr Lehmann, wir werden nicht zu Potte kommen, wenn Sie nicht über Ihren Schatten springen. Wenn ich Ihnen sage, ich werde mein Bestes tun, verspreche ich automatisch, dass Ihr Bruder nicht in der heißen Suppe sitzen wird, die da jetzt gerade gekocht wird.«

»Versteh ich nich'.«

»Er wird besser aus der Sache rauskommen, als es im Moment noch den Anschein hat.«

»Sie sind ja 'ne harte Nuss.«

»Wie Sie meinen.«

Manuel Lehmann dachte nach und rutschte dabei auf seinem Stuhl hin und her. Das dauerte gut zwei Minuten.

Schwinka sah sich das ungerührt an.

»Passen Se auf!«, setzte Lehmann an. »Ich gebe Ihnen eine Adresse und liefere Ihnen damit die Type, die damals die Weiber abgemurkst hat.«

»Sie wissen, wer das war?« Schwinka war wirklich überrascht. Aber vor allem, weil er bisher eher die Lehmanns mit der Tat in Verbindung gebracht hätte.

»Logisch, ich hab den angeheuert.«

»Wie bitte? Ich verstehe im Moment nur Bahnhof.«

»So is' das mit euch Bullen ... nur Bahnhof verstehen.« Lehmann lachte heiser. »Der sollte die eigentlich auf Spur bringen. Aber irgendwas is' da ganz und gar aus dem Ruder gelaufen.«

»Das scheint irgendwie so eine Berufskrankheit zu sein.«

»Wie? Was meinen Se?«

»Ach, ist egal«, wiegelte Schwinka ab. Was Lehmann sagte, klang merkwürdig. Aber was da auch immer dran sein mochte: So nah an der Lösung des Falls von vor 20 Jahren würde er wohl erst einmal nicht wieder kommen.

Manuel Lehmann reichte Schwinka einen Zettel: *Siegmund Pieper, Rühlower Straße 112, Neubrandenburg.*

»Und das ist er also?«, sagte Schwinka betonungslos.

»Ja, das isser«, beharrte Lehmann.

»Dann brauchen wir nur hinzufahren und ihn festzunehmen?«

»Sozusagen.«

»Treten Sie als Zeuge auf?«

»Nö.«

»Dachte ich mir.«

»Kann ich gehen?«, fragte Lehmann und zeigte Schwinka, wie das in »seinen Kreisen« lief: Was erledigt war, wurde abgehakt. Nicht mehr lange geschnackt.

»Ich wüsste nicht, warum ich Sie aufhalten sollte.«

»Ich nehm das Auto mit.«

»Nur zu.«

»Und den Kleinen.«

»Natürlich nicht.«

»Dachte ich mir. Aber tun Se ihm nix!«

»Keine Sorge, Herr Lehmann«, sagte Schwinka. »Wahrscheinlich ist er eh in ein paar Tagen zu Hause.«

»Sie hätten kein Bulle werden sollen!«, meinte Lehmann.

Stunden über Stunden

Es wurde ein Wochenende der Wiederholungen. Neues hatte nicht angeschoben werden können. Schwinka wurmte das. Wenn sich ein Fall der Lösung näherte, war der Oberkommissar meist schon soweit im Bilde, dass er den betreffenden Tatverdächtigen eigentlich nur noch einkassieren musste. Im Wege standen dem auf der einen Seite oft die richterlichen Anordnungen, auf der anderen der letzte stichhaltige Beweis.

Bei der Geschichte mit Manuel Lehmann und dessen ominösem Kumpel, der eigentlich ein Mörder sein sollte, blieb Schwinka skeptisch. Da wähnte sich der Kriminalpolizist noch nicht einmal annähernd am Ziel. Bei den aktuellen Frauenmorden gab es für ihn hingegen keine Zweifel mehr. Eigentlich müsste er Horst Schuster beschatten lassen, um weitere Verbrechen zu verhindern. Aber dazu fehlten ihm ebenfalls die unterschriebenen Dokumente, die das erlaubt hätten.

Also Beweissuche. Danilo Schobel ging noch einmal alles durch, was an den drei Tatorten dokumentiert worden war. Sie wollten nichts übersehen. Und vielleicht musste man nach dem jetzigen Kenntnisstand einige Indizien vor allem aus der Auswertung der Spurensuche in Trent und im Wald in Sassnitz mit anderen Augen sehen. Auf Schobel konnte sich Schwinka absolut verlassen, das wusste Bergens Kripo-Chef längst.

Ralf Hortung, Schwinkas Stellvertreter, hatte die unliebsame Aufgabe, die Neubrandenburger Polizei irgendwie dazu zu bringen, diesen Pieper zu den Verbrechen von 1997 zu vernehmen. Wieder solch ein Thema: Die Dringlichkeit war offensichtlich, der Weg bis zu einer Ausführung äußerst beschwerlich.

Jens Urban und Diana Chupaski hatten in Horst Schusters beruflichem Umfeld nach Hinweisen zu suchen, die den Ingenieur womöglich mit den Frauenmorden in Verbindung brachten. Das wurde zu einer Vernehmungsrundreise.

Um Michael Neumann scherte Schwinka sich nicht. Den hatte er ganz normal ins Wochenende geschickt. Zwar musste er – jetzt nach dem ungewollten Hinweis durch Carlos Lehmann – damit rechnen, dass sich der Kommissar wieder irgendetwas einfallen ließ, das die Ermittlungen behindern würde, aber Schwinka wollte den Mann einfach nicht um sich haben. Und wenn er ehrlich zu sich war, wusste er, dass Michael Neumann in dem Revier sowieso nicht mehr arbeiten durfte. Schwinka – welch Ironie – hatte sich jene Vernehmungsprotokolle von 1997 auf den Schreibtisch geholt, die Neumann als besonders aufschlussreich einstufte. Und die ihn angeblich auf die Unregelmäßigkeiten in der Tourismusvereinigung aufmerksam gemacht haben sollten.

Der Sonnabend verstrich. Es war für Karsten Schwinka der bisher merkwürdigste Tag seit der ersten Toten von vor zwei Wochen. Im Revier arbeiteten die Kollegen fast verbissen vor sich hin. Ab und zu kam jemand mit Ausdrucken zu ihm, um alte Analysen zu bestätigen oder neue vorzutragen. Danilo Schobel entschuldigte sich am Abend beinah dafür, dass er nichts Neues anzubieten hatte.

Sonntag begann mit einem kleinen Paukenschlag. Diesen Pieper gab es nicht. Zumindest nicht dort, wo ihn Manuel Lehmann vermutet hatte. Der angebliche Mörder war schon seit zwei Jahren tot und lag auf dem Neuen Friedhof in Neubrandenburgs Oststadt. Eine Leberzirrhose hatte ihn dahingerafft. Schwinka empfand das nicht als Rückschlag, hatte er Lehmanns Variante sowieso enorm bezweifelt. Der Oberkommissar vergrub sich noch einmal in all die Vernehmungsaufzeichnungen von 1997, las manches zum vierten oder fünften Mal – und wollte nicht akzeptieren, dass damals nicht einer der vielen Vernommenen einen Hinweis auf einen Tatverdächtigen gegeben haben sollte.

Stunden über Stunden vergingen. In Schwinka stieg zwischendurch die Hitze auf, dass er sich am liebsten seines Hemds entledigt hätte. Dieser Wärmeschwall kam aber nicht durch das Wetter, sondern rührte aus einer inneren Unruhe her. Denn es wurde immer offensichtlicher, dass die ungeschicktesten Aussagen tatsächlich aus dem privaten Umfeld der Opfer gekommen waren. Allerdings wusste Schwinka das zu werten: Ehemänner, Söhne, Affären, Freundinnen – sie alle standen den späteren Opfern so nah, dass meist ausschließlich sie es waren, die von Konflikten mit den Toten erzählten und sich dabei mit emotionalen Aussagen manchmal selbst belasteten. Aber genau dieser Bereich war von den Kollegen damals bis ins letzte

Detail untersucht und ausgereizt worden. Schwinka spürte den Hauch von Resignation. Er nahm sich vor, nach diesem Wochenende die alten Vernehmungsprotokolle nicht mehr hervorzukramen. Wenn dort nichts drinstand, konnte man auch nichts hineinlesen.

Er stand auf, um sich einen Kaffee zuzubereiten, und las dabei noch einen Absatz zu Ende. Als er zwei Schritte vom Schreibtisch entfernt war, blieb er stehen und stutzte. Jetzt waren die gedruckten Worte angekommen. Schwinka ging zurück und begann den Teil des Textes erneut. Satz für Satz. Das las sich holperig, da es sich bei solchen Protokollen nie um begradigte Texte handelte, sondern jeder Seufzer, jedes Stottern, jede Regung mit darin auftauchten. Dabei sah er die Szene vor sich, hörte den Vernommenen die Worte artikulieren und den Polizisten die Frage stellen. ›Verdammt!‹, dachte er. ›Habe ich da jetzt tatsächlich etwas gefunden oder will ich das nur?‹ Also noch mal. Nein, das war er, der entscheidende Punkt. Sollte sich bestätigen, was er vermutete, würden alle aus den Wolken fallen.

Hausdurchsuchungen

Hausdurchsuchung Horst Schuster: genehmigt! Hausdurchsuchung Gehöft Lehmann: genehmigt! – Als Karsten Schwinka Montagfrüh zur morgendlichen Lagebesprechung den Tagesplan ganz auf diese beiden Punkte ausrichtete, entstand unter den Polizisten der Mordkommission ein Gemurmel. Der Oberkommissar wusste, ohne die Worte zu verstehen, dass es Äußerungen zwischen Ungläubigkeit und Anerkennung waren. Solch schnelle Reaktionen der Justiz waren die Polizisten aus Anklam und Bergen nicht gewöhnt. Allerdings – hier ging es um etwas. Vielleicht sogar darum, Leben zu retten.

Urban und Chupaski leiteten die Durchsuchung in Rambin. Manuel Lehmann fiel aus allen Wolken, als die Truppe auf dem Hof ausschwärmte. »Wie – Hausdurchsuchung?«, fragte er, als er aus der Werkstatt trat. »Sie haben doch Ihren Mörder.« Er hatte sich wirklich darauf verlassen, dass das schon alles seinen Gang nehmen würde. Nun ja, Manuel Lehmann hatte auch damit gerechnet, seinen Bruder spätestens Sonntagabend wiederzusehen, da die 48 Stunden für eine vorläufige Festnahme vorbei waren. Als Carlos allerdings nicht gekommen war, begründete er sich das mit dem Wochenende. Heute würde er auf der Matte stehen.

Dem war nicht so. Stattdessen durchwühlten acht Polizeibeamte Werkstatt, Wohnhaus und Nebengelasse. Und Lehmann hatte nicht die geringste Ahnung davon, was hier wohl alles herumliegen könnte, was der Polizei Hinweise zu ihren begangenen Straftaten gab. Er setzte sich draußen in eines der aufzubereitenden Autos und sah dem Treiben zu – schockiert, gelähmt, resigniert. Lediglich seine Mutter zeterte eine Weile. Dann weinte sie.

Die Polizei ging gründlich vor. Die Beamten schleppten stapelweise Ordner in eines ihrer Fahrzeuge, beschlagnahmten Computer und Lehmanns Smartphone, machten Fotos.

Manuel Lehmann saß in dem Auto und trank ein Bier nach dem anderen. Fragen der Kripo-Leute beantwortete er nicht. Auch gab er keine Schlüssel für Schränke oder Vitrinen heraus, sodass sich die Polizisten zum Teil mit Gewalt vorarbeiten mussten. Nach zwei Stunden spürte er die Wirkung des Alkohols, nach fast drei Stunden nickte er das erste Mal ein. Und nach vier Stunden verabschiedeten sich Urban und Chupaski bei ihm. Das war ihm gleichgültig. Lehmann konnte sehr impulsiv sein. Und er hatte bestimmt schon so manchen Fehler begangen, nur weil er übergekocht war. Doch diese Polizeiaktion kam einem Knockout gleich. Wirkungstreffer waren anders. Die gaben die Möglichkeit, sich noch einmal aufzurappeln und zurückzuschlagen. Die Hausdurchsuchung konnte man jedoch mit einem Schlag auf die Kinnspitze gleichsetzen. Oder in die Leber.

Langsam wurde dem Älteren klar, dass Carlos nicht zufällig ausblieb. Den hatte man wahrscheinlich dem Haftrichter vorgeführt und in Untersuchungshaft gesteckt. Was der Kleine noch angestellt haben könnte, das ihn so schwer in die Bredouille brachte, konnte sich Manuel nicht im Geringsten vorstellen. Aber es musste so eine Riesendummheit gewesen sein, dass jetzt ihr gesamtes Imperium zusammenbrach.

Als seine Mutter zu ihm kam, um ihn mit Vorwürfen zu überschütten, jagte er sie davon. Dann trank er weiter. Den ganzen Nachmittag. Irgendwann war er so betrunken, dass er lautstark mit sich selbst sprach. Dabei schimpfte er auf Gott und die Welt, auf sich und vor allem auf Carlos. Und als er verstummte, war er eingeschlafen.

Für die Vorbereitungen auf die Durchsuchung bei Horst Schuster nahmen sich Schwinka und Schobel Zeit. Nicht nur, dass die sie begleitenden Beamten genau darauf geeicht wurden, was gefunden werden könnte. Es wurde ihnen auch die familiäre Situation erläutert – soweit bekannt. Und dass Horst dem Anschein nach unter einer autistischen Erkrankung litt, die bei ihm unerwartete und der Situation womöglich völlig unangemessene Reaktionen auslösen könnte.

Gegen 17.30 Uhr fuhren die Polizisten beim Mehrstöcker in Trent vor: Wenn einem Pkw und einem Polizei-Transporter insgesamt sieben Beamte – fünf in weißen Schutzanzügen und zwei in Zivil – entstiegen, um kollektiv mit Gerätschaft und grauen Plastikkisten einen Hausflur zu betreten, war das eine beängstigende Szenerie.

Gabi vergrub ihr Gesicht in den Händen, als sie die Polizei die Treppe heraufkommen sah. Ihr Herz raste, sie zitterte ein wenig, in ihrem Hals wuchs ein Kloß. »Mein Gott, was ist nur los?«, fragte sie ängstlich. Ihre heisere Stimme war kaum zu vernehmen, als sie diesen Satz beim Eintreten der Polizisten vor sich her murmelte und eigentlich an Karsten Schwinka richtete, der neben ihr stand und als Letzter hineingehen wollte.

»Bitte«, sagte der Oberkommissar ruhig, »hier ist der richterliche Beschluss. Ihr Mann wird verdächtigt, drei Frauen ermordet zu haben.«

»Also doch.« Das war Feststellung und Vorwurf zugleich, denn bei ihrer ersten Begegnung hatte Schwinka davon gesprochen, Horst Schuster nicht für den Gesuchten zu halten.

»Ja, es tut mir leid, Frau Schuster.« Die Entschuldigung galt dem jetzigen »Überfall« ebenso wie der Unwahrheit aus ihrem Gespräch in Breege. Schwinka fasste Gabi an die linke Schulter und schob sie sanft in die Wohnung.

»Wie kommen Sie nur darauf?«, fragte Gabi erschüttert. Dass ihre Schockstarre nicht das Geringste mit der Sorge um ihren Mann zu tun hatte, konnte nicht einmal Schwinka wissen. Denn die Frau war wie gelähmt, als sie all die Polizistenschuhe über ihre Teppiche laufen sah. Einige hatten blaue Überzieher angezogen, andere wiederum hinterließen bei jedem Schritt einen Dreckfleck.

»Wo ist Ihr Mann?«, fragte Schwinka.

»Auf Arbeit … was weiß ich«, zischte Gabi. »Er müsste wohl jeden Moment kommen.«

Das zweite Mal geboren

Horst kam aber nicht. Weder um 18 Uhr, noch eine Stunde später. Der Ingenieur war auf Jagd. Schon gegen 16 Uhr hatte er sich an dem Gebäude postiert, das das Büro des Bremer Trägervereins beherbergte. Hier arbeitete Nadine, deren Namen er sich gemerkt hatte. Horst lehnte rücklings mit verschränkten Armen an seinem Wagen, dass er ob seiner Lässigkeit mit James Dean hätte konkurrieren können. Und so fühlte er sich auch. Horst war aufgeregt wie vor seinem ersten Rendezvous. Aber nicht nur wegen dieser teenagerhaften Unruhe fühlte er sich kraftstrotzend und attraktiv. Er hatte vielmehr einen Energieschub bekommen, der ihn gerader stehen, leichter gehen und sogar etwas fokussierter sprechen lassen würde.

Da kam sie. Ein Traum in einem roten Sommerkleid. Und ausgerechnet auf ihn zu. ›Typisch‹, dachte er, ›ich hätte selbst darauf kommen können, dass sie hier ihr Auto abgestellt hat.‹

»Ach, sieh mal einer an, der Herr Schuster«, sagte Nadine und wippte an Horst vorbei zu ihrem Wagen, der vier Parklücken weiter stand.

»Ich hatte hier zu tun«, entgegnete Horst.

»Schöner Zufall«, meinte Nadine unschuldig. »Wir haben gerade darüber gesprochen, dass Ihr Büro eine wirklich gute Arbeit abliefert.«

»Ja, die Firma von Goroschka gibt es schon zwölf Jahre«, schlingerte Horst ums Thema herum.

»Naja, ich werd dann mal«, sagte Nadine in ihrem rauchigen Timbre, weshalb es per se sanft klang.

Gerade wollte sie im Auto verschwinden und ein »Auf Wiedersehen!« rufen, da löste sich Horst von seinem Wagen und sagte: »Bitte, warte … warten Sie!«

Die angedeutete Vertraulichkeit überraschte Nadine, sie zögerte.

»Nadine«, hob Horst an, »entschuldigen Sie, ich darf Sie doch so nennen?«

Nadine entgegnete nichts.

So sprach er weiter. »Ich benötige Ihre Unterstützung.«

Nadine Pollwitz schob die Augenbrauen in der Mitte zusammen, was ihr einen Ausdruck zwischen fragend und verärgert bescherte. »Meine Unterstützung?«, fragte sie und blieb an der Fahrertür ihres Autos stehen.

»Ja … ich wollte … ich meine … also es geht mir um … Wie soll ich es nur sagen?«, stotterte Horst, der krampfhaft nach einer Möglichkeit suchte, sie aufzuhalten. Warum, wusste er selbst noch nicht.

»Das scheint ja ein schwerwiegendes Problem zu sein«, sagte Nadine abweisend. Ihr war die Situation sehr unangenehm, um nicht zu sagen zuwider. »Reden Sie doch mit Ihrer Frau darüber!« In diesem zweiten Satz legte sie alles hinein: Ich will nicht mit dir über Vertrauliches reden! Ich bin vergeben, also versuche nicht, mich anzumachen! Vergiss nicht, dass du verheiratet bist! Stottere nicht herum!

»Das ist es ja«, entgegnete Horst, der spürte, nicht noch zwei oder womöglich drei Tage warten zu können. Er wurde erneut getrieben, vergaß alle Vorsichtsmaßnahmen. »Ich kann das nicht. Darüber reden … Ich brauche den Rat einer Frau … da kenne ich niemanden.«

»Und da wählen Sie ausgerechnet mich?«, unterbrach Nadine.

»Ich … ich brauche Hilfe.«

Das hatte so flehend geklungen, dass Nadine anfing, sich ernsthaft Sorgen zu machen. »Ihnen scheint es wirklich schlecht zu gehen«, sagte sie voll ehrlichem Mitleid. Sie schloss die Autotür und ging ein Stück auf Horst zu. »Was ist es denn?«

»Würden Sie … würden Sie mit mir ein Stück am Strand … nur ein Stück … zum Reden.«

Die Situation war bizarr. Allerdings stand hier nicht ein wildfremder Mensch vor ihr, sondern Bauingenieur Schuster, Mitarbeiter des renommierten Sassnitzer Büros Goroschka. Wer weiß, was dem widerfahren war. In ihr regte sich neben Mitleid plötzlich die Neugier. »Gut, lassen Sie uns gehen!«, sagte Nadine. »Das Wetter ist schön. Aber länger als eine halbe Stunde kann ich nicht.«

Gabi ließ die Polizisten gewähren. Um nicht in Wut zu geraten, hielt sie sich die meiste Zeit auf dem Balkon auf und rauchte. Schwinka und Schobel sahen sich in der Wohnung um, ohne groß etwas anzufassen. Sie gaben den Kollegen bestenfalls ein paar Hinweise, wenn es darum ging, mal genauer hinzuschauen oder etwas zu beschlagnahmen.

»Sie haben nur den einen Computer?«, fragte Schwinka Gabi, als er die Balkontür einen Spalt öffnete.

»Ja … nein, mein Mann hat noch einen«, sagte die Frau und zog heftig an der Zigarette. »Das ist sein Arbeitscomputer. Den nutzt er auch privat.«

»Und der hier ist Ihrer?«

»Ja, können Sie mitnehmen. Ist nichts drauf. Ich nutze ihn kaum. Wenn, dann wird darauf gespielt.«

»Wir müssten uns jetzt mal das Kinderzimmer anschauen.«

»Dann machen Sie das!«

»Ja, Frau Schuster, könnten Sie mal ihren Sohn …?«

»Ach ja, warten Sie!« Gabi warf die Zigarette über die Balkonbrüstung, zog ihre Schuhe aus und ging an Schwinka vorbei zu Jasons Zimmer, der sich während der gesamten Zeit, seit die Polizei in der Wohnung war, noch nicht einmal hatte blicken lassen. »Los komm, Junge!«, kommandierte Gabi, nachdem sie die Tür zum Raum des Kindes geöffnet hatte. »Die Polizei will dein Zimmer sehen.«

Jason, der auf dem Boden mit Autos spielte, stand wortlos auf und ging hinaus auf den Flur – in Erwartung der nächsten Anweisung.

»Zieh dir was über! Wir gehen auf den Balkon«, sagte Gabi.

Als Jason seine Jacke griff, rutschte der linke Ärmel seines Sweatshirts in die Höhe. Es blitzte rot.

Schwinka ging auf den Jungen zu. »Zeig mal!«, sagte er ganz ruhig. Sein Herz pochte allerdings wie nach einem 3000-Meter-Lauf.

Jason streifte den Ärmel hoch. Eine rote Uhr.

»Darf ich mal sehen?«

»Hab ich von Papa«, sagte Jason leise – und ein wenig stolz.

Es war ein wertvolles Teil, das sah Schwinka gleich. Alles digital, ein kleines bisschen wie ein Computer für das Handgelenk.

»Hat er ihm geschenkt«, kommentierte Gabi Schuster die Situation desinteressiert.

»Kannst du damit umgehen?«, fragte der Oberkommissar.

Jason nickte.

»Zeig mir mal, was da alles so drauf ist.«

Jason ging geschickt mit der Uhr um, wechselte zwischen verschiedenen Funktionen und Ebenen. Ab und zu erläuterte er was. Benutzte dafür aber nie viele Worte.

»Wenn Sie sich für Uhren interessieren, können Sie sich so was doch sicher auch in einem Fachgeschäft erklären lassen«, zischte Gabi dazwischen.

»Stopp!«, sagt Schwinka plötzlich, der Gabis Sticheleien komplett überhörte. »Was ist das für eine App?«

»Eine, wenn man läuft«, entgegnete der Kleine unbefangen.

Schwinka schaute sich die unterschiedlichen Funktionen an und entdeckte auch den Bereich, in dem ältere Laufprotokolle gespeichert waren. Und da war es! Datum, Uhrzeit, Laufstrecke, Abbruch – die letzten Minuten in Paula Kisches Leben. Schwinka wurde heiß und kalt. Das hatte eine ganz andere Dimension, als auf die zerstörten Körper von

Erschlagenen oder Ermordeten zu schauen. Die markierten immer das Ende. Dies hier gehörte noch zum Leben.

»Jason, wir müssen die Uhr mitnehmen«, sagte der Kripo-Chef zu dem Jungen.

Jason nickte, das Kinn kräuselte sich und er fing ganz leise an zu weinen.

Schwinka strich dem unendlich traurigen Kind übers Haar.

Jason schaute zu ihm hoch – und Schwinka hatte einen Kloß im Hals.

Horst und Nadine waren bereits 20 Minuten gegangen. Und der Ingenieur hatte fast die ganze Zeit von der Arbeit geredet.

›Wann kommt denn nun sein Problem?‹, dachte die junge Frau und hörte schon kaum noch zu. ›Außerdem muss ich los.‹

Horst hatte kein Problem, fand auch keines, um es auszubreiten. Außerdem hätte er es sowieso nicht darlegen können. Also stützte er sich auf das, was ihm von den Lippen sprudelte – die Arbeit.

Sie waren bereits am Ende des Strands angekommen. Dort, wo Bäume und Sträucher wieder bis ans Ufer reichten, wo man über Steine und umgestürzte Stämme klettern müsste, um weiterzukommen. Sie blieben stehen. Nadine, weil sie das Gespräch endlich beenden wollte, um nach Hause fahren zu können. Horst, weil er sich entschieden hatte.

»Lieber Herr Schuster, ich finde es wirklich nett, mit Ihnen mal ein Stück gegangen zu sein, um Sie und Ihre Arbeit etwas besser kennenzulernen«, sagte Nadine mit ihrer warmen Stimme höflich. »Sie wollten allerdings meine Hilfe in Anspruch nehmen, ich nahm an, so etwas wie einen Ratschlag. Bitte nehmen Sie es mir nicht übel, wenn ich jetzt nach Hause fahre. Wir können über Ihr Anliegen gern morgen oder einen anderen Wochentag reden, wenn Sie uns das nächste Mal im Büro besuchen.«

Horst war zwei Schritte von Nadine zurückgetreten. Er lächelte sie liebevoll an und sagte nichts.

»Herr Schuster? – Ich werde jetzt zurückgehen.«

»Ich möchte noch ein kleines Stück weiter. Ich möchte Ihnen das noch schnell erzählen … Ich bin zu schüchtern, um gleich auf den Punkt zu kommen.«

»Nein, wir lassen das!«, entgegnete sie. Ihr wurde mulmig im Bauch. Der Blick des Mannes machte ihr Angst.

»Bitte, Nadine!« Horst flehte wieder, ohne sich zu regen. »Gehen Sie noch ein Stück mit mir!« Er bückte sich und hob einen faustgroßen Stein auf, den er sich schon vor ein paar Minuten ausgesucht hatte. »Ich möchte niemandem wehtun …« Selbst die letzten Worte klangen flehend.

Da ergriff Nadine schlagartig Panik. Sie wollte sich in die Richtung wenden, aus der sie gekommen waren, und losrennen, wurde aber bereits von Horst gepackt. Dessen linke Hand umklammerte ihren linken Oberarm wie ein Schraubstock. In der Rechten hielt er den Stein. Obwohl er sie festhielt, blieb er insgesamt reglos. »Bitte!«, wiederholte er.

Und Nadine wurde immer hektischer. Sie wollte schreien, dachte aber gleichzeitig, dass das wohl übertrieben wäre, denn hier konnte nur ein Missverständnis vorliegen. Oder sie verstand etwas falsch. Oder reagierte vollkommen unangemessen auf eine Zuneigungsbekundung. Oder …? Da hatte sie sich befreit.

Vielleicht hatte Horst auch losgelassen. Allerdings schien er sie nicht davonlaufen lassen zu wollen. Er stand zwischen dem offenen Strand und den Bäumen, versperrte ihr praktisch den Weg.

Nadine sah in die Augen des Mannes, der in diesem Moment wirkte, als würde er unter Drogen stehen. Dieser verklärte Blick, das seltsame Lächeln, die roboterhafte, steife Haltung. Sie wandte sich ab und rannte zum Wasser. Unterwegs warf sie ihre Schuhe davon.

Horst setzte ihr nach.

Doch bevor er sie greifen konnte, stürzte sie sich in die See. Übersprunghandlung. Sinnlos. Verzweifelt.

Doch Horst blieb stehen. Er war ihr nicht einmal bis zu jenem feuchten Streifen gefolgt, der durch die sanft auf den weißen Sand rollenden Wellen entstand.

Schwinkas Freundin, die schon bis zum Bauch im Wasser stand, lief noch tiefer hinein. Sie wollte den Abstand zu ihm vergrößern, dann schwamm sie sogar. Immer einen bangen Blick zum Ufer werfend.

Horst stand da wie erstarrt. ›Schade‹, dachte er, ›aber wie soll ich Gabi erklären, dass ich komplett durchnässt bin. Und um halbwegs rechtzeitig nach Hause zu kommen, kriege ich die Klamotten nicht mehr trocken. Das Auto wäre auch versaut.‹ Sein Wechselanzug im Büro würde ihn auch nicht retten. Noch einmal würde sie es nicht akzeptieren, dass er die abgelegte Bekleidung nicht gleich mit nach Hause brachte. Also entschied Horst, Nadine nicht ins Wasser zu folgen. Wahrscheinlich würde sie dann eh anfangen zu schreien.

Die Durchsuchungsgruppe hatte eingepackt und war zurück nach Bergen gefahren. Schwinka und Schobel saßen im Auto vor dem Mehrgeschosser.

»Der Junge berührt mich«, sagte Schwinka. »Ich habe noch nie solch ein schrecklich trauriges Kind gesehen. Wir können uns wahrscheinlich gar nicht ausmalen, was Jason schon an seelischen Schmerzen erlitten hat.«

»Es wird jetzt ja auch nicht besser«, meinte Schobel. »Vater geht als ein psychopathischer Mörder in den Knast, bleibt nur die Mutter ohne Liebe.«

»Es ist zum Kotzen«, wurde Schwinka wieder emotional. Dieser Fall fasste ihn mächtig an. »Wenn sich das Jugendamt drauf stürzt, ist ihm auch nicht geholfen. Womöglich hätten sie nicht einmal eine Handhabe gegen die Schuster.«

»Wollen wir warten?«

»Es ist vermutlich das Beste, wenngleich ich das ungute Gefühl nicht loswerde, dass unser Killer schon wieder auf Tour ist«, sagte Schwinka nachdenklich. Das Smartphone klingelte. Nadine. »Na du«, eröffnete Schwinka das Gespräch freundlich. Dann hörte er eine Minute lang nur zu. »Wo … wo bist du?« – »Wie geht es dir?« – »Dieser Schuster … Bist du in Sicherheit?« – »Ich sollte jetzt bei dir sein!« – »Verzeih mir, aber du musst dich noch ein bisschen gedulden!« – »Hauptsache, du bist nicht verletzt und in Sicherheit?« – »Du hast ihn abfahren sehen?« – »Danke, mein Engel. Fahr nach Hause! Ich bin bald da« – »Ja, tschüs! Ja, ich werde es dir erklären.« – »Tschüs!«

Schwinka hatte sehr ruhig gesprochen. Als er das rote Symbol auf dem Telefon gedrückt hatte, senkte er den Kopf aufs Lenkrad und sagte gedehnt: »Meine Fresse!« Das war vor allem Erleichterung.

»Was ist passiert?«, fragte Schobel vorsichtig.

»Ich habe keine Ahnung«, erwiderte Schwinka entrückt. »Nein, mir fehlen einfach nur die Worte.« Er hob den Kopf. »Ich glaube, sie ist gerade das zweite Mal geboren worden.«

»Karsten?«

»Schuster hat Nadine überfallen.«

»Also doch. Es klang zwar eben schon so. Ich hätte es aber nie für möglich gehalten.«

»Verhalte ich mich jetzt eigentlich normal?«, fragte der Oberkommissar seinen Partner allen Ernstes. »Oder stehe ich unter Schock? Oder vielleicht bin ich ja auch schon ein bisschen verrückt geworden?! Los, wir fahren dort hinten unter die Bäume! Schuster kommt gleich. Und wenn er uns hier sieht, dreht er vielleicht wieder um. – Keinen Bock auf eine Verfolgungsjagd.«

Sie mussten keine halbe Stunde warten, als Schusters Auto vor den Block fuhr. Die Polizisten stiegen sofort aus. Schobel hielt die Handschellen, Schwinka zog die Waffe. Die ersten Meter liefen sie geduckt, um durch ein paar Rabatten mit halbhohen Sträuchern verborgen zu werden.

Horst stieg derweil aus dem Auto und verschloss es. Dabei kehrte er den heranstürmenden Polizisten den Rücken zu. Er hörte Schuhe, die auf den Asphalt klatschten, drehte sich um und konnte nur noch die Hände heben, als Schwinka mit voller Wucht gegen ihn prallte und ihn zu Boden riss.

»Du dreckiges, verkotztes, Scheißarschloch!«, presste der Oberkommissar hervor. »Du ekelerregende Missgeburt!« Schwinka drückte ihm mit aller Kraft den Lauf der Pistole in den Nacken und das Gesicht auf die Gehwegplatten.

Schobel legte Horst auf dem Rücken die Handschellen an. Er drückte sie besonders fest zu, sodass dem Festgenommenen das Blut abgeschnürt wurde.

Horst schwieg.

Als Schwinka ihn zu Boden gerissen hatte, war er mit der linken Gesichtshälfte auf dem harten Untergrund aufgeschlagen. Eine breite Schürfwunde zog sich über die Wange, die Augenbraue war aufgeplatzt. Dick sickerte das Blut heraus und tropfte auf die Steine. Während die Polizisten auf ihm saßen und Schwinka seine Hasstirade über ihn ergoss, schob er seinen Kopf näher an die kleine rote Lache und genoss den Duft des Blutes.

»Sie ist nicht hier«

In Pjotr Dückerts Augen war Karsten Schwinka ein Sonderling. Der Oberstaatsanwalt machte sich bei dieser Analyse nicht wirklich Gedanken darüber, ob er den Oberkommissar mochte oder nicht. Sympathien hatte er an Kollegen innerhalb des Justizapparats und der Polizei noch nie vergeben. Die tägliche Arbeit mit dem Abschaum der Menschheit war Krieg. Und nicht nur Krieg mit dem – wie Dückert es manchmal nannte – Aussatz, sondern auch untereinander. Anwälte, Richter und Polizisten kamen nicht zusammen, um bei einem Glas Sekt und ein paar Schokokeksen einen Kartenspieler beim Schummeln zu erwischen. Sie hatten vielmehr die Aufgabe, manchmal die gefährlichsten Menschen, die es gab, aus dem Verkehr zu ziehen.

So, wie jetzt. Der Mann, den Schwinka da verhaftet hatte und der in Vernehmungen seine unfassbar kranke Welt offenlegte, war das Schlimmste, was Dückert in seiner Laufbahn begegnet war. Und wieder hatte dieser Kriminalpolizist einen Riecher bewiesen, dass einem angst und bange werden konnte. Dieser untrügliche Instinkt des Oberkommissars bewog Dückert auch dazu, Schwinkas Bitte zu folgen und über die Festnahme des mutmaßlichen Täters nichts an die Öffentlichkeit dringen zu lassen. Der Chef-Ermittler stellte nämlich die Aufklärung des Falls von 1997 in Aussicht. Und Dückert bestand nicht einmal darauf, dass der Kripo-Mann ihm gefälligst mitzuteilen habe, welche Schritte er plane. Schwinka hatte gesagt, er wolle dem Oberstaatsanwalt Informationen ersparen, die ihm später zur Last werden könnten. ›Augen zu und durch‹, dachte Dückert nur. Er vertraute diesem Sonderling, so wie er noch nie einem Kriminalpolizisten vertraut hatte.

Karsten Schwinka war mit seinem Auto allein unterwegs. Es nieselte, weshalb der Regensensor die Wischer immer mal wieder über die Frontscheibe fahren ließ. Das Wetter hatte sich zum Ende der Woche hin verschlechtert. Der Herbst hielt Einzug. Karsten Schwinka, der während der Ermittlungen um die drei toten Frauen eine Menge Emotionen durchlaufen hatte, war wacher für Symbolik geworden. Vielleicht zeigte das aber auch nur seinen momentanen Hang zur Sentimentalität. So meinte er, als er und die schluchzende Nadine sich Montagabend in die Arme gefallen waren, dass der Himmel weinen würde. Denn es fing rauschend an zu gießen. Seitdem hingen schwere graue Wolken über Rügen. Vielleicht auch ein Symbol.

Schwinka hielt mit seinem Wagen in der Straße der DSF in Bergen. Heute würde er Knut Schwabe kennenlernen. Der Oberkommissar wusste schon mehr von diesem Mann, als über irgendeinen anderen Menschen auf Rügen, der schon einmal mit dem Gesetz in Konflikt gekommen war. Die Liste der durch Schwabe begangenen Ordnungswidrigkeiten war lang, ebenso ihr skurriler Charakter. Auch wusste so ziemlich jeder Polizist im Bergener Revier eine Anekdote über Schwabe zu erzählen. Und dann war da die Ermittlungsakte von 1997. Die zeichnete ein deutliches Bild von Schwabes Wesen – ein trauriges Bild seines geistigen Zustands.

Nachdem der Oberkommissar geklingelt hatte, summte die Tür auf. Nach der Erzählung Michael Neumanns hatte Schwinka einen überdrehten alten Mann erwartet, der die Haustür aufreißen würde. Dem war nicht so. Stattdessen stand Schwabe in der Tür und erwartete seinen Besuch.

»Kriminalpolizei, Oberkommissar Schwinka. Guten Tag!«

»Zeigen Sie mir Ihre Marke, jeder Polizist hat eine Marke, also zeigen Sie mir Ihre Marke!«, plapperte Schwabe.

Schwinka holte seine Marke hervor.

»Aha«, zeigte der Rentner sich zufrieden und deutete seinem Gast mit einem kurzen Kopfzucken an, dass er eintreten möge. Erneut im Gegensatz zu Neumanns Schilderungen, präsentierte sich das Wohnzimmer aufgeräumt und relativ sauber.

Sie tranken Kaffee, als Schwabe klar und sortiert davon erzählte, dass er schon einmal befragt worden sei.

»Ich weiß«, meinte Schwinka, »wir brauchen aber noch einmal Ihre Hilfe.«

»›Noch einmal Ihre Hilfe‹, ›Noch einmal Ihre Hilfe‹, ›Noch einmal …‹«, wiederholte Schwabe die Worte wie einen Singsang. »Wozu?«, unterbrach er sich selbst.

»Ich möchte mit Ihnen gern zu einer Person fahren, von der ich glaube, dass sie damals dabei gewesen ist. Und Sie können mir helfen, zu bestätigen, ob dem so war oder nicht.«

»›Helfen, helfen, helfen, helfen, helfen‹ … Ich helfe gern«, sagte Schwabe und erhob sich.

»Oh, das hat keine Eile«, sagte Schwinka. »Aber Sie haben vielleicht recht, wir sollten keine Zeit verlieren. Und ein kleines Gespräch, um Sie vielleicht ein wenig besser kennenzulernen, können wir auch im Auto führen.«

Im Wagen wurde Schwabe unruhig. Er redete vor sich hin, blickte zum Fenster hinaus.

Der Oberkommissar sagte nichts. Er wollte den recht guten geistigen Momentanzustand des Zeugen nicht trüben, er brauchte ihn wirklich dringend.

Nach nur knapp zehn Minuten bog Schwinka mit seinem Wagen von der B96 in einen Sandweg ein, der zum Nonnensee führte.

Schwabe kommentierte das mit »Der Nonnensee« und schaute weiter aus dem Fenster.

Hier am Rundweg, wo damals die Leiche von Traude Weikath gefunden worden war, gab es einen Beobachtungsturm, der von Wanderern, Urlaubern oder Hobbyornithologen genutzt wurde, um Vögel zu beobachten. Dort wollte Schwinka mit Schwabe hin. Denn das war eine Stelle, an der auch in der zweiten Septemberhälfte immer noch ein verhaltener Betrieb herrschte.

»Der Vogelturm«, sagte Schwabe.

»Ja, das ist unser Ziel.«

Sie hielten, stiegen aus, Schwinka zog ob des Sprühregens die Schultern hoch, der Ex-Unternehmer schlug den Kragen auf und folgte dem Polizisten. Meter für Meter kamen sie jener Stelle näher, wo einst Weikath gefunden worden war.

Schwinka blieb erschrocken stehen und sagte: »Da!« Mit dem Finger deutete er zum Wegesrand. Dort lag jemand. Beinahe wären sie daran vorbeigelaufen.

Schwabe schaute, riss die Augen auf und ließ das Kinn herabsinken. Dort lag tatsächlich jemand mitten im Nieselregen: Es war eine Frau mit blonden Haaren und dunkler Kleidung. Schwabe klammerte sich mit einer Hand an Schwinkas Arm und fing an, hysterisch zu schreien. Er schrie, drehte sich zur Seite, sah wieder hin und schrie. Dazwischen mischten sich ein hässliches Plärren und erste Worte, die wegen des verzerrten Mundes nicht zu verstehen waren. Dann aber, als Schwabe auf die Knie gesunken war, vernahm man so was wie »Sie ist nicht hier« oder »… wieder hier«. Schließlich ließ er Schwinka los und kroch immer näher an die leblose Frau heran. Dann berührte er sie. »Es tut mir so leid«, heulte Schwabe. »Es tut mir so leid. Es tut mir so leid …«

Schobel kam hinter einer Buschgruppe hervor und stellte sich neben Schwinka. »Soll Diana noch liegen bleiben?«, fragte er.

»Es wäre besser. Dieser Schock dürfte genug sein …«

Anflug von Liebeskummer

Als die Staatsanwaltschaft in der Woche per Pressekonferenz jeweils einen Tatverdächtigen für den Dreifachmord von Rügen und den Doppelmord von 1997 präsentierte, wurde Stralsund für einen Tag der Ort mit der wohl höchsten Journalistendichte. Selbst aus Österreich und aus der Schweiz sowie aus dem benachbarten Polen waren Reporter gekommen. Schwinka hatte darauf bestanden, dass aus dem Ermittlerteam keine Namen hervorgehoben, sondern von der kollektiven Leistung einer Mordkommission gesprochen werden sollte. Selten hatte ihm eine so gut funktionierende Truppe zur Verfügung gestanden, die in einem unglaublichen Tempo Informationen beschafft, Ergebnisse geliefert, Analysen erstellt hatte. Die Widersprüche in Schwabes Aussage hatte zwar Schwinka entdeckt. Finden konnte er sie aber nur, da ihm vorher durch Recherchen seiner Kollegen Details aus dem Leben des Ex-Taxi-Unternehmers zugearbeitet worden waren.

»Dass das dann noch zu einem Verbrechen aus Leidenschaft wurde, hätte ich im Leben nicht für möglich gehalten«, sagte Schobel nach der Pressekonferenz in der Cafeteria der Stralsunder Staatsanwaltschaft.

»Es ging ja bereits aus der damaligen Ermittlungsakte hervor, dass Schwabe sich nach dieser Kot-Aktion häufig mit der Weikath getroffen hatte. Und niemand, so hieß es, habe angeblich gewusst, wieso. Dazu gab es aber schon in den Vernehmungen einen Hinweis. Schwabes damals noch recht junge Tochter, sie war Anfang 20, glaube ich, hat im Zuge der Untersuchung dieses Vandalismus – nennen wir es mal so – von einer Verzweiflungstat aus Liebeskummer gesprochen. Das Ding hat sich bei der Mordermittlung kein Mensch angeschaut.«

»Kann ich nachvollziehen«, sagte Schobel.

»Ich auch. Und deshalb glaube ich sogar, dass manchmal eine gewisse Zeit ins Land gehen muss, um manche Verbrechen aufzuklären.«

»Also wollte er Aufmerksamkeit?«

»... die er ja auch bekommen hat«, sagte Schwinka weiter. »Und was niemand für möglich hielt: Er war schon sehr lange mit der Weikath in einer sexuellen Beziehung – über Jahre. Vermutlich verschlechterte sich sein Zustand damals zu deutlich. Wie er ja selbst bewies ...«

»Diesen Ärger mit den Touristikern hat es aber gegeben?«

»Hat es. Weikath war im Vorstand und drohte, die Unregelmäßigkeiten zur Anzeige zu bringen. Frag mich nicht nach ihrer Motivation! Zumindest konnte sie nichts verlieren. Ihre Verbündete dabei wurde die Saul, die sich wegen ihrer politischen Ambitionen davon einiges versprach. Sie hatte sich *Gerechtigkeit für alle* und *Keine Bereicherung der Kapitalisten auf Kosten der Steuer- und Gebührenzahler* auf die Fahnen geschrieben.«

»Somit war Pieper tatsächlich im Spiel gewesen.«

»Genau. Von Schorfeleit und Konsorten wurde der aufstrebende Auftragskleinverbrecher Manuel Lehmann angewiesen, jemanden zu finden, der die Mädels zurechtstutzt. Dazu wird er aber aller Wahrscheinlichkeit nach nicht mehr gekommen sein. Da unser Freund Schwabe in einem Anflug von Liebeskummer im Streit die Traude erdolchte.«

»Und die Einzige, die von der Bettgeschichte zwischen Schwabe und Weikath wusste, war Saul«, kombinierte Schobel.

»Warum sie nicht zur Polizei ging, wenn sie etwas vermutete, weiß ich nicht genau«, sagte Schwinka. »Vermutlich waren es die politischen Ambitionen, die ihr da im Weg standen. Zeige mal einen Behinderten an und irre dich. Da bist du kurz vor einer Wahl weg vom Fenster. Sie wird sich als Hobbyermittlerin betätigt haben, stellte Schwabe zur Rede und fand eine Messerspitze in ihrem Körper wieder.«

»Ist eine Seifenoper.«

»Tja, und bei späteren Aktionen von Schwabe hieß es immer: Der ist weder für sich noch für andere gefährlich.«

»Das hätte verdammt schiefgehen können«, sagte Schobel. »Und was hat in seiner Aussage nicht funktioniert?«

»Diese Sache mit seinem Taxi-Unternehmen«, erläuterte Schwinka. »Er meinte immer, er sei von den Bonzen und Tourismusleuten in den Ruin getrieben worden. Stimmt ganz und gar nicht. Er hatte einen stillen Teilhaber, der ihn über den Tisch gezogen hat. Und das war eine Frau. Traude Weikath.«

»Das ist aber verwirrend«, sagte Schobel.

»Finde ich auch«, gab Schwinka zu. »Und was uns Schwabe nicht erzählt, werden wir vermutlich auch nicht mehr hundertprozentig rekonstruiert bekommen. Aber Weikath muss ihm perfekt vermittelt haben, dass die Tourismusvereinigung seinem Betrieb den Stecker gezogen hat. Er ist ein erbarmungswürdiger Mensch – trotz der Morde.«

»Was machen wir mit Schorfeleit und Konsorten?«, fragte Schobel.

»Hähä, die haben sich 20 Jahre verrückt gemacht, weil sie dachten, sie hätten die Morde provoziert. – Aber abgesehen davon: In Ruhe lass ich die nicht …«

Schwinkas Smartphone klingelte.

Schobel drehte mit den Augen.

»Ja?«, sagte Schwinka kurz. »Was ist mit dem Computer von Lehmann?« – »Neumann?« – »Was denn …?« – »Sie können ja nichts dafür, aber ich habe für so etwas heute keinen Sinn.« – »Danke … ja, danke. Ich kümmere mich morgen darum.«

ENDE

Über den Autor

Jens-Uwe Berndt, 1965 in Pasewalk geboren, lernte den Beruf eines Landmaschinenschlossers und ist diplomierter Ingenieur-Pädagoge. Seit 1990 arbeitet er als Journalist, u.a. für Spiegel, Bild, Super Illu, Prager Zeitung, Allgemeine Hotel- und Gastronomie-Zeitung AHGZ, Spiegel online sowie zahlreiche regionale und überregionale Tageszeitungen.

Seinen ersten Roman »Reise durch (k)ein Land« veröffentlichte Berndt 2009 im Linus Wittich Verlag. 2012 begann seine Mitarbeit beim Rock-Magazin GoodTimes. 2019 erschien mit »**Die Toten von Ralswiek**« sein erster Ostseekrimi im Rostocker Hinstorff Verlag, in dem die Kommissare Karsten Schwinka und Danilo Schobel im Umfeld der Störtebeker Festspiele ermitteln.

Darüber hinaus spielte Jens-Uwe Berndt in einer Rockband, die drei Tonträger veröffentlichte, er moderierte über zehn Jahre lang eine wöchentliche Radio-Show auf einem offenen Kanal und veranstaltete zwischen 1996 und 2008 zahlreiche Konzerte und Festivals.

978-3-356-02287-2 | E-Book: 978-3-356-02313-8